KJB

Connie Glynn lebt in London, England, und schrieb bereits als kleines Mädchen gerne Geschichten. Mit fast einer Million Followern ist sie heute eine der erfolgreichsten Prinzessinnen auf YouTube, Twitter und Instagram. In ihrem anderen Leben ist sie Autorin und schreibt sich direkt ins Herz der Prinzessin, die in jeder von uns wohnt. Ihre auf fünf Bände angelegte Serie ›Prinzessin undercover‹ erscheint in über fünfzehn Ländern und machte Connie Glynn 2017 zur meistverkauften Jugendbuchautorin im Vereinigten Königreich.

Alle Bände der Serie ›Prinzessin undercover‹:

Band 1: Geheimnisse
Band 2: Enthüllungen
Band 3: Entscheidungen

Weitere Bände sind in Vorbereitung.

Weitere Informationen zum Kinder- und Jugendbuchprogramm der S. Fischer Verlage finden sich auf *www.fischerverlage.de*

Connie Glynn

Prinzessin undercover

ENTSCHEIDUNGEN

Band 3

Aus dem Englischen
von Maren Illinger und Marlene Frucht

KJB

MIX
Papier aus verantwortungsvollen Quellen
FSC® C083411

Erschienen bei FISCHER KJB

Die englische Originalausgabe erschien 2019 unter dem Titel
›The Lost Princess‹
bei Penguin Books Ltd., London

Umschlaggestaltung: atelier seidel verlagsgrafik
unter Verwendung einer Illustration von Qing Han
und nach einem Entwurf von Penguin Books Ltd., London

Satz: Dörlemann Satz, Lemförde
Druck und Bindung: CPI books GmbH, Leck
Printed in Germany
ISBN 978-3-7373-4167-7

Dieses Buch widme ich der Ratte,
die in dem Gebüsch vor meinem Haus lebt.
(Ich habe sie Zooms getauft.)

Prolog

Irgendetwas war Emelia ins Auge geraten, ein Staubkorn, das ihr die Tränen über die Wange laufen ließ. Schniefend rieb sie sich das Gesicht, ohne sich darum zu kümmern, dass die Wimperntusche zu einem schwarzen Pandaauge verschmierte. Das war auch schon egal.

»Emelia, *bella*! Alles in Ordnung?«, rief ihre Mutter. Neben ihr auf dem italienischen Designersofa saß Emelias Vater, doch der blickte nicht einmal von seinem Buch auf.

Es war beinahe ein Jahr her, dass Emelias ganzes Leben auf den Kopf gestellt worden war.

»Mir geht's gut, Mama«, erwiderte sie mit erzwungener Heiterkeit. Durch den Ring aus schwarzer Farbe sah ihr Auge wie eine leere Höhle im Schädel aus. »Ich hab nur was im Auge.«

Vor knapp einem Jahr war Emelia entführt worden, zusammen mit einem Jungen namens Percival Butter. Er war der Sohn von Richard Butter, Besitzer der Butter-Company und Hauptkonkurrent der Süßwarenfabrik Hubbub, die ihrem Vater gehörte. Man hatte sie wohlbehalten und ohne erkennbare gesundheitliche Beeinträchtigungen wiedergefunden, doch sie konnte sich nicht an die kleinste Einzelheit ihrer Gefangenschaft erinnern. Es stellte sich also die Frage, warum …

»Emelia, ich finde, du solltest ins Bett gehen. Du hast morgen früh Leichtathletiktraining.« Ihr Vater blätterte eine Seite um und würdigte sie noch immer keines Blickes.

Emelia schaute aus dem Fenster. »Aber es ist noch gar nicht dunkel«, protestierte sie.

»Ich sagte, du solltest ins Bett gehen.« Seine Stimme war hart und duldete keinen Widerspruch.

Emelia riss sich zusammen, weil sie wusste, dass sie einen Kampf gegen ihn nicht gewinnen konnte. Sie griff im Vorbeigehen nach ihrem Trainingsplan, der auf dem Beistelltisch lag, und marschierte die Marmortreppe hinauf, wobei sie gegen den Drang ankämpfte, laut zu schreien und ihre Zimmertür hinter sich zuzuknallen.

Die Frage, die sie beschäftigt hatte, bevor sie so barsch nach oben geschickt worden war, lautete: *Warum ist mein Vater, obwohl er mich wohlbehalten zurückbekommen hat, so enttäuscht?*

Nach ihrer Rückkehr hatte ihr Vater sich von ihr abgewandt. Anfangs hatte er sie mit Argusaugen beobachtet, als erwartete er etwas von ihr. Was genau, blieb unklar. Mit der Zeit hatte sich seine Hoffnung in Enttäuschung verwandelt, und nun begegnete er ihr nur noch kalt und distanziert.

Natürlich hatte sie das völlig vor den Kopf gestoßen. Sie hatte alles Mögliche versucht, um seine Zuneigung zurückzugewinnen. Sie hatte mehrere neue Hobbys angefangen, schrieb in der Schule glänzende Noten und versuchte, ihn bei seiner Arbeit zu unterstützen. Doch nichts stimmte ihn wohlwollender.

Emelia nahm ihren weißen Hijab ab, faltete ihn sorgfältig zusammen und legte ihn in den makellosen goldenen

Schrank, in dem sie ihre Kopftücher aufbewahrte. Sie besaß Tücher in allen möglichen Farben, doch das weiße mochte sie am liebsten. Es schenkte ihr ein Gefühl von Ordnung und Geradlinigkeit, es bedeckte ihre widerspenstigen Haare und machte sie zu einer Person, die man ernst nehmen musste. Und jetzt würde sie dafür sorgen, dass sie sich unter dem Tuch genauso fühlte. Sie holte zornig Luft und stieß beim Ausatmen alle Wut und Enttäuschung aus sich heraus.

In Gedanken ging sie noch einmal alle Informationen durch, die sie hatte: Vor ein paar Monaten war Percival Butter ins Krankenhaus eingeliefert worden, nachdem eine mysteriöse Gruppe namens Leviathan versucht hatte, die Prinzessin von Maradova zu entführen. Das war eine Tatsache.

Sie kniete sich auf den Boden und griff tief unter ihr Himmelbett, um eine unscheinbare Holzkiste hervorzuziehen. Sie hob den Deckel. Darin lagen stapelweise ausgeschnittene Zeitungsartikel: alles, was sie über Leviathan, Percy und die Prinzessin von Maradova hatte finden können.

Percival Butter war einer Gehirnwäsche unterzogen worden und konnte sich an nichts erinnern. Sein Vater hatte davon gewusst und es zugelassen. Eine weitere Tatsache.

Emelia war vor einem Jahr zusammen mit Percival entführt worden. Noch eine Tatsache.

Emelias Vater war aus Gründen, die sie nicht verstand, enttäuscht, dass die Gehirnwäsche bei ihr nicht funktioniert hatte und sein Plan, wie auch immer der aussehen mochte, nicht aufging. Das war reine Spekulation, aber es gab zwei Dinge, die Emelia mit Sicherheit wusste.

Erstens: Die Leute von Leviathan hatten ihr Leben zerstört.

Zweitens: Sie würde dafür sorgen, dass sie dafür bezahlten.

Ganz unten in der Kiste lag das, was sie brauchte, um sich wieder wie sie selbst zu fühlen. Frei und aufrichtig.

Emelia war ihr Leben lang die perfekte Tochter gewesen, die perfekte junge Frau, die stets tat, was man von ihr erwartete. Doch es war nie genug gewesen.

Sie ließ sich an ihrem aufwendig verzierten Frisiertisch nieder und griff nach einer Strähne ihrer dicken, schwarzen Locken. Dann setzte sie entschlossen die Schere an, und die seidenweichen Haarsträhnen flossen wie Wasser durch ihre Finger zu Boden. Zurück blieb nur ein kurzer schwarzer Haarschopf. Gleich darauf schaltete sie den elektrischen Rasierapparat ein, der in der Kiste gelegen hatte. Sie spürte die Vibration in den Fingerspitzen, ein tiefes, kräftiges Summen, als sie den Apparat an den Kopf hob. Sie führte ihn näher … noch näher … und hielt den Blick auf den Spiegel gerichtet, bis sie fühlte, wie auch die verbliebenen kurzen Haare sich um ihre Füße verteilten. Als sie den Blick schließlich senkte, lagen ihre Haare auf dem weißen Marmor wie sich windende schwarze Schlangen.

Geschafft.

Sie fuhr sich mit der Hand über den nackten Schädel. Seidigstachlige Haare bedeckten ihre Kopfhaut wie ein schimmernder Helm. Ihre Augen sahen irgendwie größer aus, melancholischer – dunkle Kugeln, die ihr aus einem unbekannten Gesicht entgegenstarrten. Sie lächelte, um die vertraute Fremde im Spiegel zu begrüßen.

Ein Summen auf ihrem Bett zog ihre Aufmerksamkeit

auf sich. Die Anruferkennung zeigte nur eine *4* an, doch sie wusste sofort, wer es war.

»Hallo, Riri.« Sie grinste ins Telefon, während sie weiter ihr Spiegelbild bewunderte. »Wie geht es mit unserem Projekt voran?«

Das Mädchen am anderen Ende der Leitung stieß ein nachdenkliches Summen aus, das die im Hintergrund aufjaulenden Motoren übertönte.

»Wir versuchen immer noch, das Rätsel zu lösen.« Ihre Stimme klang zerstreut, und Emelia konnte sich ihren Gesichtsausdruck genau vorstellen. »Und bei dir?«

»Ganz gut.« Emelia setzte sich aufs Bett und streckte gedankenverloren den Zeigefinger aus, um eine Strähne darumzuwickeln. Doch es war keine mehr da. Wieder starrte sie ihr neues Ich an. Ihr Kopf fühlte sich leichter an, ihr Körper frei. Sie lächelte wieder.

»Du wirst nicht glauben, was ich gerade getan habe.«

ERSTER TEIL

お邪魔します

Ojama-shimasu

Japanischer Gruß:
Entschuldigen Sie die Störung.

1

Sie musste es nur durch das Tor schaffen.

»Da ist sie!«, rief eine Stimme aus der Menge, die sich immer enger um das Auto drängte.

Hinter dem goldenen Tor von Rosewood Hall lag die Schule mit ihren in der Sonne glänzenden Fenstern und den rosenverzierten Pfeilern. Ihr sicherer Hafen. Hier draußen jedoch breitete sich drohend die Flut dieser Fremden aus.

Reporter.

Normalerweise hielt das Tor sie auf Distanz, aber die Straße davor war Niemandsland. Hier war alles erlaubt – und Lottie war die beste Story, die diese Journalisten kriegen konnten. Bis sie durchs Tor war, war Jagdzeit.

Doch zuerst musste sie Ellie vor dieser geifernden Meute in Sicherheit bringen.

»Nicolai«, flüsterte sie, »bitte bring Ellie unauffällig in die Schule. Ich werde sie ablenken.«

»Aber Lottie …«, setzte ihre Prinzessin schniefend an.

»Schon gut, Ellie. Mach dir keine Sorgen.« Sie warf ihr einen beruhigenden Blick zu. »Das ist mein Job, schon vergessen?«

Sie hatte sich bereits nach dem Vorfall in der Villa der Tompkins mit der Presse herumschlagen müssen, und Lottie hatte alle Fragen gut beantwortet, allerdings hatte sie damals auch Simien Smirnov, den Berater des Königs, an der Seite gehabt. Er hatte sie vorgewarnt, dass sie nun sicher Blut geleckt hätten und irgendwann mehr wollen würden. Und nach den Gesichtern der Journalisten zu urteilen, war dieser Moment gekommen.

»Wir sehen uns drinnen«, raunte Lottie ihrer Prinzessin ins Ohr und setzte ein strahlendes Lächeln auf. Ellie putzte sich die Nase und verschwand in der Menge.

In den zwei Jahren, seit Lottie sie kannte, hatte Ellie nicht ein einziges Mal auch nur einen Schnupfen gehabt. Es war seltsam, jetzt die fiebrige Röte auf ihrer sonst so blassen Haut zu sehen, die tiefen Ringe unter ihren Augen und die trockenen, aufgesprungenen Lippen.

Ellies besorgniserregender Anblick erfüllte Lottie mit wütender Entschlossenheit. Sie war ihre Porterin, und es war ihre Aufgabe, ihr die Bürde des Prinzessinnendaseins abzunehmen, damit Ellie ein ganz normales Leben führen konnte. Krank wurden Menschen, die Stress oder Sorgen hatten. Aber keine Prinzessin.

Die Sorgen waren Lotties Job.

Als Lottie aus der Limousine stieg, war es wolkig, aber warm, ein typisch britischer Sommertag. In der Luft knisterte die Vorahnung eines Sturms.

Also los.

Selbstsicher warf Lottie sich ins Gefecht.

»Gibt es neue Informationen über die Gruppe Leviathan?«

»Warum habt Ihr Euch seit dem Vorfall nicht mehr in der Öffentlichkeit gezeigt? Habt Ihr Angst?«

»Bekommen wir ein Lächeln?«

Sei freundlich, sei mutig und gib niemals auf! Sei freundlich, sei mutig und gib niemals auf! Lottie wiederholte die Worte immer wieder in ihrem Kopf, während sie mit dem Finger auf den Wolfsanhänger über ihrer Brust klopfte. Dann hob sie die Hand und rückte ihre Krone zurecht.

Der halbmondförmige Opal an der Spitze der Krone blinkte der Sonne entgegen, als sie entschieden das Kinn reckte, und die Kraft des silbernen Kopfschmucks durchzuckte sie und erinnerte sie daran, dass sie nie allein war, dass sie einen Teil ihrer Familie immer bei sich trug.

Würdevoll schritt sie die Reihe der Reporter entlang. An ihrer Seite, wo eigentlich der Partist der Prinzessin hätte sein sollen, war ein einfacher Bodyguard. Samuel war ein netter Kerl, und er konnte natürlich nichts dafür, dass Jamie nicht bei ihnen war. Jamie hatte sich strikt geweigert, sie dabei zu begleiten, die Noten auf die Examensprüfungen persönlich in Empfang zu nehmen.

Instinktiv umklammerte sie den Wolf über ihrem Herzen. Es war der gleiche Anhänger, den auch ihre Prinzessin trug, ein Geschenk, mit dem sie in die königliche Familie aufgenommen worden war und das sie daran erinnerte, dass sie alle miteinander verbunden waren. Doch nun hatte Jamie die Verbindung zerbrochen, und es schmerzte wie eine Wunde in ihrer Brust.

Ein Mikrophon wurde ihr forsch ins Gesicht gehalten. Die Hand, die es hielt, stank nach Zigaretten.

Lottie starrte den Reporter an, der seine Frage aggressiv wiederholte.

»Gibt es schon Erkenntnisse, warum Leviathan hinter Euch her ist, Prinzessin?«

Lottie holte tief Luft, um mit ruhiger Stimme zu antworten: »Es gibt keine neuen Erkenntnisse. Soweit wir wissen, ist Leviathan …« Ihre Kehle wurde trocken, als sie den Namen aussprach, und Erinnerungen an Ingrid und Julius kamen wieder hoch. Sie waren das tödliche Duo, das sie beinahe entführt hätte. »Soweit wir wissen, haben sie es auf die Kinder einflussreicher Familien abgesehen, doch ihre Absicht ist bisher unbekannt.«

Samuel legte ihr schützend einen Arm um die Schultern und führte sie zielstrebig an den Reportern vorbei. Lottie verzog unwillkürlich das Gesicht.

Sie hatte die Wahrheit gesagt. Zumindest beinahe.

Denn die ganze Wahrheit war wesentlich schwerer zu verdauen – dass sie nicht die geringste Ahnung hatten, was Leviathan wirklich plante. Sie hatten nur die schreckliche Theorie, dass die Gruppe die Kinder einflussreicher Familien kontrollieren wollte, und dass Lottie und ihre Freunde ihnen möglicherweise das Mittel dazu geliefert hatten, als sie die Hameln-Formel gefunden hatten – die Rezeptur zu einem hochgefährlichen Chemiecocktail, der dazu verwendet werden konnte, Menschen zu manipulieren.

»Das alles muss sehr schwer für Euch gewesen sein«, rief ihr ein Mann hinterher. Seine Stimme triefte vor geheucheltem Mitgefühl. Die Versuchung, die Augen zu verdrehen, war beinahe zu groß. »Habt Ihr es geschafft, wieder in der Normalität anzukommen?«

Wohl kaum.

Lottie brachte die Stimme in ihrem Kopf zum Schweigen und wandte sich lächelnd an die Menge.

Fragen dieser Art kamen am häufigsten. Persönliche Fragen. Alle wollten die geheimnisvolle maradovische Prinzessin besser kennenlernen, die aus ungeklärten Gründen in den Mittelpunkt einer mysteriösen Verschwörung geraten war.

Lottie konnte es nicht lassen, sich die Gesichter der Reporter vorzustellen, wenn sie erführen, dass sie gar nicht die echte Prinzessin war – sondern nur eine professionelle Täuschung, eine Stellvertreterin für Ellie, die mittlerweile zum Glück unbehelligt hinter den Schulmauern angekommen war.

»Die wollen bloß eine gute Story«, hatte Simien sie vorbereitet. »Und eine gute Prinzessin.«

Mit diesen Worten im Hinterkopf strich Lottie sich eine blonde Strähne aus dem Gesicht. Sie hatte sich die Haare sorgfältig zu einem Knoten hochgesteckt, auf einen weiteren Rat von Simien hin, der ihre *zottelige Löwenmähne* für zu lang und widerspenstig für öffentliche Auftritte befunden hatte. Sie schneiden zu lassen, brachte sie nicht über sich.

»Ich habe viele wunderbare Menschen um mich herum, die mir Halt geben«, sagte sie. »Sie sind alle sehr verständnisvoll und geduldig, und das Lernen beruhigt mich und ist eine willkommene Abwechslung.« Lotties strahlendes Lächeln ließ keinen Zweifel daran, wie überaus gern sie lernte.

Seht nur her, was für eine eifrige Schülerin die Prinzessin von Maradova ist!

Eine Kamera blitzte so dicht vor ihrer Nase, dass sie Sternchen sah. Lottie geriet kurz ins Wanken und hob schützend eine Hand vors Gesicht.

»Keine Fotos oder Videos«, mahnte Samuel prompt und schirmte Lottie ab.

Die nächste Frage war besonders unerfreulich, dabei hätte sie mittlerweile daran gewöhnt sein sollen. Schließlich wurde sie ihr jedes Mal gestellt.

»Euer Kleid steht Euch hervorragend, Prinzessin! Wen tragt ihr?«

Lottie stellte sich vor, wie Ellie diese lächerliche Frage beantworten würde. *Ich trage die Haut der Prinzessin, die offiziell als Eleanor Wolfson bekannt ist!*

Sie schluckte das Lachen hinunter, das in ihrer Kehle aufstieg, und lief rot an, was die Reporter hoffentlich als Bescheidenheit und nicht als Gereiztheit deuteten.

»Ich trage eine moderne Interpretation des traditionellen maradovischen Sarafans. Am A-Linien-Schnitt, der aufgestickten Sonne und dem verspielten Design erkennen Sie sicherlich die Hand von Léon Marie.«

Sie konnte regelrecht hören, wie Ellie Würgegeräusche von sich gab. Zu Recht. Es war eine unerhörte Verschwörung im Gange, und diese Idioten interessierten sich nur für ihr Kleid! Sie wünschte, die Reporter würden die Lage ernster nehmen.

Ein Wunsch, den sie schnell bereuen sollte.

Samuel geleitete sie weiter durch die Menge und nickte ihr kaum merklich zu, um ihr zu versichern, dass sie ihre Sache gut machte. Sie waren schon kurz vor dem Tor und konnten bereits den Rosengarten sehen. Nur noch wenige Schritte, und sie wäre frei.

»Stimmt es, dass die Prinzessin an einem Fechtturnier teilgenommen hat?« Eine klare, kräftige Stimme mit dem selbstbewussten Akzent der amerikanischen Westküste übertönte die anderen Fragen. Die Worte ließen Lottie unerwartet zusammenzucken. »Warum wart Ihr dann in der Villa und nicht auf dem Turnier?«

Lottie überlief es kalt. Es war das erste Mal, dass man ihr eine so argwöhnische Frage stellte, und sie blickte die scharfsinnige Reporterin überrascht an. Eine junge Frau im Hosenanzug mit rechteckigen Brillengläsern und einem scharfkantigen schwarzen Bob erwiderte ihren Blick. Sie schien inmitten der Journalistenmeute ihren eigenen Platz innezuhaben und stach heraus wie ein Leuchtturm. Auf dem Namensschild an ihrer blauen Bluse stand *AIMEE WU, CLEAR LINE MEDIA*.

Lottie wollte weitergehen, doch beim Anblick von Aimee Wus Gesichtsausdruck blieb sie wie angewurzelt stehen.

»Wir waren auf der Suche nach der Hameln-Formel«, erwiderte sie ruhig. Das goldene Tor war fast in Reichweite. Der vertraute süße Duft nach Rosen und Lavendel strömte ihr entgegen und lockte sie in die Sicherheit des Gartens.

»Ist das die gefährliche Formel, nach der Leviathan gesucht hat?«

»Ja.«

»Warum habt Ihr nicht die Schule darüber informiert? Und was genau ist mit der Hameln-Formel passiert?«

In Lotties Brust wurde es heiß. Sie wusste nicht, welche Frage sie zuerst beantworten sollte.

Die anderen Reporter waren verstummt. Alle Augen waren auf Aimee Wu und Lottie gerichtet.

»Unglücklicherweise ist die Formel Leviathan in die Hände

gefallen. Keiner weiß, was sie damit anstellen werden, sollte sie wirklich funktionieren. Was die zweite Frage angeht, so haben wir fälschlicherweise angenommen, dass wir …« Lotties Kehle wurde eng beim Gedanken daran, *wie* falsch sie gelegen hatten. Das Ganze war eine Falle gewesen. Sie hatten Leviathan zu der Formel geführt wie abgerichtete Hunde. Aimee Wu nutzte die Gelegenheit, um eine weitere Frage einzuwerfen wie eine Handgranate.

»Wer ist ›wir‹?« Bevor Lottie antworten konnte, schob sie noch eine Frage nach. »Außerdem wurde uns bei der Pressekonferenz auf dem Anwesen der Tompkins gesagt, die Hameln-Formel werde an einem sicheren Ort verwahrt, zu dem niemand Zugang habe. Wie kommt es also, dass diese Leviathan-Leute sie in die Finger bekommen haben?«

»Mit ›wir‹ meine ich meine Freunde …« Während sie sprach, konnte sie plötzlich ganz deutlich den Puderzuckergeruch aus der Fabrik riechen, und es verschlug ihr fast den Atem. Samuel war dicht neben ihr und schob sie durchs Tor.

Die Erinnerung an Leviathan war nicht die einzige, die Lottie beschäftigte. Sie erinnerte sich auch an den Geschmack eines Kusses, süß vom Zucker der Fabrik. Ein Moment des Glücks, bevor alles in Flammen aufgegangen war. Sie war sich ganz sicher gewesen, dass sie und Ellie etwas Besonderes erlebt hatten, und doch hatte ihre Prinzessin hinterher behauptet, es habe nichts zu bedeuten.

Aber warum, fragte sich Lottie, *weigert Ellie sich dann, darüber zu sprechen?*

»Prinzessin?«, hakte Aimee Wu nach und riss Lottie aus ihren Gedanken.

»Meine Freunde aus Rosewood und mich«, antwortete sie hastig. »Leviathan hat die Formel bekommen, weil wir den Schlüssel zum Versteck gefunden haben.«

Der Schlüssel war, wie sich herausgestellt hatte, ein besonderes Musikstück gewesen. Wenn die Melodie auf dem Klavier des alten Tompkins gespielt wurde, öffnete ein Mechanismus ein Geheimfach an der Seite des Instruments, in dem die Formel verborgen war. In dem Moment war es ihnen wie Zauberei vorgekommen. Dabei war es eher übelstes Hexenwerk.

Lottie merkte, dass sie die Fassung verloren hatte. Sie stammelte wie ein Kind. Aimee Wu bombardierte sie so schnell mit Fragen, dass sie keine Zeit hatte, ihre Gedanken zu ordnen.

Warum fragt sonst keiner was?

»Wie haben die Leute um Leviathan den Schlüssel gefunden?«

»Sie haben ihn uns gestohlen.«

»Habt Ihr den Schlüssel gefunden?«

Lotties Herz hämmerte in ihrer Brust. Sie verhielt sich völlig falsch. Die Journalisten mussten das alles gar nicht wissen – sie *sollten* es nicht wissen. Sie hatte zu viel gesagt.

»Es tut mir leid, aber ich muss jetzt gehen. Ich muss meine Examensergebnisse abholen.« Ein leichter Wind erhob sich, und als sie sich umdrehte, sah sie Rosenblüten durch die Luft fliegen wie zum Willkommensgruß. Sie schaute über die Schulter und fügte in einem Anfall von Trotz hinzu: »Ich rechne mit vorzüglichen Noten.«

Lotties Blick war auf eine einzige Person gerichtet. Aimee

Wu. Ihre Brille spiegelte das Sonnenlicht, und sie senkte den Blick, um etwas auf ihren Notizblock zu kritzeln. Mit jedem Kratzen ihres Stifts auf dem Papier wurde das ungute Gefühl in Lotties Magen stärker.

Samuel legte ihr wieder den Arm um die Schultern, schirmte mit seinem breiten Kreuz alle weiteren Fragen ab und stieß das goldene Tor auf. »Komm«, sagte er leise. Sie folgte ihm, konnte jedoch noch immer nicht den Blick von Aimee Wu lösen, die wie hypnotisierend zurückstarrte. Und dann, gerade als Lottie durchs Tor trat, stolperte sie.

Der Boden kam rasch auf sie zu, und sie streckte die Hände aus, um den Aufprall zu mildern. Kameras blitzten, und Samuels Stimme wurde laut.

Eine starke Hand zog sie nach oben. Sie spürte, dass sie sich die Knie aufgeschlagen hatte, und der Arm, mit dem sie sich abgefangen hatte, schmerzte. Doch blaue Flecke waren die geringste ihrer Sorgen.

Während sie verwirrt und mit rotem Gesicht weiterhumpelte, konnte sie Aimee Wus brennenden Blick am Hinterkopf spüren. Die Reporter kicherten, während sie höchstwahrscheinlich ihre Fotos von der gestürzten Prinzessin verglichen.

Ich hab es so richtig verbockt.

2

»Wir hätten nicht herkommen sollen. Ha-ha-ha …«

»Hier.« Lottie reichte Ellie ein Taschentuch, gerade als sie ein gewaltiges Niesen ausstieß.

»Hatschiii!« Ellie verbarg das Gesicht hinter dem Tuch und putzte sich geräuschvoll die Nase, bevor sie den Kopf hob und mit tränenden Augen Rosewood Hall betrachtete.

Am Ende der rosengesäumten Auffahrt thronte die Schule der Ehrlichen, Entschlossenen und Einfallsreichen. Sie hob sich vor ihnen in die Höhe, von Sonnenlicht umflutet wie das Antlitz einer alten Gottheit und ebenso ehrfurchtgebietend. Jeder Schritt fühlte sich an wie ein Schritt Richtung Sicherheit.

Aber irgendetwas stimmte nicht. Es waren nicht nur ihr Sturz und die heißhungrigen Blicke, die ihr folgten. Für einen Moment waren die Gerüche, die sich sonst nach Heimat anfühlten, sauer geworden. Lottie war froh, dass Ellies Nase verstopft war.

Sie reichte ihrer Freundin noch ein Taschentuch und blieb an ihren Augen hängen. Dunkle Mitternachtsozeane, die sie in die Tiefe zogen. Mittlerweile waren sie und Ellie fast gleich groß, der Abstand zwischen ihnen schrumpfte mit jedem Zentimeter, den Lottie wuchs. Sie konnte jetzt direkt in diese faszinierenden dunklen Gewässer sehen, wann immer ihre Blicke sich begegneten.

»Danke«, grummelte Ellie. Sie schnäuzte sich noch einmal, und der Moment war vorbei. »Wir hätten uns die Ergebnisse schicken lassen sollen. Dann hätten wir jetzt unsere Ruhe.« Mit einem kaum merklichen Zögern fügte sie hinzu: »Ruhe vor diesen Reportern. Sieh nur, was sie dir angetan haben.« Ihr Gesicht wurde düster. »Ich sollte ihnen eine Lektion erteilen.«

In ihrem schwarzen Oversize-Pullover mit dem Emblem einer Band auf der Vorderseite und der zerrissenen Netzstrumpfhose war sie weder für den warmen britischen Sommer noch für ihre Erkältung passend gekleidet. Lottie dachte, dass sie im Fieber delirieren musste, wenn sie glaubte, in diesem Aufzug irgendwem eine Lektion erteilen zu können.

Mit einem aber hatte sie recht: Die Rückkehr nach Rosewood fühlte sich zunehmend wie eine falsche Entscheidung an.

Rosewood Hall war Lotties Zuhause – auf mehr als eine Art, wie sie erst kürzlich herausgefunden hatte. Sie hatte ein Geheimnis enthüllt, das fast noch brisanter war als ihr hochvertraulicher Status als Ellies Porterin. In einem Strudel von Ereignissen, die ihr immer noch völlig unwahrscheinlich vorkamen, hatte sich herausgestellt, dass die Gründerin der Schule die entflohene Prinzessin Liliana Mayfutt gewesen war – und Lotties Vorfahrin. Über Generationen hinweg hatte sie Lottie ihre Krone als funkelndes Rätsel vermacht, das darauf wartete, von ihr gelöst zu werden.

Ihr Leben lang hatte Lottie davon geträumt, eine Prinzessin zu sein. Sie hatte diese Träume selbst für nichts anderes als die kindischen Phantasien eines märchenversessenen Mädchens gehalten. Als sich ihr die Gelegenheit bot, professionell die Rolle einer Prinzessin zu übernehmen, um Ellies Identität zu schützen und ihr die Freiheit zu ermöglichen, die den meisten Menschen königlichen Geblüts verwehrt ist, wäre sie nie auf die Idee gekommen, sie könnte selbst königlicher Herkunft sein. Die Schule lag ihr im Blut.

Warum war sie dann ausgerechnet gestürzt, als sie gerade durchs Tor getreten war? Rosewood war doch ihr sicherer Hafen – nicht ein Ort der Verunsicherung.

»Ach was, alles bestens«, flunkerte Lottie. »Außerdem tut es gut, ein bisschen herumzukommen. Es wird bestimmt toll, ein paar Tage bei Binah zu verbringen.«

Es steckte nämlich mehr hinter dieser Reise als die Absicht, ihre Examensnoten abzuholen. Wenn es nach Lottie gegangen wäre, wären sie gleich nach den Prüfungen in Rosewood geblieben. Sie fand, dass Ellie sich vom maradovischen Palast fernhalten sollte. Er machte sie krank, und zwar im wahrsten Sinne des Wortes.

Wie aufs Stichwort wurde Ellie von einem Hustenanfall geschüttelt. Als er vorüber war, rang sie sich ein schwaches Lächeln ab.

»Lass uns die anderen suchen. Und möglichst weit von diesen Reportern wegkommen«, schlug Lottie vor.

»Hatschiii!«

»Gesundheit, Ellie! Hallo, Lottie!«

Die Mädchen blickten auf. Unter dem großen steinernen Torbogen vor dem Empfangsgebäude stand ein Mädchen mit dunklen Kräusellocken und einem gelben Mantel. Ein rosiger Urlaubsschimmer ließ ihre dunkelbraune Haut strahlen.

»Du bist ja erkältet, Ellie!« In Binahs Brillengläsern spiegelte sich das Sonnenlicht. »Ich werde dir meinen Spezialtrank mit Honig und Ingwer zubereiten, wenn wir bei mir sind. Damit lässt sich alles kurieren.«

»Ach, ist schon in Ordnung …« Ellie fing Lotties Blick auf und schaute schnell wieder weg. »Mir geht's gut. Kommt, lasst uns endlich unsere Ergebnisse holen.«

Sie gaben Nicolai Olav und Samuel ein Zeichen, draußen zu warten, und betraten das Gebäude. Sie bemühten sich, kein Aufsehen zu erregen, doch das war mit Ellies Aufzug als Achtzigerjahre-Rockstar und Lotties Prinzessinnenkleid gar nicht so leicht.

Die Halle empfing sie mit knarrenden Holzdielen und saphirblauen Lichtstrahlen, die durch die bunten Fensterscheiben hereinfielen und direkt auf Ellie schienen.

Es war warm und stickig und roch nach Deo und Parfüm. Während die Freundinnen zum Empfangstisch gingen, spürte Lottie die Blicke der anderen Schüler im Rücken. Konnten sie eigentlich nirgendwohin gehen, ohne dass man sie anstarrte?

Eine rothaarige Vertrauensschülerin aus Conch trat ihnen entgegen. Auf ihrem Namensschild stand *JESS PARKER-SCOTT*. Sie entblößte ihre perfekt gebleichten Zähne zu einem blendenden Lächeln. *O nein. Nicht noch mehr Fragen.*

Doch dies war nicht die Art Frage, mit der sie gerechnet hatte.

»Hallo! Habt ihr schon mal darüber nachgedacht, an einem

unserer ausgezeichneten Sommerkurse an Rosewoods internationaler Partnerschule teilzunehmen?« Die Wimpern des Mädchens klimperten. »Dabei könnt ihr viel lernen und sogar Extrapunkte für eure Examensnote sammeln, und das alles im schönen Japan!«

Das Mädchen schob jeder von ihnen eine glänzende Broschüre in die Hand. Ihre rotlackierten Fingernägel funkelten wie Klauen. »Die Bewerbungsfrist läuft noch, aber nur noch drei Tage.« Ihr Lächeln wurde noch breiter, und ihre Zähne strahlten in überirdischem Glanz. Lottie musste sich zusammenreißen, um nicht die Augen zusammenzukneifen. »Vielen Dank.«

Hinter dem Mädchen sah sie eine Lehrerin Umschläge aushändigen. Die Examensergebnisse. Deshalb waren sie hier. »Wenn du uns jetzt entschuldigen würdest …«

Die Freundinnen gingen weiter, während sich die Vertrauensschülerin an eine andere Gruppe wandte. Gleich waren sie am Empfangstisch. Auf diesen Moment hatten sie gewartet. Jetzt würden sie erfahren, ob ihre Mühen belohnt worden waren.

»Nur keine Panik«, murmelte Lottie. »Viel Glück«

In Lilianas geheimem Atelier war es kühl im Vergleich zum warmen Sonnenschein draußen. Anstelle der blühenden Blumen umgaben sie hier muffige Wolldecken und staubige Möbel, und der weiche Schein von Fackeln und Lichterketten erleuchtete ihr Geheimversteck in den Tiefen der Schule, wohin sie sich zurückgezogen hatten, um die Umschläge mit ihren Noten zu öffnen.

Binah ordnete die Sitzkissen kreisförmig an, während Ellie in ihrer Tasche wühlte.

An einer Wand des Ateliers stand ein sehr altes Möbelstück – Lilianas Schreibtisch. In einer seiner Schubladen lag ein jahrhundertealtes Tagebuch. Lilis Tagebuch.

Lottie hatte vorgehabt, das Tagebuch nach dem Examen mitzunehmen und ausgiebig darin zu lesen, um alles über ihre mysteriöse Ahnin zu erfahren.

»Lottie«, brachte Ellie unter Niesen hervor. »Meine Eltern haben mich gebeten, dir das hier zu geben.« Sie reichte ihr einen Umschlag, der mit dem Wolfswappen des maradovischen Königshauses versiegelt war.

Lottie öffnete ihn vorsichtig und fand einen Brief darin. Er war nur wenige Zeilen lang, trotzdem machte jedes einzelne Wort sie unerklärlich nervös.

Herzlichen Glückwunsch zu einem weiteren erfolgreichen Jahr. Die maradovische Königsfamilie dankt Dir für Deinen unermüdlichen Einsatz.

Der Brief war von König Alexander persönlich unterschrieben und mit seinem Zeichen gestempelt, einem purpurroten Dreieck, das von drei Kreisen umgeben war. Lottie hatte es erst einmal zuvor gesehen. Es war der Beweis, dass der Brief von ihm persönlich stammte.

»Was schreiben sie?« Ellie beugte sich neugierig vor.

»Es ist nur ein Dankesbrief. Kein Grund zur Sorge.« Lotties Finger schlossen sich um das schwere Papier und drückten es zusammen.

Laute Schritte ertönten auf der Treppe, und sie stopfte den Brief in eine der Schreibtischschubladen.

»Einfach unfassbar. *C'est ridicule!*« Anastasias Stimme eilte ihr voraus, Micky und Lola Tompkins und Raphael folgten ihr nervös, und Percy bildete das Schlusslicht. Alle fünf kamen ins Atelier.

»Wie können sie es wagen?« Anastasias Stimme war gefährlich leise, und Lottie bemerkte, dass sie wieder ihre Sonnenbrille trug. Ihre kastanienbraune Mähne war zu einem zerzausten Knoten gebunden, ein schlechtes Zeichen für ein Mädchen, das seine Haare normalerweise so liebevoll pflegte wie Autoliebhaber einen seltenen Oldtimer.

»Was ist los?«, fragte Ellie, doch alle ignorierten sie.

»Anastasia, es wird schon wieder in Ordnung kommen«, zwitscherte Lola und zuckte erschrocken zurück, als Anastasia sich wütend zu ihr umdrehte.

»Wird es *nicht*, Lola. Das ist die schlechteste Nachricht, die ich je bekommen habe«, fauchte sie.

Percy legte Anastasia beschwichtigend die Hand auf die Schulter. Wenn sie die arme Lola so anschrie, musste die Nachricht tatsächlich ziemlich schlecht sein.

Lottie beobachtete die Szene von der anderen Seite des Raums. Sie fühlte die emotionalen Narben aus der Tompkins-Villa wie frische Wunden aufbrechen. Kein Wunder, dass sie sich stritten. Es gab so vieles, worüber sie noch nicht gesprochen hatten.

»Ani«, sagte Binah ruhig und trat vorsichtig einen Schritt auf sie zu. »Jetzt atme mal tief durch und erklär uns, was los ist.«

Anastasia keuchte wie ein Tier in der Falle. Sie hielt Binahs Blick fest, und langsam wurde ihr Atem ruhiger.

»Es geht um Saskia.« Anastasia schüttelte sich wütend. »Der Rat der Partisten hat offiziell bestätigt, dass Saskia Opfer von Gehirnwäsche geworden ist, aber die Schatzmeister von Rosewood wollen sie nicht zurück an die Schule lassen, weil sie ein ganzes Jahr verpasst hat. Angeblich wegen der strengen Richtlinien.«

Lottie spürte Anastasias vorwurfsvollen Blick auf sich gerichtet, als wäre es ihre Schuld, dass Saskia im Kerker von Maradova gefangen gehalten worden war. Dabei war es doch Saskia gewesen, die man überzeugt hatte, sie zu entführen.

»Kann sie das Jahr denn nicht wiederholen?«, fragte Ellie besorgter, als Lottie erwartet hätte.

»Es ist nicht nur das.« Anastasia ließ sich in den breiten Sessel in der Mitte des Raums fallen. Eine Krone aus goldenen LED-Lämpchen schwebte über ihr. »Der Rat sagt, sie könnten ein paar Strippen ziehen, wenn sie ihnen Informationen über Leviathan gibt, aber …«

Die Stimmung im Raum gefror. Alle konnten sich denken, wie der Satz weiterging. Saskia dazu zu bringen, über den mysteriösen Meister von Leviathan zu sprechen, war ein aussichtsloses Unterfangen. Die Partistin war wie mit einem Bann belegt. Bei der bloßen Nennung seines Namens starrten ihre Augen angstvoll ins Leere. Nicolai hatte ihnen berichtet, was sie bei ihrer ersten Vernehmung gesagt hatte: *»Ich darf ihn nicht enttäuschen.«*

Die unzähligen Verhöre hatten nur ein klares Ergebnis erbracht: Wer auch immer der Meister von Leviathan war, er hatte sein Gefolge fester im Griff, als sie es sich je hätten vorstellen können.

»Beruhige dich, Anastasia«, sagte Lottie. »Wir lassen uns etwas einfallen. Wir müssen ihnen klarmachen, dass Saskia in dieser Sache nicht frei entscheiden kann.«

Anastasias Schultern entspannten sich etwas.

»Ich wechsle ja nur ungern das Thema«, meldete Raphael sich zu Wort. Er sah von ihnen allen am erholtesten aus, seine Haut war taufrisch und zeigte keine Spuren von schlaflosen Nächten. »Aber kommt Jamie eigentlich noch?«

Der arme Raphael! Er hatte sich so bemüht, Jamie ein guter Freund zu sein, und Lottie wusste besser als jede andere, wie schwer das in Anbetracht von Jamies Sturheit sein konnte. Sie selbst war zu dem Ergebnis gekommen, dass man Jamie seine Probleme am besten allein lösen ließ, doch seit einiger Zeit fragte sie sich, ob das wirklich so eine gute Idee war.

»Nein, er kommt nicht«, sagte Ellie knapp. Ihr Tonfall ließ keinen Zweifel daran, dass sie keine Lust hatte, weiter darüber zu sprechen.

Ellie und Jamie hatten in der letzten Zeit kaum noch ein Wort miteinander gewechselt, die beiden waren mehr und mehr auseinandergedriftet. Anfangs hatte Lottie darauf gehofft, dass Jamie sich Ellie von allein wieder annähern würde, aber mittlerweile zweifelte sie daran. Und je länger die Funkstille zwischen den beiden dauerte, desto kälter wurde es zwischen ihnen.

»Wie schade«, sagte Raphael. Sein enttäuschtes Gesicht spiegelte die Mienen der anderen.

Lottie wandte sich dem Umschlag mit ihren Examensnoten zu. Sie wollte jetzt endlich etwas Normales, Produktives tun.

Micky seufzte.

»Geht es nur mir so«, fragte Lola, und ihr dünnes Stimmchen hallte durch den großen Raum, »oder fühlt ihr euch auch so mies?«

Die anderen nickten schweigend. Ja, sie waren zurück in ihrem geliebten Rosewood, aber es fühlte sich nicht so an wie früher. Seit dem Vorfall in der Tompkins-Villa hatte sich etwas verändert.

Schluss jetzt! Lottie schob einen Finger unter die Umschlagklappe, riss sie auf und zog die gelbe Karte mit ihren Ergebnissen heraus.

»Es ist, als würde etwas fehlen«, stimmte Micky Lola zu. »Als wären wir noch nicht bereit, wieder hier zu sein.«

Lottie starrte auf die Zahlen in ihren Händen. Der schwache Schein der Lichterkette trübte ihr die Sicht.

Herzlichen Glückwunsch zu einem weiteren erfolgreichen Jahr …

Die Worte des Königs verhöhnten sie, während die Zeit stehenblieb und Lottie der grässlichen Realität ins Auge blickte, die grimmig zurückstarrte.

Es war unmöglich. Sie hatte so hart gearbeitet. Sie war eine gute Schülerin. Das wussten alle.

»Ähm, Leute …« Ihre Stimme war unerwartet ruhig, als wäre sie losgelöst von allem und schwebte über ihr. Sie hob den Blick und streckte die Hand mit der Karte aus. »Ich bin durchgefallen.«

3

Wenn Lottie sich einer Sache sicher gewesen war, dann waren es ihre guten Noten. In ihren schlimmsten Albträumen – dass Leviathan Ellie Schaden zufügte, dass Jamie für immer verloren war – war ihr nie in den Sinn gekommen, dass etwas so Banales ihr Untergang sein könnte. Dass sie die Versetzungsprüfung nicht bestehen würde.

Es fehlten nur wenige Punkte, aber die würden reichen, um sie aus Rosewood auszuweisen. Wenn das passierte, wäre ihre Rolle als Porterin ernsthaft in Gefahr.

»Das kann nicht sein.« Ellie riss Lottie die Karte aus der Hand und starrte auf die Ergebnisse. »Das ergibt überhaupt keinen Sinn. Allein die Englischnote ist viel zu schlecht. Glaubst du, Leviathan hat …?«

»Aber warum?«, erwiderte Lottie. »Und selbst wenn es ihnen gelungen ist, irgendwie das Notensystem zu manipulieren, was könnten wir dagegen tun?«

»Ellie hat recht«, sagte Anastasia und pflückte die Karte aus Ellies Hand. »Du hast so hart gearbeitet. Die Noten können nicht stimmen.«

Eigentlich glaubte Lottie selbst, dass irgendjemand sich eingemischt haben musste, denn dazu hätte sie es nie kommen lassen. Es stand viel zu viel auf dem Spiel.

Oder doch?

Bevor sie Zeit hatte, dem Zweifel Raum zu geben, merkte sie, dass Percy und Binah sich aufgeregt in Gebärdensprache unterhielten. Es sah so aus, als glaubten auch sie, dass an der Sache etwas faul war.

Es war ein sonderbares Gefühl, sich umzublicken und in den Gesichtern ihrer Freunde nichts als unerschütterliches Vertrauen zu sehen. Keiner schien auch nur im Entferntesten zu glauben, dass sie tatsächlich durchgefallen sein könnte.

»Es hat einen Einbruch gegeben«, verkündete Binah, während Percy bestätigend nickte. »Im Hauptbüro, in dem die Examenszeugnisse ausgestellt werden. Es haben sich keine Zeugen gemeldet, und es gab bisher keine Verdächtigen – es wurden nur ein paar wertlose Sachen gestohlen, aber jemand hat sich an den Datenträgern für die Zeugnisse zu schaffen gemacht. Percy glaubt, dass Leviathan dahinterstecken könnte – jemand von ihnen könnte den Computer gehackt oder ein Mitglied der Lehrerschaft manipuliert haben.«

»So muss es sein!«, rief Raphael. »Leviathan hat deine Noten gefälscht. Du musst nur dein Zeugnis bei der Examenskommission anfechten, dann wird sich alles klären.«

Diese Lösung stimmte Lottie nicht gerade zuversichtlicher. Denn es gab eine Frage, die sehr viel wichtiger war, als die Frage, *wie* sie es gemacht hatten.

Warum sollten sie ihre Noten fälschen? Was wollten sie?

»Versteht ihr denn nicht? Wahrscheinlich *wollen* sie, dass ich die Note anfechte.« Kopfschüttelnd wandte sie sich an Ellie, die grimmig die Zähne zusammenbiss. »Es spielt keine Rolle, ob Leviathan dahintersteckt. Wir haben keine Beweise, und wenn wir zu viel Wind um die Sache machen, denken die Leute vielleicht, ich wäre wirklich durchgefallen und würde einen Schuldigen suchen.«

Brütendes Schweigen machte sich breit, während alle die bittere Wahrheit verdauten. Mittendrin stand Ellie mit einer Miene, als hätte sie auf eine Zitrone gebissen.

In der Stille erhob sich ein kleines Stimmchen in Lotties Kopf, das den Wunsch äußerte, sie könnte einfach abhauen, mit Ellie, den Zwillingen und Anastasia. Sie alle hatten im letzten Jahr so viel durchgemacht.

Der Gedanke setzte sich in ihrem Kopf fest, erst nur als Spinnerei, die jedoch schnell zu einem handfesten Plan wurde. Alle Ereignisse des Tages mündeten in dieser Idee.

»Also, was machen wir jetzt?«, fragte Lola.

»Wenn wir das Problem lösen wollen«, erklärte Lottie, »müssen wir um die Ecke denken. Besser gesagt«, fügte sie mit klopfendem Herzen hinzu, »nicht nur um die Ecke, sondern um die halbe Welt.«

Lottie und Ellie flogen umgehend nach Maradova zurück. Es waren sieben schweigsame Stunden. Am Ende ihrer Reise warteten Ellies Eltern auf sie, der König und die Königin von Maradova, die die Macht hatten, Ellie und Lottie mit einem einzigen Fingerschnipsen auseinanderzureißen.

Alle Gedanken an die Journalisten, an Aimee Wu und den Sturz am Tor waren in den Hintergrund getreten.

»Mach dir keine Sorgen«, versuchte Lottie ihrer Prinzessin Mut zuzusprechen, während sie den zähnefletschenden Wolf an der großen Flügeltür des Palasts fixierte, »es kommt alles wieder in Ordnung. Ich lasse mir etwas einfallen, und dann reden wir mit deinen Eltern.«

Die Tür öffnete sich knarrend und gab den Blick auf eine endlose Ahnengalerie frei, die sich durch den vor ihnen liegenden Korridor zog. Die ehemaligen Herrscher des Reichs blickten den Mädchen düster entgegen und schienen jeden ihrer hallenden Schritte durch den Marmorgang genau zu verfolgen.

Ellie schauderte, als sie an dem schwarzgerahmten Gemälde eines Mannes mit grünen, spöttischen Augen vorübergingen. Claude, der einsame Wolf der Wolfsons, grinste höhnisch auf sie herab, eine bittere Erinnerung, was mit denen geschah, die den Erwartungen des maradovischen Königshauses nicht gerecht wurden: Verbannung und Exil auf Lebenszeit.

Doch Lottie würde nicht zulassen, dass sie dasselbe Schicksal ereilte.

»Edwina« – Lottie nickte der obersten Palastangestellten zu, die ein silbrig schimmerndes Teetablett trug –, »bitte sorgen Sie dafür, dass Ellie einen heißen Tee bekommt und sofort zu Bett geht. Sie ist sehr krank.«

Sie warf ihrer Prinzessin einen letzten Blick zu. Ihre Lippen waren bläulich angelaufen, und Lottie fühlte das Gewicht ihres Vertrauens ähnlich schwer wie den Wolf an der Kette um ihren Hals.

Es mochte am Jetlag und ihrer Verunsicherung liegen, dass sie sich zu etwas entschlossen hatte, was sie mehr als alles andere fürchtete: Sie würde mit Jamie reden.

Du schaffst das, redete sie sich zu. *Du wirst ihn überzeugen.*

Als sie ihren Weg durch den Palast allein fortsetzte, kam es ihr so vor, als würde jedes goldgerahmte Porträt sie für ihr Versagen verurteilen.

Es ist nicht meine Schuld, hätte sie am liebsten erwidert. *Irgendjemand hat meine Noten gefälscht. Ich bringe das schon wieder in Ordnung.*

Aber zuerst musste sie Jamie überzeugen.

Ihr Blick fiel auf ihr Spiegelbild in einem vergoldeten Spiegel am Ende des schmalen Korridors, der zu Jamies Zimmer führte. Müde. Sie sah müde aus, aber wenigstens fühlte sie sich in den bequemen Sportsachen, die sie im Flugzeug getragen hatte, so wohl, wie es in dieser Situation nur möglich war, und sie reckte entschlossen das Kinn. Jeder von ihnen hatte sich auf andere Weise abgelenkt, nachdem Leviathan ihnen so übel mitgespielt hatte. Für Lottie war es das Lauftraining gewesen – und jetzt war sie fitter denn je. Obwohl Jamie sich geweigert hatte, weiter mit ihr zu trainieren, hatte sie nicht aufgegeben.

Sei freundlich, sei mutig und gib niemals auf.

Wenn ihre Ahnin Liliana Mayfutt es geschafft hatte, von zu Hause fortzulaufen, die Identität eines Mannes anzunehmen, damit man sie ernst nahm, und Rosewood Hall zu gründen, eine der renommiertesten Schulen der Welt, dann würde auch Lottie es schaffen, stark zu sein und sich von nichts aufhalten zu lassen.

Sie band sich die Haare zu einem straffen Pferdeschwanz und fragte sich, wann sie so lang geworden waren. Es war unbemerkt geschehen – so wie der Größenunterschied zwischen ihr und Ellie immer weiter geschrumpft war, waren ihre Haare immer weiter gewachsen. Die strohblonden Locken hatten schon viel erlebt.

Ihre Faust zögerte kurz vor Jamies Tür, doch dann schlug sie entschlossen die Fingerknöchel dagegen, wie sie es Nicolai oft hatte tun sehen, in der Hoffnung, Jamie täuschen zu können.

Wenige Sekunden später öffnete Jamie die Tür, den Blick über Lotties Kopf gerichtet. Er schien tatsächlich mit Nicolai gerechnet zu haben und gab sich keine Mühe, seinen Unmut über ihren Trick zu verbergen.

Sein Oberkörper war nackt, und Lottie sah sofort, dass er noch immer nicht seinen Wolfsanhänger trug. Sie kniff die Augen zusammen und wandte schnell den Blick ab. Ihre Wangen wurden rot, und ihr kam der Gedanke, dass dies eine dumme Idee war.

Der letzte Rest eines ganz normalen Jungen, der in Jamie noch vor einiger Zeit gesteckt hatte, war verschwunden. Vor ihr stand ein dunkler, brütender Riese mit festen Muskeln und zornigen Augen. Er schien noch einmal ein ganzes Stück gewachsen zu sein. Seine dunklen Haare, die er zurückgebunden hatte, waren ebenfalls länger geworden. Jetzt sah er wirklich wie der skrupellose Kämpfer aus, zu dem er ausgebildet worden war, und das war nicht langsam und unbemerkt geschehen – die Veränderung war binnen weniger Wochen nach dem Entführungsversuch in der Tompkins-Villa eingetreten. Es war, als hätte das Ereignis etwas in ihm ausgelöst, das sich nie wieder rückgängig machen ließ. Er hatte die Haut des Jungen abgestreift und war zum Mann geworden.

»Was willst du hier?«, fragte er und stützte einen Arm gegen den Türrahmen. »Warum bist du nicht bei Binah?«

Über seine muskulöse Schulter erhaschte Lottie einen Blick auf sein Zimmer – es war tadellos aufgeräumt. Der Duft nach Zimt und anderen Gewürzen lag in der Luft.

Es roch sonderbar.

Alles im Raum war purpurrot: Bettwäsche, Teppiche, Lampenschirme, alles in diesem verstörenden Rot. Glänzend wie ein wertvoller Juwel lag in einer Schachtel auf seinem Nachttisch der Wolfsanhänger, dessen Edelstein sie wie ein Auge anblitzte. Jamie hatte geschworen, ihn nicht eher zu tragen, als er sich seiner wieder würdig fühlte.

Lottie hatte ihn mit allen Mitteln zu überzeugen versucht, dass das, was auf dem Anwesen der Tompkins geschehen war, nicht seine Schuld war, dass keiner von ihnen die Falle hatte vorhersehen können, doch egal, was sie sagte, er war fest entschlossen, sich zu bestrafen. Er glaubte, als Partist, als ihr ständiger Beschützer, hätte er sie vor jeglicher Gefahr bewahren müssen. Er wollte nicht einsehen, dass er nichts hätte tun können, um den Lauf der Dinge zu ändern.

Als er Lotties neugierigen Blick bemerkte, trat er einen Schritt vor und versperrte ihr die Sicht.

»Was willst du hier?«, wiederholte er.

»Ellie ist krank. Und ich … *wir* … brauchen deine Hilfe. Es geht um –«

»Wenn es nicht um Leben und Tod geht, will ich nichts damit zu tun haben. Ich habe eine Menge Arbeit, und ich werde mich nicht wieder von einem eurer albernen Abenteuer ablenken lassen.«

Lottie ließ sich nicht aus der Ruhe bringen.

Jamie tat wie üblich, was er konnte, um sie auf Distanz zu halten. Vor einem Jahr noch hätte seine Bemerkung sie gekränkt, doch mittlerweile wusste sie, dass sie durch ihre *albernen Abenteuer* ihren Platz in der Welt gefunden hatte – und das war mehr, als Jamie von sich behaupten konnte.

Jamie wollte die Tür wieder schließen, doch Lottie schob ihren Fuß dazwischen und blickte ihn ruhig an.

»Ich will, dass du ein Wettrennen mit mir machst«, sagte sie.

Jamies verdattertes Gesicht wäre zum Lachen gewesen, wenn die Angelegenheit nicht so wichtig gewesen wäre.

»Warum sollte ich? Das ist lächerlich.« Er verschränkte die Arme, und seine Muskeln traten hervor, als wollten sie Lottie daran erinnern, wie viel stärker und schneller er war als sie.

»Weil ich dir verspreche«, erwiderte Lottie, »dich nie wieder um einen Gefallen zu bitten, wenn du gewinnst. Dann kannst du dich ganz auf deine Partistenpflichten konzentrieren, und« – die nächsten Worte waren bitter, weil sie wusste, dass es überhaupt nicht ihre Absicht war – »ich werde dich nie mehr ablenken.«

Sein Gesicht war undurchdringlich. Es war unmöglich zu sagen, ob der Gedanke ihm gefiel oder völlig abwegig erschien.

»Aber«, fuhr Lottie fort, »wenn ich gewinne, musst du mir zuhören.« Dann fügte sie schnell hinzu: »Und du darfst nicht böse werden.«

»Was für eine Zeitverschwendung«, sagte er stöhnend. Lotties Hoffnung schwand, bis er fortfuhr: »Aber wenn es sein muss, damit du mich endlich in Ruhe lässt, meinetwegen.«

Er knallte ihr die Tür vor der Nase zu, um sich umzuziehen, und Lottie japste vor Überraschung. Sie konnte nicht glauben, dass er wirklich zugestimmt hatte.

»Wir sehen uns in einer Viertelstunde am Tor zum Westgarten«, rief sie im Davonlaufen und ballte die Fäuste.

Und ich werde gewinnen, fügte sie in Gedanken hinzu. Sie *musste* gewinnen. Wenn sie Jamie nicht hinter sich hatte, bevor sie mit dem König und der Königin sprach, konnte sie ebenso gut schon jetzt aufgeben.

Der Himmel über dem maradovischen Königspalast war strahlend blau. Doch trotz der Sonnenstrahlen, die durch die immergrünen Bäume fielen und in der Luft glitzerten, war es eiskalt. Lottie musste an das Märchen von der Schneekönigin denken, und sie schob den Gedanken schnell beiseite. Sie wollte nicht, dass ihr Herz zu Eis wurde.

»Wer als Erster einmal um den Teich gerannt und wieder hier angekommen ist« – Lottie legte ein rotes Band quer über den Kiesweg –, »hat gewonnen.«

Teich war vielleicht etwas untertrieben für den funkelnden zugefrorenen See an der Westseite des Palastgartens, der locker die Größe einer Eislaufbahn hatte. Ellie hatte Lottie versprochen, ihr hier irgendwann Eislaufen beizubringen, doch Lottie war gar nicht besonders scharf darauf. Der See sah zu tief, zu kalt, zu tödlich aus.

In der Mitte erhob sich eine bemooste Statue der Göttin Artemis, die den Pfeil in ihrem gespannten Bogen direkt auf sie gerichtet hielt.

»Wir starten, wenn das Signal ertönt.« Lottie legte ihr Handy auf die Steinstufen, die hinunter zum See führten, und stellte den Timer auf eine Minute. »Bist du bereit?«

Jamie zuckte mit den Schultern unter seinem schwarzen Kapuzenpulli, der neben Lotties pfirsichfarbenem Jogginganzug besonders düster wirkte. Er war größer und stärker als sie. Es schien unausweichlich, dass er gewinnen würde.

»Bringen wir's hinter uns.« Er ging neben Lottie in Startposition.

Ihr Atem stieg wie Rauch in die Luft.

Ich werde gewinnen. Lottie erzwang diesen Gedanken. *Ich werde dir zeigen, was ich kann.*

Der Alarm piepte, und sie rannten los. Sie stürmten über den gefrorenen Rasen, und Lottie warf alle Gedanken in den Wind. Sie dachte nicht an das Wettrennen, sie dachte nicht an die Journalisten, das schlechte Zeugnis oder an die Frage, warum Leviathan ihre Noten manipuliert hatte. Nichts davon ging sie etwas an, wenn sie nur schnell genug rannte. Wenn sie durch den Angriff in der Tompkins-Villa eins gelernt hatte, dann, dass wahre Macht darin bestand, aus eigenem Antrieb heraus stark zu werden. Sie hätte sich nie träumen lassen, dass die schnaufende, schwitzende Lottie, die schon der kleinste Sprint aus der Puste brachte, irgendwann die Freiheit des Laufens lieben würde. Jamies Trainingspläne hatte sie dazu nicht gebraucht. Sie hatte einfach angefangen und gewusst, dass sie nicht aufgeben durfte. Das hatte die Zeit mit Ellie sie gelehrt.

Das gefrorene Gras knirschte unter ihren Sohlen, die mit jedem ihrer Schritte geisterhafte Spuren hinterließen. Ein metallischer Geschmack trat ihr in den Mund, während die eisige Luft tief in ihre Lungen drang und sie weiter vorwärtstrieb. Auf halber Strecke merkte sie, dass sie etwas zurückfiel, anfangs nur wenig, doch der Abstand zu Jamie wurde größer und dehnte sich wie ein Gummiband. Ihre Beine jaulten jedes Mal auf, wenn ihr Fuß auf den Boden schlug, und trotzdem wuchs die Distanz. Sie waren jetzt kurz vor der Ziellinie, er würde gewinnen! Wenn sie jetzt nicht alles gab, würde er gewinnen.

Lottie stieß einen erstickten Schrei aus und spürte das Gummiband zum Zerreißen gespannt, während sie in großen Sprüngen auf das rote Band zustürmte.

Aber es war zu viel. Ihre Knie, die noch immer von ihrem Sturz in Rosewood schmerzten, gaben unter ihr nach, und die Welt um sie herum begann zu wanken. Der kalte, harte Boden kam ihr entgegen, gerade als Jamies Fuß auf dem Band landete.

Sie lag keuchend am Boden. Schon wieder gedemütigt. Jamie hielt ihr die Hand hin, doch sie stieß sie weg und rappelte sich mit steifen Bewegungen auf. Zitternd stützte sie sich auf die Oberschenkel und beugte sich vor, um Luft in ihre schmerzenden Lungen zu pumpen. Sie sah eine Schweißperle zu Boden fallen, und an der Stelle, wo sie aufkam, schmolz das Eis.

Ihr Plan war gescheitert. Als sie den Blick hob, sah sie, dass sie es nicht einmal über die Ziellinie geschafft hatte.

4

»Ich laufe nicht noch mal gegen dich. Kommt nicht in Frage.«

»Aber ich hätte gewonnen! Wenn ich nicht gestolpert wäre, hätte ich gewonnen.«

Jamie würdigte sie keines Blickes. Er zog sich seine schwarze Bomberjacke über und winkte ab.

Es fühlte sich jetzt kälter an als vor ihrem Rennen. Die frostige Luft schmeckte bitter wie ihre Niederlage.

»Jamie, bitte.« Bevor sie sich zurückhalten konnte, streckte sie die Hand aus und hielt ihn am Kragen fest.

Er drehte sich zu ihr um. Goldgesprenkelte Augen sahen sie an, und für den Bruchteil einer Sekunde, so kurz, dass es ihr fast entging, huschte Sorge über sein Gesicht.

»Ich bin durchgefallen.« Sie redete schnell, um ihm keine Chance zu geben, sie zu unterbrechen. »Wir glauben, dass meine Noten manipuliert worden sind, aber wir können im Augenblick keinen Wirbel darum machen, weil die Medien ohnehin schon so aufgestachelt sind. Ich darf nur nach Rosewood zurück, wenn ich die Prüfungen wiederhole. Aber schau mal hier.« Lottie schob die Hand in die Tasche ihres Kapuzenpullovers und zog die handgebundene Broschüre heraus, deren Vorderseite das holzschnittartige Bild von Pagoden um einen Seerosenteich zierte. Darüber stand in geschwungenen goldenen Buchstaben der Name der Schule: *Takeshin Gakuin*.

»Dort werden während der Sommerferien Sport- und Kreativkurse angeboten. Die Noten kann man sich auf die Punktzahl für die Abschlussprüfungen anrechnen lassen. So könnten wir das Problem lösen, ohne Aufmerksamkeit darauf zu lenken.« Ihre verschwitzten Finger ließen das Papier feucht werden und Wellen schlagen. Sie schluckte. »Ellie möchte den Kendo-Kurs belegen, und ich denke, dass er ihr helfen könnte, ihr Selbstbewusstsein wieder aufzubauen. Aber wir brauchen dich. Wir brauchen deine Unterstützung, wenn wir mit ihren Eltern reden.«

Sie hatte die Informationen über die Schule sicher hundert Mal gelesen, und es war, als hätten die Worte in ihren Gedanken Wurzeln geschlagen und zögen sie übers Meer.

Am Stadtrand von Tokio, umgeben vom Bambushain Kiri Shinrin, der nach dem dichten Nebel benannt ist, der hier das ganze Jahr über auf mysteriöse Weise auftritt, besticht Takeshin Gakuin sowohl mit seiner herrlichen Lage als auch seiner akademischen Exzellenz. Takeshin wurde 1650 von Kou Fujiwara während der Sakoku-Periode gegründet, als die Aus- und Einreise in Japan nur den Shogunaten vorbehalten war. Die Schule, die mit ihrem Schwerpunkt auf anderen Kulturen und Traditionen ihrer Zeit weit voraus war, wurde bald dafür bekannt, Absolventen mit herausragender körperlicher, geistiger und seelischer Stärke hervorzubringen. Erst im 19. Jahrhundert öffnete Japan seine Grenzen, um den Handel mit Großbritannien und Amerika zu ermöglichen. In dieser Zeit wurde auch die für beide Seiten bereichernde Partnerschaft mit der weltberühmten Schule Rosewood Hall aufgenommen. Schon damals wurden die Grundlagen für die renommierten Sommerkurse gelegt. Heute können Schüler aus der ganzen Welt zwischen den außergewöhnlichen Sport- und Kreativkursen in Takeshin wählen, die über acht Wochen intensiven Unterricht bieten. Es ist unser Wunsch, dass die Teilnehmer unserer Kurse die Schule nicht nur mit exzellenten Noten wieder verlassen, sondern auch mit einem gestärkten Selbstbewusstsein, das sie mit Achtsamkeit und Leidenschaft durchs Leben trägt.

»Japan?« Jamie nahm ihr die Broschüre aus der Hand. Seine Miene war so eisig wie die Luft um sie herum. »Du willst auf Rosewoods Partnerschule in *Japan*?«

»Ich weiß, es klingt verrückt, aber es ist nicht nur wegen der Noten – ich mache mir auch Sorgen um Ellie.« Lottie gab sich Mühe, ruhig und selbstsicher zu sprechen. »Vielleicht ist es genau das, was wir gerade brauchen.«

»*Wir?*« Er sah sie scharf an.

»Ja, *wir*. Falls es dir entgangen ist: Du bist im Augenblick auch nicht gerade auf der Höhe.« Die Anspannung zwischen ihnen wuchs spürbar. »Ellie und ich, du und vielleicht noch Saskia und Anastasia …«

»Nein.«

»Nein?« Sie verschränkte die Arme vor der Brust.

»Du musst die Prüfungen wiederholen. Du kannst nicht einfach vor deinen Problemen davonlaufen, Lottie.«

»Aber wenn die Leute von Leviathan wirklich meine Noten manipuliert haben, könnten sie es wieder tun.«

Die Kalligraphie mit dem Namen der Schule zitterte in Jamies Faust. Er schien zu merken, dass Lottie nicht so schnell aufgeben würde.

»Du hast versprochen, mich nie wieder um einen Gefallen zu bitten, wenn ich dich beim Wettrennen schlage.«

Lottie öffnete den Mund und schloss ihn wieder, und Jamie nutzte die Gelegenheit, um ihr die Broschüre wieder in die Hand zu drücken. In der eisigen Stille spürte Lottie deutlich ihre schmerzenden Knie, ihre müden Muskeln und die brennenden Schürfwunden auf ihrer Haut, die sie an ihr Versagen erinnerten.

»Hör zu, Lottie, du hast keine Ahnung, was das bedeutet. Japan ist …« Jamie schluckte und blickte in den Nebel. »König Alexander und sein Bruder waren dort. Ellies Onkel ist nach Japan ins Exil gegangen, als er verstoßen wurde.«

Lottie sah die grünen Augen vor sich. Das Porträt des Mannes, das sie empfing, wann immer sie den Palast betraten oder verließen – eine düstere Erinnerung an die maradovische Tradition und das, was geschah, wenn man mit ihr brach. Ein Schicksal, das Ellie niemals treffen durfte.

Sie wollte gerade etwas erwidern, als eine Stimme nach ihnen rief. Lottie blickte auf und sah Simien Smirnov auf der Palasttreppe stehen und wild gestikulieren. Smirnov – der sonst immer wie ein grinsender Fuchs wirkte – schien irgendetwas zu beunruhigen. Das konnte nichts Gutes bedeuten.

»Miss Pumpkin, Mr Volk«, rief er wieder. Sein Atem ging stoßweise, als wäre er gerannt. »Sie werden unverzüglich im östlichen Empfangszimmer erwartet. Der König und die Königin wünschen, Sie zu sprechen.«

Lottie warf Jamie einen Seitenblick zu, in der Hoffnung, dass er wusste, worum es sich handelte, doch sein Gesicht spiegelte ihre Verwirrung.

Während sie Simien schweigend durch den Palast folgten, spürte Lottie den Wolfsanhänger bei jedem Schritt gegen ihre Brust schlagen.

Verschwitzt, wie sie war, mit aufgeschürften Händen, zerzausten Haaren und im Jogginganzug, fühlte sie sich nicht besonders vorzeigbar. Bei der Vorstellung, gleich Ellies Eltern vor die Augen treten zu müssen, hätte sie sich am liebsten irgendwo verkrochen. Sie fragte sich, ob Ellie ihnen schon von Lotties Zeugnis berichtet hatte und sie deshalb gerufen wurden, doch als sie auf dem Weg zum Empfangszimmer Simiens Augenbraue über dem Glasauge sorgenvoll zucken sah, wurde ihr klar, dass es viel schlimmer sein musste.

Die weiße Flügeltür öffnete sich, und trübes blaues Licht fiel von einem großen, an der Wand befestigten Bildschirm auf den rosafarbenen Seidenteppich.

Als Erstes bemerkte Lottie, dass alle Mitglieder der Familie Wolfson ihre Wolfsanhänger trugen: ein Zeichen der Solidarität und eine Mahnung, dass jeder, der das Schmuckstück trug, dazugehörte. Eigentlich hätte es sie beruhigen sollen, ein ganzes Rudel hinter sich zu wissen, doch die funkelnden Wolfsaugen kamen ihr plötzlich gierig vor, als lechzten sie danach, sie zu verschlingen.

Als Nächstes bemerkte Lottie ihre Prinzessin. In dem wuchtigen antiken Samtsessel wirkte sie klein und verloren und kränker denn je. Ihr Vater und ihre Mutter standen still wie Statuen hinter dem Sofa und strahlten eine eisige Schönheit aus. Das teure Parfüm der Königin, das Lottie sonst tröstlich fand, lag süß und drückend in der Luft.

»Lottie.« Königin Matilde bemühte sich um ein entschuldigendes Lächeln. »Leider gibt es schlechte Nachrichten. Wir hielten es für das Beste, es Eleanor, dir und Jamie gleich zu zeigen.«

Wie aufs Stichwort ging Simien zu Nicolai an den Tisch am Fenster, wo ein Lichtstrahl zwischen den geschlossenen Vorhängen hindurchfiel und seine Umrisse scharf abzeichnete. Er drückte einen Knopf unter dem Tisch, und das eingefrorene Bild auf dem Monitor erwachte zum Leben.

»Für mich ist es eindeutig, dass diese Kinder nichts anderes wollen als Aufmerksamkeit, und es ist höchste Zeit, dass wir sie in die Schranken weisen.«

Lottie kam die Galle hoch.

Aimee Wu mit ihrem trügerisch freundlichen Lächeln war in den Nachrichten und kommentierte ihr Interview am Tor von Rosewood Hall. Lottie kam es so vor, als hörte sie ihre eigene Grabrede.

»Eine Formel, die Gedanken manipulieren kann? Eine geheime Verschwörung?« Aimee lächelte wieder und schüttelte mitleidig den Kopf. *»In meinen Ohren klingt das alles nach Unsinn. Ich bin froh, dass ich endlich die Gelegenheit hatte, direkt mit der Prinzessin zu sprechen. Besser gesagt, mit der Drahtzieherin der ganzen Operation.«*

Darauf folgte eine Aufnahme, wie Lottie, halb hinter Samuel verborgen, stammelnd versuchte, Aimee Wus Fragensalve zu beantworten. Sie wirkte verwirrt und müde. Und dann sagte sie das Schlimmstmögliche.

»Meine Freunde aus Rosewood, ich und Leviathan haben die Formel gefunden, weil wir den Schlüssel zu dem geheimen Versteck gefunden haben …«

Lottie erinnerte sich, dass sie all diese Worte gesagt hatte, aber es waren Antworten auf zwei verschiedene Fragen gewesen. Jetzt klang es so, als hätten sie den Schlüssel gemeinsam gefunden, als hätten sie und ihre Freunde mit Leviathan zusammengearbeitet.

Alles drehte sich um sie herum, alles wurde heiß. Sie konnte ihren Schweiß riechen und spürte einen riesigen Druck, der sich auf sie legte und ihr den Atem nahm.

»Ich dachte, du hättest dafür gesorgt, dass niemand filmt?«, sagte Jamie leise zu Nicolai.

»Wir konnten es nicht verhindern«, erwiderte Nicolai und rieb sich das stoppelige Kinn.

Alle wandten sich wieder zum Bildschirm, wo Aimee Wu erneut zu sehen war.

»Sie war völlig außer sich«, sagte sie. *»Auf dem Weg in die Schule ist sie sogar gestürzt.«* Prompt kam eine Aufnahme, die Lottie zeigte, wie sie der Länge nach mit zerknittertem Rock auf dem Boden lag. Die Demütigung war kaum zu ertragen. Doch dann folgte etwas noch Schlimmeres: eine Nahaufnahme durch Rosewoods vergoldetes Tor von Lottie und Ellie, die über die Schultern auf die Journalistenmeute hinter ihnen spähten. Nun war auch Ellie offiziell ein Teil dieses Albtraums.

»Hier noch einmal die Prinzessin – mit einer engen Freundin, die meiner Meinung nach einen überaus schlechten Einfluss auf sie hat.« Aimee Wu seufzte, als sagte sie nur ungern, was sie nun

sagen musste. *»Ich finde, die Menschen haben ein Recht darauf, die Wahrheit zu erfahren.«* Pause. Aimee Wu blickte unverwandt in die Kamera, während sie ihre letzte Frage abfeuerte. *»Aber was ist die Wahrheit?«*

So, wie sie in die Kamera sah, war es, als würde Aimee Wu direkt zu Lottie sprechen, geradewegs bis nach Maradova. *»Die Wahrheit ist, dass diese verwöhnten Kinder lügen. Die angeblichen Anhänger von Leviathan könnten uns näher sein, als wir denken.«*

Königin Matilde stoppte die Wiedergabe, und Aimee Wus drohender Blick erlosch. Die Stille, die nun folgte, spendete Lottie keinerlei Trost.

Ellie sprach zuerst. »Ich hab's nicht ganz kapiert. Sagt die, dass wir lügen oder dass wir mit Leviathan zusammenarbeiten?«

»Sie bleibt absichtlich vage, damit sie auf jedes neue Gerücht aufspringen kann.« Jamie sprach sehr ruhig, doch irgendwie fühlte das Ganze sich dadurch noch entsetzlicher an.

»Warum sollten sie … Ich verstehe das nicht. Ich …« Lottie musste tief Luft holen, um sich zu beruhigen, aber es half nichts, es war, als könnte sie nicht richtig atmen. Es war ihr Job, dafür zu sorgen, dass die Menschen die maradovische Prinzessin mochten und ihr vertrauten. Sie hatte versagt. »Es gibt doch Zeugen. Alle haben uns geglaubt. Das sind Fakten!«

»Dann ändern sie die Fakten eben«, konterte Jamie.

»Sie können die Fakten nicht einfach ändern!« Ellie ballte die Fäuste.

Jamie trotzte dem Sturm, Ellie *war* der Sturm.

Der König räusperte sich und legte seiner Tochter eine

Hand auf die Schulter. »Wenn die Leute Angst haben, glauben sie das, was ihnen am besten passt.« Seine Stimme war unerwartet sanft. »Eine unbekannte Formel und eine geheime Verschwörung sind wenig erbaulich. Es ist angenehmer zu glauben, dass es etwas ist, was sich kontrollieren lässt, wie eine Gruppe durchgedrehter Teenager.«

In diesem Moment ertönte ein Klopfen an der Tür, und Simien öffnete. Draußen standen Midori und Edwina. Nach ihren Gesichtern zu urteilen brachten sie weitere schlechte Nachrichten. Gedämpftes Gemurmel erhob sich im Raum, und obwohl es kaum möglich schien, wurde Nicolai Olavs Miene noch ernsthafter als zuvor.

»Hinter den Toren des Palasts warten mehrere Reporter mit Kamerateams. Sie können zwar nicht herein, aber wir werden die Sicherheitsmaßnahmen verschärfen müssen.«

»Und was machen wir jetzt?« Jamie straffte die Schultern. »Ich denke, es wäre das Beste, die Mädchen so weit wie möglich von dem Trubel fernzuhalten. Aber so, dass es nicht als *Weglaufen* aufgefasst wird.«

»Das sehe ich auch so. Unser kleiner Kürbis sollte das Scheinwerferlicht meiden, bis die Lage sich wieder beruhigt hat.« Die Königin stellte sich neben Lottie und strich ihr über die heiße Wange.

So weit wie möglich …

Lottie spähte zu Ellie und sah, dass ihr der gleiche Gedanke gekommen war. Alles fügte sich zusammen. Lottie musste einen Sommerkurs an der japanischen Partnerschule besuchen, um ihren Platz in Rosewood zu wahren, ohne Aufmerksamkeit auf die manipulierten Noten zu ziehen. Weitere Medienberichte waren das Letzte, was sie jetzt brauchen konnten.

»Majestät« – Lottie verneigte sich vor dem König –, »wir müssen noch ein weiteres Problem beichten, aber vorher erlaubt bitte, dass ich Euch die Lösung zur gegenwärtigen Situation vorstelle.« Sie zog die Broschüre aus der Tasche und warf Jamie einen kurzen Blick zu. Sie musste es tun, egal, was er davon hielt. »Majestät«, fuhr sie fort. »Ich muss gestehen, dass meine Examensnote nicht den Anforderungen von Rosewood genügt.«

Sie schluckte mühsam. Da musste sie jetzt durch. »Wir glauben, dass jemand meine Noten manipuliert hat. Aber wir haben keine Beweise, und da wir keine Aufmerksamkeit erregen wollen, haben wir keine andere Wahl, als das Zeugnis so unauffällig wie möglich aufzubessern.« Lottie redete schnell. »Wenn Ihr erlaubt – ich würde es für das Beste halten, wenn wir an einem von Rosewoods anerkannten Sommerkursen teilnehmen. So könnte ich nicht nur meine Note verbessern, wir könnten auch den Medien eine Weile aus dem Weg gehen und alle eine Atempause bekommen.«

»Ich habe mir das Kursprogramm angesehen.« Nun übernahm Ellie, und Lottie ging zu ihr und stellte sich neben sie. »Ich glaube, dass ich mich nach allem, was im letzten Jahr passiert ist, dort gut erholen könnte.« Ihre letzten Worte wurden von einem Hustenanfall begleitet. Es war offensichtlich, dass Ellie Erholung brauchte.

Der Kiefer des Königs zuckte. Lottie fragte sich, welche Gedanken sie gerade heraufbeschworen hatte.

»Takeshin«, murmelte er mit einem Blick auf die Broschüre. Seufzend begann er durchs Zimmer zu gehen, und sein Schatten wurde mit jedem Schritt länger, den er sich von ihnen entfernte.

Am seltsamsten aber war die Reaktion der Königin. Sie, die sonst stets gelassen war, war wie erstarrt.

»Ich kenne die Schule«, sagte der König schließlich, ohne sich zu ihnen umzudrehen. »Ich habe selbst einmal einen Sommerkurs dort besucht.«

Ellie und Lottie wechselten einen überraschten Blick. Lottie hatte gewusst, dass beide Länder Handelsbeziehungen pflegten, und Jamie hatte gesagt, dass der Bruder des Königs nach Japan geflohen war, doch mit dieser Verbindung hatte sie nicht gerechnet.

»Wunderbar!«, flötete die Königin und lächelte, als wäre nichts gewesen. »Wir haben einen Alumnus unter uns. Das wird sicher bei der Bewerbung helfen.«

»Wir dürfen also hin?«, fragte Ellie ungläubig.

Der König drehte langsam den Kopf, bis seine schwarzen Augen ihre trafen. »Also dann. Beginnen wir mit den Vorbereitungen.«

Lottie brauchte einen Moment, um zu begreifen, was er gesagt hatte, und sie musste sich sehr zusammenreißen, um nicht ungläubig zu stammeln.

Die Entscheidung des Königs war zweifellos eine Erleichterung. Doch zugleich hatte seine Reaktion ihr wieder einmal bestätigt, dass es in der maradovischen Königsfamilie noch viele Geheimnisse gab. Und möglicherweise war sie gerade auf ein weiteres gestoßen.

5

Mit ihrer Schirmmütze, die sie sich tief ins Gesicht geschoben hatte, kam Lottie sich wie eine Spionin vor. Alles war so schnell gegangen, dass sie es noch immer kaum fassen konnte.

Der Flug vom internationalen Flughafen in St. Krystina, der Hauptstadt von Maradova, zum Flughafen Tokio-Haneda dauerte fünf Stunden. Fünf ganze Stunden. Fünf Stunden, um dem Wirbel zu entkommen. Das war fast zu gut, um wahr zu sein.

Man hatte ihnen ausgerichtet, sie dürften bei ihrer Ankunft einen besonderen Empfang zu Ehren der Prinzessin durch Nobuo Chiba, den Schuldirektor persönlich, erwarten.

»Hoffentlich leitet er keinen der Kurse.« Während sie an der Passkontrolle warteten, musterte Ellie sein Foto auf der Rückseite der Broschüre. Professor Croak, der Schulleiter von Rosewood Hall, brachte wenigstens ab und zu ein Lächeln zustande. Das konnte man sich bei Meister Chiba mit seinem akkuraten schiefergrauen Haar und der kantigen rahmenlosen Brille kaum vorstellen.

»Kann schon sein, dass er ziemlich streng aussieht, aber er ist unsere Rettung.« Lottie konnte mit ein bisschen Strenge leben. »Außerdem wissen wir doch eigentlich, dass man Menschen nicht nach Äußerlichkeiten beurteilen sollte, oder?«

»Du hast recht.« Ellie lächelte. »Erinnere mich daran, ihm zu danken, wenn wir ankommen.«

Die meisten Menschen holen sich im Flugzeug einen Schnupfen, doch Ellies Schnupfen war auf dem Flug beinahe völlig verschwunden, und ihr Körper schien umso kräftiger zu werden, je näher sie ihrem Ziel kamen. Lottie war froh zu sehen, dass sie die richtige Entscheidung getroffen hatten, wenigstens für Ellie.

Jetzt, da sie tatsächlich in Japan waren, hatte Lottie ein aufgeregtes Kribbeln im Bauch. Es war dasselbe Gefühl, das sie spürte, wenn sie auf dem Weg nach Rosewood Hall war. Es bedrückte sie nur, dass alle anderen Schüler in Takeshin bereits ihre Kurse gewählt hatten. Man hatte Lottie zwar versichert, dass sie auch noch vor Ort wählen konnte, aber die Größe des Angebots war ziemlich einschüchternd.

»Können wir uns bitte darauf konzentrieren, wo wir hin müssen?« Das waren die ersten Worte, die Jamie äußerte, seit sie den Palast verlassen hatten, und sein Ton ließ keinen Zweifel daran, was er von ihrer Reise hielt.

Lottie fiel ein, dass er gesagt hatte, sie könne nicht vor ihren Problemen davonlaufen, so als würde sie sich in eine Traumwelt flüchten. Aber als sie aus den großen Glasfenstern des Flughafens auf Tokio blickte, auf den pulsierenden Fluss aus Neonlicht, kam ihr das alles ziemlich real vor. Sie lief vor gar nichts davon. Sie hatte herkommen müssen, um zu bleiben, wo sie war – an ihrem rechtmäßigen Platz in Rosewood.

Auf dem Weg zum Treffpunkt fielen ihnen schon von weitem Saskia und Anastasia ins Auge. Ihr Versuch, unauffällig zu bleiben, war nach hinten losgegangen. Eine Aura von Berühmtheit umgab sie, die von ihren großen Sonnenbrillen und den lässig hochgebundenen Haaren nicht gerade geschmälert wurde. Sie sahen blendend aus.

Ellie grinste spöttisch. »Denen hat wohl niemand gesagt, dass wir undercover unterwegs sind.«

Lottie wollte gerade ihre Namen rufen, als ein hohes Quieken ertönte und sie sich in einer Umarmung wiederfand, die nach Puderzucker duftete.

»Wie schön, dass ihr da seid!« Lola hielt Lottie auf Armlänge von sich und strahlte sie unter ihrer gelben Kappe an. »Das werden die besten Ferien aller Zeiten!«

Ihr Zwillingsbruder Micky hielt sich wie üblich zurück, doch seine kirschroten Lippen, in denen ein Lutscher steckte, verzogen sich zu einem Lächeln.

Es war naheliegend gewesen, Saskia und Anastasia zum Mitkommen zu überreden – schließlich brauchte auch Saskia gute Noten, um nach Rosewood zurückkehren zu dürfen. Außerdem Lola und Micky zu fragen, war Lotties Idee gewesen. Sie hatten im letzten Jahr mit ihrem kranken Vater und der Infiltration der Fabrik ihrer Familie durch Leviathan so viel durchgemacht. Wie Ellie konnten sie eine Auszeit gebrauchen.

»Ist alles in Ordnung bei euch? Nach der … Sache mit den Medien?« Es fiel Lottie gar nicht so leicht, es zu benennen.

Die Gesichter der Zwillinge verzogen sich, und Lola verdrehte die Augen. »Lasst uns hier bitte nicht darüber reden. Wir wollen uns hier ja schließlich erholen.« Sie nahm Mickys Hand und zog ihn zum Ausgang.

Lottie warf Jamie einen Seitenblick zu, und dessen Gesichtsausdruck sprach Bände. *Du kannst nicht vor deinen Problemen davonlaufen.*

Jamie nickte seiner Partistenkollegin zu, allerdings weniger respektvoll als warnend. »Hallo, Saskia.«

Lottie verfluchte insgeheim Saskias Riesenbrille. Sie wünschte, sie wüsste, was in ihrer ehemaligen Entführerin vorging.

Ellie strahlte breit und ließ ihren Rucksack fallen, um Anastasia fest zu umarmen. Lottie hatte das Gefühl, Anastasia müsste gleich durchbrechen, doch die schob Ellie nur ein Stück von sich und grinste.

»Du hast mich vielleicht im Fechtturnier geschlagen, aber Kendo ist was ganz anderes«, warnte sie Ellie.

Als sie ihre Gruppe betrachtete, durchströmte Lottie mit einem Mal ein Glücksgefühl. Sieben Schüler aus Rosewood, aus allen drei Häusern, waren hier, um gemeinsam ein neues Abenteuer zu bestehen. Einen Augenblick wagte sie tatsächlich zu hoffen, dass alles gut ausgehen würde.

Der Flughafen war wie ein erster beeindruckender Schnappschuss von Japan und allem, was sie erwartete. Die Gänge waren so gestaltet, dass sie wie die Straßen Tokios aussahen, mit belebten Restaurants und Souvenirläden mit roten Vorhängen über dem Eingang. Eine breite Treppe führte auf eine Holzbrücke, die die Gänge überspannte, mit Reihen blühender Kirschbäume darunter und Lampions mit schwarzen Schriftzeichen, die warmes Licht spendeten.

»Das ist der phantastischste Ort der Welt«, flüsterte Lottie staunend.

Lola und Micky sahen sie verwirrt an, und sie brauchte einen Moment, um zu verstehen, warum.

»Warst du denn noch nie in Tokio, Lottie? Wir dachten, Maradova hätte enge Handelsbeziehungen zu Japan.«

»Eine Sicherheitsmaßnahme«, erklärte Jamie schnell und warf Lottie einen warnenden Blick zu. »Wir verlassen das Land nur sehr selten.«

Lola und Micky wissen nicht, dass du nicht die echte Prinzessin bist, erinnerte Lottie sich und schalt sich selbst, dass sie ihre Ehrfurcht so offen gezeigt hatte. Es war wirklich ziemlich komisch, dass sie aus einer ganz anderen Welt stammte als ihre Freunde – wenn die nur wüssten.

»Umso besser«, fuhr Lola fröhlich fort, »es wird dir gefallen! Es gibt so viele niedliche Cafés und Geschäfte.«

»Und alle sind so höflich – außerdem gibt es die besten Süßigkeiten der Welt«, fügte Micky hinzu. Wie aufs Stichwort kamen sie in diesem Moment an einem leuchtend pinkfarbenen Geschäft voll bunter Süßigkeiten vorbei. Lottie war so verzaubert von den hübschen Farben, dass sie fast mit den Männern zusammengestoßen wäre, die plötzlich vor ihnen auftauchten.

Sie trugen schwarze Anzüge und Kappen und weiße Handschuhe. Einer von ihnen hielt ein Schild mit der Aufschrift *Lottie Pumpkin und Gäste* mit einem blauen Herz, das nicht so recht zu ihren ernsten Mienen passen wollte. Neben ihnen standen drei weitere Männer, darunter auch Direktor Chiba. Es war ein richtiges kleines Empfangskomitee.

»Herzlich willkommen, liebe Schüler aus Rosewood, verehrte Prinzessin«, sagte der Direktor, während Lottie sich zum Gruß verneigte. »Mein Name ist Nobuo Chiba – aber bitte nennt mich Chiba Sensei. Es ist mir eine Ehre, Euch kennenzulernen.«

Lottie schüttelte ihm die Hand, doch ihr Blick wanderte automatisch nach rechts, wo das schönste Mädchen stand, das sie je gesehen hatte. Alles an ihr zog ihren Blick an. Ihre Haare waren so dunkel und lang, dass sie aussahen wie ein Wasserfall.

Haare so schwarz wie Ebenholz ... Eine Zeile aus einem alten Märchen kam Lottie in den Sinn.

Die roten Lippen des Mädchens verzogen sich zu einem Lächeln, bevor sie die Augen niederschlug und sich höflich verneigte. Sie stand Ellie genau gegenüber und wirkte auf Lottie wie ein verwirrendes Spiegelbild, das sie ganz schwindlig machte.

»Dies ist meine Enkelin, Sayuri Chiba«, sagte der Direktor. »Sie lebt bei mir und nimmt ebenfalls an den Sommerkursen teil. Es wird ihr eine Ehre sein, Euch alles zu zeigen.«

Sayuri. Lottie wiederholte den Namen in ihrem Kopf.

Ellie warf sich den Rucksack über die Schulter und lächelte. »Ich bin Ellie.«

Sayuri hob den Kopf, ihre schweren Lider weiteten sich und enthüllten Augen, die so dunkel und klar wie ein nächtlicher Sternenhimmel waren. »Es freut mich, euch alle kennenzulernen.« Jede Silbe schwebte wie eine Feder durch die Luft.

Chiba Sensei nickte und deutete auf seine andere Seite. »Und dies ist Sayuris Partist, Haruki Hinamori. Er leitet einen unserer Kurse.«

Der große junge Mann, der neben dem Direktor stand, verneigte sich ebenfalls. Seine Haare waren ein flauschiges kupferfarbenes Büschel auf seinem Kopf, aus dem kleine Löckchen in alle Richtungen standen. Eine eckige Brille mit dickem braunem Rahmen betonte seine schokoladenbraunen Augen, und auf seinen Wangen lag ein Hauch von Sommersprossen. Im Gegensatz zu Jamie wirkte er fröhlich und locker. Wie um alles in der Welt er ein Partist sein konnte, war Lottie schleierhaft.

»Bitte nennt mich Haru.« Er wandte sich an Jamie und streckte die Hand aus. »Du musst Jamie sein – es ist mir eine Ehre und ein Vergnügen, einen Kollegen hier zu haben.«

Jamie gab ihm die Hand, doch Lottie sah ihn kurz zögern und hatte beinahe das Gefühl, eine elektrische Spannung zu spüren, als ihre Finger sich berührten.

Saskia räusperte sich und stemmte mit gespielter Entrüstung eine Hand in die Hüfte. »Nicht nur *einen* Kollegen!« Sie grinste.

»O ja, natürlich.« Haru lächelte breit, doch als sie ihren Namen nannte, wurde das Lächeln schmaler. Er musste bereits von Saskias Vergangenheit gehört haben. Lottie hoffte sehr, dass es deshalb keine Probleme geben würde.

Drei schwarze Limousinen chauffierten sie durch die nächtliche Stadt. Sie glitten durch große Straßen mit unaufhörlich blinkenden Neonschildern und winzige laternenerleuchtete Gassen. Es war wie ein Kaleidoskop, Farben und Formen wuchsen und schwanden, während sie vorüberfuhren. Kurz vor Mitternacht erreichten sie die Schule.

Sie war genauso, wie es die Broschüre versprochen hatte: ein ruhiger, friedlicher Hafen – eine Gegenwelt zu der funkelnden, pulsierenden Energie der Stadt.

Nebel wallte ihnen entgegen, als sie das schwarze Eisentor zur Auffahrt passierten. Rosewood Hall war von der Außenwelt durch eine Steinmauer begrenzt, und dahinter lag der namensgebende Rosenwald, Takeshin dagegen wurde von den belebten Straßen nur von den dichten Bambusbäumen getrennt, die in Grüppchen rund um die Schule standen. Wenn man die Augen zusammenkniff, verdichtete sich der Nebel zu schmächtigen Figuren, die durch die Bäume glitten.

»Sieht aus wie Geister«, flüsterte Ellie. »Vielleicht wollen sie uns jagen.«

»Oder über uns wachen«, entgegnete Lottie.

Ihr Gepäck wurde abgeholt, und sie wurden auf ihre Zimmer gebracht. Vor den Schiebetüren zogen sie die Schuhe aus und schlüpften in weiche Pantoffeln. Auf Zehenspitzen folgten die Mädchen Sayuri über die *Tatami*, die Reisstrohmatten, um die anderen Schüler nicht zu wecken. Lottie musste daran denken, wie sie mit ihren Freunden durch das nächtliche Rosewood geschlichen war, und die plötzlich aufflammende Sehnsucht nach ihrem Zuhause festigte ihren Entschluss: Sie würde den Sommerkurs so gut wie möglich abschließen, um ihren Notendurchschnitt zu verbessern. Es war ihre einzige Chance, in Rosewood zu bleiben.

Haru brachte Jamie und Micky zu ihrem Zimmer, das sie sich mit einem Sommerschüler aus China und einem Schüler aus Takeshin teilen würden. Saskia, Anastasia und Lola bekamen ein eigenes Zimmer zugewiesen, während Lottie und Ellie zu einem Raum geführt wurden, den sie sich mit Sayuri und ihrer Mitbewohnerin teilen würden, die bereits mit einer rosa Schlafmaske vor den Augen schlief und deren Haare im Halbdunkel blau schimmerten.

»Ich hoffe, Ihr liegt bequem, Prinzessin«, flüsterte Sayuri, nachdem sie sich bettfertig gemacht hatten und sich auf ihren Futons ausstreckten. »Morgen geben wir Euch und Euren Gästen eine Führung durch die Schule. Ich bin gespannt, für welchen Kurs Ihr Euch entscheidet. *Oyasuminasai.*«

Ihre federleichte Stimme schwebte durch die Luft, und der Raum wurde dunkel.

»Was für ein Engel«, flüsterte Ellie sarkastisch.

Dann rollten sie sich auf ihren weichen Futons zusammen, um die erste Nacht in ihrem Zuhause für die nächsten acht Wochen zu verbringen. Lottie erinnerte sich noch von damals, als sie zum ersten Mal nach Rosewood Hall gekommen war, an das Gefühl, eine neue Welt zu betreten, die fremd und einladend zugleich war, und sie hoffte, dass sie sich auch hier bald heimisch fühlen würde. Hinter der Schiebetür erklang das nächtliche Insektenkonzert, und durch einen schmalen Spalt fiel ein Strahl Mondlicht über den niedrigen Holztisch in der Mitte des Zimmers.

Langsam schlossen sich ihre Augen, und die Erschöpfung der Reise ließ ihren Körper schwer werden und in den seltsamen Zustand zwischen Wachen und Schlafen hinübergleiten. Kurz bevor sie sich gänzlich ihren Träumen überließ, glaubte sie, das leise Miauen einer Katze zu hören, und es klang wie ein Willkommensgruß.

6

»Es ist halb sieben«, knurrte Ellie und blinzelte verschlafen um sich.

»Und?« Sayuri blickte auf sie herab. Sie trug bereits die honiggelbe kurzärmlige Bluse und den schokoladenbraunen Faltenrock der Schuluniform von Takeshin Gakuin. Sie sah umwerfend aus, die warmen Farben brachten ihre mitternachtsschwarzen Augen und ihre helle Haut besonders gut zur Geltung. Ihr Anblick machte Ellie nur noch schlechtere Laune und erinnerte sie an ihre eigene schlechte Verfassung in letzter Zeit.

»*Und?*«, wiederholte Ellie empört. »Das ist eindeutig zu früh für normale Menschen!« Sie ließ sich wieder auf ihren Futon fallen, als ein Kissen durchs Zimmer flog und sie mitten ins Gesicht traf.

»He!« Ellie richtete sich abrupt wieder auf, und endlich wühlte auch Lottie sich aus ihrer Decke. Es war nicht Sayuri, die das Kissen geworfen hatte. Neben ihr, die Hände in die Hüften gestemmt, stand ihre unbekannte Mitbewohnerin. Das Mädchen war höchstens einen Meter fünfzig groß, sie wirkte sogar noch kleiner als Binah. Taubenblaue wellige Haare umrahmten ihr rundes Gesicht in einem perfekt geschnittenen Bob. Die Augenbrauen unter ihrem kurzen Pony waren ebenfalls blau, und an der linken Schläfe hatte sie ein kleines herzförmiges blaues Tattoo.

Das blaue Herz auf dem Willkommensschild.

Auch ihre Bettwäsche war blau, mit blauem Pinguinmuster, um genau zu sein, und auf dem Kissen thronte ein blauer Plüschpinguin, der Ellie an Mr Trüffel erinnerte.

»*Yamette kudasai*«, knurrte das Mädchen. »Sprich nicht so mit Sayuri!«

Ellie erstarrte vor Verblüffung, und Lottie musste sich das Lachen verkneifen.

»Steh auf!«, befahl das Mädchen. »*Hayuku kudasai!*«

Also schluckte Ellie ihren Ärger hinunter und stand auf.

Lottie und sie blieben allein im Zimmer zurück und machten sich daran, die Schuluniformen anzuziehen, die man für sie bereitgelegt hatte. Nach einer Weile merkte Ellie, dass Lottie sie anstarrte. »Was ist?«, brummte sie.

»Ellie, ist alles in Ordnung?«

»Klar, wieso? Mir geht's gut.« Ellie wollte sich die Bluse über den Kopf ziehen und verhedderte sich darin.

»Willst du reden?«

»Nein«, fauchte Ellie und schob ihren Kopf ruckartig durch die Öffnung. »Ich meine, tut mir leid, aber nein. Mir geht's gut. Ich bin nur ein bisschen nervös, weil es der erste Tag ist.«

Lotties Lächeln war skeptisch, doch sie bohrte nicht weiter nach. »Es wird schon alles gutgehen.«

Ellie lächelte zurück, doch sie wurde den Gedanken nicht los, dass sie überhaupt nur hier waren, weil Lottie sich Sorgen um sie machte.

Auf dem Weg zu ihren Freunden war Ellie deutlich anzusehen, wie unwohl sie sich fühlte. Sie zerrte ständig am Saum ihres Rocks, als würde er nicht richtig sitzen.

»Ich hasse diese blöde Uniform«, grummelte sie, als sie den vereinbarten Treffpunkt beim Katzenschrein erreichten. Lola, Anastasia und Saskia erwarteten sie bereits zwischen den beiden großen steinernen Katzenstatuen, die aufrecht auf roten Podesten standen und neugierig in die Welt blickten. Auch Anastasia und Lola stand die Uniform unerfreulich gut. Lottie ebenfalls, aber das störte Ellie nicht so sehr.

»Die Uniform scheint dich auch zu hassen!«, kicherte Saskia und zeigte auf Ellies Taille, wo die Bluse aus dem Rock herausgerutscht war. Die Schultern hingegen waren zu weit; die Bluse war ihr gleichzeitig zu groß und zu klein.

Ellie konnte nicht mitlachen, und Saskias Gesicht wurde sanft. »Keine Sorge«, flüsterte sie ihr zu. »Ich werde fragen, ob wir eine Jungenuniform bekommen können.«

Jamie, Micky und Haru stießen zu ihnen, gefolgt von Sayuri und dem resoluten Mädchen mit den blauen Haaren. Ellie suchte Jamies Blick. Er wirkte ein bisschen befangen, als wäre er wegen irgendetwas verunsichert. Fragend zog sie eine Augenbraue hoch, doch er schüttelte nur den Kopf und wandte sich ab.

Lottie wiederum machte sich Sorgen um Ellie. Es war schwer zu sagen, was es war, doch sie kannte sie gut genug, um zu wissen, dass etwas nicht stimmte. Leider konnte sie im Augenblick nichts für sie tun, also konnte sie ebenso gut den herrlichen Anblick der Schule bei Tageslicht genießen.

Takeshin war kleiner als Rosewood und weniger weitläufig angelegt. Das Herzstück der Schule war ein großer See mit Seerosen, die in voller Blüte standen. Dicht unter der smaragdgrünen Wasseroberfläche schwammen fette Koi. Die Luft war süß und warm und erinnerte Lottie an frisches Gebäck aus der alten Bäckerei ihrer Mutter. Sie überquerten Brücken mit rotlackiertem Geländer und bronzenen Verzierungen, die die verschiedenen Gebäude miteinander verbanden. Der schützende Bambushain, der die Schule umgab, warf lange, fedrige Schatten.

Es war sehr still, nur unsichtbare Insekten zirpten und summten in melodischen Rhythmen. Sie folgten Sayuri, Haru und dem blauhaarigen Mädchen, das in der traditionellen Umgebung völlig fehl am Platz wirkte. Lottie musste daran denken, wie sie zum ersten Mal über das Gelände von Rosewood Hall gegangen war und gefürchtet hatte, sie könnte jeden Moment aus einem Traum erwachen.

»Dieses Haus dient während der Sommerkurse als Speisesaal.« Sayuri führte sie zu einem großen dunklen Holzgebäude, in dem Bedienstete in Schürzen umhereilten. »Zwischen sieben und acht Uhr gibt es Frühstück …«

»Moment mal«, unterbrach Ellie sie, und Lottie spürte ein Kribbeln am ganzen Körper. »Willst du damit sagen, dass wir *jeden Tag* so früh aufstehen müssen, selbst wenn wir keinen Unterricht haben?«

Das blauhaarige Mädchen schnalzte missbilligend mit der Zunge und zischte etwas auf Japanisch, woraufhin Haru große Augen machte. Sie schien einen ziemlich deftigen Ausdruck verwendet zu haben.

»Miko-san hat gerade höflich darauf hingewiesen«, erklärte Sayuri mit einem engelsgleichen Lächeln und zeigte auf ihre

Mitbewohnerin, »dass man während eurer Zeit hier von euch erwarten wird, dass ihr euch an unsere Gepflogenheiten anpasst. Das dürfte für Schüler aus Rosewood doch sicher kein Problem sein, oder?«

Ellie war anzusehen, dass ihr eine saftige Antwort auf der Zunge lag – sie kniff die Augen auf eine Weise zusammen, die Lottie nur zu gut kannte und die nichts Gutes verhieß.

»Nein – natürlich nicht, kein Problem«, beteuerte Lottie schnell und setzte ihr höflichstes Lächeln auf.

»Wunderbar. Dann können wir die Führung ja fortsetzen.«

»Du musst netter zu Sayuri sein«, raunte Lottie Ellie zu.

»Ich versuch's ja«, flüsterte Ellie zurück und rieb sich die Stirn.

Da war Lottie sich allerdings nicht so sicher. Warum machte Ellie so ein Theater? Es war doch ihr eigener Wunsch gewesen, nach Japan zu kommen. Rein körperlich ging es ihr wieder besser, aber es war zu spüren, dass noch etwas anderes an ihr zehrte. Lottie konnte nur hoffen, dass Takeshin ihr helfen konnte.

Als Nächstes besichtigten sie das *Onsen*. Es war ein großes dampfendes Wasserbecken, das unterirdisch beheizt wurde und durch einen hölzernen Zaun in Bereiche für Jungen und Mädchen unterteilt war.

»Wir sollen zusammen baden?«, fragte Anastasia mit sichtlichem Unbehagen.

»Beim Bad im *Onsen* geht es nicht darum, sich zu reinigen«, erklärte Sayuri. »Waschen könnt ihr euch in der Dusche. Es dient der Erholung.«

»Also wie im Schwimmbad?«, fragte Micky.

»Ja«, sagte Haru, »nur ohne Badehose. Deshalb sind die Bereiche getrennt.«

Lotties Wangen wurden rot bei der Vorstellung, sich Menschen nackt zu zeigen, die sie kaum kannte. Miko sah sie an und grinste. Sie schien ihre Gedanken lesen zu können.

Der nächste Raum, den sie betraten, war das *Dōjō*, zu dem sie ein paar niedrige Stufen hinuntergehen mussten. Durch das Oberlicht fielen Sonnenstrahlen auf eine Reihe schwarzer Anzüge an der Wand, die wie geheimnisvolle Ritter die Schule zu bewachen schienen. Lottie kam es so vor, als lauerten in der Dunkelheit hinter den Drahtmasken Geister, die jeden ihrer Schritte beobachteten.

»Einer unserer beliebtesten Kurse ist der Kendo-Kurs. Da vier von euch diesen Kurs gewählt haben, könnt ihr nach dem Frühstück hierher zurückkommen. Ich bin gespannt, wie die Schüler von Rosewood sich in dieser komplizierten Sportart bewähren.« Sayuri sprach so ruhig, dass es unmöglich war zu sagen, ob sie sich über sie lustig machte oder nicht.

»Was ist das?« Anastasia zeigte auf mehrere lange Holzstäbe mit Griffen wie Schwerter.

»Man nennt sie *Shinai*«, erwiderte Haru lächelnd. »Es sind Kendoschwerter. Ich werde selbst einige Einheiten unterrichten.« Er wandte sich an Jamie, als wären sie allein im Raum. »Ich bin sicher, dass es dir Spaß machen wird, Jamie-kun.«

Haru sprach so freundlich und ungezwungen mit ihm. Jamie hatte keine Freunde außer Ellie und Lottie, wenn man sie überhaupt noch als solche bezeichnen konnte, und nach den Ereignissen in der Tompkins-Villa hatte sogar Raphael Jamies beißende Kälte zu spüren bekommen. Alle machten sich auf die unvermeidliche Zurückweisung gefasst und waren umso überraschter, als Jamie Harus breites Lächeln erwiderte und sagte: »Ich freue mich schon!«

Es war kaum zu fassen. Am liebsten hätte Lottie Haru nach seinem Geheimnis gefragt, wie er Jamie bändigte. Sogar Lola und Micky starrten die beiden Partisten mit offenem Mund an.

»Ausgezeichnet.« Sayuri schritt anmutig in die Mitte des Raums. »Ich freue mich darauf, eure Fortschritte zu verfolgen.«

Die Führung wurde fortgesetzt, und Lola und Micky blieben in der Küche, wo ihr Kurs in japanischer Kochkunst stattfinden sollte. Nun waren nur noch Lottie, Sayuri und Miko übrig, und Lottie musste endlich ihren Kurs wählen.

Immer mehr Schüler strömten aus den Häusern, und der Duft nach *Miso* und frischem Reis stieg ihnen in die Nase, als sie wieder am Speisesaal vorbeigingen. Doch Miko und Sayuri wollten erst frühstücken gehen, wenn Lottie ihren Kurs gewählt hatte, deshalb durfte sie sich von dem betörenden Duft nicht ablenken lassen. Sie gingen über eine weitere Brücke und gelangten in einen ruhigeren Teil der Schule.

»Welches Programm belegst du, Miko-san?«, fragte sie, verlegen, dass sie selbst so unschlüssig war.

Miko blickte auf, und Lottie sah, wie dunkel ihre Augen waren, dunkel wie der Grund des Ozeans unter den dichten schwarzen Wimpern.

»Kabuki«, erwiderte sie. »Japanisches Theater.«

»Miko-san macht herrliche Kostüme«, fügte Sayuri hinzu.

»Kostüme?«, wiederholte Lottie.

»Ja«, sagte Miko und schien endlich ein bisschen aufzutauen. »Für die Theaterstücke. Und Masken und Requisiten und die … wie sagt man? Bühnenbilder! Aber am besten sind meine Kostüme. Ich kann sie dir zeigen.« Sie holte eine Mappe mit einem niedlichen Pinguinmuster aus der Tasche – doch die Bilder in der Mappe waren alles andere als niedlich. Sie eröffneten eine dunkle, magische Welt.

Die Skizzen und Fotos waren grotesk und bezaubernd zugleich: gruselige Masken mit Hörnern und drohenden Augen – und erst die Kostüme! Sie waren grausig und schauderhaft und wunderbar. Eigentlich waren die stacheligen, gezackten Dämonenkleider zum Fürchten, doch Lottie war hingerissen. Diese Kunstform war anders als alles, was sie kannte. Die Vorstellung, selbst an solchen unglaublichen Kunstwerken zu arbeiten, zog sie magisch an.

»Wie findest du sie?«, fragte Sayuri neugierig.

»Total faszinierend!«, sagte Lottie.

Miko sah sie verwirrt an. Als Sayuri für sie übersetzte, leuchtete ein Grinsen auf ihrem Gesicht auf, und sie nickte Lottie wohlwollend zu.

Sie setzten ihren Weg auf einem schmalen dunklen Pfad fort, als ein schwarzer Blitz Lottie vor die Beine schoss, so dass sie beinahe gestolpert wäre, und zwischen den Bäumen verschwand.

»Eine Katze!«, rief sie überflüssigerweise.

Eine weitere Katze erschien, eine dicke ingwergelbe mit flauschigem Fell und einem dicken, buschigen Schwanz. Sie tappte in dieselbe Richtung und hielt kurz inne, um sich an Lotties nackten Beinen zu reiben. Lottie bückte sich, um sie zu streicheln, doch die Katze sträubte ihr Fell und setzte ihren Weg fort.

»Da sind ja noch mehr!« Lottie riss die Augen auf, als zwei weitere schwarzweiße Katzen auftauchten.

Sayuri und Miko waren unbeeindruckt.

»*Neko-jinja.* Der Katzenschrein«, sagte Miko zur Erklärung.

Sayuri bückte sich, hob mühelos die dicke gelbe Katze hoch und kraulte ihr das Kinn. »Es ist ein alter Aberglaube. Manche Menschen meinen, dass sie Botschafter der Gründerin der Schule sind. Andere meinen, dass sie hier sind, um ihre Geheimnisse zu hüten.«

»Die Geheimnisse der Gründerin?«, fragte Lottie.

»Kou Fujiwara war eine eigenartige Frau. Angeblich war sie meine Vorfahrin. Sie schrieb Gedichte und hielt Katzen. Es gibt das alberne Gerücht, dass sie einen Schatz in der Schule versteckt hat, der den Finder reich machen wird.«

Lottie spitzte die Ohren.

»Ihr Studierzimmer ist als Museum erhalten. Dort gibt es auch eine Statue von ihr, auf die wir sehr stolz sind. Ich werde sie dir bei Gelegenheit zeigen.«

Lily Mayfutt! Der Name tauchte ganz plötzlich in Lotties Kopf auf, und sie musste an Lilianas Tagebuch denken, das sie und ihre Freunde in Lilianas unterirdischem Atelier gefunden hatten. Sie hatte es einsam und allein dort zurückgelassen und es in dem Durcheinander, das danach geschah, völlig vergessen.

Lili und Kou. Beide hatten eine renommierte Schule gegründet, beide hatten Gedichte geschrieben. Zufall? Oder war es möglich, dass sie sich gekannt hatten? Bei diesem Gedanken hatte Lottie das Gefühl, ihre Brust müsste vor Aufregung explodieren. Dabei schien es eigentlich unmöglich.

Trotzdem hatte die Idee etwas Magisches. Vielleicht gab es eine uralte Verbindung zwischen Sayuri und ihr, von der sie nichts wussten?

»Ich würde das Museum sehr gerne sehen. Sind ihre Gedichte noch erhalten?«

»O ja! Es gibt sogar noch die alten Handschriften. Ich muss dich aber warnen, in den meisten geht es um Katzen!« Sayuri lächelte – es war das erste aufrichtige Lächeln, das Lottie an ihr sah. »Manche Leute behaupten, die Katzen würden auf eine Person warten, die es wert ist, das alte Geheimnis zu erfahren, das in der Schule verborgen ist. Ziemlich albern, was?«

»Nein, ist es nicht! Über Legenden sollte man sich nie lustig machen«, widersprach Miko.

»Und wohin wollen die alle?«, fragte Lottie mit Blick auf die Katzen.

»Zum Theater.«

In diesem Moment, der sich schicksalhaft anfühlte, fiel Lotties Entscheidung: Sie würde denselben Kurs belegen wie Miko und lernen, solch außergewöhnliche Kostüme herzustellen. Sie hatte von Anfang an gespürt, dass diese Schule dieselbe verwirrende Macht besaß wie Rosewood. Und nun hatte diese Macht eine Wahl für sie getroffen: Sie würde sich dem japanischen Theater widmen.

7

Ellies Haare und Uniform rochen nach der Farbe Pink. Hibiskuspink, um genau zu sein, ein klebriger Rest von Anastasias Shampoo, das sie sich nach ihrer ersten Kendo-Stunde am Vormittag geborgt hatte. Vor ihr schlenderte Jamie in den Speisesaal und winkte Haru zum Abschied zu. Sie sah, dass Haru die Geste mit einem unbekümmerten, sanften Lächeln erwiderte, und hätte ihm am liebsten eins auf die Nase gegeben.

Nach drei Tagen in Takeshin Gakuin gab es eines, was sie mit Sicherheit wusste: Sie liebte Kendo. Es schenkte ihr eine neue Sicherheit, bot ihr einen Kanal für ihre Sorgen – all das, wovon Lottie behauptet hatte, sie würde es brauchen –, und alles wäre perfekt gewesen, wenn ihr nicht eine Sache die Laune verdorben hätte: Jamie sprach noch immer kaum ein Wort mit ihr.

»Findest du nicht auch, dass Haru sich ganz schön bei Jamie einschleimt?«, grummelte Ellie, als sie die Tür zum Speisesaal öffnete. Ihr schlug der Duft nach *Dashi* entgegen, und sie bekam augenblicklich Magenknurren.

»Da ist wohl jemand eifersüchtig.« Anastasia reihte sich hinter Ellie in die Schlange vor der Essensausgabe ein. Sie hatte sich die Haare hochgebunden und war wegen des

Trainings ungeschminkt, sah aber trotzdem wie ein Model aus.

Ellie ignorierte sie. Sie nahm sich zwei *Onigiri* von den makellos angerichteten Speisen, stopfte sich eins davon gleich in den Mund und kaute fest darauf herum, um an die Pflaume in der Mitte zu kommen.

»Wer ist hier eifersüchtig?«, fragte Saskia, pflückte eine Erdbeere von ihrem Kuchen und legte sie auf den Teller ihrer Freundin.

Die spielerische Zärtlichkeit der beiden hinterließ bei Ellie immer einen bitteren Nachgeschmack, auch wenn sie nicht wusste, warum. Sie redete sich ein, es läge daran, dass sie Saskia immer noch nicht vollständig vertraute.

Anastasia antwortete an ihrer Stelle: »Ellie findet, dass Haru sich bei Jamie einschleimt.«

»Hm.« Saskia reichte mehrere Dosen geeisten Kaffees weiter. »Vielleicht könnte es Jamie ganz guttun, einen Freund zu finden.« Ihre Worte hinterließen ein verlegenes Schweigen.

Ja, aber warum kann dieser Freund nicht ich sein?, dachte Ellie.

Als sie sich an einen freien Tisch in der Mitte des Raums gesetzt hatte, suchten ihre Augen nach Jamie, während sie unbewusst nach ihrem Wolfsanhänger tastete und ihn so fest drückte, dass er sich in ihre Handfläche bohrte.

Schließlich entdeckte sie ihn an einem Tisch in der Nähe des Fensters und beobachtete ihn neugierig und enttäuscht zugleich. Er war in Begleitung der beiden anderen Jungen aus Mickys und seinem Zimmer. Der eine hatte die Nase in ein Buch gesteckt, der andere trug Kopfhörer. Jamies Haare waren noch zerzauster als sonst, und seine braune Haut glänzte wie Kupfer. Bald hatte er Geburtstag. Nicht, dass er ihnen je erlaubt hätte, ihn zu feiern, aber dieser Tag erinnerte sie immer daran, dass sie ihn schon ihr Leben lang kannte. Wenn sie scharf hinsah, konnte sie den kleinen Leberfleck neben seiner Nase ausmachen, die goldenen Sprenkel in seinen Augen und den Wirbel in seiner linken Braue.

Doch obwohl sie jede Einzelheit seines Gesichts kannte, war der Junge auf der anderen Seite des Speisesaals ein Fremder. Er bewegte sich anders, er lächelte anders, und in seinen Augen blitzte kein trockener Humor mehr. Dieser Junge war ein Schatten ihres Partisten, zerfressen von Vorwürfen. Vorwürfe, die eigentlich Ellie hätten quälen sollen.

Warum sieht er es nicht? Warum sieht Lottie es nicht? Alles, was Jamie und Lottie widerfahren war, war nur geschehen, weil sie für ihre Familie arbeiteten, und Ellie brachte nichts anderes fertig, als sie wieder und wieder vor den Kopf zu stoßen. Sie hatte sie nicht verdient.

Ein Sonnenstrahl, der durch die Tür des Speisesaals fiel, zog ihren Blick an, und herein kam ihre kleine Kürbisprinzessin, flankiert von den Zwillingen. Als Ellie Lottie zum ersten Mal gesehen hatte, war sie ihr so klein und zerbrechlich vorgekommen, doch jetzt war sie fast so groß wie Ellie selbst, ihre Haare waren länger und wilder, ihr Körper muskulöser. Nur ihr Gesicht war immer noch etwas rundlich, und sie hatte noch immer eine Sanftheit und Verletzlichkeit an sich, die bewirkte, dass Ellie sie umarmen und vor dem Rest der Welt beschützen wollte.

Doch mit dem Kuss in der Schokoladenfabrik hatte Ellie alles verdorben.

Beim Gedanken daran verzog sie das Gesicht, und sie fragte sich, wie um alles in der Welt sie hatte glauben können, sie sei es würdig, Lottie zu küssen. Sie musste an Leviathan denken, an die Schule, an Jamie, und sie durfte sich nicht von verwirrenden Gefühlen ablenken lassen, zu denen sie sowieso kein Recht hatte.

»Was ist los?«, fragte Saskia.

»Nichts, ich … Da sind Lottie und die Zwillinge.«

Saskia und Anastasia wechselten einen wissenden Blick, den Ellie ihnen am liebsten vom Gesicht gefegt hätte.

Lottie setzte sich neben Ellie und strahlte in die Runde. An ihren Händen waren noch Farbkleckse von ihrem Vormittagskurs.

»Leute, die Zwillinge und ich wollen nach dem Essen in die Bibliothek, möchte jemand von euch mitkommen?«

»Geht leider nicht«, erwiderte Saskia und nippte an ihrem Eiskaffee. »Wir müssen zum Meditationskurs bei –«

Bevor sie ausreden konnte, kam eine Schülerin mit gezücktem Handy in den Saal gestürmt. *»PINKU ONI-CHAN! PINKU ONI-CHAN!«*, kreischte sie.

Die anderen Schüler sprangen auf und zogen ebenfalls hastig ihre Handys hervor, als hätte sie verkündet, dass irgendwo in der Nähe eine Bombe eingeschlagen war.

»Äh, Pinky … was?«, fragte Lola.

Nur drei andere Schüler schauten nicht auf ihre Handys – Jamie, der ebenso verwirrt aussah wie sie, und seine Mitbewohner. Es war die perfekte Gelegenheit, um mit ihnen ins Gespräch zu kommen.

Der Junge mit dem Buch zog eine Augenbraue hoch, als

sie an ihren Tisch kamen, und der Junge mit den Kopfhörern grinste spöttisch, als hätte er sie erwartet. »Ich habe mich schon gefragt, wann ihr euer Schoßhündchen abholen würdet.«

»Wie bitte?«, fragte Lottie entrüstet, doch Jamie schien sich nichts daraus zu machen. Er verdrehte beinahe gutmütig die Augen, als wären sie Freunde.

Nur mit mir will er nichts zu tun haben. Ich muss echt schrecklich sein. Ellie biss sich fest auf die Wange, um die Stimme in ihrem Kopf auszuschalten, und wandte sich dem Jungen mit den Kopfhörern zu. Seine Haut war dunkler als die der meisten anderen, seine Haare waren rot gefärbt, und er hatte mehrere Piercings im Ohr und in den Augenbrauen, die schwarz und buschig waren wie dicke Raupen. Der andere Junge, der noch immer nicht aufblickte, hatte die markantesten Wangenknochen, die sie je gesehen hatte, so blasse Haut, dass sie beinahe durchsichtig war, und sichtlich gerötete Augen. Er sah aus, als würde er Tag und Nacht lesen und niemals schlafen.

»Hey, Micky.« Der rothaarige Junge begrüßte Micky mit einem Grinsen und zog einen Stuhl für ihn heran, auf dem er sich dankend niederließ.

»Hallo, Rio! Hallo, Wei!«, sagte Micky, dem die allgemeine Anspannung zu entgehen schien.

Rio zwinkerte Ellie wortlos zu, die ihm für seine Frechheit am liebsten einen Tritt verpasst hätte.

»Wir dachten, ihr könntet uns vielleicht sagen, was hier los ist«, erklärte Anastasia rundheraus und setzte sich neben Wei, den Bücherwurm.

»Nette Frisur.« Raupenbraue strich sich eine rote Locke aus der Stirn und musterte Ellie von oben bis unten. »Sehr cool.«

»Rio, hör auf, sie zu belästigen«, schaltete sich Jamie ein, worauf Rio nur lachte.

Doch Ellie hatte das Gefühl, dass Jamie auch wissen wollte, was vor sich ging. Sie setzte sich ihnen gegenüber und schob die Beine weit von sich, um zu zeigen, dass sie sich nicht einschüchtern ließ.

Gottseidank habe ich die Jungenuniform, dachte sie. Rio ging ihr jetzt schon gewaltig auf die Nerven. »Verrätst du es uns oder nicht?«

»Die pinke Dämonin, *Pinku Onichan.*« Nicht Rio hatte geantwortet, sondern Wei, der sein Handy gut sichtbar auf den Tisch legte und auf *Aus dem Chinesischen übersetzen* tippte.

Alle beugten sich darüber, sogar Jamie, und Lottie las laut vor:

»Die Pinke Dämonin, die in den letzten zwei Monaten mehrfach in Tokio und Umgebung in Erscheinung getreten ist, wurde heute Morgen allein, ohne ihre Gang, in Shinjuku gesichtet. Dies hat die Gerüchte zerstreut, dass sie nur nachts ihr Unwesen treibt.«

Lottie scrollte nach unten und tippte auf das verschwommene Videostandbild unter dem Artikel.

Was sie sah, versetzte Ellies ganzen Körper in Aufruhr.

Ein aufheulender Motor war zu hören, dann ein fernes Knattern, das lauter und lauter wurde, bis ein pinkfarbener Blitz in Höchstgeschwindigkeit auf die Kamera zuraste. Das Video stoppte, als sie direkt vor der Kamera war: die Pinke Dämonin. Sie trug eine schwarze, mit Graffiti bedeckte

Motorradjacke, eine weite Bundfaltenhose, die im Fahrtwind flatterte, und thronte mit der Eleganz eines Reiters, der hoch zu Ross sitzt, auf einem magentaroten Motorrad, an dessen Seite sich eine schwarze Vier in einem hellen Kreis befand wie ein Markenzeichen. In der Hand hielt sie einen Baseballschläger, der mit bunten Buchstaben und Zahlen versehen war. Doch am Verblüffendsten war ihr Helm: magentarot wie das Motorrad, mit zwei gewaltigen Hörnern, die an beiden Seiten herausragten.

Die Pinke Dämonin.

Ellie wusste nicht, was sie mehr beeindruckte, das Mädchen oder das Motorrad. So mächtig wollte sie auch sein. So frei.

»Boah!« Saskia brachte mit einem Wort Ellies Gefühle zum Ausdruck.

Dann erhob sich eine vertraute Stimme, und Ellie blickte auf, noch immer einen Wirbel aus Pink und Schwarz vor Augen. Die Stimme bereitete dem Spaß ein abruptes Ende.

»Handys weg, sofort!« Sayuri wiederholte die Worte noch einmal auf Japanisch. Sie stand in der Tür und hatte die Hände in die Hüften gestemmt. Neben ihr stand Miko.

»Die Königin der Schule hat gesprochen«, bemerkte Rio spöttisch, als alle eilig ihre Handys verschwinden ließen.

Ellie verfolgte mit finsterem Blick, wie Sayuri durch den Saal schwebte und sich an einen Tisch setzte, wo sie ihr wunderhübsch zubereitetes Lunchpaket auspackte. Wie konnte jemand nur so perfekt sein?

Der geheime Schatz von Takeshin Gakuin war Historikern lange Zeit ein Rätsel. Das Gerücht geht auf ein Gedicht Kou Fujiwaras zurück, welches andeutet, dass ein überaus wertvoller Gegenstand in ihrem Herzen *versteckt ist. Da es niemandem gelungen ist, das Rätsel zu lösen, wird der geheime Schatz heute gemeinhin als Mythos betrachtet.*

Neben dem Text war ein *Ukiyo-e*-Gemälde von Kou abgebildet, auf dem sie mit knielangen schwarzen Haaren zu sehen war und sich dem Betrachter mit einem tödlichen Schwert in der Hand zuwandte. Obwohl das Bild Ruhe ausstrahlte, verspürte Lottie eine ähnliche Aufregung wie damals, als sie zum ersten Mal ein Bild von Liliana in einem ihrer Schulbücher gesehen hatte. Der grimmige Blick, das Schwert, die regelrecht spürbare Autorität. Lottie hatte ein Déjà-vu. Die Ähnlichkeit war frappierend, und wenn Lottie in Rosewood eins gelernt hatte, dann dass man solche Sonderbarkeiten nie übersehen sollte.

»Ein geheimer Schatz *und* eine pinke Dämonin«, flüsterte Lola in der Stille der Bibliothek. »Ich liebe diese Schule!«

Micky hatte es sich ihnen gegenüber auf einem Kissen bequem gemacht und las sich die Notizen aus seinem Kochkurs durch, während er sich hauchdünne, schokoladenüberzogene Kekse in den Mund schob.

Lottie starrte das Bild an und musste plötzlich an Ellies Vater denken. Hatte König Alexander bei seinem Aufenthalt hier auch von dem Schatz erfahren? Hatte er ihn gesucht? Hatte er Sayuris Eltern kennengelernt?

Ein Summen ertönte in ihrer Tasche, und sie linste auf ihr Handy. Das Display zeigte eine neue Nachricht von Ollie an, ihrem alten Freund von zu Hause. Ohne seine Nachricht zu lesen, tippte sie: Kann gerade nicht reden. Habe zu tun.

Es war schon die fünfte Nachricht, die er ihr seit ihrer Ankunft in Tokio geschickt hatte, und sie wusste nicht, wie sie ihm noch deutlicher zu verstehen geben konnte, dass sie ihm nicht ständig schreiben konnte, um ihm von Japan zu berichten. Sie hatte gerade andere Sorgen.

Die Bibliothek war klein im Vergleich zu der von Rosewood, drei holzgetäfelte Räume, die randvoll mit Büchern waren und in denen es nach staubigem Papier roch. Sachbücher, alte Geschichten, Gedichte – die alten Buchrücken waren wie Brücken in völlig neue Welten.

»Glaubst du, es gibt ihn wirklich?«, fragte Lola mit glänzenden Augen.

»Vielleicht«, sagte Lottie.

»Was gibt es wirklich?«

Leicht wie Federn drangen die Worte an Lotties Ohr. Haru war unbemerkt hereingekommen und beugte sich über den Tisch. Sein Gesicht war ihrem so nahe, dass sie einen leichten Geruch nach Seife wahrnahm, doch sein unvermitteltes Erscheinen ließ sie nicht aufschrecken. Er hatte etwas seltsam Beruhigendes an sich.

Lola strahlte ihn an, sichtlich bezaubert von seinem Lächeln. »Wir lesen über das Rätsel um den geheimen Schatz in der Schule.«

»Und habt ihr etwas Interessantes gefunden?«, fragte er.

Er richtete seine sanften braunen Augen auf Lottie. Wieder kam ihr der Gedanke, dass Harus Gesellschaft Jamie guttun würde.

»Nicht wirklich«, gestand sie. »Weißt du etwas darüber?«

Der Partist grinste breit. »Leider weiß ich auch nicht mehr als ihr. Aber manche Leute glauben, dass der Schatz Kou Fujiwaras verschollenes Schwert ist.«

Mit seinem langen Zeigefinger deutete er auf das Schwert auf der Abbildung, und wieder musste Lottie an das Bild von Liliana denken, auf dem ebenfalls ein Schwert zu sehen war. »Andere behaupten, es sei ein Geheimnis, das von Generation zu Generation weitergegeben wird.«

»Haru, da bist du ja!« Als hätten seine Worte sie angelockt, tauchte Sayuri hinter einem Regal mit japanischen Geschichtsbüchern auf. »Wir brauchen deine Hilfe bei der Ablage in Großvaters Büro.« Sie blickte sich um. »Was ist hier los?«

»Wir lesen nach, was es mit dem geheimen Schatz in der Schule auf sich hat«, erwiderte Lottie fröhlich. Doch ihre Begeisterung schien die Königin der Schule kaltzulassen, und die Augen der anderen Schüler in der Bibliothek richteten sich auf sie, als hätte sie ein Schimpfwort gesagt.

Sayuri runzelte kaum merklich die Stirn. »Ich bin etwas verwirrt. Könnt ihr mich aufklären?« Sie kam näher und klimperte auf eine Art mit den Wimpern, die affektiert und drohend zugleich wirkte. »Ich weiß natürlich nicht, wie es in Rosewood gehandhabt wird. Bekommst du eine Sonderbehandlung, weil du eine Prinzessin bist?«

Lottie hätte sich fast verschluckt. »Äh, nein.«

»Gut. Dann wirst du sicher verstehen, dass du die Freistunden nutzen solltest, um an deinem Abschlussprojekt zu arbeiten, und nicht, um dich mit albernen Geschichten zu beschäftigen.« Beim Anblick von Sayuris ruhigem Lächeln konnte man kaum glauben, dass diese Worte ihr wirklich über die Lippen gekommen waren. Sie fügte hinzu: »Es wäre doch sehr schade, wenn du die Schule ohne eine gute Abschlussnote verlassen müsstest, nicht wahr?«

Mit einer raschen Handbewegung klappte sie das Buch zu, drehte sich auf dem Absatz um und ließ Lottie sprachlos zurück.

Haru schaute entschuldigend in die Runde und folgte ihr schulterzuckend. Während Lottie ihnen nachblickte, fragte sie sich, wie ein so scharfzüngiges Mädchen einen so sanften Partisten haben konnte. Es sah ganz danach aus, als wären ihre Nachforschungen vorerst beendet.

8

Haru war … sonderbar. Es war das einzige Wort, das Jamie zu ihm einfiel. Er war ein hervorragender Lehrer, aber Jamie hatte noch nie einen Partisten wie ihn kennengelernt. Partisten waren berechnend, ernst, eiskalt – alles, was Haru nicht war –, und es war kaum vorstellbar, dass dieser unbeschwerte Junge ganze vier Jahre älter sein sollte als er. Als Haru Jamie gefragt hatte, ob er nach dem Training mit ihm ins *Onsen* gehen wollte, hätte er nein sagen sollen. Er hätte sagen sollen, dass heiße Bäder ein übertriebener Luxus waren und ein guter Partist seine Herrin nicht so lange aus den Augen lassen sollte. Doch das hatte er nicht getan. Er war hier.

Sie waren ganz allein im Bad, und Jamie beobachtete Haru fasziniert. Die Eleganz, mit der er sich durchs Wasser bewegte, die Kurve seines Kiefers, der wie eine Blume aufblühte, wenn er lächelte. Alles an ihm war so locker, so entspannt. Er war ein bisschen wie Raphael, nur ohne dessen Ego. Seine Haare hatten sich in der Feuchtigkeit in ein ziemlich albernes Wollbüschel verwandelt, doch den Körper eines Partisten besaß er zweifellos.

»Was hältst du von der Pinken Dämonin?«, unterbrach Haru seine Gedanken, und Jamie wandte verlegen den Blick ab, als ihm klar wurde, dass er ihn angestarrt hatte.

»Ich denke, man sollte immer vor Dingen auf der Hut sein, die man nicht kennt. Vor allem, wenn von ihnen eine Gefahr ausgehen könnte.«

Drei Tage waren seit dem Aufruhr im Speisesaal vergangen, und seitdem war die mysteriöse Motorradfahrerin nicht wieder gesichtet worden. Jamie war nicht ganz klar, was die Aufregung sollte.

Haru lachte über seine ernsthafte Antwort. »Wer auch immer sie ist, sie sorgt bei den Jugendlichen hier ganz schön für Wirbel.«

Jamie gefiel seine Art zu sprechen, einfach und rundheraus, und seine sanfte Stimme ließ alles weich und beruhigend klingen, wie ein gemütliches Kissen.

Bei dem Gedanken runzelte er die Stirn. Partisten hatten nicht an Kissen zu erinnern.

»Ich habe gehört, dass du bald Geburtstag hast«, sagte Haru und lehnte sich lässig an die steinerne Umrandung der Quelle, ohne zu ahnen, dass er ein heikles Thema angeschnitten hatte.

»Ich feiere meinen Geburtstag nicht«, erwiderte Jamie knapp und hoffte, die Sache hiermit zu beenden. Doch seine Antwort hatte nicht den gewünschten Effekt.

Haru machte ein skeptisches Gesicht. »Warum nicht?«

Jamie, der keine Lust hatte, über den Tod seiner Mutter zu sprechen, hielt es für besser zu gehen. »Ich muss nach meiner Herrin sehen.«

Wieder lachte Haru, diesmal klang es fast mitleidig. »Lottie ist mit Miko zusammen. Sie arbeitet.«

Jamie wurde noch angespannter. Er konnte Haru schlecht

sagen, dass Lottie nicht die *Herrin* war, nach der er sehen musste.

»Sie ist süß, deine Prinzessin. Aber ihr zwei redet nicht viel.«

Es war keine Frage, sondern eine Feststellung. Jamie war überrumpelt.

»Wir …«, begann er. Doch in seinem Kopf wurde es neblig vom Dampf und der Hitze, und verschwommene Erinnerungen stiegen in ihm auf.

Deine Schuld, deine Schuld!

Er hatte versagt. Leviathan hatte die Hameln-Formel bekommen, und beinahe auch ihn und Lottie – und das alles nur, weil er nicht aufgepasst hatte. Er war abgelenkt gewesen von Lottie und Ellie und dem, was sie getan hatten. Abgelenkt von Lottie, der Porterin, die darauf beharrte, dass sie ihre Rolle selbst gewählt hatte und er derjenige war, der ein Problem hatte.

Sie werden dich allein zurücklassen, und du wirst zu nichts mehr nütze sein.

»Alles in Ordnung?« Haru legte Jamie eine Hand auf die Stirn, und er zuckte zusammen. »Vielleicht ist das Bad zu heiß für dich?« Seine schokoladenbraunen Augen spiegelten ernsthafte Sorge, und Jamie spürte ein Ziehen in der Brust. »Alles in Ordnung«, brachte er mühsam heraus. »Was ist mit dir und Sayuri? Dir scheint es ja nichts auszumachen, wenn sie allein unterwegs ist.«

Haru lächelte, doch es war nicht das warme Sommerlächeln, das Jamie von ihm kannte. Es war ein nachdenkliches, melancholisches Lächeln. Er lehnte sich wieder an die Steine und blickte in den nächtlichen Himmel hinauf.

»Sayuri, Sayuri, scharf wie ein Messer!«, deklamierte er und starrte weiter gen Himmel, als erwartete er von den Sternen die Antwort auf eine stumme Frage. »Sie ist wie eine kleine Schwester für mich, und ich wünsche ihr ein glückliches Leben.«

Genau so hatte Jamie sich Ellie gegenüber auch immer gefühlt. Und genau das war der Grund, warum er auf Distanz bleiben musste – damit er seinen Job gut machen konnte, ob es ihr gefiel oder nicht. Es war beruhigend zu wissen, dass es Haru ähnlich ging.

Doch dann stellte Haru die schlimmste aller möglichen Fragen. »Was würdest du gerne machen, wenn du kein Partist wärst?«

Die Worte waren wie Eissplitter, die durch die Wärme des Wassers schnitten.

»Darüber«, erwiderte Jamie in einem Ton, der so kalt war wie sein Herz, »denke ich nicht nach.«

Er stieg aus dem Wasser und griff nach seinem Handtuch. Es war unverkennbar, dass er keine Lust hatte, dieses geschmacklose Gespräch weiterzuführen. Doch als er sich zum Gehen wandte, spürte er Harus Finger um sein Handgelenk.

Dessen Blick hatte sich verändert. Das ruhige Schokoladenbraun hatte einen silbrigen Glanz angenommen, düster und weise, und sein Griff war so fest, dass Jamie sicher war, einen Bluterguss zu bekommen.

»Das solltest du aber.« Harus Stimme war nicht länger kissenweich, sondern ein tiefer Brunnen voller Geheimnisse. »Ich habe gehört, dass du begabt bist. Musik, Gedichte … Warum hast du meinen Kurs gewählt?«

Zum ersten Mal in seinem Leben fehlten Jamie die Worte. Also tat er das Erstbeste, was ihm einfiel.

»Lass mich los, oder ich breche dir den Arm.«

Haru löste seinen Griff und kehrte so übergangslos zu seiner lässigen Art zurück, als wäre nichts gewesen. Ein Lächeln huschte über sein Gesicht. »Es tut mir leid, wenn ich dich gekränkt habe«, sagte er, und Jamie kam sich plötzlich albern vor.

Haru ließ noch einmal sein Lächeln aufblitzen und fügte hinzu: »Ich hoffe, wir können trotzdem Freunde sein.«

Lottie liebte es, Kostüme zu machen. Sie liebte, liebte, liebte es! Es verband alle ihre Leidenschaften: Malen, Basteln, Märchen und Geschichten. Und sie lernte dabei so viel über japanische Geister und Dämonen, *Yōkai* und *Kami*. Es gab gute *Yōkai* und böse *Yōkai*, und oft waren die gruseligsten die nettesten – ganz anders als in den Märchen, mit denen sie aufgewachsen war. Sie wünschte, sie könnte Sayuri mit Hilfe dieser Geschichten besser verstehen.

»*Kabocha-chan!*«, murmelte Miko, den Mund voller Stecknadeln. Diesen Kosenamen hatte sie Lottie gegeben, als sie hörte, dass ihr Name, Pumpkin, Kürbis bedeutete. Natürlich wusste Miko nicht, dass es in Wahrheit kein Deckname, sondern ihr echter Name war. »Was ist das?« Miko deutete mit einem Nicken auf Lotties Krone auf dem Werktisch. Selbst inmitten der vielen Wunder und Schrecken, die hier herumlagen, verströmten die gewundenen Ranken der Krone ihren eigenen Zauber, und der halbmondförmige Opal in der Mitte glänzte wie ein milchiger Regenbogen.

»Oh, das ist ein Erbstück aus meiner Familie. Ich dachte, ich könnte das Muster vielleicht in einem der Kostüme verwenden.«

Miko rümpfte die Nase und nippte an einem schimmernden blauen Getränk, das nach Kaugummi roch. »Auf keinen Fall! Das Ding verströmt eine Energie, die mich ganz kribbelig macht.«

»Wie bitte?« Lottie zog die Augenbrauen hoch und fragte sich, ob sie jemanden getroffen hatte, der wie sie die Macht von Lilianas Tiara spüren konnte.

»Ich habe gesagt, leg sie weg – wir haben heute noch eine Anprobe. Unsere Jungfrau wird gleich hier sein.«

Widerstrebend nahm Lottie die Krone und steckte sie in ihre Tasche. In Gedanken entschuldigte sie sich bei ihr, als wäre sie ein Mensch, und nahm sich vor, Miko später noch einmal zu fragen, was genau sie gemeint hatte.

Es dauerte nicht lange, bis sie wieder völlig in ihre Arbeit vertieft war, eine komplizierte Näharbeit am Katzenfell des Kostüms, das sie entworfen hatte. Es war ein grausig-schönes Vampir-Katzen-Jungfrauen-Monster. Dieser Mix war zugegeben etwas sonderbar, doch Miko hatte ihr versichert, dass er perfekt zu der Geschichte passte, die sie aufführen würden. Die Teilnehmer des Theaterkurses waren in mehrere Gruppen eingeteilt, die am Ende des Sommers verschiedene Stücke zeigen würden. Jede Gruppe hatte zwei Kostüm- und Bühnenbildner, zwei Musiker, zwei Drehbuchautoren und drei Schauspieler. Lottie hatte noch gar nicht alle Teilnehmer ihrer Gruppe kennengelernt und war entsprechend überrascht, als sie erfuhr, wer ihr Kostüm tragen würde.

»Hallo, Prinzessin!«

Lottie blickte von ihrer Arbeit auf und sah einen roten Haarschopf über einer aberwitzigen Anzahl an Piercings.

»Wie geht es mit meinem Kostüm voran?«, fragte Rio.

»Tut mir leid, Rio«, erwiderte Lottie. »Aber das hier ist nicht dein Kostüm. Wir nähen das Kostüm für die Jungfrau.«

Rio grinste breit.

»Aber *Kabocha-chan, ich* bin deine Jungfrau!« Er drehte eine Pirouette und bewegte sich mit der Anmut einer Geisha, bevor er wieder sein eigenes rotzfreches Gebaren annahm.

»Er ist ein *Onnagatta*«, erklärte Miko. »Ein Junge, der im Theater ein Mädchen spielt. Er ist nicht schlecht.«

Nicht schlecht war das größte Lob, das Miko je vergab.

Rio lächelte und neigte den Kopf mit unbestreitbarer Grazie. »Jede *Vor*-stellung ist *Ver*-stellung, Lottie.«

»Na schön.« Lottie fand endlich ihre Stimme wieder und trat auf ihn zu. »Dann wollen wir es mal anpassen.«

Als Rio sich das lange schwarze Kleid übergezogen hatte, verwandelte er sich erneut. Seine Mimik und Gestik wurden anmutig und kokett, als hätte das Kleid sein Wesen verändert.

Lottie und Miko begannen, ihm das Kostüm mit größter Vorsicht anzupassen. Der Trick war, dass sich das Vampirkatzenkostüm abziehen ließ, so dass Rio darunter als elegante Jungfrau zum Vorschein kam. Lottie bemerkte zwischen Rio und Miko eine Leichtigkeit und Vertrautheit, die darauf schließen ließ, dass sie sich schon lange kannten.

»Woher kennt ihr alle euch?«, fragte sie Rio mit zusammengepressten Lippen, zwischen denen Stecknadeln klemmten.

»Wei geht auf unsere Partnerschule in China. Er hat letztes Jahr schon an einem der Sommerkurse hier teilgenommen, und weil wir uns damals so gut verstanden haben, hat er sich dieses Jahr gleich wieder angemeldet«, erklärte Rio. »Und ich bin letztes Jahr nach Takeshin gekommen, als ich mit meinem Vater von den Philippinen nach Japan umgezogen bin. Er ist Japaner, aber meine Mutter ist Filipina. Sie arbeitet als Ärztin in Manila. Nächstes Jahr kommt sie nach, damit wir wieder zusammenleben können.«

»Rio und ich haben beschlossen, dieses Jahr mit Sayuri zusammen hierzubleiben und auch an den Sommerkursen teilzunehmen«, fügte Miko beiläufig hinzu, immer noch mit dem Kostüm beschäftigt. »Ihre Eltern lassen sich gerade scheiden, deshalb wollten wir sie nicht alleine lassen.«

Scheidung! Lottie hatte sich schon gefragt, wo Sayuris Eltern wohl steckten, und bekam plötzlich Mitleid mit der scheinbar unnahbaren Königin der Schule.

»Kennst du die Geschichte von *Nabeshima Bakeneko* eigentlich schon?«, wechselte Rio das Thema, und Lottie fiel auf, dass sogar seine Stimme weicher geworden war, als wäre sie in Honig getaucht.

»Ich weiß, dass es um eine Vampirkatze geht, die sich in ein schönes junges Mädchen verwandelt. Den Rest hat Miko mir noch nicht verraten.«

Miko kicherte und nickte Rio zu, fortzufahren.

»Angeblich war es die Lieblingsgeschichte unserer Schulgründerin. Sie ist ziemlich gruselig.« Während er sprach, fühlte Lottie sich an ihre Kindheit erinnert, wie sie im Bett lag, die viel zu große Krone auf dem Kopf, und ihre Mutter auf ihrer Bettkante saß und ihr die phantastischsten Geschichten erzählte.

»Es war einmal ein Prinz, der lebte in Nabeshima und war überaus schön und beliebt. An seinem Hof lebte eine Frau, die seiner Schönheit ebenbürtig war wie die Lilie der Rose.«

Lottie stutzte über die Wahl der Blumen, und der Gedanke daran hallte in ihr nach.

Rio fuhr fort: »Ihr Name war Aoi Tōyō, und sie war der Liebling des Prinzen. Doch eines Nachts, als sie allein in ihren Gemächern war, erwachte ein Schatten an der Wand zum Leben und kroch auf sie zu, bis er kein Schatten mehr war, sondern eine monströse schwarze Katze, die sich auf sie stürzte und sie zu Tode würgte, als wäre sie eine Maus. Nachdem sie Aoi Tōyōs Blut getrunken hatte, schlüpfte die Monsterkatze in ihre Haut.

In den nächsten Wochen wurde der Prinz immer kränker, bis er nicht mehr gehen oder sprechen konnte. Er wurde bettlägerig und schwach, als würde das Leben aus ihm herausgesaugt.«

Es dauerte einen Augenblick, bis Lottie merkte, dass Rio verstummt war.

Sie sah ihn mit großen Augen an. »Was? Das ist ja wohl nicht das Ende!«

»Oh, nein, natürlich nicht. Der Prinz wurde von einem seiner Soldaten gerettet, der sich ins Bein stach, um den Fluch der Vampirkatze zu brechen. Sie haben die Vampirkatze getötet, und der Prinz lebte glücklich und zufrieden bis an sein Lebensende. Fertig. Eigentlich ziemlich langweilig.«

Doch der Prinz interessierte Lottie gar nicht. »Was ist mit Aoi Tōyō?«, fragte sie perplex.

Miko und Rio wechselten einen Blick, den Lottie nicht deuten konnte.

Miko wandte sich wieder ihrer Näharbeit zu und erwiderte trocken: »Die bekommt kein Happy End.«

9

»Japan ist das sicherste Land der Welt.«

Haru klopfte Jamie beruhigend auf die Schulter, und Lottie entging nicht, dass Jamie sich augenblicklich verspannte. Irgendetwas musste zwischen den beiden vorgefallen sein. Der Bann, mit dem Haru ihren Partisten belegt hatte, war offensichtlich gebrochen.

»Könnt ihr nicht einfach bestellen, was ihr braucht?«, fragte Jamie und sah Lottie so vorwurfsvoll an, als wäre es ihre Schuld.

»Es wird nicht lange dauern«, erwiderte Lottie. »Außerdem haben wir keine Zeit mehr, etwas zu bestellen. Die Kostüme müssen dringend fertig werden.« Das war zwar nicht gelogen, entsprach aber auch nicht ganz der Wahrheit.

»Genau, und außerdem« – Ellie schob sich an Jamie vorbei ins Auto – »muss ich mal hier raus, sonst explodiere ich!«

Jamie sah sie überrascht an. »Das geht dir in Rosewood nie so.«

»In Rosewood gibt es ja auch keine *Schulkönigin*, mit der ich mir ein Zimmer teilen muss.«

Lottie versuchte immer noch, aus Sayuri schlau zu werden, und die spärlichen Informationen, die Miko ihr gegeben hatte, machten sie noch neugieriger. Ellies Aversion gegen sie machte die Lage jedenfalls nicht einfacher.

Lottie musste sich eingestehen, dass es ihr selbst nicht ganz geheuer war, das sichere Schulgelände zu verlassen, aber sie spürte, wie wichtig es für Ellie war. Noch vor kurzem hatte sie sich kaum aus dem Palast getraut. Dass Ellie nun fast wieder die Alte war und hinaus in die Welt wollte – das konnte nur ein Schritt in die richtige Richtung sein.

Rio hatte den Ausflug vorgeschlagen, als Miko und Lottie festgestellt hatten, dass sie für sein Kostüm noch schwarze Plateauschuhe brauchten. Es war genau die richtige Gelegenheit, um sich Tokio anzusehen.

»Das erlaubt Jamie nie«, hatte Lottie erwidert.

»Jamie? Jamie muss tun, was seine Herrin will.« Rio hatte eine seiner schwarzen Raupenaugenbrauen hochgezogen.

»Haru kann sie begleiten«, hatte Miko vorgeschlagen, und zwischen der blauhaarigen Elfe und ihrem rothaarigen Freund war eine unausgesprochene Übereinkunft zu spüren gewesen, die Lottie neugierig und nervös zugleich machte. Und nun saß sie im Auto und fuhr mit Jamie, Ellie und Haru ins Herz von Tokio.

Es war elf Uhr am Samstagvormittag. Kaum hatten sie in Harajuku ihre Nasen aus dem Auto gestreckt, begann die Welt um sie herum in Regenbogenfarben zu schillern. Die Straßen waren vollgestopft mit jungen Leuten in farbenfrohen Outfits und wirkten wie mit buntem Zuckerguss überzogen.

»Ist das etwa ein echtes Vivienne-Westwood-Shirt?«, fragte

Ellie mit großen Augen und starrte einen Typen mit gebleichten Haaren an, dessen zerrissenes Hemd von Sicherheitsnadeln zusammengehalten wurde.

»Seit wann interessierst du dich für Mode?«, fragte Lottie neckend.

Ellie hob die Hand. »Vivienne Westwood war eine der Begründerinnen der Punk-und-New-Romantic-Fashion-Bewegung. Bei gegebenem Anlass zolle ich ihr selbstverständlich meinen Respekt!«

Haru führte sie mit einem strahlenden Lächeln herum und zeigte ihnen verschiedene Boutiquen und Cafés. Im Nu standen sie vor einem Schaufenster mit Vintage-Latzhosen und schleckten dabei regenbogenbunte Zuckerwatte. Es war wie im Urlaub.

Lotties Blick fiel auf einen Fächer mit Margeritenmuster und goldenem Griff. Unwillkürlich stieg die Frage in ihr auf, was ihre Mutter zu dem bunten Treiben gesagt hätte, und ihre Brust begann zu schmerzen, als ihr klar wurde, wie lange sie nicht mehr an sie gedacht hatte. Sie schob die Hand in ihre Tasche und strich sanft über ihre Krone.

»Schluss jetzt«, blaffte Jamie unvermittelt, und Lottie zuckte zusammen. »Ihr habt eure Schuhe. Fahren wir zurück in die Schule.« Seine Haltung war angespannt. »Hier ist es zu voll. Zu unsicher.« Mit seinem engen schwarzen Shirt, der schwarzen Jeans und der dunklen Sonnenbrille sah er aus wie ein Anwärter für *Men in Black*.

»Jamie!«, fauchte Ellie, und in ihren Augen zog ein Sturm auf. »So darfst du mit Lottie nicht sprechen. Niemals.« Ihre Stimme war scharf und bitter.

Das war nicht das übliche Balgen unter Wölfen, an das Lottie sich gewöhnt hatte, sondern echte Wut, und sie wurde nervös.

»Schhh! Die Leute gucken schon«, flüsterte sie. Zu ihrer Erleichterung hielt Haru, der die Anspannung nicht zu bemerken schien, in diesem Moment ein Hochglanzmagazin mit dem Titel *Popteen* in die Höhe.

»Jamie«, sagte er, »deine Prinzessin und ihre Freundin sind in der Zeitung!«

Vor lauter Überraschung vergaßen sie ihren Streit und drängten sich um Haru. In der Tat waren Lottie und Ellie in dem Magazin. Es waren drei Fotos: Auf zweien sah man Lottie als perfekte Prinzessin, das dritte zeigte sie und Ellie bei ihrer Ankunft in Japan vor drei Wochen. Trotz Basecap und Sonnenbrille stachen auf dieser Aufnahme vor allem ihre wilden Haare hervor. Um die Bilder herum waren Schriftzeichen, die sie nicht lesen konnten.

»Was steht da?«, fragte Lottie. Ihre Stimme klang fest, obwohl ihr etwas schummrig zumute war.

Haru machte ein entschuldigendes Gesicht. »Da steht, dass du in Japan bist und …« Er stockte.

»Sag schon.«

»Da steht, dass die Prinzessin und eine Freundin, die offensichtlich einen schlechten Einfluss auf sie hat, nach Japan gekommen sind, um hier Unruhe zu stiften.«

Lottie starrte Ellie an. Ihr Gesicht sah aus, als hätte sie auf eine Zitrone gebissen, und sie rieb sich die Stirn, als könnte sie so die bösen Worte vertreiben. Lottie konnte damit leben, wenn jemand schlecht über *sie* redete. Aber nicht über Ellie.

»Ich verstehe.« Sie setzte ein Lächeln auf. *Sei freundlich, sei mutig und gib niemals auf. Sei mutig!* »So einen Unsinn ignorieren wir am besten.« Sie nahm Haru das Magazin aus der Hand und stellte es ins Regal zurück.

Haru grinste anerkennend. »Das ist die richtige Einstellung«, lobte er, doch Ellie und Jamie waren nicht so leicht zu täuschen, und sie verengten die Augen wie Wölfe.

»Jamie hat recht, wir sollten zurück in die Schule.« Lottie wandte sich zum Gehen, und die anderen folgten ihr.

Wären sie doch nur im Laden geblieben.

Sie hörten es, bevor sie es sahen: ein Knattern, anfangs noch entfernt, dann schnell lauter werdend, eine kreischende Symphonie aus quietschenden Reifen und jaulenden Motoren. Dazu kam der Geruch: Benzin, Feuer und Schwefel. Ganze Menschengruppen rannten den Bürgersteig entlang, um einen Blick auf die Legende zu erhaschen. Noch ein Reifenquietschen, und da war sie, ein grellpinkfarbener Blitz, der sich durch den Verkehr schlängelte, gefolgt von drei weiteren Motorrädern. Die Pinke Dämonin und ihr Gefolge.

Ellies Gesicht hellte sich auf. Ihre Augen leuchteten vor Aufregung.

Die Biker kamen schlitternd zum Stehen und bildeten mit quergestellten Maschinen eine undurchdringliche Wand auf der Straße. In der Mitte, blendend im weißen Sonnenlicht, schwang die Pinke Dämonin ihre Waffe, den verzierten Baseballschläger, und richtete ihn direkt auf Lottie und ihre Freunde. Die Geste war drohend und fühlte sich wie eine Warnung an. Trotz des Helms war Lottie sicher, dass die Dämonin ihr direkt in die Augen sah.

»Komisch. Das hat sie noch nie gemacht.« Haru klang eher erstaunt als besorgt. »Normalerweise verschwindet sie gleich wieder.«

Lottie lief es kalt den Rücken herunter. »Warum starren die uns so an?«, murmelte sie schwach.

»Ich weiß es nicht, und ich habe keine Lust, hier rumzustehen, bis wir es herausfinden. Kommt«, knurrte Jamie und schob seine Prinzessin und deren Porterin weiter.

»*Briktah*, Jamie!«, rief Ellie. »Lass mich los! Ich –«

Doch Jamie zerrte Ellie weiter, bis sie sich widerwillig in Bewegung setzte.

»Ich werde kein Risiko eingehen.« Er zog sie dicht zu sich, doch Lottie konnte sein wütendes Zischen hören. »Denk an deine kleine *Sessa*.«

Ellies Blick sprang zu Lottie.

Sie gingen schnell die Straße entlang, den gleichen Weg, den sie gekommen waren, zurück zum Wagen, während immer noch Leute mit gezückten Handys in die Gegenrichtung eilten, um einen Schnappschuss von *Pinku Oni-chan* zu bekommen. Erst als sie das Auto erreicht hatten, merkten sie, dass sie verfolgt wurden.

Einer der anderen Biker mit weißem Helm, dunkelblauem Anzug und kobaltblauem Motorrad kam um die Ecke gebraust und jagte wie Donnergrollen über den Asphalt. Das Knattern weiterer Motoren verriet ihnen, dass der Rest der Gang folgte.

Ein dunkler Funke entflammte in Haru, und der Partist veränderte sich. Seine braunen Augen wurden finster, Schatten verdüsterten seinen Blick. Lottie kam es vor, als hätte die

Erdoberfläche sich aufgetan und den Blick auf gefährlich brodelnde Lava freigegeben.

»Bleibt dicht hinter mir.« Harus Stimme war kein lauer Sommerwind mehr, sondern hart und bestimmt.

Der sanfte Junge von gerade eben war verschwunden, und die abrupte Verwandlung machte Lottie Angst. Eine solche Angst hatte sie erst zweimal in ihrem Leben gespürt – als Saskia versucht hatte, sie zu entführen, und in der Tompkins-Villa. Es war das Gefühl totaler Hilflosigkeit, und ihr ganzer Körper begann zu zittern, als die Erinnerung daran zurückkam, wie die Anhänger von Leviathan Ellie und sie überwältigt hatten. Eine Hand schloss sich um ihren Arm und versuchte, sie über die Straße zum Auto zu ziehen, doch sie konnte sich nicht rühren. Sie war starr vor Schreck.

»Ich kann nicht«, flüsterte sie, und die Knie gaben unter ihr nach. Sie hasste sich selbst dafür, dass sie so schwach war, doch die Panik überwältigte sie. Es war fast so, als könnte sie Leviathan riechen, beißender Qualm, der in ihre Lungen drang, um sie zu ersticken.

Sie hörte ein wölfisches Knurren am Ohr und spürte ruhige warme Atemzüge, als sie hochgehoben wurde. Sie blickte auf und sah die Welt an sich vorübergleiten, die bonbonbunten Straßen von Harajuku verschwammen hinter zwei goldgesprenkelten Augen.

Jamie trug sie. Nein, er trug sie nicht nur, er rannte mit ihr, als wäre sie so leicht wie ein Kätzchen.

»Ich werde es nicht wieder zulassen«, murmelte Jamie, und ganz kurz fühlte sie sich tatsächlich sicher.

Ellie half Lottie ins Auto, während Jamie auf den Fahrersitz sprang.

»Alles in Ordnung, Lottie«, sagte Ellie beruhigend. »Du musst keine Angst haben. Sie bewegen sich gar nicht, sie …« Ellie verstummte, als die Motoren aufheulten. »Sie schauen uns nur an.«

Lottie blickte auf, ihre Sicht war noch immer vor Angst getrübt. Durch die Heckscheibe des davonfahrenden Autos konnte sie sie sehen: pink, gelb, lila und blau, reglose Blumen am Horizont. Langsam wurden sie kleiner, bis das Auto um die nächste Ecke bog.

Es spielte keine Rolle, wie weit sie reisten. Lottie spürte die Nähe Leviathans, als wäre eine Scherbe ins Auto eingedrungen und hätte ihr Herz getroffen.

10

»Wir müssen davon ausgehen, dass sie zu Leviathan gehören.«

Jamie lief aufgebracht auf dem Gang vor der papiernen Tür zu ihrem Zimmer auf und ab.

Seit ihrer Begegnung mit der Pinken Dämonin waren mehrere Stunden vergangen, doch Lottie ging ihr Anblick nicht aus dem Kopf. Wie sie orkangleich durch die Stadt gezischt war, wie fasziniert Ellie gewesen war und wie ihre Bande sie angestarrt hatte, gestarrt, gestarrt, gestarrt …

»Wir wissen ja gar nicht, ob sie wirklich *uns* gemeint haben. Und warum rasen sie eigentlich auf Motorrädern rum?« Ellie ließ sich rückwärts auf ihren Futon plumpsen. Durch die papiernen Türen drang hell schimmerndes Licht herein.

»Vielleicht wissen sie, dass wir in Japan sind. Vielleicht suchen sie uns.«

»Das kann nicht sein. In den Nachrichten stand doch, dass sie sich schon hier herumgetrieben haben, bevor wir gekommen sind.«

»Ich weiß, aber …« Lottie blickte mit zusammengekniffenen Augen über den sonnenbeschienenen Teich. »Ich denke nur, dass wir weiterhin vorsichtig sein sollten. Immerhin haben sie die Hameln-Formel – wer weiß, was sie damit anstellen wollen. Es könnte auch sein, dass Julius und Ingrid auf Rache aus sind, weil wir ihnen entkommen sind.«

Schon wenn sie ihre Namen nannte, hatte sie das üble Duo vor Augen, sah sie Ingrids rundes Katzengesicht und hörte Julius breiten Akzent.

»Lottie hat recht.« Beide Mädchen drehten sich zu Jamie um.

»Tatsächlich?« Lottie hätte sich vor Verblüffung fast verschluckt, doch er konnte über ihren erstaunten Blick nicht einmal müde lächeln. Es war so lange her, dass er ihrer Meinung gewesen war. »Ja. Natürlich«, sagte sie schnell. »Wir dürfen kein Risiko eingehen. Dass wir in einem anderen Land sind, heißt noch lange nicht, dass wir in Sicherheit sind.«

»Wir können aber auch nicht einfach wilde Verdächtigungen anstellen«, wandte Ellie ein. »Wir haben überhaupt keinen Beweis, dass die Pinke Dämonin … ich meine, dass diese Biker hinter uns her waren. Sie haben keinen Versuch unternommen, uns weiter zu verfolgen.«

Jamie blieb standhaft. »Haru war auch alarmiert. Partisten haben einen Instinkt für Gefahr, und wir haben sie beide gespürt.«

»Wo steckt Haru überhaupt?«, fragte Ellie und rieb sich den Hinterkopf.

»Er ist bei Sayuri, um sie vor einer möglichen Bedrohung zu warnen.«

Jamie sprach wieder wohlwollender über Haru, und Lottie fragte sich, ob er in seiner Achtung wieder gestiegen war, seit er ihn im Partistenmodus gesehen hatte. Auf sie hatte es genau den gegenteiligen Effekt. Sie würde Haru nie mehr so sehen wie zuvor.

»Er will doch wohl nicht die *Königin* da hineinziehen?«

»Ist das deine einzige Sorge?«, fragte Lottie Ellie gereizt. »Wir hatten es möglicherweise mit Leviathan zu tun, wir waren vielleicht wirklich in Gefahr, und du machst dir Sorgen wegen Sayuri?«

Lottie wollte wirklich freundlich sein, aber jetzt war sie einfach zu erschöpft.

Es folgte ein angespanntes, frustriertes Schweigen, bis Ellie einen langen Seufzer ausstieß.

»Ich meine ja nur.« Sie stand auf. »Wir sollten nicht in Panik verfallen. Es hat keinen Sinn, dass wir uns mit unserer Paranoia die ganze Reise vermiesen. Das sollte doch eine Auszeit werden, schon vergessen?«

»Mir scheint, *du* hast vergessen, dass wir nicht im Urlaub sind.« Lottie zuckte zusammen, weil sie genau wusste, wie sehr Jamies Worte Ellie ärgern würden.

»Wir sind überhaupt nur wegen Leviathan hier.« Schon verzog sich das tröstende Lächeln, das Ellie für Lottie aufgesetzt hatte, zu einer Fratze. »Vielen Dank, Jamie, mir ist deutlich bewusst, dass das alles meine Schuld ist, und dass keiner von euch hier wäre, wenn ihr nicht für meine Familie –«

In diesem Moment öffnete sich die Papiertür, und herein trat Sayuri, in spektakulär rotes Sonnenlicht getaucht und von zartem Lilienduft umwogt. Hinter ihr stand Miko, deren Haare im Abendschein giftig violett schimmerten.

»Alles in Ordnung bei euch?«, fragte Sayuri honigsüß. Sie

trug ein weißes Kleid, das geisterhaft und anmutig um sie herumflatterte.

»Alles okay«, brummte Ellie.

»Und Haru? Wie war er?«

»Sehr hilfreich, ein vorbildlicher Partist.« Jamie berichtete, wie ruhig er geblieben war, und lobte sogar seine Qualitäten als Touristenführer.

Sayuri sah plötzlich nachdenklich aus.

»Stimmt etwas nicht?« Lottie konnte sich die Frage nicht verkneifen.

Sayuris Gesicht wurde wieder zu einer Maske der Gelassenheit. »Alles bestens. Ich denke, ihr solltet heute früh schlafen gehen.«

Lottie nickte. Doch dann geriet alles aus den Fugen.

»Könntest du dir deine dämlichen Ratschläge bitte sparen?«

Lottie riss den Mund auf.

»Es geht mir auf den Geist, dass du hier rumspazierst, als wärst du perfekt.« Ellie spuckte die Worte aus wie Säure. »Ich durchschaue dich. Du bist durch und durch falsch.«

»Ellie!«, riefen Lottie und Jamie einstimmig, doch Ellie brachte sie mit einem zornigen Blick zum Schweigen.

»Ich schlage vor, wir besprechen morgen früh, was dich verärgert hat, wenn du dich beruhigt hast.« Sayuri schien Ellies Ausbruch völlig kaltzulassen.

»Verärgert?« Ellies Stimme triefte vor Gehässigkeit. Lottie wurde klar, dass mehr dahinterstecken musste. »Wie könntest *du* mich verärgert haben? Du machst doch nie etwas falsch!«

»Ellie, bitte beruhig dich.« Lottie legte Ellie eine Hand auf den Arm, um ihre Wut zu lindern, doch die suchte sich lediglich ein anderes Ziel.

»Wie soll ich mich beruhigen, wenn wir hier total eingesperrt sind?« Ellie drehte sich abrupt zu ihr um. »Siehst du es denn nicht? Wir sitzen hier fest! Wir sitzen fest, und zwar wegen mir. Der Käfig ist größer und sieht anders aus, aber wir sind immer noch eingesperrt, und das ist meine Schuld! Wie ich das hasse!«

»Ihr zwei solltet lieber gehen.«

Lottie blinzelte, unsicher, wer gesprochen hatte.

»Ich habe gesagt, ihr sollt gehen«, wiederholte Sayuri. »Ihr bekommt ein anderes Zimmer. Ich glaube, ihr braucht mal etwas Zeit allein.«

»Oh, na super! Unsere perfekte Königin bildet sich ein, sie könnte alles in Ordnung bringen. Sie rettet uns!«, sagte Ellie sarkastisch.

»Ich habe gesagt, ihr sollt gehen!«

Ellie war anzusehen, dass ihr ein weiterer bissiger Kommentar auf der Zunge lag, doch in diesem Moment lief Lottie eine Träne über die Wange.

Sie ballte die Fäuste, bis es weh tat. »Lass uns einfach gehen, Ellie.« Sie war so müde.

Ellie konnte ihr nicht in die Augen sehen. Ihr Blick landete auf Jamie, der ihn zutiefst enttäuscht erwiderte.

»Na schön, dann gehen wir eben«, sagte sie.

Jamie half ihnen dabei, ihre Sachen in das neue Zimmer zu tragen. Alle auf dem Flur beobachteten mit stiller Neugier, wie sie in ihren weichen Pantoffeln über den hölzernen Boden zu dem winzigen Raum tappten, der bis vor kurzem noch dreißig Papierlaternen beherbergt hatte. Er war eng und deutlich weniger schön als Sayuris Zimmer, doch Lottie hatte keine Energie mehr, um sich darüber aufzuregen. Als Anastasia und Lola hereinschauten, schüttelte sie nur stumm den Kopf. Auch für Erklärungen hatte sie keine Kraft mehr.

»Kommt ihr zurecht?«, flüsterte Jamie ihr zu, nachdem er das letzte Gepäckstück zu ihnen ins Zimmer gebracht hatte. Es war beinahe nett, ihn endlich mal wieder besorgt zu sehen.

»Na klar.« Lottie lächelte gequält. »Ich komme doch immer zurecht.« Von Ellie konnte sie das allerdings nicht behaupten.

Jamie nickte ihr zu, und sie blickte ihm nach, wie er den dunklen Pfad zum Haus der Jungen hinüberging, während die Insekten ein weiteres nächtliches Konzert anstimmten.

Als er nicht mehr zu sehen war, schlüpfte Lottie in ihren *Hello-Kitty*-Schlafanzug und legte sich auf ihren Futon. Auch Ellie zog sich um und streckte sich aus, und dann lagen sie schweigend da und starrten an die Decke, bis eine von ihnen klein beigab.

»Ellie«, begann Lottie, und der Name ihrer Freundin fühlte sich fremd in ihrem Mund an, »du weißt, dass es nicht deine Schuld ist, oder?«

»Du hast leicht reden.«

Ellies Antwort war wie ein Schlag ins Gesicht. Sie drehte sich auf die Seite, um ihre Prinzessin anzusehen. Ellie rollte sich ebenfalls auf die Seite. »Ich hätte das alles nicht sagen sollen. Aber die Bilder in dieser Zeitschrift haben mich so wütend gemacht. Ich fühle mich so hilflos. Und schwach.«

Doch es war gar nicht Ellies Wutanfall, der Lottie beunruhigte – sondern alles andere. »Was du zu Sayuri gesagt hast, ist mir egal, ich finde es sogar gut, dass du es gesagt hast. Aber … ich wünschte, du würdest einfach ehrlich zu mir sein.«

Erst als die Worte heraus waren, merkte Lottie, dass sie damit auch den Kuss gemeint hatte, der sie immer noch verwirrte.

»Vielleicht stimmt es ja, was in der Zeitschrift steht …«, murmelte Ellie düster.

»Was?«

»Das über mich. Dass ich ein schlechter Einfluss bin. Wenn du nicht meine Porterin wärst, wärst du gar nicht hier. Dann hätte Leviathan deine Noten nicht manipuliert.«

»Na, hoffentlich war es Leviathan! Manchmal denke ich, dass ich einfach ein paar dumme Fehler gemacht habe.«

»Vielleicht war der einzige dumme Fehler, dass du meine Porterin geworden bist.«

»Ellie!« Lottie knurrte, was sie sonst nie tat, aber jetzt konnte sie nicht anders. »Wie kannst du das sagen? Wie kannst du so etwas Grausames sagen? Ich dachte … und überhaupt, was sollte dieser Kuss? Was ist nur los mit dir?«

Die Worte kamen stoßweise aus ihr heraus, als müsste sie würgen. Warum wollte Ellie überhaupt in ihrer Nähe sein, wenn das ihre Gefühle waren? Nach allem, was sie gemeinsam durchgestanden hatten, sagte sie so etwas Lächerliches.

»Was denn?«, fragte Ellie verblüfft.

Das war zu viel. Lottie rappelte sich auf, stürmte zu ihren

Turnschuhen, die vor der Schiebetür lagen, und schlüpfte hinein.

»Ich gehe laufen. Bis später!«

»Lottie, warte! So war das nicht gemeint. Ich …«

Doch da knallte bereits die Tür zu, und Lottie rannte hinaus in die Nacht, um mit den Insekten um die Wette zu schreien.

11

Die Nachtluft war warm und stickig. Augenblicklich bildete sich ein Schweißfilm auf Lotties Körper, und ihr Schlafanzug klebte an ihren Gliedern. Die schmale Mondsichel spendete nur wenig Licht auf den pechschwarzen Wegen. Sie rannte über die Holzbrücke, um den See herum und einen Pfad entlang, der tiefer in den Bambuswald führte. Als ihre Schritte sich schließlich verlangsamten, fand sie sich vor dem Katzenschrein wieder, wo zwei schmale Augen ihr neugierig entgegenblickten. Ihr Blut schien besonders schmackhaft zu sein, denn auf ihren Beinen hatten sich bereits mehrere juckende Pusteln von Moskitostichen gebildet.

»Und die Vampirkatze von Nabeshima ist vermutlich auch scharf auf mein Blut, was?«, keuchte Lottie an eine der Statuen gerichtet und stützte die Hände auf die Knie, um zu verschnaufen. »Dann aber schnell, sonst ist nichts mehr übrig.« Sie lächelte der Katze kläglich zu und kam sich in der darauffolgenden Stille lächerlich und einsam vor.

Die wenigen Lichter, die noch in den Wohnheimen brannten, warfen einen milchigen Schein durch den nächtlichen Dunst, und als die Mondsichel hinter einer Wolke verschwand, war es nahezu finster. Die Dunkelheit fühlte sich genauso an, wie Lottie zumute war: trostlos und unsicher.

Zu vieles ging ihr durch den Kopf: Leviathan, Jamie, Ellie, Sayuri. Woran sie früher geglaubt hatte, war plötzlich instabil, sogar ihr Bild von sich selbst war verzerrt und verworren.

Ein schlechter Einfluss. Wie hatte Ellie nur so etwas Dummes sagen können?

»Was soll ich nur machen?«, fragte sie die Katzen. »Wo soll ich überhaupt anfangen?«

Lottie wusste, dass die Fragen sinnlos waren. Sie rechnete nicht damit, eine Antwort zu bekommen.

Da erschien aus dem Schatten die größte schwarze Katze, die Lottie je gesehen hatte. Ihre Augen glühten gelb wie die einer Hexe, und sie bewegte sich so geschmeidig, als hätte die Dunkelheit selbst Gestalt angenommen.

Lottie musterte die Katze, die es sich zu ihren Füßen bequem gemacht hatte. *Die Vampirkatze von Nabeshima.*

Das war ihr erster Gedanke. Wenn die Katze sie wirklich gleich würgte und ihr Blut und Haut raubte, dann wäre es ihre eigene Schuld. Der Gedanke ließ sie schaudern, und sie wäre am liebsten zurück ins sichere Wohnheim gerannt. Doch die Katze saß nur da und sah sie an, und ihr Schwanz schlug hin und her, hin und her.

Über Legenden sollte man sich nie lustig machen.

Das waren Mikos Worte. Dennoch war der Gedanke, der Katze mitten in der Nacht in die Dunkelheit zu folgen, erschreckend.

Lotties Blick heftete sich an den hin und her peitschenden Schwanz. Was hätte Liliana getan? War es möglich, dass sie selbst hier in Japan gewesen war? Hatte sie ähnliche Sorgen und Unsicherheiten gekannt?

Wenn ja, dann hätte sie sich ihnen mutig gestellt, andernfalls hätte sie nie eine Schule gründen können und Lottie hätte niemals Ellie und Jamie und all ihre Freunde aus Rosewood kennengelernt.

»Also gut«, murmelte sie. »Zeig mir den Weg.«

Die große schwarze Katze starrte sie weiter reglos an, und Lotties Wangen wurden heiß, als ihr klar wurde, dass sie mit einer Katze gesprochen hatte. Als sie gerade aufgeben und ins Wohnheim zurückgehen wollte, erhob sich die Katze und streckte sich mit einem leisen *Miauuu.* Ihre Tatzen tappten kaum hörbar über den Boden, und sie wurde von der Dunkelheit verschluckt.

Der Gesang der Zikaden schwoll an, während sie Vampy – den Namen hatte sie der Katze in Gedanken verpasst – über die schmalen Pfade durch den Bambuswald folgte.

Vor einem hölzernen Gebäude legten sie einen Stopp ein. Lottie schrak zusammen, als sie den Blick hob und einer goldenen Frau gegenüberstand, die ihr Schwert auf sie gerichtet hielt. Die Statue von Kou Fujiwara beobachtete sie stumm, ihr erhobenes Schwert war wie eine Warnung. Unwillkürlich verneigte Lottie sich vor der Statue, bevor sie Vampy weiter folgte.

Wasser plätscherte unter ihren Füßen, als sie die schmale Holzbrücke hinter dem Theater überquerten, dann ging es über eine Treppe in einen Teil des Schulgeländes, den sie noch nicht erkundet hatte. Ihr wurde schnell klar, warum – am Ende der Treppe empfing sie der Wald.

Die Bäume wurden immer dichter, und aus dem Nichts zog Nebel auf. Der Gesang der Zikaden war hier besonders stark und schwoll zu einer betörenden Melodie. Lottie sah Vampy an und legte fragend den Kopf schief, und wie zur Antwort glitt die Katze zwischen die Bäume und verschwand im Dickicht.

Lottie starrte in die undurchdringliche Dunkelheit und spürte am Kribbeln auf ihrer Haut, dass der Wald zurückstarrte. Sie war sicher, dass ihr Weg hier zu Ende war, dass sie den dichten Wald nicht durchqueren konnte, als zwei gelbe Augen in der Dunkelheit aufblitzten und sie aufforderten, ihnen weiter zu folgen. Sie zögerte, kurz, dann ging sie auf die Knie, ohne sich darum zu kümmern, dass ihr Schlafanzug schmutzig wurde, und krabbelte in den Wald.

Um sie herum war Schwärze, die Bäume waren so hoch und dicht, dass kein Licht zum Boden drang. Doch als sie sich aufrichtete, schwand die Dunkelheit, und die winzigen Leuchtkörper von Glühwürmchen tanzten um sie herum. Der Wald hatte sein eigenes Licht, sogar der Mond hatte hier eine andere Strahlkraft, als ob sein Schein Moos und Pflanzen einen schimmernden Glanz verlieh wie der Oberfläche einer Perle. Der Wald fühlte sich fremd und vertraut zugleich an. Er fühlte sich an wie Rosewood.

Vampys gelbe Augen leuchteten ihr den Weg. Ohne es zu merken, ließ Lottie mit jedem Schritt ihre Sorgen weiter hinter sich zurück.

Kurz kribbelte ihr die Angst im Nacken, doch dann verschwand sie. Sie hatte das Gefühl, beobachtet zu werden und doch völlig allein zu sein. Die ganze Zeit hatte sie das Bild von Liliana vor Augen: mutig, kühn, eine Pionierin. Wenn Lottie auch nur einen Bruchteil dessen erreichen wollte, was sie geschafft hatte, musste sie ebenso unbeirrbar ihren Weg gehen.

Plötzlich verschwand Vampy hinter einem Baum. Lottie folgte ihr, doch die leuchtenden gelben Augen waren nicht mehr zu sehen. Sie war mutterseelenallein, und jetzt kam die Angst zurück.

Sie schaute sich um und sah nichts als das immer gleiche Muster: die Glühwürmchen in ihrem immer gleichen Tanz. Sie drehte sich um sich selbst, in der Hoffnung, die schwarze Katze wiederzufinden, doch sie verlor nur weiter die Orientierung.

»Ich habe mich verirrt«, flüsterte sie in die Dunkelheit. Sie war Gretel im Wald, ihre Brotkrumen waren verschwunden, und sie würde nie mehr nach Hause zurückfinden. Wenn sie nicht aufpasste, würde eine Hexe sie fressen … oder eine Vampirkatze. Selbst die nächtlichen Geräusche der Insekten schienen plötzlich zu verstummen. Lottie wurde klar, wie dumm sie gewesen war. Sie war ganz allein im Wald, im Schlafanzug, mit schmutzigen Beinen und Moskitostichen.

Auf einmal kam ihr die große Eiche aus Rosewood in den Sinn, die so alt und dick war, dass man sich vorstellen konnte, in ihrem Stamm zu wohnen. An ihrem Fuß hatte Lottie sich zusammengerollt und geweint, als sie verzweifelt gewesen war, und dorthin war auch Lola gelaufen, als sie sich um ihren Vater gesorgt hatte. Der Baum war wie ein sicherer Hafen, der den Ratlosen Trost spendete, und seine langen Äste waren wie starke, schützende Arme. Wenn Rosewood und Takeshin wirklich miteinander verbunden waren, gab es so etwas vielleicht auch hier …

Der Nebel schwand, und wenige Meter vor sich sah Lottie eine kleine, kreisrunde Lichtung im Bambushain. In der Mitte stand ein Baum, dick und breit, mit auffälligen Knubbeln und Rundungen, die ihn wie eine riesenhafte Frau aussehen ließen. Am Fuß des Baums wuchsen silbrige Ranken mit feinen weißen Blüten wie ein Muster aus Spitze.

Mrrrauu!

Lotties Augen leuchteten auf, als Vampy hinter dem Baum hervorstrich.

»Da bist du ja!« Sie grinste die schwarze Katze an und ging langsam auf sie zu. Es war so dunkel, dass sie kaum etwas sehen konnte, doch als sie sich bückte, um sie zu streicheln, flog ein Glühwürmchen um den Baum und warf sein Licht auf eine Zeichnung auf dem Stamm, braun und weiß und tief in die Rinde geritzt, um die Jahrhunderte zu überdauern.

Irgendwo hatte Lottie diese Zeichnung schon einmal gesehen.

Lilis Tagebuch.

Es war eine Lilie mit den Hälften eines Halbkreises zu beiden Seiten. Das Wappen der Mayfutts. Ihre und Lilianas Vorfahren. Was hatte es hier in Japan zu suchen?

Sie richtete sich abrupt auf. Ihr kam ein Gedanke, so hell wie das Licht der Glühwürmchen um sie herum.

Die Antwort auf all ihre Fragen lag in dem alten Tagebuch, das sie in Rosewood zurückgelassen hatte. Sie musste es sich so schnell wie möglich besorgen – und sie wusste auch schon, wer ihr dabei helfen konnte.

12

In Covent Garden in London stand Binah Fae auf dem Dachgarten ihrer Eltern und betrachtete den Sonnenaufgang. Das kleine grüne Paradies lag hoch über den sonnenüberstrahlten Straßen, und von unten drang das frühmorgendliche Rattern und Tuten der Lieferwagen und Müllautos herauf, die wie jeden Tag ihre Lasten durch die große Stadt beförderten.

Binah trug ihren kuscheligen kanariengelben Bademantel. In den Sommerferien stand sie gerne extra früh auf, um ihre Pflanzen zu wässern und London bei einer schönen Tasse Kamillentee und einem Chapati mit Erdbeermarmelade beim Aufwachen zuzusehen. Sie hatte gelesen, dass Oprah Winfrey, eins ihrer großen Vorbilder, sich jeden Tag zwischen halb fünf und halb sechs aus dem Bett quälte, um den Tag voll auszukosten. Ihr gefiel die Vorstellung, dass sie, trotz der Zeitverschiebung, in ihren Morgenroutinen miteinander verbunden waren.

»Du brauchst ja schon bald einen Haarschnitt«, flüsterte sie ihrem buschigen Pfeifenstrauch zu und verabreichte ihm sein übliches Frühstück aus Wasser und Pflanzendünger.

Sie hatte auch gelesen, dass Pflanzen besser gediehen, wenn man mit ihnen sprach. Es gab zwar keine eindeutigen wissenschaftlichen Erhebungen dazu, aber manchmal musste man einfach seinem Instinkt vertrauen. Dann hörte sie ihr Handy summen.

Anrufe um diese Uhrzeit waren nicht gerade gewöhnlich, und ein Blick auf die Nummer genügte ihr, um zu ahnen, dass ihre Pläne für den Tag gleich umgekrempelt werden würden.

»Lottie!« Sie nahm den Facetimeanruf entgegen und sah augenblicklich von der Sonne gerötete Wangen und einen zerzausten Lockenkopf vor sich.

Lottie wirkte erleichtert. »Du bist schon wach?«

»Ja. Du hast Glück, dass ich Frühaufsteherin bin.« Binah sah mit einem Blick, dass etwas nicht stimmte. »Was ist los?«

»Nichts«, erwiderte Lottie eine Spur zu schnell. »Es ist nur, dass ich … na ja …«

»Warum flüsterst du?« Binah beugte sich dicht vor ihr Handy und flüsterte ebenfalls.

»Ich will nicht, dass jemand mithört.« Lottie schaute sich verstohlen um, bevor sie weitersprach. »Hör zu, ich brauche deine Hilfe …«

»Wo ist Ellie?«

Lottie wandte den Blick ab, und etwas Glänzendes schwirrte um ihren Kopf, es schien eine Libelle zu sein. Ihr Schweigen sprach Bände.

»Sag schon. Was ist passiert?« Binah wurde langsam nervös.

»Wir hatten gestern Abend einen kleinen Streit.« Lottie klang zerstreut und melancholisch, doch dann schien sie sich wieder zu fangen. »Aber deshalb rufe ich gar nicht an. Also, das wird jetzt total komisch klingen, deshalb lass mich bitte erst ausreden.« Sie holte tief Luft. »Ich habe das Wappen der Mayfutts an einem Baumstamm im Kiri Shinrin gefunden – das ist der Wald von Takeshin –, und ich habe das Gefühl, dass es ein Hinweis auf den geheimen Schatz sein könnte, der in der Schule versteckt ist.«

»Geheimer Schatz? Das ist ja phantastisch!« Es kam nur selten vor, dass Binah von einem Rätsel hörte, das sie noch nicht kannte, und sie war sofort Feuer und Flamme.

Lottie lächelte. »Ich habe mir gedacht, dass dir das gefallen würde.«

Ein Laster hupte unten auf der Straße.

Binah legte die Hände an die Schläfen, um ihre Gedanken zu ordnen. »Bist du sicher, dass es Lilianas Wappen ist?«, fragte sie langsam.

»Ganz sicher. Ich kenne das Zeichen in- und auswendig.«

Bereits als kleines Mädchen hatte Binah ein Talent für das Lösen von Rätseln gehabt. Sie hatte schon früh verstanden, dass es bei Puzzles nicht um Verbindungen, sondern um Muster ging, und wenn es einem einmal gelungen war, solche Muster zu entdecken, entdeckte man sie überall.

»Du willst, dass ich Lilys Tagebuch aus Rosewood hole«, sagte Binah, in deren Kopf sich auch dieses Puzzle bereits zusammenfügte.

»Ich … Ja!« Lottie zog überrascht die Augenbrauen hoch, obwohl sie wusste, wie verblüffend schnell Binahs Gehirn funktionierte. »Bitte«, fügte sie hinzu. »Geht das?«

Binah nippte an ihrem mit Honig gesüßten Tee und gab sich Mühe, ihre Aufregung zu verbergen. Der Gedanke, dass

Rosewoods Geheimnisse sich über den weiten Weg bis nach Japan erstreckten, war so süß wie der Tee in ihrem Mund.

Sie klopfte an ihre Teetasse.

»Während der Ferien in Rosewood einzubrechen, ist, wie du sicherlich weißt, streng verboten. Ich werde ein paar Nachforschungen anstellen müssen, und ich werde Hilfe brauchen, aber ich werde sehen, was ich tun kann.« Sie sprach ruhig, doch ihr Herz hämmerte. Nicht vor Angst, sondern vor Aufregung.

Lotties Grinsen nahm das ganze Display ein, und das Sonnenlicht im Hintergrund schien stärker zu werden.

»Wirst du Ellie davon erzählen?«

»Ich würde gerne«, antwortete Lottie nach einer langen Pause. »Ich denke, es war richtig, hierherzukommen, aber … es ist kompliziert. Sie meint, es sei ihre Schuld, dass ich durchgefallen bin. Sie hat immer noch nicht verstanden, dass wir ein Team sind, dass es mein Wunsch ist, für sie da zu sein. Es ist, als würde sie mich immer wieder wegstoßen.«

Noch ein Muster.

»Lottie«, sagte Binah, während sie in Gedanken die Geschichte weiterlaufen sah, »ich weiß nicht, was du fühlst oder was passiert ist, aber wenn Ellie bei diesem Rätsel dabei sein will, muss sie endlich etwas von sich selbst preisgeben, und darauf muss sie allein kommen. Sie kann sich nicht immer darauf verlassen, dass du ihr sagst, was sie tun soll.«

Das Muster war so offensichtlich, und es ergab ein Puzzle mit einer klaren Lösung. Sie sah es genau vor sich: Lottie war eine Rose, aufrecht, tapfer, blühend, mit einem süßen, tröstlichen Duft. Ellie war komplizierter, eine *Rhizantella*

Gardneri, eine seltene Orchidee, die unterirdisch gedieh und nach deren süß duftenden Blüten man graben musste.

Dies also war das Rätsel, und sie gab es an Lottie weiter. Wenn im Garten die schönsten Rosen wachsen, wie kann man die Orchidee, die ihr Leben lang im Verborgenen geblüht hat, davon überzeugen, dass sie der Rose ebenbürtig ist?

»Ich glaube, ich verstehe das nicht«, sagte Lottie schließlich.

Binah lächelte sie übers Display an und leerte ihren Tee. »Ich meine damit«, erklärte sie, »dass Ellie, wenn ihr zwei wieder zueinanderfinden wollt, endlich aufhören muss, sich für alles die Schuld zu geben.«

»Aber was, wenn sie das nicht kann? Was, wenn sie mich weiterhin von sich wegstößt?«

»Dann müssen wir ihr eben umso dichter auf die Pelle rücken!«

13

Immer, wenn sie sich unbeobachtet wähnte, schaute Lottie auf ihr Handy. *Worauf wartet sie nur?* fragte sich Ellie.

Lottie zeigte ihr immer noch die kalte Schulter und sprach kein Wort mehr als nötig. Es war, als würde sie etwas von ihr erwarten, aber nicht auf wütende, sondern eher auf hoffnungsvolle Weise. Ellie hatte das Gefühl, sie schon wieder zu enttäuschen.

Saskia, die ihre *Ramen* schlürfte, lachte. »Ich kann mir denken, warum sie nicht mit dir spricht. Sie will, dass du allein daraufkommst. Frag mal Anastasia.«

Saskias Haut war unter der Sonne Japans noch dunkler geworden und hatte einen goldenen Glanz, Ellies maradovische Gene hingegen gaben nicht mehr her als eine rosa Färbung auf Nase und Wangen, mit der sie sich wie ein kleines Kind fühlte.

»Stimmt«, gab Anastasia zu, die neben ihrer Freundin saß, und warf sich die seidigen langen Haare über die Schulter. »Ich bin unglaublich schlecht im Kommunizieren.« Ellie war jedoch sicher, dass das nicht auf Lottie zutraf. Sie kommunizierte besser als alle anderen, die sie kannte.

Auf der anderen Seite des Raums, wo Lottie und Jamie saßen, machte Rio einen Witz, und alle lachten. Sogar Jamie zeigte ein verhaltenes Lächeln, und Lottie und er wechselten einen Blick, als hätten sie eine geheime Übereinkunft. Ellie hätte am liebsten ihr Essen wieder ausgespuckt.

Warum störte es sie so sehr, dass Jamie wieder mit Lottie sprach?

Weil es war, als sähe sie ein unmögliches Happy End vor sich, ein Paralleluniversum, in dem keiner der beiden für ihre Familie arbeitete und sie ein glückliches und normales Leben ohne sie führen konnten.

»Frag doch mal Micky um Rat. Er und Percy vertragen sich so perfekt wie Schokolade und Erdbeeren«, zwitscherte Lola.

»Wir haben solche Probleme nicht«, erwiderte Micky sachlich und schob sich seinen dritten Schokokeks in den Mund.

»Siehst du? Einfach perfekt.« Lola kicherte, und Micky streckte ihr die Zunge heraus.

»Perfekt vielleicht nicht.« Er lächelte, doch seine blauen Augen wurden verträumt, und eine zarte Röte stieg seine Wangen hoch, die Ellie an Lottie erinnerte. »Aber Percy weiß immer genau, wie es mir geht. Als wir uns als Kinder kennengelernt haben, konnten wir nicht miteinander sprechen, deshalb haben wir gelernt, uns auf andere Weise zu verständigen.« Micky sprach so aufrichtig, ohne einen Hauch von Ironie oder Zweifel an seinem Freund, dass Ellie richtig unbehaglich wurde. Sie selbst hätte nie so offen über ihre Gefühle reden können.

»Argh, manchmal habe ich das Gefühl, dass ich Lottie überhaupt nicht kenne«, sagte Ellie stöhnend und knallte die Stirn schmerzhaft auf den Tisch. Es war viel zu heiß in Japan, und ihr winziges *Zweisamkeitszimmer* sorgte dafür, dass sie sich nur noch unwohler fühlte.

Das ist Sayuris Schuld, dachte sie, obwohl sie es selbst nicht glaubte.

»Puh, Verliebtsein klingt echt anstrengend!«

Ellie hob den Kopf so abrupt, dass sie Sternchen sah. Sie war nicht in Lottie verliebt. Sie hatte sie gar nicht verdient.

»Liebe Schüler aus Rosewood.« Ellie zuckte zusammen, als wie aus dem Nichts Harus hauchige Stimme ertönte. »Oh, ich bitte um Verzeihung, ich wollte dich nicht erschrecken.«

Er war unbemerkt an ihren Tisch gekommen, nicht ganz so lässig gekleidet wie sonst in seiner enganliegenden Hose und dem Muskelshirt, doch seine Haare waren so flauschig wie eh und je.

»Ach was, nichts passiert«, sagte Ellie und riss sich zusammen.

»Wenn ihr mir bitte alle in Chiba Senseis Büro folgen würdet. Wir haben ein Geschenk für euch.«

Ellie erhob sich skeptisch. Im Augenblick hatte sie nicht das Gefühl, ein Geschenk verdient zu haben.

Chiba Senseis Büro befand sich an der Nordseite des Seerosenteichs, hinter dem Wohnhaus der Jungen und gleich neben Kou Fujiwaras Museum mit der Bronzestatue, die ihr tödliches Schwert schwang und alle warnte, die ihr Reich betraten. Ellie hatte das unangenehme Gefühl, dass die Schulgründerin sie genau beobachtete und ihr Schwert direkt auf ihr Herz richtete.

Als sie das Büro betraten, schlug ihnen der erfrischende

Duft von Sandelholz entgegen und erfüllte sie mit neuer Energie. Der Raum war gerade groß genug, dass alle Schüler aus Rosewood sich hineinzwängen konnten. Haru und Sayuri standen zu beiden Seiten des Direktors hinter dem Schreibtisch. Mit der schlichten klassischen Einrichtung, der einfachen *Tatami* und der offenen Schiebetür, die in einen Zen-Garten führte, wirkte der Raum wie ein kleines Museum.

Der Schulleiter verzog die Lippen, so dass er beinahe lächelte, und trat vor, während Haru und Sayuri sich respektvoll verneigten.

»Ich habe mir etwas ganz Besonderes für unsere Gäste einfallen lassen. Eine Gelegenheit, einen wirklich wunderbaren Teil der japanischen Kultur zu erleben.«

Ellie fiel es nach Lolas unerwarteter Bemerkung immer noch schwer, sich zu konzentrieren. Sie wollte das Büro so schnell wie möglich wieder verlassen, der steife Raum und das Zeremonielle erinnerten sie an den Palast.

Und dann kam das schlimmste Geschenk, das er ihnen nur machen konnte.

»Haru hat mir berichtet, dass einer unserer Gäste dieses Wochenende Geburtstag hat, am 26. Juli.«

O nein.

Haru warf Jamie ein unbekümmertes Lächeln zu. Er ahnte nicht, was er angerichtet hatte.

»Takeshin unterstützt jedes Jahr das *Aka Taiyo Matsuri*, ein traditionelles Volksfest, und ich habe dafür gesorgt, dass ihr alle daran teilnehmen könnt, um den Geburtstag eures Partisten zu feiern.«

O nein! O nein! O nein!

Es gab nur eine Regel, auf der Jamie bestand. Sein Geburtstag durfte nicht gefeiert werden, niemals. Trotz der wachsenden Distanz zwischen ihnen wusste Ellie, dass diese Regel nicht gebrochen werden durfte.

Jamies Anwesenheit fühlte sich an wie eine wachsende Masse dunkler Materie. Ellie wagte es kaum, ihn anzusehen.

Lottie hielt sich besser. Sie wappnete sich mit einem freundlichen Lächeln. »Chiba Sensei«, sagte sie ohne das leiseste Zittern in der Stimme, »das ist wirklich eine wunderbare Idee, aber ich fürchte ...« Etwas ließ sie verstummen: Sayuri, die hinter ihrem Großvater stand.

Sie schüttelte warnend den Kopf und gab ihr mit einer raschen Handbewegung zu verstehen, dass sie sich verneigen sollte.

Anscheinend war dies ein Angebot, das man nicht ablehnen durfte.

»Aber ich fürchte, wir werden einen weiteren Personenschutz brauchen«, sagte Lottie rasch und verneigte sich, wie Sayuri angeordnet hatte. »Dürften wir für die Gelegenheit Haru ausleihen?«

Verdammt schlau.

Wie kam Lottie überhaupt auf diese Lösungen? Warum war sie so eine gute Diplomatin? Wie konnte sie so ruhig bleiben, wenn alles im Chaos versank? Und wie hatte Ellie es geschafft, alles so zu vermurksen?

Schlechter Einfluss. Die Worte hämmerten gegen ihren Schädel wie im Fieber.

»Oh, ich verstehe.« Chiba Sensei nickte. »Ich weiß, dass Ihr Euch Sorgen um Eure Sicherheit macht, aber Hinamori-san hat mir berichtet, dass die Bedrohung durch die Motorradfahrer abgewendet wurde und es keinen Anlass zur Sorge gibt.« Ellie zog erstaunt die Augenbrauen hoch. Sie konnte kaum glauben, dass die Pinke Dämonin gefasst worden war und sie nichts davon gehört hatten. »Aber«, fuhr Meister Chiba fort, »er kann selbstverständlich mitkommen, damit Ihr beruhigt seid.«

»Eine ausgezeichnete Idee«, warf Haru ein.

Ellie biss sich auf die Wange und blickte vorsichtig zu Jamie.

Nichts. Sein Gesicht war vollkommen ausdruckslos, ein kalter, feuchter Lehmklumpen. Sie hätte am liebsten die Hand nach ihm ausgestreckt, um dieses Nichts beiseitezuschieben und darunter nach einer Regung zu graben. Doch wieder einmal konnte sie nur denken, dass das alles irgendwie ihre Schuld war.

Jamie verneigte sich tief und sagte mit monotoner Stimme: »Danke.«

»Was für ein Albtraum«, stöhnte Ellie.

Saskia kniff Ellie fest in den Arm.

»Au! Was zur Hölle ist dein Problem?«

»Siehst du? Doch kein Albtraum!«

Saskia lachte sich kaputt und schaufelte weiter ihren Vanillepudding in sich hinein.

Jamie und Lottie waren ebenfalls im Speisesaal, doch Ellie hatte ihre feierlichen Mienen nicht mehr ertragen und es vorgezogen, ihren Nachtisch allein am Karpfenteich einzunehmen, wo die Sonne so heiß schien, dass sie das Gefühl hatte, ihr Gesicht müsste gleich schmelzen. Zu ihrem Missfallen hatte Saskia sich zu ihr gesellt.

»Du verstehst das nicht. Dieses Fest ist wie ein Fluch. Ich spüre das. Jamie hasst seinen Geburtstag, da draußen lauert irgendeine Gefahr, und die Sache mit Lottie ist einfach …« Ihre Worte verdorrten, und sie stöhnte laut auf. »Was soll ich bloß machen? Das ist alles ganz allein meine Schuld.«

»Da liegst du falsch.«

»Wie bitte?«

»Du liegst falsch«, wiederholte Saskia. »Das Fest ist ein Segen. Du hast bis zum Wochenende Zeit, dir zu überlegen, wie du die Sache mit Lottie wieder geradebiegen kannst, und ich an deiner Stelle würde mir Mühe geben.«

Saskia rührte energisch in ihrem Pudding, und ein Duft nach Vanille stieg in die Luft.

»Ellie. Du musst aufrichtig mit deinen Gefühlen sein. Das ist alles, was Lottie will. Sie will, dass du dein Ego sausen lässt und ehrlich zu ihr bist. Sag ihr, was in dir vorgeht, statt alles mit dir selbst auszumachen und sie außen vor zu lassen.«

»Du hast doch keine Ahnung, wovon du sprichst.« Ellie spürte, wie ihr Verteidigungssystem sich einschaltete, und eine Welle der Wut überkam sie, die sie selbst nicht verstehen konnte. »Niemand steckte hier in diesem ganzen Schlamassel, wenn es mich nicht gäbe. Das ist alles meine Schuld.«

»Glaubst du das wirklich? Meinst du, dass Lottie es glaubt?«

Ein besonders dicker, rotgoldener Koi tauchte plump aus dem Teich auf, und Ellie hatte das Gefühl, seinen Geruch nach Salz und Schlamm riechen zu können. So schnell, wie er aufgetaucht war, verschwand er wieder.

»Ich weiß selbst nicht mehr, was ich glauben soll«, gab Ellie zu. »Ich muss nachdenken.

Aber«, fuhr sie fort und beobachtete die Kreise ziehenden Karpfen, »wenn ich das mit Lottie wieder einrenken will, muss ich es richtig angehen. Und das heißt« – sie warf Saskia einen Seitenblick zu –, »dass du mir zuerst einen Gefallen tun musst.«

14

»Möchtest du probieren?« Haru zeigte auf einen sonderbaren fischförmigen Kuchen mit einem hübschen Schuppenmuster. Es mussten Hunderte sein, die die Straßenverkäufer Reihe für Reihe anboten und auf leuchtenden Bannern anpriesen, und ein salzig-süßer Duft lag in der Abendluft. »Das sind *Taiyaki*, mit einer süßen Füllung.«

»Ja, gerne, vielen Dank«, antwortete Lottie und erwiderte Harus unbeschwertes Lächeln, obwohl sie nicht wusste, wie um alles in der Welt sie mit ihrem enggeschnürten *Yukata* irgendetwas essen sollte.

Miko hatte darauf bestanden, dass sie auf dem *Matsuri* alle die traditionellen Baumwollgewänder trugen, auch wenn keiner von ihnen sonderlich scharf darauf gewesen war. Lotties *Yukata* war aus einem rosa- und cremefarbenen Stoff mit dicken roten Kirschen, in dem sie sich wie ein sommerlicher Pudding fühlte. Er passte überhaupt nicht zu ihrer Krone, aber sie trug sie trotzdem, um sich wenigstens halbwegs wie sie selbst zu fühlen.

Die Jungen trugen *Yukatas* aus dunkelblauem und grünem Stoff. Haru sah wie immer fröhlich und unbekümmert aus, Jamie dagegen wie ein ernsthafter Krieger. Lottie fragte sich, wo sie ihre Waffen versteckt hatten.

»Ich möchte auch einen. Du auch, Anastasia?«, sagte Saskia.

»Ja, bitte.«

»Und wir bitte auch«, sagten die Zwillinge einstimmig.

Lottie sah, dass Harus Lippe zuckte. Es war unhöflich von Saskia gewesen, anzunehmen, dass er ihr auch ein Gebäck anbot. Ellie antwortete nicht. Sie zog nervös an der Schärpe ihres sternengemusterten *Yukata*, und Lottie wandte schnell den Blick ab.

Sie hielt sich an Binahs Rat und wartete darauf, dass Ellie den ersten Schritt machte, doch sie hatte schnell gemerkt, dass es ihr unglaublich schwerfiel. Dafür war ein Wunder geschehen, und Jamie redete wieder mit ihr. Sozusagen.

Sie lächelte ihm mitfühlend zu, weil sie wusste, wie unangenehm die Situation ihm war, und er nickte beruhigend zurück. Das war mehr Interaktion, als sie sich noch vor wenigen Wochen hätte träumen lassen.

»Es ist mir ein Vergnügen«, erwiderte Haru höflich. »Was ist mit dir, Jamie-kun? Es ist doch dein Geburtstag.«

Jamie schien das Angebot regelrecht Magenschmerzen zu bereiten. Er hatte das Geschenk des Direktors unter den strengen Bedingungen angenommen, dass sie nicht länger als eine Stunde blieben und dass ihm niemand, unter keinen Umständen, ein Geschenk machte, und dieses süße Gebäck kam einem Geschenk gefährlich nahe.

»Nein, danke.« Seine Augen huschten aufmerksam umher, er war wie immer auf der Hut, als erwartete er jeden Moment einen Hinterhalt. »Wird Sayuri auch zu uns stoßen?«

Mehrere hübsche Yen-Scheine wechselten den Besitzer, und Haru verteilte die klebrigen gefüllten Küchlein.

»Ich denke nicht. Sie ist mit ihren Freunden unterwegs«, erwiderte Haru sorglos.

»Du bist ja verrückt!« Saskia lachte. »An einem so vollen Ort wie diesem würde ich Ani keine Sekunde aus den Augen lassen.«

»Sie ist klug«, entgegnete Haru nur, und es klang fast wie eine kleine Spitze.

Wenn sie ganz ehrlich war, war Lottie erleichtert, dass Miko und Sayuri nicht bei ihnen waren. Ihre Anwesenheit hätte sicher nicht zur Entspannung des Abends beigetragen.

»Schaut mal – das Riesenrad!« Micky zeigte auf die leuchtenden pinken und grünen Lichter. Dahinter erhob sich der wolkenlose Abendhimmel, der am Horizont noch rötlich, weiter oben schon tiefblau gefärbt war: der perfekte Hintergrund für die wirbelnden Lichter. Der Anblick war hypnotisierend wie ein Kreisel, das sie in ewigen Schlaf lockte.

»Da gehen wir jetzt rein«, erklärte Saskia und steuerte darauf zu.

Für Widerspruch blieb keine Zeit. Sie folgten ihr unter hängenden Laternen hindurch, deren Flammen zu einem roten Nebel verschwammen, je näher sie dem Riesenrad kamen.

»Ich gehe mit Micky.« Lola zog ihren Zwillingsbruder neben sich, so dass ihre aufeinander abgestimmen pfirsichfarbenen *Yukatas* wie ein einziges Gewand aussahen. Miko hatte lange danach gesucht und behauptet, die meisten Kimonos für Jungen wären für Micky viel zu langweilig.

Saskia grinste Ellie an, als wollte sie ihr eine geheime Botschaft übermitteln. »Ich gehe mit Ani.«

»Lottie.« Ellie sprach ihren Namen so entschlossen aus, dass es beinahe lustig war. »Willst du … kommst du mit mir?«

Lottie spürte den Wolf auf ihrer Brust brennen, während ihre Wangen heiß wurden, und sie lächelte über Ellies ungewohnte Schüchternheit. Sie spürte Hoffnung in sich aufsteigen und bekam gleichzeitig ein schlechtes Gewissen, weil sie schon geglaubt hatte, Ellie würde es nie schaffen, auf sie zuzugehen.

»Ja, natürlich. Mit Vergnügen!« Lottie strahlte sie an. Sie endlich wieder anlächeln zu können, war so ein süßes Gefühl, dass sie fast Zahnschmerzen bekam.

»Super.« Ellie grinste zurück, und beinahe konnte man denken, dass sie rot wurde.

Nun waren nur noch Haru und Jamie übrig. Jamie schien sich in sich selbst zu verkriechen, er wurde irgendwie schmaler unter seinem *Yukata*, als würde er am liebsten ganz verschwinden.

»Ihr zwei könnt doch auch zusammen fahren«, sagte Lottie.

Harus Augen leuchteten auf, doch nach einem Blick auf Jamie zuckte er die Schultern. »Das würde ich gerne, aber ich glaube, Jamie wäre es lieber, wenn wir hierbleiben und zuschauen.«

Jamie war nicht zu Abenteuern aufgelegt, sie sah es in seinen Augen so deutlich wie die goldenen Sprenkel, dass er den festen Erdboden nicht verlassen würde. Sie war froh, dass wenigstens Haru bei ihm blieb.

Die Kabinen des Riesenrads waren an den Seiten mit breiten bunten Papierbahnen bedeckt, hinter denen LED-

Lämpchen glühten, so dass sie hell vor dem dunklen Himmel leuchteten. Als sie auf ihrem Platz dicht neben Ellie saß, fühlte Lottie sich plötzlich so schüchtern wie lange nicht mehr.

»Sitzt du bequem?«, fragte Ellie unbeholfen, als das Rad sich ruckend in Bewegung setzte.

»Klar. Mittlerweile stört mich nicht mal mehr dieser *Yukata*«, sagte Lottie und strich sich die Ärmel glatt. »Er ist so hübsch. Unglaublich, dass du dich hast breitschlagen lassen, auch einen zu tragen.«

»Ich wollte Miko nicht noch wütender machen. Und außerdem …« Ellie zögerte und blickte aus der Kabine auf den kleiner werdenden Trubel unter ihnen. »Außerdem dachte ich, es würde dich vielleicht freuen, und ich bin dir definitiv was schuldig.«

Lottie schluckte. Würde Ellie sich jetzt endlich öffnen?

»Lottie, hör zu, ich … also, ich hätte nicht so unhöflich zu Sayuri sein sollen. Ich will gar nicht so gemein sein. Ich werde es nicht mehr tun.«

Augenblicklich spürte Lottie ein Ziehen im Magen, das umso tiefer zu sinken schien, je höher sie stiegen. War das alles, was Ellie zu sagen hatte?

»Hm, na ja …«

»Nein, warte, lass mich ausreden.« Ellie strich sich durch die schwarzen Haare, die im silbrigen Licht wie ein Heiligenschein glänzten, und Lottie fiel auf, wie lang sie geworden waren.

»Ellie, deine Haare!«

»Was?« Ellie sah sie verwirrt an.

»Sie sind so lang. Fast schon übers Kinn.«

Ellie griff nach einer Strähne und versuchte, sie anzusehen. Da sie dazu zu kurz war, gab sie auf, und ihre Blicke trafen sich wie magnetisch angezogen, ein Zusammenstoß von Hell und Dunkel.

»Lottie, ich wollte sagen, dass es mir leidtut.« Ein Windstoß griff in Ellies Haar, doch sie ließ sich nicht beirren. »Es tut mir leid, dass du dich mit diesen Presseleuten herumschlagen musst, es tut mir leid, dass du dich mit Leviathan herumschlagen musst, und vor allem tut mir leid, dass du dich mit mir herumschlagen musst.«

»Ellie, das ist nicht –«

»Nein, warte.« Ein Sturm toste in ihren Augen. »Du bist meine Porterin und gehst mit mir durch die Hölle, und ich bin so dankbar, dass ich dich habe. Aber es ist so schwer, ständig zu sehen, wie du dich für mich in Gefahr begibst. Ich ertrage die Vorstellung nicht, dass du meinetwegen verletzt wirst. Du bist mir das Wichtigste auf der Welt, und bis wir an einem sicheren Ort sind, wo wir wirklich frei sein können, muss ich darauf vertrauen, dass du weißt, was du tust, und aufhören, mir Vorwürfe zu machen. Und solange ich mir nicht sicher bin, was ich fühle, darf ich nicht mit deinen Gefühlen spielen.«

Lottie merkte nicht gleich, dass sie die Luft angehalten hatte, und als sie endlich wieder einen tiefen Atemzug nahm, sah sie, dass sie am höchsten Punkt des Riesenrads angekommen waren. Tränen traten ihr in die Augen, und die Welt um sie herum verschwamm.

»Oh, verdammt, ich hab dich zum Weinen gebracht. Tut

mir leid.« Ellie begann wieder, an ihrer Schärpe zu zuppeln, und zog einen Papierfächer hervor. »Hier … ein kleines Entschuldigungsgeschenk. Ich habe Saskia und Anastasia gebeten, ihn aus der Stadt mitzubringen.«

Lottie war schon überwältigt genug, doch als sie den Blick auf das Geschenk sinken ließ, leuchtete ihr Herz auf, und Wärme durchflutete ihren Körper wie Sonnenstrahlen. Es war der Fächer mit dem Margeritenmuster, den sie in Harajuku gesehen hatte und der sie an ihre Mutter, Marguerite, erinnert hatte.

»Ich habe gesehen, dass er dir gefallen hat, und ich musste an deine Mum denken …«

Lottie umarmte Ellie und umhüllte sie mit dem Stoff ihres *Yukata*. Sie drückte sie so fest, als könnten sie miteinander verschmelzen, und sie fühlte, dass Ellies Arme sich hinter ihrem Rücken schlossen. Sie waren wieder vollständig. Glitzernde Funken des leuchtenden Fests unter ihnen strahlten zu ihrer bunten Wolke empor, während sie durch den mondhellen Himmel schwebten.

»Danke«, flüsterte Lottie. »Und bitte denk immer daran, dass nichts von allem, was uns passiert, deine Schuld ist. Nichts.«

Um sie herum knarrte es, langsam begann die Abfahrt, und die Lichter und Gerüche des Volksfests rückten wieder näher.

»Ich werd's versuchen«, erwiderte Ellie, und sie umarmten sich noch einmal, bevor sie sich voneinander lösten. »Wolltest du mir nicht auch etwas sagen?«, fragte sie dann. »Ich hatte die ganze Zeit das Gefühl, du wärst kurz vorm Platzen.«

Lottie hatte ihre Entdeckung im Wald schon fast wieder vergessen.

»Ich habe etwas gefunden«, sagte sie. »Im Wald, als ich weggerannt bin, an dem Abend, als wir uns gestritten haben. Es war wirklich sonderbar: eine Schnitzerei an einem Baumstamm.« Lottie blickte auf, um sich zu vergewissern, dass Ellie ihr zuhörte, und sah, dass ihre Augen glänzten. »Es war Lilianas Siegel, eine Lilie. Aber es ergibt überhaupt keinen Sinn.«

»Warum nicht?«

»Weil Liliana genau zu der Zeit gelebt hat, als in Japan die *Sakoku*-Periode war, als die japanischen Grenzen für den Rest der Welt verschlossen waren. Also ...« Sie grübelte darüber nach – es gab so viele Fragen. »Wie könnte sie hergekommen sein? Und warum? Was ist die Verbindung zwischen Takeshin und Rosewood? Irgendwie glaube ich, dass es mit dem geheimen Schatz zusammenhängt.«

»Und was kann ich tun?«, fragte Ellie, deren Grinsen immer breiter wurde.

»Na ja, ich habe Binah gefragt, ob sie uns Lilianas Tagebuch schicken kann ...«

»Ach, deshalb schaust du die ganze Zeit auf dein Handy!« Ellie blickte lachend zum Himmel und hielt Lottie die Hand hin. Sie sah auf einmal wieder wie sie selbst aus, galant und attraktiv. »Noch ein Rätsel, das wir gemeinsam lösen können.«

Mit einem knirschenden Geräusch erreichten sie den Boden, wo Saskia, Anastasia und die Zwillinge schon auf sie warteten. Doch sie sahen nicht in die fröhlichen Gesichter, die sie erwartet hatten. Irgendetwas stimmte nicht. Ganz und gar nicht.

»Wisst ihr, wo Jamie und Haru sind?«, fragte Anastasia. Sofort waren die Gedanken an Liliana und den verborgenen Schatz wie weggeblasen.

»Sind sie nicht hier? Sie haben doch gesagt, dass sie hier auf uns warten.« Ellie ging auf Saskia zu, die ebenso ratlos aussah.

Es war unmöglich, dass Jamie sich aus freien Stücken von seinem Posten fortbewegt hatte. So unprofessionell würde er sich niemals verhalten. Auch die Zwillinge wurden nervös und drückten einander die Hände wie verschreckte Kinder.

Lotties Herz schlug schneller. Sie sah, dass Lola und Micky Angst hatten, dass die Erinnerungen an die Vorfälle in der Tompkins-Villa wieder hochkamen. Was auch immer passiert war, sie durfte nicht zulassen, dass ihnen noch einmal etwas Schlimmes zustieß.

Sei mutig! Sei freundlich!, redete sie sich selbst zu. *Verhalte dich so, wie du es dir von jemand anderem in dieser Situation wünschen würdest.*

»Es ist sicher alles in Ordnung.« Sie bemühte sich, ruhig zu sprechen, obwohl die Angst sich in ihren Magen grub. »Ihr beide solltet zurück zur Schule gehen. Und wir finden sie. Sie sind bestimmt nicht weit.«

Die Zwillinge nickten, bevor sie sich einen Weg durch die Menge bahnten.

Lottie sah die anderen an. Der Lärm um sie herum schien anzuschwellen, bis es sich anfühlte wie ein einziges Chaos. Die einzige Partistin, die noch in ihrer Gruppe war, stieß einen Pfiff aus und blickte über die Menschenmassen hinweg.

»Das ist schlecht«, sagte Saskia und schüttelte den Kopf. »Sehr, sehr schlecht.«

15

Es waren zu viele Menschen. Wohin Lottie auch schaute, überall sah sie grelle Farben, blinkende Lichter und Menschen, Menschen, Menschen. Was gerade noch aufregend gewesen war, machte sie jetzt schwindlig. In ihrem engen *Yukata* konnte sie sich kaum bewegen, ganz zu schweigen von den *Geta*, den traditionellen Holzsandalen, die ihr ständig von den Füßen rutschten. Sie versuchte, Jamie auf dem Handy anzurufen, aber er ging nicht ran, also hinterließ sie eine kurze Nachricht: Jamie, bitte melde dich!

»Sie müssen hier irgendwo sein«, sagte Saskia. »Jamie würde niemals einfach so weggehen, es sei denn –«

Sie unterbrach sich mitten im Satz. Jamie würde nie einfach so weggehen, es sei denn, es gälte eine Gefahr abzuwenden. Es sei denn, Leviathan wäre hier.

»Ani, bleib dicht bei mir.« Saskia streifte mit einer schnellen Bewegung ihren *Yukata* ab, unter dem ein dunkelblauer Catsuit zum Vorschein kam – sie war auf alles vorbereitet. Lottie bekam eine Gänsehaut. Dies war Saskia, die sie entführt hatte, die Julius ein Auge ausgestochen hatte, sie war bestens ausgebildet und eiskalt. Konnten sie ihr wirklich trauen?

»Da kommt Haru«, sagte Saskia und zog Anastasia hinter sich.

»Haru!«, schrie Lottie.

Der japanische Partist drängte sich hastig durch die Menge. Sein Gesicht hatte einen düsteren, besorgten Ausdruck, bei dessen Anblick Lottie ganz schlecht wurde.

»Jamie!« Haru legte Saskia die Hände auf die Schultern und rang nach Luft. »Jamie hat jemanden von Leviathan gesehen. Er ist ihm nachgerannt, und ich bin hinterher, aber ich habe ihn verloren. Plötzlich war er einfach weg.«

Nach dem Wort *Leviathan* konnte Lottie nicht mehr zuhören. Ihre größte Angst war ihnen nach Japan gefolgt. Sie waren nirgends sicher. Leviathan war ein tödlicher Virus, der sich um die ganze Welt verbreitete, und sie war sein Wirt. Und jetzt hatten sie vielleicht Jamie! Die Belanglosigkeit ihrer eigenen selbstsüchtigen Sorgen traf sie wie ein Schlag ins Gesicht. Sie hatten Jamie alleingelassen. Es war ihre Schuld. Ellie und Lottie hatten ihren Partisten verloren.

»Die Motorradgang«, sagte Lottie und kämpfte mit den Tränen. »Bestimmt steckt die Pinke Dämonin dahinter.«

»Das wissen wir nicht«, widersprach Ellie.

»Ich weiß, in welche Richtung er gelaufen ist.« Alle Blicke richteten sich auf Haru. Ihm war nicht klar, wie angespannt sie waren.

Ellie reagierte als Erste. »Ich suche ihn!«

»Aber Ellie!«, rief Lottie entsetzt. Dann beugte sie sich schnell vor, um ihrer Prinzessin ins Ohr zu flüstern: »Es ist unsere Aufgabe, dich zu beschützen, nicht andersrum! Was ist, wenn du verletzt wirst?«

Die anderen beobachteten sie neugierig, und sie wandten sich ab.

»Ich kann Jamie nicht im Stich lassen«, flüsterte Ellie aufgebracht. »Mir ist egal, wie sehr er mich hasst, ich muss ihn finden. Wir hätten ihn gar nicht erst allein lassen dürfen!«

Ein mächtiger Sturm toste in ihren Augen, und Lottie wusste, dass sie sich so schuldig fühlte wie sie selbst. »Also gut«, murmelte sie. »Du hast meine Erlaubnis, das Unverantwortliche zu tun.«

Lottie griff nach Ellies Hand, als wäre sie eine Waffe, drehte sich zurück zu den anderen und sagte: »Zeig uns den Weg!«

Gemeinsam würden sie Jamie finden.

Haru verlor keine Zeit. Sie folgten ihm durch die Menge, schlängelten sich zwischen ausgelassenen Festbesuchern hindurch. Sie waren Geister, die an den Menschen der echten Welt vorüberflogen. Aber es war fast unmöglich, mit Haru Schritt zu halten, und Lottie stolperte immer wieder über ihre Sandalen und musste sich auf Ellies Arm stützen.

»Hier!«, rief Haru schließlich und blieb stehen. »Hier habe ich ihn verloren.«

Sie waren am Rand des Festplatzes angekommen. Eine Steintreppe führte in eine enge Gasse hinunter, die weiter hinten in eine breite Straße zu münden schien. Das blendende Neonlicht der Stadt spiegelte sich in Pfützen auf dem Bürgersteig.

Niemand sagte ein Wort, als sie die Stufen hinuntereilten und das schwindlige Treiben des Fests hinter sich ließen. In der Gasse huschten Schatten wie Hände umher, die sich auf ihre Haut legten und sie in die Dunkelheit zu ziehen schienen. Lottie spürte Haru hinter sich. Seine Nähe war verstörend und beruhigend zugleich. Sie bogen in die nächste Gasse, und die Welt wurde schwarz. Vor ihnen war nichts als eine dunkle Mauer mit einer tropfenden Regenrinne. Saskia blieb abrupt stehen. »Okay, ich glaube –«

»Argh!«

»Haru?« Lottie blickte hinter sich, wo Haru eben noch gewesen war, und sah … nichts. Nur Dunkelheit. Er war verschwunden.

»Was war das?«, fragte Saskia, und ihre Stimme war so kalt wie die Wand, gegen die sie sich pressten. »Wo ist Haru?«

»Er ist weg«, wimmerte Lottie und begann am ganzen Körper zu zittern.

»Wir müssen hier verschwinden.« Saskia griff nach Anastasias Arm und gab ihnen ein Zeichen, ihr zu folgen. Sie bogen in eine andere Gasse, an deren Ende sie in blendendes Licht traten. Sie befanden sich in einer Sackgasse. Auf der einen Seite war eine graue Mauer, der ein winziger Durchgang gegenüberlag, schmal wie ein Ritz im Fußboden.

»Halt!« Lottie riss sich von Ellie los, die sie zum Durchgang zog. »Das fühlt sich nicht gut an«

Saskia, die einzige verbliebene Partistin, nickte und kniff die Augen zusammen. »Geht mir genauso. Wir sollten –«

»Nein!« Das Gewitter in Ellies Augen schlug Blitze in die Luft. »Du …«, knurrte sie und bleckte die Zähne. »Du hast mich überredet, hierherzukommen. Du hast behauptet, es würde schon nichts passieren.« Ihre schwarzen Augen funkelten. »Was hast du vor, Saskia? Wir dachten, du hättest dich verändert, aber ich glaube, du führst uns wieder mal geradewegs zu Leviathan!«

»Wie kannst du es wagen?« Es war nicht Saskia, die vortrat, sondern Anastasia. »Saskia ist auf unserer Seite! Sie will uns nur schützen. Sie wurde manipuliert. Sie ist ein Opfer!«

»Warum lässt du sie nicht selbst sprechen?«, blaffte Ellie.

Alle Augen richteten sich auf Saskia – doch es kam nichts. Sie sagte nichts, stand nur mit gesenktem Kopf da.

»Saskia?«, fragte Lottie mit zitternder Stimme, und die Luft fühlte sich plötzlich eiskalt an. »Saskia, was ist –«

Das Geräusch, das nun ertönte, war anders als alles, was Lottie je gehört hatte. Ein metallisches Zischen, so nah, dass sie regelrecht die Klinge auf ihrer Wange spürte. Saskia reagierte, bevor sie auch nur verstanden, was geschah, zog den Fächer aus Anastasias *Yukata* und fing das Messer zwischen dem gemusterten Papier ab. Einen Moment später, und es hätte sie zwischen die Augen getroffen.

»Ich bin die Falsche«, sagte sie ruhig und steckte das Messer ein. »Aber ihr habt allen Grund, misstrauisch zu sein.«

In dem Augenblick wurde es um sie herum strahlend weiß. Ein Auto war mit aufgeblendeten Scheinwerfern in die Gasse gebogen und hielt direkt vor ihnen. Lottie musste die Hand über die Augen legen, um das Fahrzeug zu erkennen. An der Tür des glänzenden schwarzen Wagens lehnte ein Mann mit massiger Gestalt, Augenklappe und einem Cowboyhut.

Julius.

»Ich schlage vor, du tust uns allen einen Gefallen und lieferst die Prinzessin ohne Gegenwehr aus«, sagte er mit seinem breiten Südstaatenakzent. Seine Stimme jagte Lottie einen Schauder über den Rücken. »Wenn es dir lieber ist, kann ich dir aber auch erst das Auge abnehmen, das du mir schuldest, Saskia.« Er wartete einen Moment. »Komm schon. Machen wir es nicht schwerer als nötig.«

Lottie versuchte verzweifelt, ihren hämmernden Herzschlag zu beruhigen, ihr ganzer Körper geriet in einen sonderbaren Ruhezustand, und dann hörte sie plötzlich ein Geräusch … ein Geräusch, das sie schon einmal gehört hatte.

Das tiefe Brummen von Motoren, das den Boden erbeben ließ. Es schwoll an wie ein heraufziehender Sturm, dröhnte, hämmerte und pulsierte durch die Nacht. Es heulte im Mondlicht, Reifen kreischten wie ein wildes Tier, und dann war sie da. Die Pinke Dämonin.

Wassertropfen aus einer Pfütze wirbelten um sie herum wie ein Schutzschild, eine weite Hose flatterte um ihre Beine, und unter ihr donnerte ihr Motorrad.

Drei geheimnisvolle Biker folgten ihr, blau, gelb und lila, schnitten Julius den Weg ab und schwangen drohend ihre Baseballschläger .

»Ich hab doch gewusst, dass sie nicht zu Leviathan gehören!«, quietschte Ellie.

Was aber nicht hieß, dass sie in Sicherheit waren.

Julius warf sich hastig auf den Fahrersitz seines Wagens und ließ den Motor aufjaulen. Einer der Biker drehte sich zu ihnen um, schüttelte den behelmten Kopf und klopfte hinter sich auf den Sitz.

»Alle aufsteigen!«, rief Saskia.

»Was?«, stammelte Anastasia.

»Entweder sie oder Leviathan – ihr habt die Wahl.«

Lottie musste keine Sekunde nachdenken. Ellie schob sie

hinten auf das blaue Motorrad und rannte mit leuchtenden Augen los, um sich hinter die Pinke Dämonin zu setzen.

»Auf geht's!«, schrie sie.

Lottie legte die Arme um die behelmte Gestalt vor sich, und der Boden begann zu zittern. Dann rasten sie los. Schon bald liefen ihr Tränen über die Wangen. Sie blickte über die Schulter, während sie durch den Verkehr jagten.

Jamie war immer noch verschwunden.

Er war ganz allein.

Sie konnte nur hoffen, dass diese mysteriöse Gang ihnen helfen würde.

»Ich weiß nicht, wer du bist«, brüllte sie gegen den Wind an, während sie durch die Stadt heizten, »aber ich vertraue dir.«

16

Ein Blitz. Es fühlte sich an wie ein Blitz, der direkt vor ihr einschlug und ihr den Boden unter den Füßen wegriss. Ellie hatte nie etwas Vergleichbares erlebt, und sie schüttelte sich in ekstatischem Lachen. Gerade noch hatte sie sich schreckliche Sorgen gemacht – um Lottie, weil sie sie in dieses Chaos hineingezogen hatte, um Jamie, der ganz auf sich allein gestellt war –, doch jetzt bebte sie vor freudiger Erregung, während sie durch die Nacht flog und die Neonlichter um sie herum Kometenschweife bekamen.

»Ich bin frei!«, brüllte sie, aber das Dröhnen des Motors unter ihr verschluckte ihre Worte.

Und es stimmte auch nicht ganz. Dicht hinter ihnen waren zwei schmale, tiefergelegte Autos, glänzendschwarz wie Tinte, die immer näher kroch. Sie glitten um jede Ecke, zischten jede Straße entlang, blieben ihnen dicht auf den Fersen und kamen doch nie nah genug.

Die Pinke Dämonin fuhr mit quietschenden Reifen eine ratternde, brutale Kurve in eine schmale Gasse. Mit ihrer lederbehandschuhten Hand gab sie ein Signal, und die Gruppe teilte sich, die lila Fahrerin folgte ihr, der Rest donnerte weiter die Hauptstraße entlang.

Wer waren sie? Warum halfen sie ihnen? Ellie konnte es

sich nicht erklären, doch sie spürte eine tiefe Verbundenheit mit ihnen.

»Wer bist du?«, rief sie, doch die mysteriöse Fahrerin hob nur die Hand.

Leuchtende Schilder wirbelten in kaleidoskopartigen Mustern über ihre Köpfe, kaugummibunte Schriftzeichen, die aufleuchteten und wieder verloschen. Es sah aus wie ein Garten voller Lichtpflanzen, die aus den Gebäuden herauswuchsen und ihre neongrellen Ranken um die Stadt schlangen. Menschen schrien auf, wenn sie an ihnen vorbeijagten, und Kameras blitzten. Ellie lockerte ihr Gewand und zog es bis an die Nasenspitze, um ihr Gesicht zu verbergen.

Sie waren kaum um die nächste Ecke gebogen, als ihr dunkler Schatten auch schon hinterherkam, doch es war nur noch einer. Die beiden Wagen hatten sich ebenfalls getrennt. Auf ein weiteres Zeichen der Dämonin trennten sich die Motorräder wieder und machten eine abrupte Kehrtwende. Ellie merkte erst, dass sie schrie, als das Geräusch sich in manisches Lachen wandelte. Die Fahrzeuge kamen nun geradewegs auf sie zu und rasten die Straße entlang, um ihnen auszuweichen. Gerade als Ellie dachte, dass sie das schwarze Auto hinter sich lassen und zurück zu den anderen Motorrädern fahren würden, wendeten sie erneut und fingen ihren Verfolger ab. Das schwarze Auto steckte zwischen ihnen, ein Motorrad auf jeder Seite, und Ellie konnte Julius durchs Fenster sehen, sein einzelnes wütendes Auge brannte vor Zorn. Er war so nah, dass sie ihn mit ausgestrecktem Arm hätte berühren können, wenn das Fenster offen gewesen wäre. Er grinste siegesgewiss und riss das Lenkrad herum, um sie anzurempeln. Ellie wollte schreien, um die Dämonin zu warnen, doch die war vorbereitet. Sie und ihre lila Komplizin begannen einen komplizierten und brutalen Tanz, zogen ihre Baseballschläger und zerschmetterten die Seitenspiegel. Glitzernde Scherben wirbelten durch die Luft und reflektierten die Farben der Stadt wie funkelndes Konfetti. Die lila Bikerin hob ein weiteres Mal ihren Baseballschläger und zerschlug das Fenster. Julius verlor das Gleichgewicht, als die Scherben um ihn herumwirbelten, und der Wagen begann zu schlingern.

Noch hatten sie nicht gewonnen. Julius fing sich bereits wieder. Aber es war zu spät – die Motorräder bogen in eine enge Gasse, die eindeutig zu schmal für seinen Wagen war. Mehrere Fußgänger sprangen aus dem Weg und pressten sich an die Hauswände. Doch sie hatten nichts zu befürchten, die Pinke Dämonin und ihre lila Mitstreiterin hinterließen nicht den kleinsten Kratzer, weder an den Menschen noch an den Gebäuden.

»Anastasia!«, schrie Ellie, als die Motorräder sich wieder zusammenschlossen. »Alles klar bei dir?«

Anastasia drehte sich mit kreidebleichem Gesicht und panischem Blick zu ihr um.

»*Au secours!* HOL MICH HIER RUNTER!«, kreischte sie, die Arme fest um die Fahrerin geschlungen. Ellie war sicher, die Fahrerin lachen zu hören, bevor sie mit heulendem Motor zurück auf die Hauptstraße düsten und Anastasia wegen der plötzlichen Beschleunigung erneut loskreischte.

Gerade als aus der Ferne Sirenen durch die Nacht heulten, stießen sie zu den anderen. Sie bogen in eine ruhige, dunkle

Straße, offenbar eine Sackgasse, an deren Ende eine Betonmauer stand, weit weg vom Chaos der Stadt. Die blaue Fahrerin holte etwas aus der Jacke, drückte auf einen Knopf, und eine Art Garagentor hob sich, grelles Licht strahlte ihnen entgegen, und dahinter kam ein verfallener weißer, blauer und grüner Raum von der Größe eines Schwimmbads zum Vorschein. Es war in der Tat ein Schwimmbad, aber ein altes, verfallenes, modrig und feucht. Es war der perfekte Ort, um dämonische Motorräder zu verstecken.

Sie fuhren hinein, und die Motorräder hielten an. Die summenden Maschinen ließen den Boden unter ihnen vibrieren.

»*Dieu merci!*«, jaulte Anastasia und stieg wacklig ab. »Ich steige nie, nie wieder auf ein Motorrad!«

»Wo sind wir?«, fragte Saskia und lief zu Anastasia, während das Tor wieder an seinen Platz glitt.

Die Letzte, die abstieg, war Lottie. Ihr Gesicht war feucht und zerknautscht, und sie hatte rote Wangen und Augen.

»Wir müssen zu Jamie«, rief sie. »Wir müssen ihn finden!« Sie klammerte sich an Ellie, die sie in den Arm nahm.

Aus der Nähe war die Vier in dem Kreis an der Seite jedes Motorrads gut zu erkennen. Ellies Herz hämmerte. Ein erwartungsvolles Feuer brannte in ihrer Brust.

Sie richtete den Blick auf die Pinke Dämonin, deren behandschuhte Hände nach oben griffen.

Der schimmernde pinkfarbene Helm hob sich, und seidige schwarze Haare ergossen sich über den Motorradanzug. Weiße Haut und weiche rosa Lippen, fein wie ein Schmetterling und scharf wie ein Schwert.

Es dauerte einen Moment, bis Ellies Gehirn begriffen

hatte, was ihre Augen da sahen. Sie schnappte nach Luft. *»Du?«*

Sayuri Chiba klemmte ihren Helm zwischen Arm und Torso, ein Bein gegen den leuchtend pinken Stahl ihrer Maschine gestützt, und es war offensichtlich, dass sie schon hunderte Male so dagestanden hatte. Der Motor schnurrte, als wartete er nur darauf, dass Sayuri wieder aufstieg und durch die funkelnde nächtliche Stadt fuhr.

»Ich dachte«, sagte sie mit einem lässigen Grinsen, »ihr könntet eine Mitfahrgelegenheit brauchen.«

ZWEITER TEIL

森林浴

Shinrin-yoku

Japanisches Sprichwort:
Waldbaden – Klarheit und Wohlergehen im Wald finden

17

Jamie Volk war dazu ausgebildet worden, perfekt wie eine Maschine zu funktionieren, jedes Detail zu sehen, jede Gefahr zu spüren. Wie also hatte es dazu kommen können, dass er, wieder einmal, in die Falle getappt war?

Er war so voller animalischer Wut, kindischem Groll und kleinlichen Gefühlen gewesen, dass sein Instinkt ihn im Stich gelassen hatte, er war unter dem Druck seines inneren Kampfes mürbe geworden, und jetzt war er allein, die Lichter der Stadt weit unter ihm. Er war allein mit ihrem größten Feind.

Gerade als Lottie und Ellie den höchsten Punkt des Riesenrads erreicht hatten, hatte Jamie vom Boden aus gesehen, wie sie sich umarmten. Was auch immer zwischen ihnen gestanden hatte, war beseitigt, und das hieß, dass das neue Einvernehmen, zu dem er mit Ellies Porterin gefunden hatte, beendet war.

Dann hatte Haru sie entdeckt: Ingrid. Haru hatte Jamie gesagt, eine verdächtige Person beobachte sie aus dem Schatten einer Spielbude: klein, Sommersprossen, fettige Haare. Jamie wusste, dass sie es war, bevor er sie überhaupt gesehen hatte, und er war dankbar.

Er sah ihr katzenhaftes Grinsen vor sich, und eine Adrenalinwelle überspülte ihn. Das war die Chance, seinem Leben wieder einen Sinn zu geben. Vor allem aber war es eine Chance auf Rache.

Jamie hörte Haru sagen, dass er auf die anderen aufpassen und sie sicher nach Hause bringen würde, wenn er sie verfolgen wollte. Kurz fragte er sich, ob er Haru trauen konnte – ob er irgendjemandem trauen konnte. Er sah seinen Partistenkollegen prüfend an, diesen stets zum Scherzen aufgelegten Jungen, der so vorbehaltlos nett zu ihm gewesen war –, und er nickte.

Er hatte keine Sekunde darüber nachgedacht, wie seltsam es war, dass Ingrid hier war, in Japan. Er war einfach drauflosgerannt wie ein wilder Hund. Ingrids Mund hatte sich zu einem breiten Grinsen verzogen, als er die Verfolgung aufnahm, und dann rasten sie los, drängten sich durch die Menge und schubsten achtlos Leute zu Boden. Er war froh, dass er nicht wie alle anderen die Holzsandalen angezogen hatte. Er hätte ewig so durch die Stadt rennen können, immer weiter weg von dem Fest, bis sie in einem Gebäude verschwand.

Eine Falle!, schrie eine Stimme in seinem Kopf, doch er ignorierte sie und stürmte hinter ihr die Treppe hinauf, während das *Klack-klack-klack* ihrer Schuhe ihn zu verhöhnen schien.

Er folgte ihr bis aufs Dach. Dunkelheit empfing ihn, als er die Metalltür aufstieß, durch die sie Sekunden zuvor geschlüpft war, und er machte sich bereit, einer ganzen Armee gegenüberzustehen, die schon auf ihn wartete. Als er nur Ingrid dort vorfand, war er beinahe enttäuscht.

Sie blickte sich suchend um, ihre kalkweiße Haut war hell in der Dunkelheit. Es war, als würde sie auf irgendetwas warten, doch nichts passierte. Sie waren ganz allein auf dem Dach.

Das wird leicht, dachte er.

Er warf sich mit einer Kraft auf sie, die tief aus seinem Inneren kam, aus all der Wut und Demütigung, all den Selbstzweifeln und Vorwürfen. Ihre katzenhaften Augen wurden schmal, als er ihr ins Gesicht trat.

Sie stolperte rückwärts, und Messer erschienen in ihren Händen, so schnell, als kämen sie aus der Luft. Schwarze Spinnenmesser, die gleichen, mit denen sie ihn in der Tompkins-Villa überwältigt hatte. Die Erinnerung daran entfachte seine Wut erneut, und er zog seine eigenen Messer, die er in seinem Gewand versteckt hatte.

Metallisches Klirren ertönte bei jedem Schlag, ein ganzer Schwall prasselte auf Ingrid nieder. Sie knurrte und fletschte die Zähne, doch mit jedem Schlag drängte er sie weiter zurück, bis sie mit dem Rücken zur Tür stand.

»Was für ein perfekter Partist«, höhnte sie. Doch bei ihrem kühnen Versuch zuzustechen, kam sie aus der Deckung. Er ließ sein Messer sinken und wich ihr mühelos aus. Sie stolperte vorwärts, und er packte ihr Handgelenk, das winzig wie ein Zweig in seiner Hand lag. Dann griff er nach ihrer anderen Hand und drückte zu, sein Griff wurde stärker und fester, bis sie beide Messer fallen ließ. Ihre Augen wurden panisch, sie war nicht länger die grinsende Katze, sondern ein angsterfülltes Kätzchen.

»Bitte hör auf.« Doch er hörte nicht auf, er drückte noch fester, bis er ihre Knochen unter der Haut knirschen hörte.

»Hilfe!«

Er hörte sie kaum. Sein Gesicht verzerrte sich zu einer monströsen Fratze. Für ihn zählte nur Rache.

Eine Träne lief ihr über die Wange, und sie wimmerte vor Schmerz. Sie war so schwach, so jämmerlich. In der Tompkins-Villa hatte sie ihn nur überwältigen können, weil sie Lottie gehabt hatten, aber jetzt hatte er nichts zu verlieren als …

Der Gedanke kam ihm so unvermittelt, dass er sie losließ.

Es war ganz sicher eine Falle, aber vielleicht anders, als er erwartet hatte.

Ingrid griff hastig nach ihren Messern, wobei ihr Kopf gegen Jamies Knie stieß, der es ihr halbherzig gegen die Nase rammte. Blut rann ihr über Mund und Kinn, über sein Gewand und ihr weißes Hemd. Sie wollte sich aufrichten, doch er drückte sie nach unten und nahm ihr die Messer ab. Er musste zurück zu den anderen.

»Sieht so aus, als hättest du gewonnen.«

Jamie erstarrte, als er die Stimme hinter sich hörte. Es war eine Männerstimme, tief und leise, mit einer verstörenden Schärfe, die an das Zischen einer Schlange erinnerte. Es war eine Stimme, die hypnotisieren konnte.

Jamie drehte sich um und sah, dass es nicht nur einer war. Es waren drei, und sie trugen Kapuzen und Tiermasken vor den Gesichtern. Wie in einem Fiebertraum standen ein Kaninchen, ein Vogel und eine Ziege vor ihm, schwarz gekleidet wie Totengräber, Dämonen, die gekommen waren, um ihn in die Unterwelt zu befördern. Ihre Masken reichten nur bis unter die Nase, so dass düstere, verzerrte Tierbilder mit menschlichen Mündern entstanden. Gesprochen hatte die Ziege. Der Mann war mindestens einen Kopf größer als die anderen beiden, und von seiner Maske ragten zwei scharfe Hörner in die Höhe wie beim Teufel persönlich.

Bei seinem Anblick zeichnete sich Erleichterung auf Ingrids Gesicht ab.

»Meister! Ihr seid gekommen!«, rief sie und rappelte sich auf, um zu ihren schwarzgekleideten Kameraden hinüberzustolpern. Das Kaninchen breitete die Arme aus und nahm sie unter seinen Mantel.

Der Meister von Leviathan. Der Mann, der sie seit zwei Jahren quälte.

Jamie wusste, dass er in der Unterzahl war, dass nur ein Verrückter versuchen würde, gegen die sicherlich bestens ausgebildeten Kämpfer anzutreten – doch Jamie fühlte sich an diesem Abend ziemlich verrückt.

Er holte tief Luft, ließ die Schultern sinken und maß seine Gegner mit den Augen. Er blickte ein letztes Mal zum Mond auf, der ihn immer an ein Boot erinnerte, das über den Himmel fuhr, gerade als er hinter einer Wolke verschwand und die Gesellschaft auf dem Dach im Dunklen zurückließ. Er atmete scharf aus, überließ sich ganz bewusst seiner Wut und ging in Kampfposition.

Die Ziege lachte meckernd mit weitgeöffnetem Kiefer, was perfekte weiße Zähne zum Vorschein brachte. »So viel Aggression …« Seine Worte trieften vor Spott. Er hatte keine Angst.

Sein kleines spöttisches Lächeln machte Jamie noch wütender und verwirrte ihn zugleich.

»Wir wollen nicht mit dir kämpfen, obwohl es sicher eine beeindruckende Show wäre.«

Jamie stand kurz vor dem Abgrund – ein falscher Schritt, und er würde fallen. Er musste ruhig bleiben.

»Was willst du?«, fragte er.

»Ich bin nur gekommen, um dir zum Geburtstag zu gratulieren.«

Die Ziege hob feierlich die Arme, doch die Worte ließen Jamie erstarren. Sie stiegen ihm in die Nase, schmierig und faulig, drangen in seinen Hals, in sein Blut und schossen panisch durch seinen Körper. Jamie beschwor sein Herz, langsamer zu schlagen.

Saskia hatte gesagt, dass er ganz oben auf ihrer Liste stand. Wenn er die Nerven behielt, konnte er vielleicht herausfinden, warum.

»Und wenn du mit dem Gratulieren fertig bist« – er legte den Kopf schief und war selbst verblüfft, wie einfach es war, mit diesem sonderbaren Teufel zu reden –, »kann ich gehen?«

»Sicher. Wenn du versprichst, uns keinen Schaden zuzufügen. Obwohl es wirklich schade wäre, wo du schon einmal in unserem Hauptquartier bist.« Der Ziegenmann lächelte wieder, ein Schlitz unter seiner Maske mit dem Sog eines Abgrunds. Es fühlte sich vertraut an, entwaffnend, aber das Wichtigste war, dass Jamie neue Informationen bekommen hatte.

Leviathans Hauptquartier ist in Japan.

Obwohl sein Körper ein vollkommen anderes Verhalten von ihm verlangte, gab Jamie seine offene Kampfbereitschaft auf und verstaute seine Messer demonstrativ unter seinem Gewand, um zu zeigen, dass er sich entspannte, aber doch so, dass sie jeden Moment für ihn griffbereit waren. »Okay. Dann sprich.«

Ingrid verharrte in ihrem Versteck, eingehüllt in den Umhang des Hasen, aber das Beben des Stoffes war verräterisch: Sie zitterte vor Angst.

»Macht es dich glücklich, ein Partist zu sein?« Die Frage kam so unvermittelt, dass eine schwächere Person eingeknickt wäre, aber Jamie antwortete prompt, ohne zu zögern.

»Ja. Es ist meine Berufung.«

Der Hase lachte höhnisch über seine Antwort, bis der Anführer in Ziegengestalt ihm bedeutete, still zu sein.

»Und deine Herrin. Empfindet sie genauso?«

Das Mondschiff am Himmel tauchte wieder auf, warf sein Licht auf die maskierten Gestalten und ließ Schatten auf dem Zementboden entstehen. Jamie widerstrebte es, zu antworten, er weigerte sich, über diese Frage nachzudenken. Ellie wollte ihn nicht als ihren Partisten haben – daraus machte sie kein Geheimnis –, aber er wollte, dass sie sicher waren, Lottie und seine Prinzessin, und wenn er das nicht gewährleisten konnte, dann war er nutzlos.

»Nein.« Es kostete ihn die größte Überwindung, seinen Blick nicht abzuwenden, während er sprach. »Aber es ist nicht ihre Entscheidung. Sie muss vor Leuten wie euch geschützt werden.« Jamie blinzelte. Es war nicht Ellie, die er vor seinem inneren Auge heraufbeschwor, sondern Lottie – und das machte ihn wütend.

»Wir haben keine bösen Absichten.«

»Kindesentführung und Gehirnwäsche kommen mir ziemlich bösartig vor.«

»Das ist aber nicht, was wir tun …«

»Hast du den Hasen und den Vogel auch entführt und manipuliert?«

Die maskierten Gestalten begaben sich in Verteidigungsposition, Schatten, die den Ziegenmann umschwirrten und lautlos ihre Form veränderten.

»Na, na, na.« Der Teufel gestikulierte erneut. »Er will nur spielen.«

Bei dieser Bemerkung fühlte Jamie sich, als würde ein Eimer mit dreckigem Abwaschwasser über ihn ausgeschüttet. Ein schleimiges Gefühl, als machte man sich über ihn lustig, weil er die Situation so ernst nahm.

»Das hier sind meine Kinder«, verkündete die Ziege großspurig und nahm eine stolze Pose ein, die sofort auf die beiden maskierten Marionetten abfärbte. »Jeder, der sich mir anschließt, tut das aus freien Stücken, und wir heißen alle in ihrem neuen Zuhause herzlich willkommen.«

»Warum scharst du Kinder um dich?«, fragte Jamie und bemühte sich, den gleichen unbekümmerten Tonfall anzuschlagen. »Kommt mir ein bisschen gruselig vor.« Wenn der Mann ihn wie ein bockiges Kind behandelte, dann würde er sich eben auch so verhalten.

Der Ziegenmann lachte wieder, aber jetzt schwang eine Spur Bitterkeit darin mit, und Jamie konnte seine Verärgerung förmlich riechen. »Ich habe einst ein Kind verloren.« Er sprach abgehackt und gab sich keine Mühe, seine Wut zu verbergen. »Ein kleines Baby, dem sein Leben einfach so fortgerissen wurde.« Offenbar war die Erinnerung daran noch immer eine offene Wunde. »Also bin ich zu einem Vater für die ganze Welt geworden. Ich will, dass die Kinder von heute eine Zukunft haben. Eine, die sie selbst wählen können, statt dass sie ihnen diktiert wird.« Er legte den Kopf schief, als wären sie enge Vertraute, und von einem Moment auf den anderen verschwand der eiskalte Tonfall aus seiner Stimme, während das gleiche milde, nervenraubende Lächeln wie zuvor auf seinem Gesicht erschien. »Vielleicht wirst du dich uns ja auch bald anschließen und deine Zukunft selbst in die Hand nehmen?«

Es dauerte einen Augenblick, bis Jamie begriff, was er da gerade gehört hatte. In der Ferne heulte eine Sirene. Erst als er einen metallischen Geschmack auf der Zunge verspürte, wurde ihm klar, dass er sich die Innenseite der Wange aufgebissen hatte.

»Niemals würde ich mich euch anschließen.« Aber als er das sagte, traf eine Erkenntnis ihn wie ein Messer in seine Brust: Dieser Mann war charmant und gefährlich, er trug eine Wut in sich, die seiner ebenbürtig war, und Jamie spürte, wie leicht es sein konnte, dem nachzugeben.

Es ist alles eine Lüge, sagte er sich, aber die Tatsache, dass er sich das erst in Erinnerung rufen musste, erfüllte ihn mit weißglühendem Zorn. Wie konnten sie es wagen, ihn mit diesen Fragen zu bedrängen?

Ein Vibrieren in seiner linken Hosentasche traf ihn unvorbereitet, ein lästiges Kitzeln an seinem Bein. Sein Telefon. Das konnte nur Lottie sein, aber er konnte ihren Anruf jetzt nicht entgegennehmen. Blitzschnell griff er in seine *Yukata* hinein, schnappte sich eines von Ingrids Messern, zielte damit auf die Schulter des Ziegenmannes und warf.

Der Vogel hatte die Bewegung registriert und riss seinen Arm hoch, um die tödliche Waffe abzuwenden, und Jamie erkannte, dass der Umhang, in dem der Arm steckte, eine gepolsterte Rüstung war, ein kompliziertes, engmaschiges Gewebe, um sie zu schützen. Das Messer prallte von der ausgestreckten Hand ab, hatte aber so viel Schwung, dass es seinen Weg fortsetzte und in die Gestalt mit der Vogelmaske hineinflog.

Der Ziegenmann schenkte dem Vogel keine Beachtung, der die Hände vor den blutenden Bauch schlug. Seine Mundwinkel sanken in einer niedergeschlagenen Grimasse nach unten. »Was für eine Enttäuschung.«

Der Hase hechtete auf Jamie zu. Seine Maske war nur eine Haaresbreite von seinem Gesicht entfernt. Als Jamie sich in einer schnellen Bewegung wegduckte, stieß sein Fuß gegen die Begrenzung des Daches, und er sah die Welt unten vorbeiwirbeln.

Da der Zugang zum Treppenhaus durch Leviathan versperrt war, blieb ihm nur die Flucht in die Tiefe.

»Ist er nicht flink?«, rief der Ziegenmann lachend. »Wir hatten eine Vereinbarung, Jamie: *Solange du uns keinen Schaden zufügst.* Wir alle wissen, dass du diese Regel gebrochen hast, und wenn ich es nicht besser wüsste, würde ich denken, dass du mit uns mitkommen willst.«

Jamie begriff, dass er ihn nur ablenken wollte, holte Ingrids anderes Messer aus seiner Kleidung hervor und hielt es drohend vor sich. »Einen Schritt weiter, und ich springe.« Er konnte die niedrige Umrandung des Daches fühlen, im Fegefeuer zwischen der Demütigung der Gefangenschaft und der

Erleichterung des Entkommens. Unten sah er einen Haufen Müllsäcke, die den Sturz dämpfen konnten, aber er durfte sich nichts anmerken lassen.

Der Vogel, der sich immer noch den Bauch hielt, blickte durch die Maske hindurch zu ihm auf, und so seltsam es war, seine Augen waren wie Leuchtfeuer, die ihn anflehten, es nicht zu tun.

Der Ziegenmann hob die Hand als Zeichen eines Waffenstillstands. »Du brauchst nicht zu …«

»Das ist meins!«, rief Ingrid und machte einen Satz nach vorn. Sofort wandten sich alle zu ihr um.

»Ingrid! Nein!«, schrie der Hase.

Sie taumelte auf ihn zu, langsam und ungeschickt. Jamie gab sich einen Ruck, und im nächsten Augenblick war er im freien Fall.

Es war ganz leicht, ein schwebendes Gefühl des Hinnehmens. Während er stürzte, sauste die Luft an ihm vorbei wie ein sanft säuselndes Willkommen, es klang wie ein Wiegenlied in seinen Ohren. Wenn er wollte, konnte er jetzt einfach loslassen, sich mit einem letzten Seufzer dem Boden überlassen, aber das war nicht sein Plan.

Er stieß sich mit aller Kraft von der Backsteinmauer ab und machte sich ganz klein, so dass er in eingerollter Position auf dem streng riechenden Müllhaufen landete. Der Aufprall presste die Luft aus seinen Lungen und ließ seine Knochen vibrieren.

Genau in dem Augenblick, als er mit zum Himmel gewandtem Gesicht unten aufschlug und die Welt aus dem Blick verlor, brachen die Wolken, und es begann zu regnen.

18

»Das nenne ich eine Überraschung.« Saskia stand mit in die Hüften gestemmten Händen da, ihr Atem ging stoßweise. Doch nicht vor Erschöpfung, sondern vor Erleichterung.

Die Schüler aus Rosewood sahen zerzaust und verwirrt aus und hatten Schwierigkeiten, zu begreifen, was sie da sahen.

»Okay«, verkündete Anastasia und versuchte ihr Bestes, um ihre wilde Haarmähne nach dem Motorrad-Umstyling, das sie alle hinter sich hatten, wieder zu bändigen, »können wir uns bitte jetzt gleich darauf verständigen, dass ich nie wieder ein Motorrad berühren muss?«

Sie waren von zitronengelben und limettengrünen Fliesen umgeben, die von den Wänden des leerstehenden Schwimmbads abplatzten. Es war alles viel zu grell, Lotties Pupillen wurden ganz klein, und ihre Augen schmerzten, während ihr Tränen die vom Wind geröteten Wangen hinunterrannen. Ellie hielt ihr den Arm hin, um sie zu stützen, und musterte währenddessen eingehend ihre Retter.

Es waren vier bekannte Gesichter: Rio, Miko, Wei und ihre pinkfarbene Dämonenanführerin in all ihrer überirdischen Schönheit. Sayuri.

Lottie wäre gern erleichtert gewesen, aber sie konnte nur

an Jamie denken, wie sie ihn missachtet hatten, und dass er ganz allein war.

»Jamie hat immer noch nicht geantwortet. Wir müssen ihn finden«, wiederholte sie und schniefte. »Wir hätten ihn nicht allein lassen dürfen. Ich bin so blöd. Wir hätten ihm helfen müssen, anstatt ihn stehenzulassen. Ich bin so …«

»Dein Partist wird schon zurechtkommen.« Sayuris Stimme war kaum wiederzuerkennen: leidenschaftlich und ernst. »Es gibt Wichtigeres, worum wir uns kümmern müssen.«

»Was ist mit Haru?«, gab Lottie zurück. Ihre Sorge war ein salziger, bitterer Geschmack in ihrer Kehle. »Haru ist in Schwierigkeiten. Wir müssen die beiden finden.«

Ein säuerliches Lächeln erschien auf Rios Gesicht, und Miko, die neben ihm stand, schnalzte mit der Zunge.

»Haru steckt mit Leviathan unter einer Decke«, sagte Sayuri mit ruhiger Stimme, als ließe die schreckliche Feststellung sie komplett kalt.

Die Luft wirkte statisch aufgeladen, etwas braute sich zusammen, und in der Ferne ertönte Donnergrummeln.

Entrüstung flammte in Saskias Augen auf. »Was? Seit wann wisst ihr das?«

Haru, der freundliche Junge mit dem strahlenden Lächeln, der Junge, der sogar Jamie für sich hatte einnehmen können, dem er vertraute. Es war ein so schrecklicher Gedanke, dass Lottie die Vorstellung instinktiv von sich wies. Es musste eine Lüge sein. Aber dann fügten Erinnerungen sich ganz allmählich zu einem Ganzen zusammen: wie unheimlich es gewesen war, als Haru plötzlich in den Kampfmodus gewechselt hatte, wie seltsam er auf Saskia reagiert hatte, wie verärgert

Sayuri gewesen war, als sie Lottie und die Zwillinge zusammen mit ihm in der Bücherei entdeckt hatte. Und schließlich, und das war das Bedrohlichste, seine besondere Vorliebe für Jamie.

»Dann hat er uns in diese Falle gelockt«, sagte Lottie, und mit der Einsicht versiegten ihre Tränen.

Sayuri murmelte etwas, das wie Zustimmung klang. »Ich weiß seit über einem halben Jahr, dass er mit diesen abscheulichen Leuten gemeinsame Sache macht, aber wann er sich ihnen angeschlossen hat oder wie sie ihn auf ihre Seite gebracht haben, wissen wir nicht.«

Lottie spürte, wie Ellies Körper neben ihr sich anspannte.

»Wie konntet ihr das zulassen?«, knurrte sie. »Wie konntet ihr uns so viel Zeit mit ihm verbringen lassen, ohne uns einzuweihen?«

»Wir hatten euch unter Beobachtung«, entgegnete Rio gelassen, während er sich mit Hilfe der spiegelnden Oberfläche seines Helms die Frisur richtete. »Um rauszufinden, was Leviathan vorhat.«

»Was? Warum? Seid ihr verrückt? Warum habt ihr keinem was davon gesagt, wenn ihr …«

»Ellie.« Anastasias Stimme klang kühl, und eine deutliche Warnung schwang darin mit. »Du weißt, dass es nicht so einfach ist.«

»*Chigau yō.*« Diesmal war es Miko, die das Wort ergriff, und ihre Augen wurden schmal vor Verachtung. »Wir wissen über euren Fall Bescheid, und wir sind nicht wie ihr: sentimental!« Sie spuckte das Wort so gehässig aus, als wäre es ein Fluch.

Lottie musste etwas unternehmen. Sie riss sich zusammen und fragte: »Wie habt ihr von Leviathan erfahren?«

Sayuri und Wei, die beide bisher geschwiegen hatten, blickten einander an. Lottie hatte Ellie und Jamie früher solche Blicke tauschen sehen.

Jamie, dachte sie wieder, und ihr ganzer Körper schmerzte vor Sorge.

»Vor zwei Jahren«, begann Sayuri, »habe ich ein Mädchen namens Emelia Malouf kennengelernt. Sie hat an einem unserer Sommerkurse teilgenommen, und wir sind gute Freundinnen geworden.«

Lottie war sich sicher, den Namen schon einmal irgendwo gehört zu haben.

»Vor einem Jahr wurde sie dann von den Leuten, die euch heute Abend nachgestellt haben, entführt. Sie haben ihr Leben zerstört.«

Undeutliche Bilder überschwemmten Lotties Gedanken: ein zornig aussehendes, Kopftuch tragendes Mädchen mit dunkler Haut und noch dunkleren Augen, das Mädchen, das damals zusammen mit Percy entführt worden war.

»Ich erinnere mich an sie. Von der Tompkins-Fusion!«, rief Lottie aus.

Sayuri nickte. »Sie wollte unbedingt herausfinden, was mit ihr geschehen war, und zwar schon lange, bevor ihr alle hier aufgetaucht seid. Und das eine verbindende Element in allem, was Leviathan tut …«

»… bist du«, fiel Miko ihr ins Wort, immer noch kampflustig, und ihr kleiner Eckzahn blitzte auf, aber Sayuri hob besänftigend die Hand.

»Wir sind Banshees«, verkündete Sayuri mit klarer Stimme und breitete die Arme aus in einer Geste, die auch die anderen Motorradfahrer mit einschloss.

»Banshees?«, fragte Lottie nach, die sogleich von der märchenhaften Anspielung des Namens fasziniert war.

»Banshees. Wir sind zu viert – *shi* –, und wir sind inspiriert von jenen heulenden Geistern, die vor dem baldigen Tod warnen, den Banshees. Wir sind eine Familie. Wir passen aufeinander auf, beschützen uns gegenseitig«, sagte Wei und ahmte dabei den fest entschlossenen Ton ihrer Anführerin nach, und seine Brillengläser funkelten im grellen Licht. »Und das bedeutet, dass wir Leviathan aufhalten werden, ganz egal, was sie planen.«

Lottie wusste nicht, was sie von all dem halten sollte. Sie war voller Bewunderung, aber da war auch noch etwas anderes, ein Gefühl, das schwerer zu benennen war. So etwas wie Respekt für diese Gruppe von jungen Menschen, die alle ungefähr in ihrem Alter waren und die solch eine große Aufgabe auf sich genommen hatten.

»Wir müssen jemandem von Haru erzählen«, sagte Ellie.

»Ihr werdet euch hüten, irgendetwas in der Richtung zu unternehmen. Wir brauchen keine neuen Mitglieder. Ihr wärt nur eine Belastung für uns, und abgesehen davon können wir das nicht tun«, erwiderte Wei nüchtern. »Durch ihn haben wir Einblick in Leviathans Absichten, ohne dass er davon etwas weiß.«

»Wei überwacht sein Telefon. Deshalb wussten wir auch von heute Abend«, erklärte Miko, die in dem limonengrünen Licht kränklich aussah.

»Warte.« Anastasia machte einen Schritt nach vorn und stellte sich neben Saskia. »Das verstehe ich nicht. Was hat das alles mit uns zu tun? Warum sind wir eine Belastung?«

»Nein, nicht ihr alle.« Miko verdrehte die Augen, bevor sie auf Lottie zeigte. »Sie.«

Plötzlich schoss ein weißglühender Blitz über den Himmel. Das Gewitter fing an.

»Ich?«

»Die Prinzessin von Maradova.« Mikos Worte erinnerten Lottie an eine zornige Schlange, die drohend zischte und sich wand.

»Was soll das heißen?«

»Wir sind uns noch nicht sicher, Miko«, fuhr Wei fort. »Es ist eine Theorie, die Emelia eine Zeitlang hatte, dass jede Person auf ihrer Liste in irgendeiner Weise mit der Prinzessin zu tun hat. Soweit wir wissen, ist die Gruppe von Leviathan kleiner, als sie vorgibt, nicht mehr als ein paar Dutzend Mitglieder. Das bedeutet, dass sie jeden Einzelnen sehr sorgfältig und immer im Hinblick auf ihr Ziel auswählen. Und dieses Ziel scheint ganz eng mit dir verwoben zu sein.« Er wedelte erneut mit der Hand in Lotties Richtung. »Genau darum haben wir euch beobachtet. Wir mussten uns zu hundert Prozent sicher sein, dass keiner von euch zu dieser Gruppe gehört.« Seine Stimme klang beiläufig. »Es zielt alles darauf ab, dir das Leben schwerzumachen, dich zu manipulieren. Wir glauben sogar, dass ihr vielleicht gar nicht hierher nach Japan gekommen wärt, wenn sie nicht ihre Finger im Spiel gehabt hätten.«

»Meine Noten.« Lottie schnappte nervös nach Luft und

wollte nicht glauben, was sie da hörte. »Aber wie konnten sie wissen, dass wir hierherkommen würden, Saskia?« Sie wandte sich der Partistin zu, obwohl die Frage, die ihr auf der Zunge lag, ihr Angst machte. »Könnte es sein, dass das Mädchen, das uns die Broschüre über Takeshin in die Hand gedrückt hat ...?«

»Möglich. Wenn die Hameln-Formel wirkt, dann lässt sich nicht sagen, was sie damit anstellen«, erwiderte sie.

Es war ein furchtbarer Gedanke. Wenn das stimmte, hatten sie auch die Medien infiltriert? Dann konnten sie niemandem trauen, nicht einmal der Polizei.

»Ich verstehe das nicht. Es kommt mir alles irgendwie so ... lächerlich vor«, platzte es aus Lottie heraus, die Mühe hatte, einen klaren Gedanken zu fassen. Obwohl sie schon seit langem überzeugt waren, einer großen weltweiten Verschwörung auf der Spur zu sein, machte die Erkenntnis, dass sich dabei offenbar alles um sie drehte – beziehungsweise um Ellie –, ihr noch mehr Angst. Es war eine kindliche Angst: das wohlbekannte Gefühl, wenn das Licht ausgeht und man glaubt, unbedingt unterm Bett nachsehen zu müssen, ob dort ein Monster hockt, nur mit dem Unterschied, dass das Monster real ist und einen unablässig anstarrt.

Die vier Takeshin-Schüler berieten sich flüsternd, und die ganze Zeit über ließ Rio seinen Blick spielerisch drohend auf Lottie ruhen.

Draußen begann ein leichtes Tröpfeln, spindeldürre Regenfinger klopften gegen die Fensterscheibe. Irgendwo da draußen war Jamie.

Lottie stiegen bereits wieder Tränen in die Augen, aber als

sie einen Blick auf Ellie warf, setzte ihr Herz einen Moment aus. Das Gesicht ihrer Prinzessin war schmerzverzerrt. Ihre schlimmsten Albträume wurden wahr, die Möglichkeit, dass alles mit der Prinzessin von Maradova zusammenhing. Dass sie an allem schuld war.

»Das sind alles nützliche Informationen«, sagte Wei schließlich. »Aber es ist nur eine Theorie.«

Als er das sagte, schien Ellie sich kaum merklich wieder ein wenig zu entspannen, aber Lottie konnte sehen, dass der dunkle Schatten sich nicht auflöste. Sie hatte sich solche Mühe gegeben, Ellies düstere Gedanken mit Licht zu überschütten, aber jetzt suchten sie sich erneut ihren Weg.

»Jetzt aber ab mit euch, zurück zur Schule.«

Ein weiterer Blitz erhellte den Raum.

»Erst müssen wir Jamie finden«, sagte Lottie flehentlich und versuchte, ihre Furcht vor Leviathan abzuschütteln. »Und was sollen wir wegen Haru unternehmen?«

»Ihr werdet gar nichts tun. Solange ihr in unserer Schule seid, sind wir für euch verantwortlich. Vermutlich wird Haru wieder auftauchen und so tun, als ob nichts geschehen wäre«, sagte Sayuri.

»Er hat so was früher schon mal gemacht.« Rio grinste, aber es war ein zorniges Grinsen.

»Es ist wichtig, dass ihr euch nicht anmerken lasst, dass ihr über Haru und uns Bescheid wisst. Keiner darf davon wissen, er ist unsere wertvollste Informationsquelle. Wir sorgen für eure Sicherheit, und wir fordern euch auf, uns alles zu sagen, was ihr über Leviathan wisst«, fügte Sayuri hinzu.

»Sagt ihr uns dann auch, was *ihr* wisst?«

Sie wirbelte herum und blickte Anastasia an.

»Nein«, sagte Sayuri bestimmt. »Und ihr solltet aufhören, Leviathan hinterherzuschnüffeln. Wenn sie wirklich wollten, dass ihr hierherkommt, aus welchem Grund auch immer, dann müsst ihr euch aus ihren Dingen raushalten, weil ihr ihnen sonst nur in die Hände spielt.« Sie blickte Lottie so scharf an, dass es sich wie ein Messerstich in ihre Brust anfühlte. »Das darf nicht noch mal passieren.«

Lottie fühlte, wie ihre Kehle eng wurde. »Was ist mit Jamie? Können wir irgendwas für ihn tun?«

»Ihr geht zurück in die Schule und hofft, dass er zurückkommt. Wenn er nicht wieder auftaucht, rufen wir die Polizei und deine Eltern an. Mehr können wir nicht tun.«

Lottie und Ellie sahen sich an. Die Überreste des Festes klebten noch an ihnen: der stechende Geruch des Feuerwerks, der süße Geschmack der Taiyakis, und sie trugen immer noch ihre *Yukatas*, die allerdings ziemlich mitgenommen aussahen.

Ellie blinzelte. »Lottie, er ist …« Sie brachte den Satz nicht zu Ende, aber das Wort hing in der Luft.

Jamie war fort, sie hatten ihn verloren, und es gab nichts, was sie dagegen tun konnten, außer darauf zu vertrauen, dass er seinen Weg zurück fand.

»Jetzt aber schnell«, befahl Sayuri und warf einen Blick aus dem Fenster. »Wir befinden uns mitten im Zentrum des Gewitters.«

19

Es war ein unmenschlich heißer Sommertag in St Ives, und Touristenmassen hatten die Straßen in Beschlag genommen, um überteuertes Eis zu schlecken und ihre Haut in der Hitze brutzeln zu lassen. Es war schon in der Nebensaison schwer genug, sich etwas auszudenken, was man hier anstellen konnte, aber sobald die Sommerferien heranrollten, wurde Ollie Moreno praktisch zu einem Gefangenen in seinem eigenen Zuhause.

Seine Freunde hatten alle das Glück, vernunftbegabte Eltern zu besitzen, die den Ort schnellstmöglich verließen und ihr Heim als Ferienwohnung vermieteten, um der alljährlich wiederkehrenden Heimsuchung durch die Touristen wenigstens einen finanziellen Nutzen abzugewinnen. Aber nicht Ollies Mutter. O nein. Manuela Moreno musste *auf die Galerie aufpassen und diesen Touristen meine Arbeiten schmackhaft machen*. Künstler und ihr Ego.

Ihm war schon klar, dass es nicht besonders klug war, auf seinem weißbezogenen Bett herumzuliegen, wo ihn durch die Vorhänge kaum Tageslicht erreichte, aber ihm fehlte jeglicher Antrieb, irgendetwas anderes zu tun. Er war niedergeschlagen. Er wusste, dass es idiotisch war, aber er konnte nichts dagegen machen.

Lottie ignorierte ihn praktisch. Alles, was er von ihr hörte, waren kurze Textnachrichten, in denen sie ihm mitteilte, sie sei beschäftigt. Es passte überhaupt nicht zu ihr, was ihr nicht aufzufallen schien, aber das Schlimmste war, dass er wusste, dass sie recht hatte. Sie war *wirklich* beschäftigt, und es gab *wirklich* wichtigere Dinge, um die sie sich kümmern musste.

Er wünschte, es wäre nur Traurigkeit, die ihn so runterzog, aber da war noch mehr, ein stechendes Gefühl in seiner Magengegend, das ihm keine Ruhe ließ: Eifersucht.

Es war einer ihrer Kindheitsträume gewesen, irgendwann einmal zusammen nach Japan zu reisen und das Land zu erkunden. Eine Woche lang wollten sie all die nerdigen Cafés und Themenrestaurants auskundschaften und dann eine weitere Woche damit verbringen, all die atemberaubenden Sehenswürdigkeiten aufzusuchen, und jetzt war Lottie ohne ihn dort, mit ihrer neuen besten Prinzessinnenfreundin und diesem mürrischen Bodyguard, und er war nur ein lahmer Langweiler, der ihr auf die Nerven ging.

Ollie rollte sich auf den Bauch und nahm die Zeitung vom Boden, die er zuvor dort hingeworfen hatte. Da war noch etwas, das ihm Sorgen bereitete: Lottie war in allen Nachrichten aufgetaucht. Es gab zwar nicht viele Fotos, nur ein paar körnige, heimlich aufgenommene Schnappschüsse, aber so langsam ergaben selbst die eine ansehnliche Sammlung. Die Aufnahmen von ihr beim Sommerball im letzten Jahr, die Bilder nach dem Fechtturnier, und nun das. Es war unausweichlich gewesen, dass ihre ehemaligen Schulfreunde sie irgendwann sahen, aber als es tatsächlich dazu kam, war etwas

Wundersames geschehen: Kein einziger von ihnen hatte sie erkannt.

Der Ausruf, der der Wahrheit am nächsten kam, war Charlies Kommentar gewesen, die Prinzessin erinnere ihn an Lottie, was Schluckauf und Lachanfälle bei den Mädchen hervorgerufen hatte, vor allem bei Kate.

»Stell dir mal das pinkgesichtige Dummchen als Prinzessin vor!«

»Da kommt es mir doch wahrscheinlicher vor, dass sie sich in einen Kürbis verwandeln würde!«

Sie waren gemein und dumm. *Die hässlichen Stiefschwestern* nannte Ollie sie insgeheim, aber er sagte nichts. Lottie ging ihrer Wege, lebte ein Leben, das er sich nicht einmal vorstellen konnte, sie blühte auf und wuchs zu einem ganz neuen Menschen heran, während er sich wie ein junger Setzling vorkam, der sich überhaupt nicht weiterentwickelte.

Er nahm sein Telefon und tippte das Dümmste, Dramatischste, das ihm einfiel, um Lottie zum Lachen zu bringen.

RUHE IN FRIEDEN, Ollie Moreno. Er starb an einem Hitzschlag, nachdem seine ehemals beste Freundin ihn in der schlimmsten Touri-Hölle der Welt versauern ließ.

Bevor er auf *Senden* drückte, machte er noch schnell ein Foto von sich, wie er reglos auf dem Bett lag und die Zunge aus dem Mund hängen ließ, als wäre er tot.

Wie erwartet bekam er keine Antwort, und er konnte Lottie beinahe stöhnen hören, weil sie ihn so erbärmlich fand. Er bereute bereits, die Nachricht abgeschickt zu haben.

Ernüchtert und gelangweilt nahm Ollie eine Handvoll Jellybeans von seinem Nachttisch, warf sie in die Luft und fing sie mit dem Mund wieder auf. Bei der fünften Bohne, die nach Zuckerwatte schmeckte, sagte er laut: »Ich will wachsen.«

Als er sie runterschluckte, vibrierte sein Telefon. Es war eine unbekannte Nummer, dafür schien die Person aber zu wissen, wer er war.

Hallo, Ollie.

Obwohl es keine Frage war, schwang eine Portion Neugier darin mit, als wollte die Person, die das geschickt hatte, erst mal vorfühlen.

Äh … hallo?

Kleine, graue Pünktchen verrieten ihm, dass am anderen Ende weiter getippt wurde, und er fand, dass sie ihn auf nervenaufreibende Weise anstarrten.

Ollie, hier ist Binah :D

All seine Sorgen verpufften in einer Wolke aus braunen Locken und Jahrmarktsduft, Zuckerwatte und salzigem Karamell, wie ein Tag am Strand. Sein Verstand wurde überschwemmt von ihrer warmen, mattbraunen Haut, die zu leuchten schien, wenn sie lächelte, ein Lächeln, das die ganze Welt zum Schmelzen bringen konnte, wissbegierig, warm und weise. Obwohl er ihr erst ein einziges Mal begegnet war, hatte Ollie auf einmal all diese Dinge im Kopf, nur weil er ihren Namen gelesen hatte. Er zögerte, weil er nicht wusste, was er schreiben sollte.

Alles in Ordnung?

Erneutes Tippen am anderen Ende.

Wir brauchen deine Hilfe bei etwas, aber bevor ich dich in unser Team aufnehme, muss ich wissen … Bist du bereit, alles Erforderliche und Erdenkliche zu tun, um ein echtes Abenteuer zu erleben?

Er blickte ein Weilchen blinzelnd auf die Nachricht und fragte sich, ob ihn da etwa jemand auf den Arm nehmen wollte. *Andererseits … wenn ich Lottie wäre, würde ich das dann als ein Zeichen interpretieren?*

Ja, tippte er.

Binahs Antwort ließ nicht lange auf sich warten.

Das sind wunderbare Neuigkeiten. Dann füge ich dich jetzt der Gruppe hinzu, aber die anderen Mitglieder wissen nichts von Lotties Geheimnis, also bitte verplappere dich nicht.

Ollie kicherte. Als er allerdings den Namen des Gruppenchats las, zu dem er soeben hinzugefügt worden war, blieb ihm das Lachen im Halse stecken.

Die Farben des Chats waren rot, und abgesehen von Binah

hatte die Gruppe noch zwei weitere Mitglieder – Percy und Raphael. Ganz oben auf seinem Display stand nun in dicken Großbuchstaben der Name der Gruppe:

OPERATION: EINBRUCH IN ROSEWOOD HALL

20

Der Schlaf, den Lottie herbeisehnte, wollte sich nicht einstellen, und sie warf sich auf dem flachen Futon hin und her. Draußen vor der Schiebetür wütete ein Unwetter, wie sie nur selten eines erlebt hatte, und bei jedem neuen, von einem Regenschwall begleiteten Windstoß bebte der ganze Raum. Alles um sie herum klapperte – der Fußboden, die Wand, die Zimmerdecke –, und jedes Mal, wenn ihr trotz ihres aufgewühlten Zustands die Augen zufielen, brüllte die Welt sie an und weckte sie wieder auf. Und dieses Brüllen klang jedes Mal gleich. Ein einziger Name beherrschte ihre Gedanken, marterte sie: Jamie.

Als ihr Telefon neben ihrem Kopfkissen vibrierte, tastete sie danach, in der Hoffnung, es wäre endlich das Zeichen, auf das sie so dringend wartete.

Das Display zeigte Ollies Namen und eine alberne Textnachricht, die sie nur mit Mühe entziffern konnte, zusammen mit einem Foto, auf dem er sich totstellte. Verärgert über die überflüssige Nachricht pfefferte sie das Telefon auf den Fußboden, so dass das Display einen Sprung bekam. Neben ihr wälzte Ellie sich hin und her, gefangen in irgendeinem wirren Albtraum, aber immerhin schlief sie, leise murmeld: »Es tut mir leid. Es ist meine Schuld. Ich bin zu schwach.«

Lottie überlegte kurz, sie zu wecken, um ihr zu sagen, dass sie sich irrte, aber die Realität kam ihr noch schlimmer vor. Wie konnte alles, worauf sie hingearbeitet hatte, in einer einzigen Nacht zerstört werden?

Am liebsten wäre sie einfach wieder losgerannt, hätte sich dem Sturm entgegengestellt, darin herumgetanzt und die ganze wütende Raserei, die das Universum bereithielt, über sich ergehen lassen.

Warum die Prinzessin von Maradova? Konnte es wirklich sein, dass sich alles um Ellie drehte, und wenn ja, warum? Der bloße Gedanke bewirkte, dass sie am liebsten davor davonrennen wollte, denn falls sich wirklich herausstellen sollte, dass es so war, dann war sie sich nicht sicher, ob Ellie das verkraften würde.

Sie tastete nach ihren Regensachen und schloss bereits die Finger um den gelben Mantel, aber bevor sie ihren Entschluss umsetzen und ihn überwerfen konnte, hörte sie hinter der Schiebetür ein Miauen. Im Licht eines niederfahrenden Blitzes erblickte sie für einen kurzen Moment einen großen, schwarzen Schatten: Eine riesige Katze strich flehend mit der Pfote an der Papiertür entlang.

Sie hielt den Atem an und machte keinen Mucks, während ihre Gedanken sich überschlugen. Die Vampirkatze war gekommen, um sie zu bestrafen, weil sie Jamie zu wenig Beachtung geschenkt hatte. Dann aber warf sie ihre Decke zur Seite und ging zur Tür, um sie einzulassen.

Die Schiebetür klapperte leise, als sie sie aufschob. Sofort kam ein kräftiger Windstoß herein, und mit ihm die verzweifelte Kreatur. Es war dieselbe zu groß geratene, schwarze

Katze von ihrem nächtlichen Ausflug vor über einer Woche: Vampy, die gelben Augen verschreckt aufgerissen und mit regendurchtränktem Fell. Sobald sie die Tür geschlossen hatte, sprang die Katze auf ihren Arm, und als sie sie an sich drückte, um sie zu wärmen, konnte sie ihren Herzschlag fühlen.

»Na, na«, flüsterte sie leise, um Ellie nicht zu wecken. »Jetzt bist du in Sicherheit.«

Aber Vampy hatte anderes im Sinn, als sich auszuruhen, sprang von ihrem Arm herab, landete auf den Regensachen und fing an, das gelbe Material mit den Pfoten zu bearbeiten. Dann lief sie wieder zur Tür und kratzte so heftig daran, dass ihre Krallen Spuren auf dem Holz hinterließen. Sie wollte wieder nach draußen.

Als es erneut so laut donnerte, dass das entfesselte Unwetter den ganzen Raum erbeben ließ, spürte Lottie plötzlich ganz deutlich, dass irgendwo auf dem Schulgelände schreckliche Dinge vor sich gingen.

»Sei freundlich, sei mutig und gib niemals auf«, sagte sie und kniff dabei kurz die Augen zu, dann schnappte sie sich ihre Regensachen.

Als sie ins Freie trat, pfiff der Wind ihr um die Ohren. Ein hauchdünner Wasserfall floss über den Rand der holzgedeckten Veranda hinweg und ließ den See in der Mitte des Schulgeländes anschwellen, aus dem trübes, dunkles Wasser heraufspritzte.

Mit vorsichtig tastenden Schritten bewegte Lottie sich vorwärts, während die Katze zwischen ihren Beinen hindurchschoss – sie musste aufpassen, nicht den Halt zu verlieren.

Ihr war kalt, und überall dort, wo ihre nackte Haut den wütenden Bissen des Sturms ausgesetzt war, tat es weh. Jeder Windstoß zwickte sie in die Knöchel, zerrte an ihren Beinen und zerwühlte ihr erbost die Haare, aber sie ließ sich nicht beirren.

Die Katze führte sie wieder an den äußersten Rand des Waldes, wo der Weg von Schlamm und tropfnassen Pflanzenteilen bedeckt war. Aus dem Bambuswald schien eine alles verschlingende Dunkelheit zu sickern, während der Regen inmitten der hohen Bäume plötzlich aussetzte. Lottie hielt den Atem an und wappnete sich dafür, dass die Katze sie wieder in die entrückte Welt des Waldes führen würde, aber stattdessen schlug Vampy eine andere Richtung ein und führte sie auf den schmalen Treppenpfad, der zu der überwucherten Rückseite des *Dōjō* führte, wo sie verschwand. Ineinanderverflochtenes Unkraut und hohes, nasses Gras zerkratzten ihr die Beine, als sie auf die Lichtung trat. Sie blieb wie angewurzelt stehen, als sie die große, dunkle Gestalt erblickte, die dort mit einem Schwert in den Händen umherschlich.

Mikos Geschichten über den rotgesichtigen, langnasigen Tengu, der seinen *Shakujō* schwingt und die Macht besitzt, starke Winde zu entfesseln, kamen ihr in den Sinn. Aber diese Gestalt hier war kein *Yōkai*. Als sie sich langsam umdrehte und sich dabei auf das hölzerne Schwert in ihrer Hand stützte – es war gar keine Klinge, nur ein Stock, um sich aufrecht zu halten –, konnte Lottie ihr Gesicht deutlich erkennen.

Blitze zuckten um sie herum und erhellten den versehrten, schmutzigen Zustand der Person, und sofort schoss ihr durch den Kopf, dass sie überfallen worden sein musste. Das Wesen, das da aus den Bambusbüschen hervorstolperte, war vollkommen durchnässt, die Haare hingen ihm wie glänzendes Öl ins Gesicht, die Augen lagen in dunklen Höhlen. Seine Wangen waren gerötet, sein Gesichtsausdruck hatte beinahe etwas Träumerisches, so als würde es durch dichten Nebel waten, und es schwankte.

»Lottie«, rief es mit schleppender Stimme, und sein Blick huschte unstet hin und her. »Du musst ins Trockene, sonst holst du dir den Tod.«

»Jamie!« Sie stürzte auf ihn zu, ihre Tränen mischten sich sogleich mit Regenwasser, während der Wind ihr weitere Peitschenhiebe versetzte, aber das machte ihr nichts aus – Jamies Zustand war weitaus besorgniserregender.

»Komm, ich bringe dich zu den Schlafräumen«, sagte sie, aber sein wirrer Gesichtsausdruck ließ nicht erkennen, ob er sie gehört hatte.

»Ich muss auf euch aufpassen.« Da verfing sein Fuß sich in einem Stechginsterbusch, und er stürzte auf sie.

Es war genau ein Jahr her, dass Jamie in ihre Arme gesunken war und sie beide in ein eiskaltes Schwimmbecken gefallen waren. Diesmal stemmte Lottie die Füße fest in den schlammigen Untergrund und hielt seinem Gewicht stand. Als sie ihn auffing, streifte sein Gesicht kurz ihre Wange, und die Berührung hinterließ ein Brennen auf ihrer Haut. Es war offensichtlich, dass er krank war und so bedenklich hohes Fieber hatte, dass er halluzinierte.

»Lass mich los. Ich muss euch alle warnen. Sie kommen«,

knurrte Jamie heiser, doch es klang eher wie ein verzweifeltes Flehen. Ein Stöhnen entwich seinen Lippen, und er wurde ganz schlaff in ihren Armen, so dass sein komplettes Gewicht sie beinahe zu Boden drückte. Sie musste ihn ins Trockene schaffen – und zwar schnell.

Er war schwer. Jeder Knochen in ihrem Körper protestierte, forderte sie auf, die Last abzuschütteln, sich einfach fallen zu lassen und aufzugeben. Sie brüllte und beschwor die Bilder von Liliana herauf und verfügte plötzlich über Kräfte, von denen sie nicht gewusst hatte, dass sie in ihr schlummerten. Wieder schossen Blitz und Donner aus dem Himmel, und das Tosen um sie herum wurde immer stärker.

»Diesmal werde ich ihn nicht im Stich lassen«, schrie sie dem Sturm entgegen, während sie Jamies zusammengesunkenen Körper zum *Dōjō* zerrte. Als sie den Eingang erkennen konnte, stieß ihr schmerzender Körper ein Heulen hervor, und sie warf sich gegen die riesigen Türflügel. Da änderte der Sturm die Richtung, fuhr unter ihre Kleider und riss ihr den Hut vom Kopf. Lange, zerzauste Haarsträhnen flogen peitschend umher wie sich windende Schlangen auf dem Haupt einer Gorgone.

Lottie ignorierte die Kälte, ihre ächzenden Knochen und Muskeln, packte Jamie noch fester und nahm ihn auf den Rücken, während sie ins Innere stolperte. Obwohl der Schmerz überwältigend war, sorgte sie dafür, dass er langsam zu Boden glitt, indem sie seinen schlaffen Körper ein letztes Mal an sich presste und behutsam auf einer weichen Matte ablegte.

Nun, da er ausgestreckt auf dem Boden lag, konnte sie

seine Verletzungen in Augenschein nehmen. Die Haut über seinen Rippen, wo der *Yukata* aufklaffte, spielte ins Lilafarbene, im Gesicht und auf dem linken Arm, den er schmerzhaft an den Oberkörper presste, hatte er blutige Striemen, er roch säuerlich, als wäre er in einen Müllhaufen gefallen, und seine Kleidung war voller schmieriger Flecken, deren Geruch Lottie unangenehm in die Nase stieg.

»Was ist passiert?« Sie versuchte verzweifelt, nicht zu weinen.

»Ich bin gestürzt.«

»Gestürzt?«

»Ja, ich bin vom Dach gestürzt, und dann hat es angefangen zu regnen.« Er zuckte zusammen und konnte einen Augenblick nicht weitersprechen. »Ich bin zurück zum Wald gelaufen.«

War er etwa in diesem Zustand den ganzen Weg aus der Stadt zurückgelaufen?

Rasch sprang Lottie zum Schrank hinüber und schnappte sich so viele Kendo-Anzüge wie möglich, die sie über Jamie breitete und ihm als Kissen unter den Kopf stopfte. »Ich hole Hilfe. Bleib so liegen.« Sie breitete das letzte Stück Stoff über ihn.

Als sie aufstand und gehen wollte, schlossen seine heißen Finger sich um ihr Handgelenk, und er zog sie zu sich herab. Mit flatternden Lidern blickte er zu ihr auf, seine Augen waren blutunterlaufen. Jamie wirkte vollkommen verloren, so als würden direkt vor seinen Augen seine schlimmsten Albträume Wirklichkeit, und sie hatte keine Ahnung, wie sie ihm da heraushelfen sollte.

»Lottie, bitte«, flehte er. »Geh nicht weg.« Es versetzte ihr einen Stich. »Sonst kriegen sie dich!«

Der Klang seiner Stimme ließ sie aufhorchen, so dass sie sich noch einmal zu ihm umdrehte, und Kälte kroch ihr in die Knochen.

»Wer, Jamie? Wer kriegt mich?«

»Leviathan.«

Lottie schüttelte den Kopf, es waren Fieberphantasien. »Leviathan ist nicht hier. Du bist jetzt in der Schule, in Sicherheit.« Es widerstrebte ihr, ihn anzulügen, aber sie musste dringend Hilfe holen. Sie setzte sich in Bewegung, um seine Finger abzustreifen, und japste nach Luft, als er sich schmerzhaft noch stärker an sie klammerte.

»Nein, der Ziegenmann.« Seine Stimme wurde lauter und klang angsterfüllt. »Er wartet auf mich, auf uns.«

»Jamie, das …« Sie brach ab. »Ich muss Hilfe holen.«

»Nein, Lottie, du musst rennen. Du kannst doch so gut rennen.« Mit letzter Kraft zog er sie erneut zu sich, so dass sie fast umgefallen wäre. »Du musst so schnell rennen, wie du nur kannst. Sonst stiehlt er deine Seele. Er nimmt alles, was gut an dir ist, und verschlingt es.«

»Was? Jamie, bitte. Lass mich los!« Aber sein Griff blieb fest wie ein Schraubstock um ihre schmalen Handgelenke, an denen sich bereits bläuliche Flecken zeigten.

»Du bist gut, und er ist böse. Und wenn er dich findet, dann frisst er dich auf. Ich muss ihn fernhalten, sonst stiehlt er mich auch.«

»Jamie, du hast Fieber, das sind nur Fieberträume.« Sie schrie auf, als seine Fingernägel sich in ihre Haut gruben. »Es gibt keinen Ziegenmann, und Leviathan ist nicht hier. Du bist ihnen entkommen. Du bist krank, und ich muss dir helfen, wieder gesund zu werden.«

»Nein, er ist Leviathan, der Ziegenmann ist Leviathan.«

Lottie erstarrte. Ihr wurde schlecht vor Angst, denn sie ahnte bereits, was er gleich sagen würde.

»Ich bin ihm begegnet, auf dem Dach.« Jamie riss die Augen auf, er ließ ihr Handgelenk los, und dann sagte er genau die Worte, die sie nicht hören wollte. »Ich bin dem Meister von Leviathan begegnet.«

Wieder blitzte es draußen vor dem *Dōjō*, und Jamie stöhnte ein letztes Mal auf, dann verlor er das Bewusstsein.

»Jamie?« Verzweifelt rüttelte sie ihn, doch er reagierte nicht mehr.

Angst kroch in ihr hoch, schnürte ihr die Kehle zu, und sie wusste, dass sie es alleine nicht schaffen würde. Sie brauchte dringend Hilfe. Irgendjemanden.

Mit einem erneuten lauten Knall flog die Tür auf, und im Türrahmen stand, die Haare aufgebauscht wie schwarzer Rauch, ein Mädchen in einem weißen Nachthemd, das im Licht des Gewitters leuchtete, eine fette, orangefarbene Katze zu ihren Füßen. »Das ist ein guter Partist, den du da hast«, sagte sie.

»Sayuri!«, schrie Lottie, und Erleichterung wallte in ihr auf. »Bitte … hilf mir.«

21

»Was ist mit ihm?«, Lottie schnellte von ihrem Stuhl hoch, als die Krankenschwester endlich aus Jamies Zimmer kam.

Sie hatte die ganze Nacht nicht geschlafen – der Sturm hatte nicht aufgehört, an den Fenstern zu rütteln, wie ein Monster, das versuchte, sich Einlass zu verschaffen, und erst bei Sonnenaufgang nachgelassen. Neben ihr lehnte Sayuri an der Wand, ruhig und gefasst wie die Statue von Kou Fujiwara, und übersetzte, was die Krankenschwester ihnen zu sagen hatte.

»Eine Rippe ist gebrochen, Handgelenk und Knöchel sind verstaucht, und hinzu kommt eine heftige Grippe, daher der Fieberwahn. Aber es wird ihm schon bald wieder bessergehen. Er hat wohl einen ziemlich bösen Sturz hinter sich.«

»Danke«, sagte Lottie. »Können wir ihn sehen?«

Die Schwester schüttelte den Kopf. »Noch nicht.«

Offenbar war Jamie aus irgendeinem Grund aus beachtlicher Höhe irgendwo heruntergefallen – so viel stand fest. Er war ganz schön lädiert, und was noch schlimmer war, er war dem Meister von Leviathan begegnet. All das wäre nicht passiert, wenn Lottie nicht so sehr mit anderen Dingen beschäftigt gewesen wäre.

»Arigatou gozaimasu«, sagte Sayuri und dankte der Schwester mit einer Verbeugung.

Es sah nicht so aus, als wären sie in demselben Unwetter gewesen; Sayuris Haar war längst getrocknet und lag nun in dicken, seidig schimmernden, sanft gewellten Strähnen auf ihren Schultern, ihr Gesicht war zwar leicht gerötet, aber trotz des Schlafmangels war die Haut nach wie vor daunenweich, wohingegen Lottie ziemlich mitgenommen aussah, rote, geschwollene Wangen, die Beine immer noch schlammverkrustet, und ihr Haar stand vom Kopf ab wie ein vom Wind zerzaustes Wollknäuel. Zufällig erblickte sie ihr Spiegelbild im Fenster und hatte Mühe, sich selbst wiederzuerkennen.

Dass es ihnen schließlich gelungen war, Jamie zum Krankenzimmer der Schule zu schaffen, schien an ein Wunder zu grenzen. Sie hatten ihn gemeinsam getragen, Sayuri hatte einen Arm gepackt und Lottie den anderen, und genau so, als unaufhaltsame Kraft, hatten sie sich durch das Unwetter gekämpft. Sayuri war stark, stärker, als Lottie es jemals vermutet hätte. Sie verfügte über die Stärke einer Anführerin. Die Stärke der Pinken Dämonin.

Lottie konnte den seltsamen Ausdruck in ihrem Gesicht nicht vergessen, als sie Jamie und sie gefunden hatte.

Einen guten Partisten hast du da …

Je länger Lottie über ihre Worte nachdachte, umso sicherer war sie, eine Spur Bedauern herausgehört zu haben, einen Anflug von Bitterkeit, der sie erneut darüber grübeln ließ, was es mit der Königin der Schule und ihrer Familie auf sich hatte, was sie wollte und warum sie so stark hatte werden müssen.

»Du solltest jetzt zu deinen Freunden gehen und ihnen die gute Nachricht überbringen«, sagte Sayuri. »Sie wachen sicher bald auf und sollten erfahren, dass dein Partist wieder aufgetaucht ist. Ich halte hier Wache.«

Es widerstrebte Lottie, zu gehen, weil sie die völlig irrationale Befürchtung hatte, dass Jamie ihr erneut weggenommen werden könnte, aber schließlich überwand sie sich, denn natürlich musste sie den anderen Bescheid sagen.

»Was ich noch sagen wollte: Wenn die Banshees ihre Meinung ändern sollten … wenn du bereit wärst, mit uns zusammenzuarbeiten … Wir wären ein gutes Team. Was auch immer Leviathan hier treibt, ich will mithelfen, sie aufzuhalten.«

»Das wird nicht nötig sein«, erwiderte Sayuri unumwunden und wandte das Gesicht ab.

»Ihr habt bestimmt mehr Informationen, etwas, das wir vielleicht entschlüsseln könnten …«

»Um ehrlich zu sein …« – Sayuri drehte sich abrupt zu ihr um –, »haben wir das tatsächlich, aber wir werden euch nicht einweihen. Es wäre uns lieber, wenn ihr euch da raushalten würdet.«

Bei diesen Worten hatte Lottie das Gefühl, als würde ihr eine Tür vor der Nase zugeschlagen. Sie verstand nicht, weshalb Sayuri nicht mit ihnen zusammenarbeiten wollte. Sie mussten den Meister von Leviathan finden, und dafür brauchten sie alle Informationen, die sie kriegen konnten.

Lottie versuchte, sich nichts anmerken zu lassen. »Gut. Danke trotzdem, für alles. Ehrlich.«

Sie hörte Sayuris Stimme hinter sich, die kühl und endgültig klang: »Nicht der Rede wert.«

Das Gewitter hatte die Erde abgekühlt, eine willkommene Erfrischung, die zwar bald wieder in der Hitze der Sonne verdampfen würde, die Lottie aber dennoch auskosten wollte, solange es ihr vergönnt war. Anastasia, Saskia und Ellie hatten sich draußen vor der Krankenstation versammelt, saßen auf der hölzernen Umrandung des Teichs und beobachteten die Fische. Alle waren noch ziemlich durcheinander nach den Ereignissen der vergangenen Nacht.

»Es ist alles meine Schuld.« Ellie zog die Schultern nach vorn. »Ich muss …« Die letzten Worte verschwanden hinter einem Vorhang aus schwarzem Haar. Es schmerzte Lottie, dass ihre Bemühungen, Ellie davon abzubringen, sich selbst die Schuld zu geben, umsonst gewesen waren, aber jetzt galten ihre Sorgen erst einmal Jamie.

»Da ist noch was«, fügte Lottie zögernd hinzu und warf einen flüchtigen Blick zu Saskia hinüber. »Im Fieberwahn hat Jamie etwas gesagt.« Sie holte tief Luft. »Er hat gesagt, er sei dem Meister von Leviathan begegnet.«

»Er ist ihm begegnet?« Saskias Augen leuchteten auf, als würde dahinter ein Feuer auflodern, und sie packte Lottie so hastig bei den Schultern, dass sie Anastasia beinahe umgestoßen hätte.

»Saskia!«, rief Anastasia.

»Hat er sein Gesicht gesehen? Hat er über mich gesprochen? Hat er ihn berührt?« Ihre Finger zitterten, als wäre ein Geist, den sie tief in sich vergraben hatte, wieder erwacht und wollte unbedingt heraus. »Was hat er gesagt, Lottie?«

Ellie versuchte, Lottie von ihr wegzuziehen, weil ihr Saskias plötzliche Verwandlung nicht geheuer war. Ihnen war zwar bereits zu Ohren gekommen, wie sie sich verhielt, wenn man sie auf den Meister ansprach, aber selbst hatten sie es noch nie mit angesehen. Es war schrecklich.

Lottie fragte sich unwillkürlich, was der Mann mit diesen Leuten angestellt hatte – und was er wohl mit ihr oder mit Jamie tun würde, wenn er die Gelegenheit dazu bekäme. Das Einzige, woran sie sich festhalten konnte, war, dass Ellie geschützt war, solange sie eine gute Porterin war. Sie durfte sich nur nicht länger von persönlichen Dingen ablenken lassen – dafür stand zu viel auf dem Spiel. Wenn sie herausfinden wollten, was wirklich los war, und Jamie helfen wollten, dann war es jetzt erst einmal das Beste, sich um Saskia zu kümmern. Es war an der Zeit, sich zu wehren.

»Wer war bei ihm? Ingrid?« Sie umklammerte Lottie immer fester. »Die schleimt sich doch ständig bei ihm ein!«

Lottie verzog keine Miene. »Saskia …«, sagte sie sehr ruhig und griff nach dem Handgelenk der Partistin. »Du gehörst nicht mehr zu Leviathan.«

»Ich weiß, ich wollte nur …«

»Saskia.« Sie griff nach dem anderen Handgelenk und zog behutsam ihre Hände von ihren Schultern. »Dieser Mann hat sich nie für dich interessiert. Er hat dich nur benutzt. Aber uns liegt etwas an dir, Saskia. Uns ist es egal, wie nützlich oder wie stark du bist, wir mögen dich um deiner selbst willen. Und daran wird sich nie etwas ändern.«

»Ich will niemanden enttäuschen …«

»Nein, Saskia.« Auf einmal wusste Lottie, was sie sagen musste. Worte, die jedem guttaten. »Wir lieben dich, Saskia, ganz egal, was geschieht.«

Dann zog Lottie sie an sich, und die Partistin ließ sich in die Umarmung hineinsinken, so dass ihr warmer Honigduft sich mit Lotties Rosenduft vermischte. Sie fühlte jeden einzelnen Muskel ganz nah an sich, es war wie eine Landkarte von Saskias Körper, dem kräftigen Körper einer Partistin. Sie musste schon wieder an Jamie denken.

»Okay, du kannst mich jetzt loslassen«, murmelte Saskia. Ihre Stimme verriet Lottie, dass sie sich noch immer nicht ganz beruhigt hatte, aber sich nichts anmerken lassen wollte. Die Partistin machte sich los. »Lasst uns mal rausfinden, ob du jetzt zu Jamie darfst«, sagte sie, mit einem ungewohnt verlegenen Unterton.

Die Sonne stand mittlerweile als große, runde Scheibe am Himmel und schien unbarmherzig auf Saskia herunter, die wie eine goldene Statue dastand. Unwillkürlich wanderte Lotties Blick erneut zu Ellie hinüber. Wie sie da kauerte, irgendwie verdreht, erinnerte sie sie an morsche Baumwurzeln.

»Danke, Lottie«, sagte Anastasia sehr leise.

Lottie lächelte ihr zu, aber innerlich dachte sie schon wieder, dass es nicht genug war – dass sie Jamie und Ellie helfen musste, bevor es zu spät war.

Als sie die Krankenstation betraten, empfing sie Zitrusduft, der mit jedem Schritt den Flur entlang, an dessen Ende Jamies Zimmer lag, stärker wurde. Vor dem Zimmer wartete Sayuri, und diesmal gelang Lottie es zum ersten Mal, einen Blick hinter ihre gleichmütige Maske zu erhaschen – sie wirkte angespannt.

»Sayuri, was ist los?«, wollte Lottie wissen, als sie sich

Jamies offenstehender Tür näherte. Dahinter hörte sie Stimmen. Vertraute Stimmen.

Sie beeilte sich so sehr, dass sie fast gegen den Türrahmen gerannt wäre. Da war er, auf Kissen gestützt, halbwach, aber immer noch mit etwas vernebeltem Blick, dafür angestrahlt von den Streifen Sonnenlicht, die durch die Vorhänge hereinschienen. Am liebsten wäre sie zu ihm gerannt und hätte die Arme um seinen verletzten Körper geschlungen, aber das war undenkbar. Neben ihm hockte ein verschlagener Raubvogel, der wie ein Geier darauf wartete, seine Beute einzusammeln.

Haru war wieder da.

22

»Haru.« Sein Name war wie Gift auf Lotties Lippen. »Ich bin so froh, dass es dir gutgeht. Was … was ist passiert?«

»Ich bin gestern Abend zurückgekommen.« Er wandte den Blick ab, als wäre es ihm peinlich, und fast hätte sie ihm geglaubt, wenn sie es nicht besser gewusst hätte. »Ich weiß nicht mehr, was passiert ist.«

Für wie dumm hielt Leviathan sie? Es war erbärmlich.

»Und ihr, was ist euch passiert?«, wollte Haru wissen, und beinahe hätte sie ihm seine Besorgnis abgenommen.

»Fremde haben uns gerettet, aber wir konnten ihre Gesichter nicht sehen.« Lottie verzog keine Miene, als die Lüge aus ihrem Mund sprudelte. Sayuri hatte sie angewiesen, Haru mit einer möglichst kurzen Geschichte abzuspeisen, um ihn zu ärgern, und das Zucken seiner Mundwinkel verriet ihr, dass es funktionierte.

»Ein Glück, dass euch nichts passiert ist.« Jamies Stimme war leise und kaum vernehmbar, weil er so angestrengt atmete. Doch selbst in seinem schwachen, verwirrten Zustand schimmerte ein Lächeln hindurch, ein Lächeln der Erleichterung. Es galt Haru.

Sie war so wütend und frustriert. Und traurig. Traurig wegen Jamie, weil sie sah, wie viel es ihm bedeutete, dass Haru wohlbehalten zurückgekehrt war, und weil sie wusste, dass sie ihm nichts sagen durfte, um sie nicht alle in Gefahr zu bringen. Jamie war zu geschwächt; es war unmöglich, vorherzusagen, wie er reagieren würde, wenn er es herausfände, und abgesehen davon – und das war das Wichtigste – hatten sie Sayuri versprochen, nichts zu sagen.

»Haru, ich wäre gerne einen Augenblick mit meinem Partisten allein.« Es war keine Frage. Sie komplimentierte ihn hinaus. Zu ihrer Erleichterung protestierte er nicht, sondern bedachte Jamie mit seinem falschen Sommerbriselächeln, bevor er den Raum verließ.

Alle starrten ihn an. Anastasia, Ellie, Saskia, Lottie und Sayuri – fünf Mädchen, bereit, sich dieser Kreatur, die in Takeshin herumschnüffelte, in den Weg zu stellen.

»Gebt uns bitte einen Moment, Leute«, sagte Lottie, während sie die Tür hinter sich zuzog. Ihre und Sayuris Blicke trafen sich, und diesmal war sie sich sicher. Sayuri war tatsächlich besorgt.

Lottie setzte sich auf die Bettkante, wobei sie es vermied, Jamie zu berühren, aus Angst, ihm zu nahezutreten. »Wie geht's dir?«

Jamie schloss die Augen und drehte sich ein Stück in ihre Richtung. Seine Wangen waren immer noch ziemlich rot. »Nicht so gut. Kannst du mir bitte etwas Wasser geben?«

Sie reichte ihm den Plastikbecher, der auf dem Nachttisch stand, und bemerkte, dass seine Hände zitterten, als er ihn in Empfang nahm. Seine Finger streiften ihre Hand, daunenweich und immer noch zu warm, als wäre die Krankheit ein schwelendes Feuer unter seiner kupferfarbenen Haut.

Er trank mehrere kleine Schlucke, wie eine Maus, was überhaupt nicht zu seinem kräftigen Körperbau passen wollte und ein seltsames Bild ergab.

»Jamie, kannst du dich an letzte Nacht erinnern?«

Langsam, ohne dass sie sagen konnte, ob er sie gehört hatte, gab er ihr den Becher zurück, aber als sie ihn entgegennehmen wollte, ließ er ihn fallen, griff stattdessen nach ihren Fingern und drückte sie fest.

»Ich kann mich an alles erinnern«, sagte er schließlich, ohne ihre Hand loszulassen. »Wie hast du mich gefunden?«

Lottie schluckte schwer, denn sie wusste, dass sie es nicht würde erklären können; sie konnte ihm nicht sagen, dass die Schule sie zu ihm geführt hatte, dass Takeshin ihn gerettet hatte. Es war ein absurder Gedanke, bei dem sie sofort den Drang verspürte, auf ihr Telefon zu schauen, um nachzusehen, ob Binah sich gemeldet hatte, aber dann fiel ihr wieder ein, dass sie es wütend in die Ecke gepfeffert hatte.

»Du hast gesagt …«, fing sie an, »dass du ihm begegnet bist. Du hast ihn den Ziegenmann genannt, den Meister von Leviathan.«

Endlich ließ er ihre Hand los. »Das stimmt. Er trug eine Maske. Ingrid war auch da … Ich glaube, ich habe ihr eins von ihren Messern abgenommen …«

Lottie nickte. Sie hatten es in seinen Kleidern gefunden, als sie ihn zur Krankenstation geschleppt hatten. Diese schwarze Spinne, die sich um den Griff des Messers wand, ein bösartiges kleines Ding.

Die Tür ging auf, und eine Schwester erschien mit einem Kissen und einem Fieberthermometer.

»Ich komme später noch mal wieder, Jamie«, flüsterte Lottie, während sie aufstand. Er musste sich jetzt ausruhen. »Versprochen.«

Als sie aus dem Zimmer trat, blickten ihr drei Gesichter entgegen. »Leute!« Sie drängte sie zurück und schloss die Tür behutsam hinter sich. »Was macht ihr denn da?«

»Dann ist es also wirklich wahr?« Ellie sprach als Erste und kaute auf der Innenseite ihrer Wange herum. »Hat der Meister wirklich versucht, sich ihm zu nähern?«

»Ja …« Lotties Stimme versagte.

Sayuri war fort, nur die Erinnerung an ihren Gesichtsausdruck war noch da.

»Lottie« – Saskia warf einen raschen Blick zu Anastasia, die ihr aufmunternd zunickte –, »ich will euch helfen.«

»Was? Saskia, du hast schon sehr viel getan. Es ist genug –«

Saskia fiel ihr ins Wort. »Nein. Ich will euch helfen, herauszufinden, wer der Meister von Leviathan ist. Ich bin jetzt bereit.«

Sie warteten fünf Tage, bis Jamie sich so weit erholt hatte, dass er in sein Zimmer zurückkehren konnte. Mit Stift und Notizbuch bewaffnet, saßen Saskia und Lottie an seinem Bett, jede auf einer Seite, und warteten, während er ein paar Schlucke Wasser trank.

Er saß aufrecht mit einem ganzen Berg Kissen im Rücken, wie auf einem Thron aus Plüsch, und über seine Beine waren hübsche Decken gebreitet, in die Geschichten eingewebt waren. Er war einen Tick zu groß für die Umgebung, und es war offensichtlich, dass sein kräftiger Körper und sein übliches Energielevel sich nicht gut mit der verordneten Ruhe vertrugen. Das Zimmer stimmte fast vollständig mit den anderen Schlafräumen überein, die gleichen holzvertäfelten Wände und mit Papier bezogenen Raumteiler sowie leicht erhöhte Podeste, wo die Futons lagen, nur dass es in Jamies Zimmer eindeutig nach Zimt roch. Die Schiebetür stand offen, um frische Luft hereinzulassen, und gab den Blick auf den Teich frei, der im orangefarbenen Licht der Abendsonne glänzte.

»Also«, seufzte Jamie und kam sofort zur Sache, nachdem er seine Wasserflasche zurück aufs Tablett gestellt hatte. »Was steht an?«

»Du und Saskia, ihr werdet alles über den Meister von Leviathan zusammentragen, woran ihr euch erinnern könnt, und ich versuche mal, eine Skizze von ihm zu machen«, sagte Lottie rundheraus und schlug in ihrem mit Rosen bedruckten Notizbuch eine leere Seite auf. »Wir müssen herausfinden, mit wem wir es zu tun haben, bevor sie die Hameln-Formel für irgendein grausames Ziel einsetzen.«

Saskia atmete zischend durch die Zähne aus, während Jamies Gesicht uneingeschränkte Zustimmung verriet. Die blauen Schatten um seine Augen herum waren fast verschwunden, ein Zeichen dafür, dass er auf dem Weg der Besserung war.

»Ich konnte sein Gesicht nicht sehen«, begann Jamie ohne Umschweife und blickte hinaus in das abnehmende Licht hinter der Schiebetür, als würde er sich schmerzvoll an etwas erinnern, wovon Lottie nicht die leiseste Ahnung hatte.

Irgendetwas hatte es mit dem Ziegenmann auf sich; er besaß die Fähigkeit, in die Köpfe der Leute einzudringen, aber Lottie würde dafür sorgen, dass ihm das bei keiner weiteren Person gelang.

»Dann hast du also wirklich mit ihm gesprochen?«, fragte Saskia, die sich die größte Mühe gab, ruhig zu bleiben. Lottie konnte nicht umhin, dennoch ein schwaches, gefährliches Glimmen in ihrem Blick zu bemerken.

»Na ja, hauptsächlich hat er mit mir gesprochen.« Jamies Hand zitterte nicht, als er sie an die Stirn führte und angespannt über seine Schläfen rieb. »Er trug eine Ziegenmaske mit riesigen Hörnern wie ein Dämon, und er hatte noch zwei andere maskierte Personen dabei, einen Vogel und einen Hasen. Ich habe dem Vogel mit Ingrids Messer einen Stich in den Bauch verpasst, aber nicht besonders tief, glaube ich.«

»Sie tragen die Masken immer dann, wenn sie ihre Identität verbergen wollen. Ich habe ihn nur einmal ohne Maske gesehen.« Saskias Stimme wurde brüchig, und sie wandte den Blick ab.

»Saskia«, meldete Lottie sich zu Wort und legte ihr sanft die Hand aufs Knie. »Du bist nicht mehr bei Leviathan, weißt du noch?«

Saskias aufgerissene, braune Augen huschten zwischen Lottie und Jamie hin und her. »Mir geht's gut. Es ist nur … Du weißt nicht, was er … wozu er fähig ist.« Sie schüttelte den Kopf und blickte auf Lotties Hand, als wäre sie ein fremder Gegenstand. »Ich hatte solche Angst, ihn zu enttäuschen.«

»Ihn zu enttäuschen?«, wiederholte Jamie. Offenbar hatte sie einen Nerv getroffen. »Den Ausdruck hat er auch benutzt, als er mit mir gesprochen hat. Ich kann mir vorstellen, welche Wirkung er haben könnte.«

Lottie klammerte sich an seine Wortwahl: *haben könnte* anstelle von *hat* oder *haben kann*.

»Dich hat er nicht erwähnt.« Die Worte kamen kurz und knapp wie ein Hieb mit einem Messer über seine Lippen.

Saskia wich ein Stück zurück. »Das dachte ich mir«, sagte sie, und ihr Mund verzog sich zu einem bitteren Lächeln.

»Die Menschen, die auf ihn reinfallen, sind ihm egal. Es hat nie etwas gegeben, womit du ihn hättest enttäuschen können, weil es ihm gleichgültig ist, aber er ist bemerkenswert gut darin, einen glauben zu machen, es wäre anders. Beinahe wäre ich …« Jamie brach ab. »Er hat gesagt, er wolle *der Welt ein Vater sein*, und dass jeder die Wahl haben solle, zu entscheiden, wie er leben will. Aber eigentlich hat er sich eher aufgeführt wie ein Gott.«

Saskia nickte, schlug die Augen wieder auf und drückte die Schultern nach hinten, als müsste sie eine fiese Kreatur abschütteln, die an ihrem Rücken gehangen hatte. »Ich weiß. Es ist gut, dass du es mir gesagt hast.« Sie schniefte und lächelte vorsichtig. »Danke.« Sie schüttelte sich, so dass ein paar Strähnen sich aus ihrem Dutt lösten. »Er hat dunkelbraune, lange Haare, ist groß und hat blasse, leicht gelbliche Haut.«

Es dauerte einen Moment, bis Lottie klar wurde, dass sie den Meister von Leviathan beschrieb, nachdem sie seit über einem Jahr versucht hatten, etwas aus ihr herauszubekommen. Sie presste konzentriert die Lippen aufeinander und zückte ihren Stift, während sie das Bild auf sich wirken ließ.

»Ingrid hat immer betont, wie gut er aussieht, kräftiges

Kinn, lange, dichte Wimpern, Hirschaugen, hat sie gesagt, aber ich glaube, sie wollte mir nur auf die Nase binden, dass er sich ihr zeigt.«

»Ihre Zentrale ist in Japan«, fügte Jamie hinzu und bestätigte damit Lotties Befürchtung, dass sie ihre Noten verändert hatten. Gleichzeitig kam ihr ein noch düstererer Gedanke. Was, wenn das Mädchen mit den rotlackierten Fingernägeln am Zeugnistag wirklich unter ihrer Kontrolle stand?

Konnte es wirklich sein, dass der Meister von Leviathan so viele Menschen manipulierte?

»Schwer zu sagen, wo sein Akzent herkommt, er klingt wie eine Mischung aus vielen verschiedenen, und er spricht ziemlich leise.« Jamie dachte einen Augenblick über seine eigenen Worte nach. »Man könnte seine Stimme fast als angenehm bezeichnen, und sie klingt auf seltsame Weise vertraut.«

»Vertraut?« Das war so abwegig, dass Lottie überzeugt war, sie hätte sich verhört.

»Ja«, fügte Saskia hinzu und überlegte angestrengt. »*Vertraut* trifft es ganz gut.«

»Nach seiner Art zu reden würde ich annehmen, dass er etwa Mitte vierzig ist.«

»Sehe ich auch so«, pflichtete Saskia ihm bei. »Woran ich mich noch erinnern kann, als ich ihn damals kurz zu Gesicht bekommen habe, sind Falten auf der Stirn und Krähenfüße, geschwungene Augenlider und ein kantiges Gesicht, allerdings stand er da im Schatten. Dadurch wirkte er strenger, düsterer.«

Lottie hielt sich zurück und überließ es den beiden, zu erörtern, woran sie sich noch erinnern konnten, notierte alles und versuchte dabei, ein Bild von ihrem Feind aufs Papier zu bringen.

Lange, dunkelbraune Haare
Stirnfalten
Krähenfüße
Groß
Gutaussehend
Helle Haut
Nicht mehr ganz jung (Mitte vierzig?)
Scharfe Konturen

Lottie starrte auf das Papier, auf dem allmählich ein Gesicht zum Vorschein kam und sie anblickte, aber es war so durch und durch lächerlich, dass sie sich fast verschluckt hätte. Sie stellte fest, dass das Porträt eine bemerkenswerte Ähnlichkeit mit Ellies Vater besaß, ein so abwegiger Gedanke, dass sie beinahe laut aufgelacht hätte.

Neben ihre Zeichnung schrieb sie alles, was ihn außerdem noch beschrieb.

Merkwürdiger Akzent
Vertraut?
Schnell beleidigt, Gottkomplex

Zum Abschluss ging sie ihre Notizen noch einmal durch und fügte hinzu:

Vermutlich besessen von der Prinzessin von Maradova und ihrem Partisten

»Konnte einer von euch seine Augen sehen? Hat er irgendwelche Narben oder besondere Kennzeichen?«, fragte Lottie, ohne von ihrer Skizze aufzublicken. Ihrer Frage folgte so hartnäckiges Schweigen, dass sie ruckartig aufblickte und feststellte, dass beide sie anstarrten.

»Haselnussbraun.«

»Grün.«

Sie hatten beide zur gleichen Zeit gesprochen, so dass ihre Worte einander überlagerten, aber es waren nicht die verschiedenen Aussagen, die sie aus dem Konzept brachten. Beide starrten sie derart konzentriert an, dass sie sich vorkam wie ein Rätsel – anscheinend hatte sie etwas an sich, das bei beiden etwas auslöste.

»Das genaue Gegenteil von deinen«, sagte Jamie.

Lottie wusste nicht, was sie dazu sagen sollte, während Saskia langsam nickte und dabei nicht aufhörte, sie anzustarren.

»Okay. Das ist doch schon mal ein guter Anfang, finde ich. Wir sollten jetzt gehen, damit du dich ausruhen kannst, Jamie.« Sie lächelte und tat so, als würde sie nicht merken, wie seltsam er sie noch immer anblickte. Vor ihrem inneren Auge sah sie ein rotes Seil, eine schicksalhafte Verbindung zwischen ihnen beiden, die fester und fester wurde, wie seine Finger, die ihr Handgelenk umklammert hielten, als er sie angefleht hatte, bei ihm zu bleiben.

Saskia konnte es sichtlich nicht erwarten, zu gehen, und tätschelte Jamie aufmunternd die Schulter, bevor sie eilig den

Raum verließ. Lottie dagegen ließ sich Zeit. Sie brauchten mehr Informationen, und zwar bald, aber solange Sayuri ihnen nicht verriet, was sie wusste, waren sie auf sich gestellt.

Das Abendlicht wurde bereits schwächer, als Lottie sich langsam zum Gehen wandte, und als sie sich noch einmal umdrehte, erblickte sie ihren Schatten, der in dem rotgoldenen Schein mit Jamies Schatten verschmolz.

Sie wollte nicht gehen, und seltsamerweise fühlte sie, dass auch er es nicht wollte – er schien auf irgendetwas von ihr zu warten, aber sie wusste nicht, worauf.

»Ruh dich aus, Jamie«, flüsterte sie. »Wir finden heraus, wer er ist, versprochen.«

23

Es war noch sehr früh am Morgen, und Takeshin Gakuin schlummerte im bläulichen Licht des Halbmonds. Es roch nach feuchter Erde, und über allem lag eine wohltuende Stille. Es war nichts zu hören, kein Schritt auf den Holzplanken, keine flüsternde Stimme, allein das einsame Zirpen der Insekten, die sich in den Blüten versteckten. Es war wunderschön und beruhigend, und wäre Lottie nicht auf einer wichtigen Mission gewesen, hätte sie es vielleicht sogar genießen können.

Vor ihr schlich in einiger Entfernung ihre Zielperson über das Schulgelände, eine Gestalt in schwarzer Bundfaltenhose, die glänzenden Haare zurückgebunden und unter einer unheimlichen Dämonenmaske versteckt, die nur von Miko stammen konnte. Lottie hatte die ganze Nacht auf Sayuris Rückkehr gewartet, sich ihren Stundenplan eingeprägt und ein wohlüberlegtes Versteck gewählt, und um drei Uhr morgens war Sayuri endlich aufgetaucht, nach Benzin duftend, hatte ihren Dämoninnenhelm in den Büschen versteckt und gegen eine Maske eingetauscht und schlich nun über das Schulgelände. Sie war aber nicht auf dem Weg in ihr Zimmer. Offenbar hatte Sayuri ebenfalls eine Mission, und genau darauf hatte Lottie gehofft.

Die Banshees wussten etwas. Sie wussten, was Leviathan in Takeshin wollte. Lottie war sicher, dass sie auch Informationen über den Ziegenmann besaßen, und sie würde nicht aufgeben, bis sie dahinterkam.

Sayuri bewegte sich zielstrebig, und die Schatten, die sie warf, wurden zu Ungeheuern an den Hauswänden, die Lottie sagten, wann sie sich zurückfallen lassen und wann sie sich beeilen musste.

Sie folgte ihr, duckte sich hinter Büsche, lugte über Mauern und stellte sich vor, sie wäre eines der vielen Katzenwesen der Schule – eine Vampirkatze –, und ihre Beute waren Informationen.

Sie hatte ein schlechtes Gewissen, dass sie Sayuri hinterherspionierte, doch das konnte sie leicht verdrängen, wenn sie an Jamie und den Unbekannten dachte, der ihn auf dem Dach gequält hatte, und an Ellie, die sich vor Schuldgefühlen selbst zerfleischte. Lottie fürchtete, beide zu verlieren, und die einzige Möglichkeit, sie zu retten, bestand darin, Leviathan zu stoppen.

Auf dem Weg zum Büro des Schuldirektors blieb Sayuri plötzlich abrupt stehen, und Lottie musste auf Zehenspitzen hinter eine hölzerne Wand schleichen, stolperte dabei über eine Stufe und landete mit nicht gerade katzenhafter Eleganz auf dem Hintern. Sie presste sich die Hand auf den Mund, um nicht aufzuschreien, und beobachtete neugierig und verständnislos zugleich, wie Sayuri sich suchend umsah und dann auf die andere Seite des Museums schlich, als hätte sie dort jemanden entdeckt. Aber um Lottie zu bemerken, hätte sie in die entgegengesetzte Richtung schauen müssen.

Vorsichtig lugte Lottie um die Ecke des Büros und stellte fest, dass die Glastür des Museums weit offen stand – und dass schon jemand da war.

Die Statue von Kou Fujiwara draußen vor dem Museum leuchtete hell im milchigen Licht, ihr Schwert schien vor Erwartung regelrecht zu zittern. Ihre Bronzeaugen beobachteten jeden, der ihre ehemalige Wirkungsstätte betrat. Jetzt gerade waren sie auf Haru gerichtet, der den heiligen Ort soeben mit einem frustrierten Ausdruck im Gesicht verließ, der gar nicht zu seinem gewohnten Auftreten passte.

Als Lottie sich an Sayuris Fersen geheftet hatte, hätte sie nicht im Traum daran gedacht, dass Sayuri ihrerseits jemanden verfolgen könnte.

Voller Angst, auch nur das leiseste Geräusch zu verursachen, presste sie sich mit dem Rücken an die Holzwand, als könnte sie mit ihr verschmelzen, und beschwor ihr Herz, ruhiger zu schlagen, weil sie sicher war, dass der Partist sie sonst hören konnte.

Wie war sie nur auf diese idiotische Idee gekommen? Wenn Leviathan sie jetzt in die Finger bekam, konnte sie sich nicht beschweren, denn sie hatte sich quasi auf dem Silbertablett serviert.

Doch Haru war nirgends mehr zu sehen. Er war längst verschwunden, und der einzige Hinweis auf seine Anwesenheit war die Tür zum Museum, die langsam hinter ihm zufiel.

Sayuri bewegte sich wie ein Blatt im Wind und flatterte im allerletzten Moment mühelos durch den Spalt, bevor die Tür sich hinter ihr schloss.

Lottie blickte sich noch einmal suchend um, um sicherzugehen, dass Haru wirklich nicht mehr in der Nähe war, und sah ihn nur noch als fernen Fleck, der sich zum Schlaftrakt der Jungen bewegte.

Da er sie ganz sicher nicht mehr sehen konnte, wagte Lottie sich eng an den Boden gedrückt zu der Statue hinüber und verharrte kniend zu deren Füßen, um einen Blick durch die Glastür zu erhaschen.

Das Museum war ein Stück Geschichte, in dem die Zeit stillstand – aber es hatte Besuch bekommen. Durch die von milchigem Mondlicht beschienene spiegelnde Scheibe konnte sie erkennen, wie Sayuri vor dem niedrigen antiken Tischchen in der Mitte der mit Tatami-Matten ausgelegten Fläche kniete, das Gesicht von Lottie abgewandt, und mit geisterhafter Schnelligkeit durch Papiere blätterte, die offenbar aus einer kleinen Truhe mit geöffnetem Deckel stammten. Neben ihr lag, an exakt derselben Seite aufgeschlagen, das Buch, das Lottie in der Bibliothek gefunden hatte. Das Buch, in dem von Takeshins geheimem Schatz die Rede war.

Mit einem Mal wurde ihr alles klar, und genau in dem Augenblick, als sie begriff, was vor sich ging, drehte der Geist auf der anderen Seite der Glasscheibe sich plötzlich um, so dass Lottie und die Pinke Dämonin einander direkt in die Augen sahen.

Lottie konnte nun erkennen, dass es sich bei der Maske um ein katzenartiges Geschöpf mit langen Eckzähnen und den für böse Geister typischen aufgerissenen runden Augen handelte. Hätte sie etwas Derartiges unvorbereitet erblickt, so hätte sie angenommen, es wäre ein bedrohlicher *Yōkai*, der gekommen war, um ihr böse mitzuspielen.

Es gab keinen Ausweg, keine Möglichkeit, sich dieser Situation zu entziehen. Lottie ermahnte sich, mutig zu sein, und schob langsam die Tür auf.

Drinnen war es ganz still, als die Tür sich lautlos hinter ihr schloss und die normale Welt draußen ließ. Leuchtende Staubflocken schwebten in der Luft, und es duftete nach Kiefern. Es war ein verträumter, zugleich aber auch lebendiger Ort, an dem die goldfarbenen Katzen, die auf die uralte Kiste gemalt waren, mit achtsamen Augen über den Raum und die darin befindlichen Schätze wachten. Das Sternenlicht, das auf die Glasscheibe fiel, während die Schule dahinter im Dunkeln lag, vermittelte Lottie das Gefühl, als wäre sie durch die Zeit gereist.

Die beiden Mädchen starrten einander an, Sayuri verharrte im Halbdunkel, das Gesicht immer noch hinter der Maske verborgen.

»Leviathan sucht nach dem geheimen Schatz, richtig?«, fragte Lottie schließlich.

Auf dem Tisch konnte sie einen Blick auf eine sorgfältig geordnete Zusammenstellung von Papieren erhaschen: vergilbte Seiten, die mit Zeichen bedeckt waren, die Lottie nicht lesen konnte. Offenbar hatte Haru in derselben Kiste herumgewühlt, ohne dass es ihm gelungen war, die darin enthaltenen Hinweise zu entschlüsseln.

Wortlos raffte Sayuri die Papiere zusammen und legte sie in die Kiste, die sie wiederum in einer großen Truhe verstaute, und verschloss diese. Als sie sich anschließend zu Lottie umdrehte, schob sie die Maske nach oben, so dass von ihrem Kopf ein zweites Paar Augen herabstarrte, aber der

Ausdruck auf ihrem Gesicht, das darunter zum Vorschein kam, war nicht weniger furchteinflößend.

Sie sah wütend aus, aber ihr Ärger und ihr Abscheu waren nicht gegen Lottie gerichtet. Es war unverkennbar Frust, Frust über die eigene Hilflosigkeit – ein Gefühl, das Lottie nur zu gut kannte.

»Du willst den Schatz finden, bevor es Haru gelingt.«

Es war keine Frage; es war offensichtlich und erklärte Sayuris barsches Verhalten, als sie sie kurz nach ihrer Ankunft in der Bibliothek angetroffen hatte.

»Du hättest mir nicht folgen sollen.« Ihre Stimme klang kalt, und die große Ruhe, die sie für gewöhnlich ausstrahlte, war vollständig verschwunden. »Wenn ich wollte, könnte ich dich durchfallen lassen.«

»Was ist der Schatz?«, fragte Lottie und ließ die Drohung an sich abprallen.

»Wir wissen es nicht, und du solltest dich da raushalten.« Sayuri stand langsam auf, ohne ihre rabenschwarzen Augen von Lottie abzuwenden.

»Sayuri, verstehst du denn nicht …?« Lottie wollte Sayuris Hand nehmen, aber die verschränkte mürrisch die Arme. »Wir sind im selben Team. Ich kann dabei helfen –«

»Nein, verstehst *du* es nicht?« Sayuri trat einen Schritt vor und senkte den Kopf, so dass die darauf liegende Maske Lottie direkt anstierte. »Das ist wahrscheinlich der Grund, weshalb Leviathan dich hergelockt hat – damit du das Rätsel für sie löst. Weil du darin doch so gut bist.«

»Wir wissen doch gar nicht mit Sicherheit, ob sie wollen, dass ich hier bin. Eigentlich ist es eher unwahrscheinlich.«

»Ach ja? Oder ist das Band zwischen mir und meiner Familie vielleicht so ausgefranst, dass ich niemals in der Lage sein werde, hinter das Geheimnis zu kommen, nie?«

Zum ersten Mal, seit Lottie Sayuri kannte, erschien ein Ausdruck kompletter Aufrichtigkeit in ihrem Gesicht, wie eine Blüte, die sich nur ganz selten öffnet. Da war keine Pinke Dämonin mehr, keine Schulkönigin, nur ein einsames Mädchen, das eine schwere Last trug und das dem Druck, der auf ihm lag, irgendetwas entgegensetzen musste.

Lottie wusste, wie es sich anfühlte, wenn man allein auf der Welt war und keinerlei Verbindung zur eigenen Familie hatte. Sie wusste auch, wie schwer die Last sein konnte, die manche Menschen sich selbst auferlegten, und diese Gefühle wünschte sie niemandem. Sie wusste zwar nicht genau, was eigentlich mit Sayuris Familie los war, wollte ihr aber instinktiv helfen.

»Vielleicht kann das Rätsel gar nicht gelöst werden«, sagte sie mit fester Stimme und machte einen Schritt auf sie zu. »Oder aber es ist nur möglich, wenn wir zusammenarbeiten?«

»So ein Quatsch …«

»Ich habe im Kiri Shinrin etwas gesehen. Die verschwundene Prinzessin Liliana –«

»Was hast du im Kiri Shinrin gemacht?« Sayuris Augen wurden schmal und blickten sie misstrauisch an.

»Ich bin einer Katze gefolgt, so wie Miko es mir geraten hat.«

Das verschlug Sayuri die Sprache, und Lottie nutzte den Moment, um ihre Geschichte zu Ende zu bringen.

»Liliana ist die Gründerin von Rosewood, und ich habe

entdeckt, dass das Wappen ihres Hauses in einen der Bäume geritzt ist – eine Lilie.«

»Ich dachte, der Gründer von Rosewood war ein Mann?«

Lottie zögerte. »Also.« Sie machte behutsam einen weiteren Schritt vorwärts, und Sayuri ließ es zu. Sie waren sich jetzt so nahe, dass Lottie den scharfen Benzinduft riechen konnte. »Rosewood hat viele Geheimnisse, und das Gleiche gilt für Takeshin, glaube ich – und ich vermute, dass es zwischen beiden eine Verbindung gibt.«

Die plötzliche Nähe war seltsam. Die Mädchen beäugten sich wie zwei der Schulkatzen, unsicher, wie die andere reagieren würde. Doch um weiterzukommen, mussten sie einander vertrauen.

»Der Gründer von Rosewood war nicht der, für den die Leute ihn gehalten haben. Es war eine Frau, aber sie musste sich als Mann ausgeben, weil das damals die einzige Möglichkeit war, eine Schule zu gründen. In Wahrheit war sie die entflohene Prinzessin Liliana Mayfutt, meine Vorfahrin. Ich habe die Vermutung, dass sie und Kou einander kannten und dass unsere Ahninnen uns mitzuteilen versuchen, dass wir zusammenarbeiten sollen. Lilis Krone gehört mir, und bald bekomme ich ihr Tagebuch. Wenn ich es habe, können wir vielleicht …«

»Deine Vorfahrin?« Sayuri wich rasch ein paar Schritte vor Lottie zurück.

»Ja, wir sind beide Nachkommen unserer Schulen. Ich habe mütterlicherseits …«

»Du bist nicht die Prinzessin von Maradova.«

Lotties Kopf war komplett leer, da war nichts als erdrückendes Schweigen, während sie in Sayuris schwarzen Augen ertrank. Wie hatte ihr nur so ein dummer Fehler unterlaufen können? Ihr wurde schlecht und heiß und kalt zugleich.

»Ich … Ich kann das … Warte, ich meinte …«

»Du bist eine Porterin.« Sayuris Feststellung klang so endgültig, dass klar war, dass sie sich aus dieser Situation nicht mehr herauswinden konnte. Lottie hatte sich verplappert, und jetzt saß sie in der Falle. Mit der ganzen Wucht eines ausbrechenden Vulkans fuhr Sayuri fort: »Ich wusste nicht, dass es so etwas wie Porter tatsächlich noch gibt. Ellie ist so aufgebracht – natürlich ist *sie* die Prinzessin!« Sie lachte auf, aber es war ein freudloses Lachen. Der bittere Unterton darin ließ Lottie zusammenzucken.

»Sayuri, bitte, du darfst es niemandem sagen.« Lottie wollte verzweifelt nach Sayuris Arm greifen, aber ihre Finger rutschten an dem glatten Leder ab.

»Nicht im Traum würde ich das tun!«, fauchte Sayuri und drehte sich so abrupt um, dass sie den Raum regelrecht in zwei Teile zerschnitt. »Oder hältst du mich etwa für komplett unehrenhaft?«

Sayuris Unterlippe bebte. Es war das erste Mal, das Lottie so etwas wie Verletzlichkeit an ihr bemerkte.

»Sayuri.« Lotties Stimme zitterte, als sie zum Sprechen ansetzte; sie verstand immer noch nicht, warum das andere Mädchen so sehr dagegen war, dass sie sich zusammentaten. »Das ändert nichts. Ich bin immer noch der Meinung, wenn wir zusammenarbeiten, dann können wir –«

»Hör auf!«, brüllte Sayuri und wandte sich zum Gehen. »Du und deine Prinzessin, ihr habt doch euren Partisten, und einen ziemlich guten noch dazu.« Da war er wieder, dieser Anflug von Bedauern. »Ihr habt euer Team, und ich habe meins, und ihr solltet euch alle hier raushalten.«

Sayuri hatte Haru, ihren Partisten, verloren, und damit ihren Freund und vielleicht sogar die letzte Person, die so etwas wie Familie für sie bedeutet hatte, und Lottie, Ellie und Jamie zusammen zu sehen, war für sie nichts als eine bittere Erinnerung. Sayuri hasste sie nicht; sie beneidete sie.

Wie musste es sich für sie anfühlen, zuzusehen, wie sie immer wieder in Streit gerieten und sich mehr und mehr auseinanderlebten, während sie alles gegeben hätte, um ihre Verbindung mit Haru zurückzubekommen? Plötzlich trat die Wahrheit in Lotties Gedanken so hell und klar hervor wie der Mond, der hinter einer Wolke hervorkommt, hell leuchtend und dennoch unerreichbar. Warum schwärzte sie Haru nicht an und jagte ihn fort? Nicht nur, um ihn auszuspionieren. Sayuri könnte es nicht ertragen, ihn gehen zu sehen.

Lottie dachte an Sayuris Eltern und fragte sich, wie einsam sie wohl war.

»Warte, Sayuri.« Es überraschte Lottie selbst, wie ruhig ihre Stimme war, und zu ihrer Erleichterung blieb Sayuri in der Tür stehen. »Ich werde dir beweisen, dass es das Beste ist, wenn wir zusammenarbeiten. Das verspreche ich dir. Aus uns wird noch ein richtiges Team.« Lottie ballte die Faust. »Aber ich will, dass du mir im Gegenzug auch etwas versprichst. Wenn ich dieses Rätsel entschlüssele und dir helfe, den verborgenen Schatz zu finden, dann musst du mit uns zusammenarbeiten. Du musst mir alles sagen, was du über den Meister von Leviathan weißt.«

»Dazu wird es niemals kommen.« Sayuri hatte so leise gesprochen, dass Lottie sie fast nicht hören konnte, und trat durch die Tür. »Ich gehe ins Bett, und das solltest du auch tun.« Langsam schloss die Glastür sich hinter ihr.

Aber ungeachtet des nächtlichen Nebels sah Lottie jetzt klarer. Die Quelle ihrer Probleme war nicht Leviathan. Das Problem war, dass sie nicht zusammengearbeitet hatten.

24

Nacht für Nacht gab es fünf verschiedene Geräusche, die auf dem Gelände zu hören waren. Ingrid machte sich ein kleines Spiel daraus, genau hinzuhören und auszumachen, woher sie stammten. Das Knirschen der Leitungen, Schritte auf dem Gang, das Brummen des Generators, die Eulenschreie von draußen. Aber der fünfte Laut, den sie in dieser Nacht vernahm, war einer, der normalerweise nicht zu hören war, ein Laut, den sie schon lange nicht mehr gehört hatte. Es war ihr eigenes leidvolles Wimmern.

Ein tiefsitzender Schmerz hielt sie die ganze Nacht wach, und sie konnte nicht aufhören, ihre Wunden zu lecken und sich mit dem Schmerz in ihren Handgelenken zu beschäftigen. Sie hatte warten müssen, bis sie wieder auf dem Gelände waren, um die angemessene medizinische Versorgung zu erhalten, und dort hatte sie erfahren, dass die Knochen in ihren Handgelenken wie eine getrocknete Schlammkruste mit winzigen, oberflächlichen Brüchen übersät waren. Eigentlich unbedeutende, klitzekleine Haarrisse, die jedoch ihre schlanken Arme zu hässlichen Klumpen anschwellen ließen, so dass sie sie unter dicken Verbänden verstecken musste.

Der Schmerz hatte fast etwas Angenehmes an sich, dumpf pulsierende Prellungen tief in ihrem Körper, und dann waren da noch die Abdrücke, hartnäckige, violette Handabdrücke, die ihren gesamten zierlichen Körper bedeckten. Das alles vermittelte ihr das Gefühl, als wäre sie auf besondere Weise mit dem Partisten verbunden, dem sie diese kleinen Geschenke verdankte – sie hoffte nur, sich bald für seinen Gefallen revanchieren zu können. Nicht zu vergessen, dass Jamie Volk ihr eines ihrer Messer gestohlen hatte, was bedeutete, dass sie ihm auch etwas wegnehmen musste, etwas von gleichem Wert.

»Ingrid?« Der Klang ihres Namens ließ sie herumschnellen, in der Tür stand eine großgewachsene Gestalt. Sie hätte hören müssen, wie sie sich näherte. »Es gibt Neuigkeiten.«

Phi war ein stämmiges, kräftig gebautes, sibirisches Mädchen, das gerne jeden Mann, der Zweifel an ihrer Stärke hatte, zu einem kleinen Kräftemessen herausforderte. Sie hatte schon zu Leviathan gehört, lange bevor Julius oder Ingrid dazugestoßen waren. Angeblich hatte sie den Meister in seiner schwersten Zeit gekannt und galt auf dem Gelände als eine Art Heilige.

»Setz dich hin«, brummte sie. »Es sieht erbärmlich aus, wie du da liegst.«

Ingrid verzog das Gesicht, tat aber, was man ihr sagte. »Was gibt es Neues?« Ihre Stimme klang wie das Maunzen einer müden Katze, weil sie einerseits versuchte, enthusiastisch zu klingen, sich aber andererseits fragte, wo Julius war, ob seine Zwangspause vorüber war oder nicht, und falls ja, warum die Informationen dann nicht auch für ihn bestimmt waren.

»Er ist recht zufrieden damit, wie die Begegnung mit dem maradovischen Partisten verlaufen ist.«

Ingrid lief das Wasser im Mund zusammen, und sie leckte sich die Lippen in Erwartung des Lobes, das die Stiche in ihren Armen in köstliche Trophäen verwandeln würde.

»Wann holen wir ihn nach Hause?« Ihre Hände zitterten beinahe. Sie wünschte sich nichts sehnlicher, als Jamie herzuschaffen, dem Meister seinen ultimativen Preis zu bringen und sich dann in seiner Anerkennung zu suhlen. Sie hatte ihn schon einmal enttäuscht, und sie hatte erlebt, wie wütend er geworden war, als Saskia abtrünnig geworden war. Das Mädchen schuldete ihnen noch ein Auge.

»Das hätten wir schon neulich Nacht erledigt, wenn du dich nicht so blöd angestellt hättest«, erwiderte Phi.

Ingrid schluckte ihre Enttäuschung hinunter und konzentrierte sich auf Phis stahlgraue Augen. Sie erinnerte mit ihrem starren, emotionslosen Blick an einen wandelnden Panzer.

»Sei nicht so verbittert«, raunzte Phi sie an, als sie Ingrids Gesicht bemerkte.

Ingrid biss die Zähne zusammen und hätte am liebsten entgegnet, wenn sie pünktlich gewesen wären und sie nicht mit dem Lieblingsspielzeug des Meisters allein gelassen hätten, dann hätte sie keinen Grund, so *verbittert* zu sein.

Aber immerhin *waren* sie aufgetaucht. Ihr fiel wieder ein, wie dankbar sie dafür sein musste. Sie durfte sich ihre respektlosen Gedanken auf keinen Fall anmerken lassen.

Schafft den Partisten her, macht den Meister glücklich. Das war stets Julius' und Ingrids einzige Gewissheit gewesen, aber in letzter Zeit fühlte es sich nicht mehr so gewiss an, irgendetwas hatte sich verschoben.

»Die Prinzessin.«

Ingrid blickte wieder auf, Blutdurst loderte in ihr auf, ein brennendes Verlangen nach Rache.

»Was ist mit ihr?«

»Er denkt über ihre Beziehung nach«, sagte Phi und zupfte an ihrer Augenbraue, ein unbewusster Tick. »Wir glauben, dass sie sich zu nahestehen. Das könnte die Ausführung unseres Plans behindern.«

Die Prinzessin, die Prinzessin, die Prinzessin. Was war an der Prinzessin so besonders?

Ingrid hatte schon so oft vorgeschlagen, die Prinzessin von Maradova fallenzulassen, weil ihr einfach nicht zu helfen war.

Die maradovische Monarchie war der Inbegriff von allem, was sie bekämpften, die Wurzel von allem. Dennoch konnte Ingrid ihren Hass auf dieses törichte, verwöhnte kleine Mädchen einfach nicht abschütteln, das ihr in der Tompkins-Villa ein Bein gestellt und damit alles kaputt gemacht hatte.

Ihre Finger verkrampften sich, so dass Schmerz ihre Knochen durchzuckte. Sie genoss es.

»Was soll ich für ihn tun?«, wollte Ingrid wissen.

»Haru glaubt, dass seine Herrin und die Prinzessin nur noch ein paar Tage brauchen, um das Versteck zu finden, aber es gibt eine Planänderung. Wir lassen die Prinzessin das, was in Takeshin versteckt ist, erst mal finden und holen es uns später. Er glaubt, dass das ihre Meinung vielleicht beeinflussen wird. Außerdem hat er beschlossen, dass wir jemanden schicken, der sich an Jamie heranpirscht. Um den Übergang zu erleichtern.« Phi ließ ein Grunzen vernehmen, das beinahe ein Lachen war, bevor sie hinzufügte: »Und wenn das misslingt, gibt es immer noch die Hameln-Formel …«

Ingrid fiel es schwer, ihre Freude zu verbergen. »Gebt mir nur die Anweisungen, ich bin bereit.«

»Nein! Haru wird sich darum kümmern. Er ist jetzt schon näher dran, als wir erwartet hatten.«

»Was?« Ingrids Hände ballten sich schmerzhaft zu Fäusten, als ihre herrlichen Erwartungen sich in Luft auflösten.

»Er will, dass du dich so weit wie möglich zurückhältst. Das ist bis auf weiteres dein Auftrag.« Phis Stimme klang beiläufig, so als wären dies nicht die schlimmsten Neuigkeiten, die sie Ingrid hätte mitteilen können. »Dein Verhalten auf dem Dach hat ihm gezeigt, dass du zu unvorsichtig bist, was den Partisten angeht, und er will, dass du dich von allen Zielen fernhältst, bis du neue Anweisungen erhältst.«

Sie nahmen ihr Jamie weg. Die eine Sache, die den Meister dazu bringen konnte, endlich ihren wahren Wert zu erkennen.

Eine Million Gedanken und Fragen explodierten in ihrem Kopf. War der Meister böse auf sie? Was war an Haru so besonders? Warum bekam sie nicht ihren Willen?

Sie verschränkte die Arme vor der Brust, wiegte ihren erbärmlichen Schmerz und ließ zu, dass er ihre Wut weiter befeuerte. Daran war die Prinzessin schuld. Sie hatte ihr ihren Preis weggenommen und sich ihnen zu oft in den Weg gestellt, und jetzt hatte sie auch noch den Meister gegen sie aufgebracht.

»Okay.« Sie tat so, als wäre sie beleidigt, um ihre wahren Gefühle nicht zu zeigen. »Ich verstehe.«

Phi kniff misstrauisch die Augen zusammen, und Ingrid wimmerte extra laut, während sie ihre Handgelenke betastete.

Phi stieß einen langen Seufzer aus, bevor sie sich dazu herabließ, sie zu trösten. »Du solltest dich darauf konzentrieren, gesund zu werden. Wenn du noch mehr Schmerzmittel brauchst, sag mir Bescheid.«

Ingrid bedankte sich nicht, weil das nicht zu ihr passte. Stattdessen schniefte sie laut und tat so, als wäre ihr Ausbruch ihr peinlich. »Ich werde mich schnell erholen, damit ich mich wieder nützlich machen kann.« Sie wischte sich die Tränen von der Wange, als Phi den Raum verließ. Als sie sicher war, dass Phi sie nicht mehr sehen konnte, verzog sie das Gesicht zu einer hasserfüllten Fratze. Sie zuckte erneut zusammen, als sie ihre Jackentaschen nach dem wiedergewonnenen Messer durchsuchte, an dem von Jamies Wurf noch eine Schliere von Harus Blut klebte. Als sie die stählerne Spinne wieder in der Hand spürte, begann sie vor Vorfreude zu zittern, und in ihrem Kopf brodelten fürchterliche Racheakte und Folterszenen.

Wenn sie sie nicht mehr an Jamie heranlassen wollten, würde sie eben andere Wege finden, um sich Genugtuung zu verschaffen.

25

Von allen Dummheiten, die Ollie in seinem bisherigen Leben gemacht hatte, von all den unausgegorenen, schwachsinnigen Ideen war diese hier bei weitem die … lustigste.

Er stand knietief und mit einer Schwimmbrille vor den Augen in einem Fluss unter der Brücke einer der renommiertesten Schulen der Welt, und sein Herz raste, als würde er gleich einen olympischen Kopfsprung vollführen. Ollie betrachtete den bunt zusammengewürfelten Haufen, den seine Komplizen darstellten, und konnte sich nicht erklären, wie er hier hineingeraten war.

Binah hatte ihm erklärt, es gebe da ein Tagebuch in Rosewood, an das sie herankommen mussten, weil es Teil eines Rätsels sei, das Lottie zu lösen versuchte. Die anderen beiden Jungs, die Ollie beide schon mal in den Nachrichten gesehen hatte, waren sofort einverstanden gewesen, so als wäre es eine vollkommen normale Angelegenheit, von Binah auf eine illegale und gefährliche Mission geschickt zu werden.

Sie hatten den Einbruch der Dunkelheit abgewartet. Binah hatte extra eine Vollmondnacht ausgewählt, damit der glänzende metallene Verschlussdeckel leichter zu finden wäre – die Sache hatte nur einen Haken: Es war ganz schön unheimlich.

»Okay, Ollie, jetzt kommt dein großer Moment.« Raphael hielt ihm grinsend die wasserfeste Taschenlampe hin – selbst in der Dunkelheit leuchteten seine blendend weißen Zähne, als würden sie von irgendwoher angestrahlt.

Auf Raphael konnte er sich irgendwie keinen Reim machen. Sein teures Parfüm kribbelte in Ollies Nase, und er hatte das unverschämt gute Aussehen eines Hollywood-Schauspielers, dem das offenbar einfach in die Wiege gelegt war.

Percy dagegen war kein besonders charismatischer Typ. Er hatte tiefliegende Augen und dunkle Augenringe, die auf zu wenig Schlaf hindeuteten, und war fast so blass wie der Mond. Dennoch hatte er etwas an sich, eine Art gesteigerte Aufmerksamkeit, die Ollie den Eindruck vermittelte, ihm würde nichts entgehen. Das war einerseits ziemlich aufreibend, andererseits aber auch anziehend.

Vielleicht waren die Schüler von Rosewood doch irgendwie besondere Menschen. Bei dem Gedanken zuckte er unwillkürlich zusammen, weil er ihn daran erinnerte, dass er den ganzen Sommer über nichts von Lottie gehört hatte. Während er so seinen Gedanken nachhing, merkte er plötzlich, dass Binah ihn anschaute, und als er sah, wie sie bedauernd den Mund verzog, war er sich sicher, dass sie wusste, worüber er nachdachte.

Was Ollie für Binah empfand, ließ sich am besten als *freundschaftsverknallt* bezeichnen. Ihm war klar, dass sie an Liebeleien nicht interessiert war, und das war auch nicht das, was er wollte; dafür aber war ihm extrem wichtig, dass sie eine gute Meinung von ihm hatte. Er wollte sie beeindrucken, ihr behilflich sein, sie zum Lachen bringen. Wenn sie das große

Genie ihrer Generation war, dann wollte er ihr treuer Begleiter sein, auf den sie immer zählen konnte.

Er schob den Gedanken beiseite, nickte seinen Kameraden zu, watete ein Stück ins Wasser und tauchte mit dem Kopf unter die Oberfläche. Er legte sich flach auf den Boden und tauchte komplett in das schlammige Wasser ein. Binah hatte ihn aufgrund seiner Erfahrung als Münzentaucher für diese Aufgabe ausgesucht, aber die Sichtweite war gleich Null, und er merkte stattdessen, dass Wasser in seine Nase drang. Es schmeckte nach Gras statt nach Salz, und es war auch nicht das kristallklare Meerwasser, an das er gewöhnt war. Er dachte bei sich, dass man schon ziemliches Glück brauchte, um in dieser Plörre irgendetwas zu finden, aber er wollte Binah auf keinen Fall enttäuschen. Das Einzige, was er sehen konnte, war das Spiegelbild des Mondes, aber irgendwas stimmte damit nicht; es sah aus, als schwebten zwei Monde auf der Wasseroberfläche. Einer davon war wesentlich größer, leicht erhaben und glitzerte.

Das war es, genau dort, ganz knapp unter der Wasseroberfläche. Er tauchte wieder auf. »Ich hab ihn!«

Jetzt war Muskelprotz Raphael an der Reihe, der eine große Show daraus machte, die Luke zu öffnen. Dann half er ihnen nacheinander in den geheimen Durchgang, während das Wasser sanft an dessen Rand schwappte. Zuerst die zierliche Binah, die leicht wie eine Feder war. Dann Percy, der nur wenig schwerer war, aber auch er noch sehr schlank und leicht hochzuheben. Ollie fiel auf, dass Raphael mit ihm besonders vorsichtig war, ihm ständig Zeichen machte, um ihn zu beruhigen, und er begriff sofort, was er da sah.

Diese Leute, Lotties Freunde, hatten Dinge miteinander erlebt, die sie für immer zusammengeschweißt hatten, Dinge, die sie fest miteinander verbanden, und er war ein Außenseiter, der nicht mehr als einen flüchtigen Blick erhaschen konnte. Er kam sich vor wie eine Figur in einer Schneekugel, die die Welt um sich herum betrachtete, aber keine Möglichkeit hatte, daran teilzuhaben.

»Vertraust du mir?«, fragte Raphael spöttisch und mimte den Aladdin, als er ihm seine Hand hinstreckte.

»Dir schon, aber meinem Körperumfang nicht.« Er saß tropfnass am Rand der Einstiegsluke, ließ die Beine baumeln und bereitete sich darauf vor, sich selbst hinunterzulassen. »Ich bin um einiges schwerer als diese beiden Leichtgewichte.«

Bevor Ollie ausreden konnte, schlang Raphael bereits die Arme um ihn und half ihm hinunter, ohne angesichts der peinlichen Intimität der ganzen Situation eine Miene zu verziehen – dafür war er viel zu selbstbewusst.

»Ich hab dir doch gesagt, dass ich stark bin«, sagte Raphael, als er selbst hinuntersprang und die Luke hinter sich verschloss.

»Ja …« Ollie verstummte und blickte erneut auf diesen bunt zusammengewürfelten Haufen mit den durchnässten Klamotten, aus denen in der Hitze feine Ranken aus Dampf aufstiegen. In dem finsteren Tunnel hatten sie auf einmal große Ähnlichkeit mit Zauberwesen – ein Kobold, eine Elfe und ein Adonis.

Nur was war er?

Sie begannen, den Tunnel hinunterzugehen, Percy vorneweg, die nassen Steine unter ihren Füßen patschten, und alle schwiegen erwartungsvoll, jeder angestrengt darauf bedacht, abgesehen von ihren vorsichtig tastenden Schritten keinen Laut zu verursachen, damit sie ja nicht entdeckt wurden.

Hin und wieder meinte Ollie, über sich Schritte oder ein knarrendes Dielenbrett zu hören, worauf sich sein Herzschlag jedes Mal zu einem Donnern steigerte, das ihn warnte, sich so leise wie möglich zu verhalten, obwohl er wusste, dass es höchstwahrscheinlich nur Einbildung war.

Binah deutete auf eine Stelle, wo der Tunnel niedriger wurde, und alle gingen auf die Knie, um weiterzukriechen. Es wurde immer enger, und zum ersten Mal in seinem Leben bekam Ollie es wirklich mit der Angst zu tun, als er sich vorstellte, wie die Decke über ihnen zusammenbrach und sie für immer einschloss. Als sie endlich ihr Ziel erreichten – eine Lücke in der Wand mit einer winzigen Tür, die sehr an *Alice im Wunderland* erinnerte –, beschloss er, Höhlenexpeditionen von der Liste der Dinge zu streichen, die er irgendwann einmal ausprobieren wollte. Binah lauschte einen Moment und gab Percy dann durch ein Nicken zu verstehen, dass die Luft rein war. Und damit begann Percys Teil der Mission.

Dass er so gut darin war, ungehört und ungesehen umherzuschleichen, mochte er einer alles andere als idealen Situation zu verdanken haben, jetzt aber würden diese Fähigkeiten sich für sie auszahlen.

Der blasse Junge drückte die Tür behutsam auf – und traf auf Holz. Für einen kurzen Augenblick dachte Ollie, sie wären auf eine Wand gestoßen. Doch Percy bewahrte eine fast schon unnatürliche Ruhe und schob den hölzernen Gegenstand gerade weit genug aus dem Weg, dass sie sich alle nacheinander durch die Lücke quetschen konnten.

Sie waren drin! Ollie betrat Rosewood Hall, jene geheimnisvolle Welt, die seine beste Freundin lebendig verschlungen und in eine Märchenprinzessin verwandelt hatte. Der Ort, über den er so viel gehört hatte und der ihm immer wie ein reines Phantasieprodukt erschienen war. Jetzt war er Wirklichkeit geworden. Ollie war überwältigt.

Ein Gemisch aus Rosen- und Lavendel-, Honig- und Pfirsichduft ergriff von ihm Besitz, saugte die Luft aus seinen Lungen und ersetzte sie durch Blüten. Es war, als würden unzählige berauschend duftende Blumen in ihn eindringen und ihn in ihren Bann ziehen.

Es fühlte sich an, als wäre die Schule selbst ein Geist, und dieser Geist wollte nun wissen, wer er war und ob er das Recht hatte, zu bleiben. Er fürchtete schon, es würde ihm die Luft abschnüren, es war einfach zu viel, und seine Lungen schmerzten.

Dann plötzlich brach er, als würde er aus dem Meer auftauchen, durch die Oberfläche und gewöhnte sich an den Geruch, sein Kopf fühlte sich nicht mehr so schwer an, und er hob den Blick, um festzustellen, dass alle ihn anstarrten.

Mit einer leichten Kopfbewegung gab er ihnen zu verstehen, es könne weitergehen, doch als er Binahs strahlendes Lächeln und das wissende Glitzern in ihren Augen sah, fragte er sich, was er da gerade erlebt hatte. Ohne etwas zu sagen, lächelte er zurück und genoss einfach den kurzen Moment, in dem er das Gefühl hatte, dass die Schule ihn akzeptiert hatte und er Teil des Teams war.

Sie folgten Percy durch das prächtige Schulgebäude, und das Licht des Mondes tauchte das dunkle Holz und die goldenen Verzierungen an den Wänden in milchiges Licht. Sie hörten ein Ächzen, es war der Wind, der heulend durch Tür- und Fensterritzen wehte wie murmelnde Stimmen. Es war, als würden sie durch ein Museum wandeln, die ganze Schule war ein uraltes Relikt voller Geister, und sie hatten sich auf den Weg gemacht, ein paar davon aufzuspüren.

Percy schien Teil dieses Zaubers zu sein. Ollie hatte vorher nicht gewusst, dass es möglich war, sich derart lautlos zu bewegen. Er huschte wie ein Schatten über das Gelände, ohne dass seine Schritte den geringsten Laut verursachten, kein Mucks, als er sich durch Türen und Tore stahl, und manchmal war die Stille so dicht, dass Ollie sich nicht sicher war, ob Percy überhaupt atmete.

Sie gelangten an einen Turm mit einer verschlossenen Tür, aber Percy ließ sich nicht beirren, zog eine Haarnadel hervor und benutzte sie, um damit wie eine Figur aus einem Detektivfilm für Kinder das Schloss zu öffnen.

Sie traten ein und kamen zu der riesenhaften Statue eines Vogels vor steinernen Stufen, die in den Turm hinauf führten. Er war sich ganz sicher, dass die Statue ihn musterte, der Vogel blickte ihn an, und seine Augen waren die Augen der Schule selbst.

Auf einer Plakette unterhalb des Vogels stand *Elwin* zu lesen. Binah ging hinüber und fummelte an dem mittleren Buchstaben herum. Ollie sah neugierig dabei zu, wie sie ihm schließlich einen kräftigen Schubs gab, so dass der Buchstabe sich herumdrehte, Zahnräder sich knirschend in Bewegung setzten und das *W* sich langsam in ein *M* verwandelte.

Eine Tür öffnete sich knarrend, und Ollie erblickte so etwas wie einen Geheimgang. Er führte abwärts in einen dunklen Kellerraum, der mit zahlreichen Dingen geschmückt war, die ihm sofort bekannt vorkamen: Lichterketten und selbstgemachte Wimpelketten, geblümte Kissen und gepresste Blüten. Das sah eindeutig nach Lottie aus.

Die Wände des Raumes waren gewölbt, eine kreisrunde Höhle mit kalten Steinmauern, die durch den warmen Schein der Lichterketten und an unsichtbaren Schnüren von der Decke baumelnden, leuchtenden Sterne etwas wärmer wirkten. Es war, als würde man in die Milchstraße eintreten. Auf einer Tafel in der Mitte stand in bunter, gemalter Ballonschrift *Habt einen schönen Sommer!*, eindeutig ebenfalls Lotties Werk. Einen starken Kontrast zu der bunten Dekoration bildeten mehrere sorgsam abgedeckte Gemälde und ein Schreibtisch aus Mahagoniholz, der Abertausende von Jahren alt zu sein schien und von Stapeln aus Papier, Zeitungen und Büchern bedeckt war, die sogar noch älter anmuteten. All diese uralten Gegenstände befanden sich in einer eigenen Nische des Raums und waren offensichtlich mit so viel Sorgfalt dort angeordnet worden, dass man unwillkürlich an einen Schrein denken musste.

»Wer weiß sonst noch von diesem Ort?«, fragte Ollie mit Ehrfurcht in der Stimme.

»Das ist Lotties Versteck«, grinste Raphael, der offensichtlich ziemlich stolz darauf war, dass er und seine Freunde ein geheimes Quartier besaßen. »Sie hat es entdeckt, und nur wir wissen davon.«

Am liebsten hätte Ollie klargestellt, dass er Lottie vermutlich besser kannte als irgendeiner von ihnen, aber bevor er den Mund aufmachen konnte, war Binah schon zu dem Tisch hinübergehuscht und hatte angefangen, in den darauf liegenden Dingen herumzusuchen.

Ollie hatte kein gutes Gefühl, ihr dabei zuzusehen, er kam sich vor wie ein Spion bei einer streng geheimen Operation.

Den anderen beiden Jungen schien es ähnlich zu gehen, aber gleichzeitig waren sie wohl auch begierig, mehr über die unbekannten Seiten ihrer Schule zu erfahren.

»Binah, vielleicht sollten wir lieber …«

»ICH HAB'S!« Binah wirbelte herum, ein in Leder gebundenes Buch in den Händen, das so aussah, als würde es jeden Moment zu Staub zerfallen. Binah blätterte ein wenig darin herum, dann stockte sie plötzlich. »Das ist ja krass!«

»Was ist?«, fragte Ollie, und die drei Jungen sahen einander fragend an. »Stimmt was nicht?«

»Nein, alles okay«, sagte Binah zerstreut, ohne den Blick von den staubigen Seiten zu lösen. »Es ist einfach nur ein komisches Gefühl …«

»Was denn?«

Binah klappte das Tagebuch zu und schob ihre Brille zurück auf die Nasenwurzel, wobei das Gestell die vielen Lichter reflektierte. »Zum ersten Mal in meinem Leben habe ich absolut keinen Schimmer, was das alles hier zu bedeuten hat.« Sie lächelte und ließ das Buch behutsam in eine wasserfeste Tüte gleiten. »Sieht so aus, als bliebe uns diesmal nichts anderes übrig, als zu hoffen, dass Lottie allein dahinterkommt …«

26

Die Kunsträume waren praktisch leer. Stofffetzen und Farbreste bedeckten den riesigen Eichentisch, an dem Miko und Lottie einander gegenübersaßen und mit verbissener Konzentration Aoi Tōyōs Haarschmuck den letzten Schliff verpassten.

Seit Lotties Unterhaltung mit Sayuri im Museum fanden sie allmählich zu einer Routine zurück, bei der Miko die Anweisungen erteilte und beide mit großer Sorgfalt an ihren Stücken arbeiteten, während Lottie ungeduldig auf eine Nachricht von Binah wartete, denn solange sie das Tagebuch nicht in ihren Händen hielt, konnte sie nichts weiter tun. Was Haru anging, so hatte er ihres Wissens keinen weiteren Versuch unternommen, den Schatz zu finden. Es war seltsam, weil es beinahe den Anschein hatte, als hätte er aufgegeben, aber Lottie weigerte sich, sich vorschnell davon in Sicherheit wiegen zu lassen.

Vor Lottie lag ihr aufgeschlagenes Skizzenbuch, das mit Zeichnungen der Vampirkatze und eines grässlich aussehenden Ziegendämons gefüllt war, der auf seltsame Weise dem König ähnelte – wenn der König denn furchteinflößend gewesen wäre und Hörner besessen hätte.

Sie strich sich die Haare zurück und versuchte, Ordnung

in ihre Gedanken zu bringen. Eine Frage bereitete ihr nach wie vor Kopfschmerzen: Wer war der Ziegenmann? Und was wollte er?

Sie hatte den Gedanken, dass alles irgendwie mit der maradovischen Prinzessin zusammenhing, für absurd gehalten – je länger sie allerdings darüber nachdachte, umso größer wurde ihre Befürchtung, dass es tatsächlich so war.

Takeshin, Saskia, Jamie, die Tompkins – wenn man die einzelnen Punkte miteinander verband, deutete alles auf die Prinzessin und auf Rosewood hin.

Und wenn es wirklich so war, was würde das für Ellie bedeuten?

»Es wäre ganz sicher leichter, den Meister von Leviathan zu finden, wenn wir mehr Informationen hätten.« Lottie klopfte mit dem Stift gegen ihr Kinn. »Ich wünschte, wir könnten uns zusammentun und unser Wissen miteinander teilen.« Sie verzog unzufrieden den Mund und sah Miko fest an, bis diese mit flatternden Lidern den Blick abwandte.

»*Urusai!*«, murmelte sie und kräuselte die Nase, als hätte sie etwas Unangenehmes gerochen. »Schlag dir das aus dem Kopf. Sayuri und Emelia haben gesagt, dass wir nicht mit euch zusammenarbeiten dürfen, und ich halte mich daran.«

Es war schon zu einer Gewohnheit geworden, dass sie gemeinsam an ihren Kostümen arbeiteten und sich dabei über Leviathan stritten.

»Wenn du uns schon nicht helfen willst, dann lass mich wenigstens das Muster der Krone in unsere Aoi-Tōyō-Kostüme einfügen.« Lottie versuchte, so sachlich wie möglich zu klingen.

»Nein. Keine Krone. Die Energie würde den Tanz stören.«

»Nicht, wenn Aoi Tōyō gut genug ist.«

»Keine Krone. Kein Schatz. Keine Infos über Leviathan.«

»Okay, aber was ist mit Sayuris Familie?« Lottie sagte sich, dass es aufschlussreich sein könnte, mehr über sie zu erfahren, schließlich handelte es sich ja angeblich um ein Geheimnis, das von Generation zu Generation weitergegeben wurde.

»Du bist ganz schön neugierig.«

»Bitte, Miko, ich will nur helfen, und Sayuri hat euch bestimmt nicht verboten, über ihre Familie zu sprechen.«

Miko seufzte laut, und eine Strähne ihrer blauen Haare fiel über ihr linkes Auge, so dass sie wie eine Narbe aussah.

»Sie lebt mit ihrem Großvater zusammen, ihr Vater arbeitet in Singapur, und ihre Mutter ist nicht da.«

»Weshalb?« Lottie merkte selbst, wie aufdringlich sie war, aber sie konnte den Drang, mehr zu erfahren, nicht abschütteln.

Miko machte erneut ein mürrisches Gesicht, und man sah ihr an, dass sie ihre Worte wohl überlegte.

»Es gab einen Todesfall in ihrer Familie, die Schwester ihrer Mutter; sie haben sich sehr nahegestanden. Es war für alle sehr schwer.«

»Was ist mit ihr passiert?«, bohrte Lottie weiter und dachte daran, wie traurig Sayuri ausgesehen hatte.

Miko schaute weg und begann, geistesabwesend auf dem Tisch herumzutrommeln, was eigentlich gar nicht zu ihr passte.

»Ihr ist etwas sehr Trauriges zugestoßen; sie hat ein Baby

verloren. Am Ende hat die Traurigkeit sie einfach verschlungen.«

Die Worte setzten sich in Lotties Kopf fest. Es musste schrecklich gewesen sein, und sie dachte daran, wie ein einziges unglückliches Ereignis sich wie ein blutroter Faden durch eine ganze Familie ziehen und alle nachfolgenden Generationen prägen konnte.

»Miko-chan? Lottie-chan?« Eine wohlbekannte Stimme hallte durch die Kunsträume, und sie konnte das verschmitzte Grinsen auf den Lippen des Rufenden förmlich hören.

»*Hai!*«, antwortete Miko, und es war offensichtlich, dass sie über die Ablenkung erleichtert war.

Rio bog mit zwei Tüten um die Ecke und reichte eine davon Miko. Sie war mit Materialien gefüllt, die sie angefordert hatte, und die andere warf er schwungvoll direkt auf Lotties Skizzenbuch.

Lottie warf ihm einen ärgerlichen Blick zu.

»Bitte schön, ist heute für dich angekommen.« Er blickte lächelnd auf sie herab, als hätte er ihr soeben den größten Gefallen der Welt getan. »Gern geschehen.«

Sie griff in die Tüte und ertastete weiche Polsterung und Papier. Miko und Rio beobachteten sie neugierig, als sie den Inhalt hervorholte, ein Geschenk offenbar, eingewickelt in kanariengelbes Seidenpapier, das sie an jemand ganz Bestimmten erinnerte …

»Binah!«, rief Lottie.

Viel Glück beim Lösen des Rätsels.

Sobald sie das Geschenkpapier entfernt hatte, breitete sich ein betörender Duft im ganzen Raum aus: der intensive, süße Duft nach Rosen, der sogleich schmerzliches Heimweh bei ihr auslöste, nach Rosewood Hall. Lilis Tagebuch.

Es war so wunderbar, dass es weh tat, es nur in den Händen zu halten. Der Schlüssel, um hinter Takeshins Geheimnis zu kommen und sich mit Sayuri zu verbünden – hoffentlich.

In dem Tagebuch steckte ein Lesezeichen, ebenfalls gelb, die Farbe von Stratus. Mit zitternden Fingern schlug Lottie die entsprechende Stelle auf und fand von Wasser beschädigte Seiten. Sie konnte gerade noch entziffern, was dort geschrieben stand.

1642
Nachdem die Ereignisse eine merkwürdige Wendung genommen haben, hat das Schiff angelegt, und wir verstecken uns nunmehr in Japan, wo ich nicht willkommen und zugleich willkommener bin als jemals zuvor, denn ich bin einem Mädchen namens Kou begegnet. Sie ist so alt wie ich und gleichermaßen aufsässig …

Es traf Lottie wie ein Blitz. Es musste sich um dieselbe Kou handeln! Sie war sich ganz sicher. Deshalb also war ihr der Name bekannt vorgekommen – sie hatte ihn schon einmal in ebendiesem Tagebuch gelesen. Liliana hatte sich während der Sakoku-Zeit in Japan versteckt gehalten, als Fremde ohne besondere Erlaubnis kein Recht zur Einreise in das Land gehabt hatten, und das war der Grund, weshalb sie nie gefunden worden war.

Wie ist sie bloß hierhergekommen? Hatte sie geplant, sich hier zu verstecken?

Voller Erwartung blätterte sie die Seite um, wollte mehr erfahren, es juckte ihr in den Fingern, sogleich die ganze Geschichte zu erfahren.

Aber da war nichts. Auf den folgenden Seiten war keine Rede mehr von Japan oder von Kou oder von irgendwelchen anderen Abenteuern. Irgendjemand hatte alle Seiten herausgerissen. Es war, als wäre ein ganzer Abschnitt von Lilianas Leben aus der Geschichte entfernt worden.

Was stattdessen folgte, waren seitenweise Zeichnungen, die ihr völlig zusammenhanglos vorkamen: Sonnen, Monde, glitzernde Bäume, Katzen, große Schwärme von Elstern und schließlich ein Bild, das ihr sofort ins Auge fiel – ein Schwert. Selbst auf dem Papier wirkte es scharf genug, um die Welt in zwei Hälften zu zerteilen, mit einem kunstvoll verzierten Griff, der von meisterhafter Handwerkskunst zeugte.

Widerwillig riss sie den Blick von den wunderschönen Zeichnungen los und wandte sich der einzigen anderen beschriebenen Seite zu, die noch von vor Lilis Rückkehr nach England stammte.

Die Seite war bis in die letzte Ecke mit verschlungener Kalligraphie bedeckt, doch es waren nur sechs Wörter. Eine Liste:

Die Katz'
Geheimer Ort
Ein Schwert

Lottie blätterte noch ein paarmal durch die Seiten und verlor dabei langsam die Hoffnung, noch auf irgendetwas zu stoßen, das ihr als Hinweis dienen könnte, um das Rätsel des verborgenen Schatzes zu lösen. Da war nichts.

Beinahe hätte sie die Mitte des Buches übersehen. Ein schmaler Streifen zerfranstes Papier verriet, dass auch hier eine Seite herausgetrennt worden war, diesmal allerdings mit allergrößter Sorgfalt und bis an den Buchrücken heranreichend, so dass die Spuren leicht zu übersehen waren. Sie grübelte über die fehlende Seite nach, fuhr mit den Fingerspitzen über die fein gezackte Kante und beugte sich dabei so dicht über das Tagebuch, dass ihr der Duft des jahrzehntealten Staubes in die Nase drang.

Wie merkwürdig, dachte sie, dass jemand sich ausgerechnet mit dieser Seite so viel Mühe gegeben hat.

»Was ist das?«

Lottie blickte auf, durch Mikos Stimme aus ihren Gedanken herausgerissen, und klappte das Tagebuch schnell zu.

Miko beobachtete sie misstrauisch und beäugte mit zusammengekniffenen Lidern den uralten Gegenstand.

»Das ist …« Lottie brach ab, unfähig, zu erläutern, was dieses Tagebuch war und was es bedeutete. »Ich muss zu Ellie.«

Sie packte schnell ihre Sachen zusammen, bevor Miko ihr noch weitere Fragen stellen konnte, und hörte nur noch, wie sie ihr hinterherrief, als sie schon fast draußen war: »Vergiss nicht, dass bald unsere Aufführung ist!«

»Na klar!«, erwiderte Lottie, sprang über einen Karton mit Pinseln und hatte zum ersten Mal seit Wochen das Gefühl, der Wahrheit ein Stückchen näher zu kommen.

Eigentlich hätte es kein Problem sein sollen, Ellie zu finden; sie hatte heute keinen Unterricht und wollte ein Auge auf Jamie haben. Er hatte sich ziemlich schnell wieder erholt, was eigentlich phantastisch war – es bedeutete allerdings auch, dass er wieder auf den Beinen war und sie damit einiges zu tun hatten, auf ihn aufzupassen, ohne dass er es merken durfte. Sie mussten ständig irgendwas erfinden, was sie unbedingt ganz in seiner Nähe erledigen mussten, damit sie eine Ausrede hatten, bei ihm zu bleiben. Auf keinen Fall durften sie zulassen, dass er mit Haru allein war. Sie waren sich nicht sicher, ob Jamie ihnen schon auf die Schliche gekommen war, aber falls es so war, hatte er sich nichts anmerken lassen.

Jedes Mal, wenn Lottie an der Reihe gewesen war, auf ihn aufzupassen, hatte sie die Aufgabe gewissenhaft erfüllt und alle möglichen Ausreden vorgebracht, um in seiner Nähe zu bleiben, erleichtert, dass es ihm wieder gutging. Daher war sie umso überraschter, dass sie Ellie nirgendwo finden konnte.

»Sie ist zum *Dōjō* gegangen«, sagten Lola und Micky einstimmig und wischten sich Mehlspuren von ihren Nasen.

»Aber sie hat doch heute gar keinen Unterricht.«

Die Zwillinge zuckten mit den Schultern und beugten sich wieder mit voller Konzentration über den Raindrop Cake, mit dessen anspruchsvoller Dekoration sie gerade beschäftigt waren.

Lottie konnte ihnen keinen Vorwurf machen, dass ihnen die ganze Sache nicht dringlicher erschien, weil keiner der beiden eine Ahnung davon hatte, dass Haru nicht zu trauen war. So sollte es auch bleiben. Die Zwillinge hatten wirklich eine Pause verdient, fand Lottie.

Seit dem Gewitter herrschte eine andauernde, drückende Hitze, es war schwül und warm, und nur vereinzelt zeigten sich Wolken, die wie eine schläfrige Brandung über das Schulgelände rollten.

Auf ihrem Weg zum *Dōjō* kam sie an Kou Fujiwaras Museum vorbei, das mit seinen Glastüren einen merkwürdigen Gegensatz zu der traditionellen Umgebung bildete. Seit ihrem Zusammenstoß dort hatte sie nicht mehr mit Sayuri gesprochen, kaum, dass die beiden sich ansahen, und jedes Mal, wenn Lottie versuchte, Sayuris Aufmerksamkeit zu gewinnen, zeigte diese ihr die kalte Schulter. Als sie zu Kous Statue hochblickte, fragte Lottie sich unwillkürlich, wie es wohl sein mochte, jeden Tag seiner Ahnin zu begegnen, wenn man sich gleichzeitig seiner Familie so fern fühlte.

Ellie zu finden war nicht schwer. Sie konnte sie schon hören, bevor sie sie sah, eine Reihe von wilden Grunzgeräuschen von der Rückseite des *Dōjō*. Es war genau die Stelle, wo sie während des Unwetters Jamie gefunden hatte.

Ihr Blick fiel auf ein Mädchen, das eine animalische Besessenheit ausstrahlte, wie es da stand und mit gebleckten Zähnen, die wie Reißzähne anmuteten, mit blitzschnellen Schlägen die Luft attackierte. Sie hatte nicht viel Ähnlichkeit mit ihrer Prinzessin. Ellie war verschwunden, und an ihre Stelle war eine wilde Kreatur mit gekrümmten Gliedmaßen getreten.

Stattdessen sah sie vor sich Aoi Tōyō, die junge Frau, der etwas Schreckliches zugestoßen war, und die anschließend als ein mächtiges Monster voller Wut und Rage wiederauferstanden war.

»Ellie?« Ihre Stimme riss ihre Prinzessin aus dem Sturm, der in ihrem Kopf toste.

»Lottie? Was machst du hier?«, fragte sie und zog die Maske so schnell wieder übers Gesicht, dass es sich wie ein Peitschenhieb anfühlte.

»Was ich hier mache?«, fragte Lottie entrüstet. »Du solltest bei Jamie sein. Ist alles okay?«

Ellie fing an, ihre Sachen aufzuheben, die im Gras lagen, und grinste freudlos. »Er will mich nicht in seiner Nähe haben, Lottie. Er hasst mich.«

»Ellie, das stimmt nicht, er ist …«

»Das Beste, was ich für ihn tun kann, ist trainieren, bis ich so stark bin, dass er endlich begreift, dass er nicht auf mich aufzupassen braucht. Und dass es nicht mehr nötig ist, dass irgendwer sich für mich in Gefahr begibt.«

»Ellie, so funktioniert das aber nicht …«

»Ich habe genug davon, schwach zu sein, Lottie. Jamie, er war so …« Ein Schleier legte sich über ihren Blick, als die Erinnerung an den verletzten, hilflosen Jamie sie wie eine dunkle Wolke einhüllte. Es war Lottie bisher gar nicht in den Sinn gekommen, wie unheimlich das für Ellie gewesen sein musste, und sie kam sich sehr dumm vor, dass sie nicht früher daran gedacht hatte.

»In letzter Zeit habe ich Albträume, Lottie.« Ellie sprach mit leiser Stimme. »Ich gehe zu Hause durch den langen Flur, wo all die Gemälde mit den ehemaligen Herrschern hängen. Wenn ich zu dem Porträt von Claude gelange, fällt das Licht darauf, und es verändert sich, und plötzlich bin *ich* es. *Ich* bin in dem Rahmen.« Ellie schauderte und blickte zu Boden, so dass ihr Gesicht im Schatten verschwand.

Aber bevor Lottie die Hand nach ihr ausstrecken konnte, gab Ellie sich einen Ruck. »Ich hab dein Handy gefunden!«

»Was?«

»Dein Handy. Es ist kaputt. Was ist passiert?«

»Ollie hat mir eine alberne Nachricht geschickt«, gestand Lottie. »Da bin ich sauer geworden und … Es war ein blödes Versehen.«

Kopfschüttelnd schaute Ellie auf ihre Hände hinab, als würde sie sie nicht wiedererkennen, aber es wurde noch schlimmer, als sie den Blick hob und Lottie mit demselben Unverständnis ansah.

»Das ist meine Schuld. Die Lottie, die ich kenne, würde so was niemals tun.« Ihre Stimme klang brüchig, und Lottie spürte, wie sie durch sie hindurchblickte. »Es ist genau so, wie sie gesagt haben – ich habe einen schlechten Einfluss auf dich.«

»Ellie, nein, ich habe dir doch schon erklärt …«

»Hast du nicht gehört, was die Banshees gesagt haben? Was, wenn wirklich alles auf mich hinweist? Was, wenn es wirklich meine Schuld ist?«

Die Banshees.

Der Name reichte aus, um Lottie zurück in Kous Museum zu versetzen, zu der wütenden Sayuri und ihrer strikten Weigerung, mit ihnen zusammenzuarbeiten.

»Wir finden es heraus, Ellie. Wir finden heraus, wer der Meister von Leviathan ist, und dann kannst du diesen blödsinnigen Gedanken, dass alles deine Schuld wäre, endlich vergessen. Wir brauchen nur uns, weißt du das nicht mehr?«

Im selben Moment, als sie das sagte, wurde ihr bewusst, dass es nicht stimmte. Welche Informationen auch immer die Banshees hatten, sie brauchten sie. Sie brauchten ihre Hilfe, und Lottie musste sich auf das Schlimmste gefasst machen. Darauf, dass möglicherweise tatsächlich alles mit der Prinzessin von Maradova zusammenhing.

Ellie warf sich ihre Tasche über die Schulter, und Lottie sah den Schweiß auf ihrer Stirn. »Es ist nicht genug«, sagte sie. »Ich kann mich nicht immer auf andere verlassen, das geht so nicht weiter.«

»Ellie, was soll das …«

»In zwei Tagen ist unser Schaukampf.« Als Ellie sie im Vorbeigehen streifte, spürte Lottie, wie die dunkle Wolke näher kam, und ihre Haut kribbelte. »Wenn ich Jamie schlagen kann, muss er sich vielleicht keine Sorgen mehr machen.«

»Das ist nicht das, was Jamie will, Ellie, da bin ich mir sicher. Keiner von uns will das.«

Aber Ellie hörte ihr gar nicht zu; sie war bereits auf dem Weg zu den Schlafräumen und winkte ihr zum Abschied. »Ich gehe mir jetzt einen Übungspartner suchen. Wir sehen uns beim Abendessen.«

Erst als Ellie verschwunden war, fiel Lottie ein, dass sie gar nicht dazu gekommen war, ihr von dem Tagebuch zu erzählen. Gleichzeitig wurde ihr aber auch klar, dass es weit größere Probleme gab, denen sie sich stellen musste, bevor sie Takeshins Geheimnis lösen konnte.

27

Jamie und Ellie kannten einander schon ihr ganzes Leben. Schon bei Ellies Geburt war eine lebenslange Verbindung zwischen ihnen geschaffen worden, die aus Verantwortung, Aufopferung und – vor allem – Verpflichtung bestand: das Band, das einen Partisten mit seinem Herrn oder seiner Herrin verband. Und heute würde Ellie dieses Band zerschlagen.

»Seid ihre bereit für die Vorführung?«, fragte Anastasia.

Ellie brachte kein Wort heraus. Sie schwitzte in ihren *Kote*-Handschuhen, aber es hatte nichts mit der Vorführung zu tun; so fühlte sie sich schon seit einer ganzen Weile. Es war ihr fast gelungen, dieses Gefühl zu überwinden, aber seit dem Volksfest war es wieder da und wuchs und wuchs, und sie wusste, dass die einzige Lösung darin bestand, stärker zu werden.

»Ja«, brachte sie schließlich hervor und wagte einen Blick auf die Zuschauer, die in säuberlichen Reihen, Lotusblumen ähnlich, im Schneidersitz auf der anderen Seite des *Dōjō* saßen.

Es hängt alles mit dir zusammen.

Schlechter Einfluss …

Sie hatten sich schon aufgewärmt und meditiert, bevor die Zuschauer eingetroffen waren. Es waren nicht viele. Die

Vorführungen standen zwar allen Teilnehmern der Sommerkurse offen, aber es waren vor allem die Freunde der Kendo-Schüler gekommen. Ellie hätte sich niemals als klaustrophobisch bezeichnet, aber beim Anblick dieser kleinen Menschenansammlung bekam sie Herzrasen. Leute, die sie kaum kannte, Leute, die ihnen weh tun konnten.

Sie kniff für einen Moment die Augen zusammen, schob den Gedanken von sich und versuchte, sich wieder zu beruhigen.

Ein greller Farbklecks, der aus einem blauen Haarschopf, einem hochgewachsenen Punk mit roten Haaren mit einem Tupfer Schwarz dazwischen bestand, verriet ihr, dass Miko, Rio und Wei unter den Zuschauern waren, alle barfuß, und neben ihnen saß hibbelig die eine Person, die ihr half, nicht den Boden unter den Füßen zu verlieren: ihre beste Freundin und das Mädchen, das niemals erfahren durfte, wie verängstigt sie in Wirklichkeit war, Lottie Pumpkin. Ganz die wunderbare kleine Prinzessin, die sie sich zu sein bemühte, bewegte Lottie ihre Finger grazil in einem schmerzhaft süßen Winken in ihre Richtung, während ihr Gesicht voller Sorge war. Sorge um sie, Sorge um Jamie. Alles, was sie tat, war, ihr Sorgen zu bereiten.

Auf der anderen Seite des Raums stand Jamie, der alle anderen überragte und in seinem Kendo-Anzug noch riesiger und kräftiger wirkte als sonst, und plauderte entspannt mit Haru und Sayuri. Ellie sah, wie er Lotties Winken erwiderte, ohne zu lächeln, ein dunkler Ritter, unbesiegbar, unheilverkündend und erbarmungslos in seinem *Kendōgu*. Aber seit sie ihn verletzt und verwundbar gesehen hatte, wusste sie, dass auch er ein Mensch war wie sie alle. Also würde sie ihm heute beweisen, dass er sie nicht zu beschützen brauchte. Dass er sich nie wieder für sie in Gefahr begeben musste.

Bei dem Gedanken begannen ihre Finger zu zittern, so dass sie schnell die Fäuste ballte. Seit sie Jamie auf der Krankenstation krank und schwach gesehen hatte, war Ellie das Bild nicht mehr aus dem Kopf gegangen. Und das Wissen, dass es ihre Schuld war, lag ihr schwer im Magen.

Ich muss stärker sein. Ich bin zu schwach. Ich bringe alle in Gefahr. Es hängt alles irgendwie mit mir zusammen.

Schließlich gingen Haru und Sayuri zum *Kamiza* hinüber, dem leicht erhöhten Bereich des *Dōjō*, der dem Lehrer und Ehrengästen vorbehalten war, während Jamie seinen *Men* anlegte und seinen Platz neben Ellie einnahm, ohne etwas von dem Sturm zu ahnen, der unter ihrer Maske tobte.

»Wir bedanken uns bei allen, die unserer Vorführung beiwohnen«, begann Haru auf Japanisch, und Sayuri stand neben ihm und übersetzte. Der Klang seiner Stimme bereitete Ellie Gänsehaut. Er war zu fröhlich, zu gelassen und zu sanft für einen Partisten, und obwohl sie jetzt wusste, dass es nur Tarnung war, konnte sie sich seinem gewinnenden Lächeln nicht entziehen. Das war nur ein weiterer Beweis dafür, dass sie niemandem trauen konnten. Sie waren nirgendwo sicher.

»Das hier ist kein Turnier oder Wettkampf«, fuhr Haru fort, und Ellie war sehr dankbar für ihren Kopfschutz, der verhinderte, dass irgendjemand ihren Gesichtsausdruck sehen konnte. »Heute wollen unsere *Kendoka* zeigen, welche Fähigkeiten und Regeln sie während ihrer Zeit in Takeshin Gakuin gelernt haben. Sie werden gleich paarweise vortreten und

Ihnen *Waza* vorführen, *Techniken*. Normalerweise dauert es mehrere Monate oder sogar Jahre, bis man in Kendo ein solches Level erreicht, aber Sie werden sehen, wie weit Takeshin-Schüler mit unserem Intensivkurs kommen können.« Ellie nahm sein künstliches Lächeln kaum wahr, denn die Zeit verrann, und der Moment der Wahrheit rückte immer näher. »Darf ich nun das erste Paar nach vorne bitten?«

Nacheinander trat jedes Paar in die Mitte des Raumes und begann, miteinander zu kämpfen, wobei sich allerdings jedes Mal sehr rasch ein klarer Gewinner abzeichnete. Es wurden die üblichen Formalitäten befolgt: Aufstellen, Verbeugen, Respekt zollen. Es roch nach dem Gummi der Matten, und die Schläge der Shinai klangen wie prasselndes Feuer, was zusammen mit der von den Anzügen ausgehenden Hitze das Gefühl vermittelte, in einem brennenden Gebäude eingeschlossen zu sein.

Als Vorletzte waren Anastasia und Saskia an der Reihe. Die Partistin half ihrer Herrin auf die Füße, was beim *Seiza*-Sitzen eigentlich nicht erlaubt war, aber Haru ließ es durchgehen. Obwohl sie versuchte, aufmerksam zu sein, konnte Ellie ihre innere Unruhe nicht niederkämpfen. Die beiden Mädchen hatten zu viel Spaß, Saskia ließ Anastasia sogar ein paar Treffer landen, obwohl jeder sehen konnte, dass sie es nur tat, um nett zu sein.

Der Anblick bewirkte, dass Ellie der Schweiß den Rücken hinablief, und sie verspürte den fiebrigen Drang, sofort aufzuspringen, um sich ihrem eigenen Partisten zu stellen und allen zu beweisen, dass sie es konnte. Dass sie keinen Schutz brauchte.

»Ellie und Jamie«, sagte Haru schließlich, und Ellie zuckte zusammen. Als sie ihren Namen hörte, war ihr Kopf plötzlich vollkommen leer, als befände sie sich auf einmal im Körper einer anderen Person. Wie konnten ihre Freunde sich in Harus Nähe nur so ruhig verhalten? Als sie aufstand, fühlte sie sich immer noch fehl am Platz und konnte ihren Partisten nicht ansehen. Sie waren das letzte Paar, das miteinander kämpfen sollte, und nachdem sie über dreißig Minuten lang im *Seiza* gesessen hatte, fühlten ihre Beine sich steif an.

Selbst als sie einander gegenüberstanden, weigerte Ellie sich immer noch, Jamie direkt anzusehen. Sie hatte Angst davor, die Erinnerung an sein blasses, kränkliches Gesicht wieder heraufzubeschwören. Der gummiartige Geruch schien noch stechender und intensiver zu werden, und die Hitze ihres Anzugs fühlte sich an wie Lava, eng und erdrückend.

Sie musste ruhig bleiben. Sie holte tief Luft und hob den Blick.

Jetzt, da sie Maske an Maske standen, war seine Größe nicht mehr zu leugnen, er war wie ein Berg, der einen kleinen Hügel überragt. Als Kinder waren sie und Jamie immer ähnlich groß und kräftig gewesen, kleine, dürre Persönchen, alle beide. Aber während Jamie stets beherrscht und bescheiden gewesen war, war Ellie ein ungestümes, lebhaftes Kind gewesen. Jetzt konnte man sie nicht mehr miteinander vergleichen. Jamie war beträchtlich gewachsen und hatte sich in ein wahres Tier verwandelt, eine brütende Kreatur, deren Körper vor inneren Qualen pulsierte. Jede neue Bürde, die er sich selbst auferlegte, verwandelte er in Körpermasse, wurde stetig stärker, größer, kräftiger, während Ellie zierlich, knabenhaft und schlank geblieben war. Selbst Lottie war mittlerweile fast so groß wie sie. Je härter Jamie trainierte, um sie zu beschützen, umso weiter entfernten sie sich voneinander.

Ein Knistern in der Luft wie von einer Prise Schießpulver verriet, dass es so weit war. Schwarze Augen trafen auf goldene Augen. Ohne die Blicke abzuwenden, verneigten sie sich in einem Fünfzehn-Grad-Winkel und hielten die *Shinai* gerade vor sich, ohne die Arme zu bewegen.

Der ganze Raum hielt den Atem an, sie griff fester zu, ihr Herzschlag verlangsamte sich, und es begann …

Lottie war vor Anspannung so steif wie ein Kendo-Schwert und schielte immer wieder zu Sayuri hinüber, aber deren Blick blieb die ganze Zeit über gelassen und undurchschaubar.

Seit dem nächtlichen Besuch im Museum hatten sie sich nicht mehr so lange gleichzeitig im selben Raum aufgehalten, und Lottie fühlte sich schrecklich unwohl in ihrer Gegenwart. Hatte sie irgendjemandem von ihrem Geheimnis erzählt? Und was würde Lottie tun, falls es so war?

Es gelang ihr kaum, sich auf den vor ihren Augen stattfindenden Kampf zu konzentrieren. Sie konnte nur hoffen, dass sie Sayuri trauen konnten.

Sie mussten Leviathan aufhalten, was immer sie auch planten, und sie mussten herausfinden, wer dieser schreckliche Ziegenmann war, aber solange sie nicht zusammenarbeiteten, konnten sie nichts ausrichten. Und wenn sie sich die Szene, die sich soeben vor ihr abspielte, so ansah, dann gab es für Lottie einiges zu tun.

Lottie hätte niemals behauptet, irgendeine Ahnung von Kendo zu haben. Nach allem, was sie aufgeschnappt hatte, ging es in erster Linie um Disziplin, aber von dem Augenblick an, als sie den *Dōjō* betreten hatten, spürte Lottie dieselbe verbissene Anspannung, die ihr schon aufgefallen war, als sie Ellie beim Üben überrascht hatte. Das war nicht die ruhige, konzentrierte Energie, von der ihr berichtet worden war, und es war auch klar, an wem das lag.

Die Atmosphäre war wie ein Gummiband, das immer weiter gedehnt wurde und jeden Moment zu zerreißen drohte.

»*Yappari.*« Lottie blickte zu Miko hinüber. Sie ließ Ellie und Jamie nicht aus den Augen und kaute dabei an einem ihrer künstlichen Fingernägel. »Sie ist in ihrem Kopf gefangen.«

Ein lauter Knall hallte durch den Raum, als Jamie Ellies Schlag mit einer Bewegung abwehrte, die so schnell war, dass man sie kaum sah. Bevor Lottie begriff, was vor sich ging, vollführten Jamies Füße so etwas wie einen übernatürlichen Box-Step und brachten ihn erneut in Angriffsposition, nur um gleich darauf einen Schlag seitlich an Ellies Gesichtsschutz zu landen. Noch in derselben Sekunde riss er sein Bambusschwert über den Kopf und machte einen Schritt zurück, so dass er außerhalb ihrer Reichweite stand.

»Wow!« Rio bekam den Mund nicht mehr zu. »Er ist richtig gut.«

»Dein Partist ist ziemlich beeindruckend«, pflichtete Wei ihm bei, und seine Augen glitzerten vor Aufregung.

Obwohl Lottie immer noch nichts verstand, war ihr klar, dass sie soeben etwas Bemerkenswertes mit angesehen hatte, und die Spannung wuchs weiter an.

Die beiden Kämpfer begaben sich wieder in ihre Positionen, und Lottie traute ihren Augen nicht, als sie sah, wie Ellies Bambusschwert zitterte.

Noch einmal stellten sie sich voreinander auf, noch einmal trafen die Bambusschwerter aufeinander, und noch einmal landete Jamie den Siegestreffer. Diesmal war es anders, noch ein bisschen spektakulärer, als seine Fußarbeit ihn auf komplizierte Weise herumwirbeln ließ und er Ellie das *Shinai* aus der Hand schlug, ihre Brust traf und sich dann mühelos hinter sie bewegte, so behände und leichtfüßig wie ein Schatten, der mit der Sonne geht.

Es war wie eine Zeitschleife, wieder und wieder begann der Kampf von neuem, und wieder und wieder ging Jamie als Sieger daraus hervor. Lottie sah, wie Ellies Anzug sich unter ihrem stoßweisen Atem hob und senkte. Schließlich standen sie einander erneut gegenüber, und die Zuschauer saßen voller Spannung vor der letzten Runde kerzengerade auf ihren Plätzen, da veränderte sich plötzlich etwas: Der blitzartige Schlag von Ellies Waffe erzeugte einen anderen Laut, einen dumpferen Ton, als die beiden Bambusschwerter aufeinandertrafen. Ellie stürzte mit solcher Schnelligkeit vor, dass es diesmal schien, als würde sie einen Treffer landen. Lottie hielt den Atem an, Millisekunden dehnten sich zu einer Ewigkeit. Sie würde es schaffen!

Im *Dōjō* war es vollkommen still, im Bruchteil einer Sekunde schien es noch Wirklichkeit zu werden, im nächsten aber brach es vor ihren Augen in sich zusammen. Der Moment zerplatzte, als Jamie das tat, was er am besten konnte, und gewann.

Er war eine lauernde, dunkle Gestalt, unschlagbar flink und tödlich. Der finale Schlag hatte Ellies linken Handschuh zum Ziel, es war kaum mehr als ein zartes Klopfen, dafür aber mit vollendeter Selbstsicherheit ausgeführt, und schon schwebte das *Shinai* wieder über seinem Kopf, und er bewegte sich rückwärts, der Schatten zog sich zurück.

Donnernder, ehrfürchtiger Applaus ertönte um sie herum, aber Lottie konnte sich nicht überwinden zu klatschen. Etwas stimmte nicht. Miko fühlte es auch. Ellie vibrierte geradezu, und die Luft um sie herum schien elektrisch aufgeladen.

»Nein!«, schrie Ellie, riss sich den Helm vom Kopf und schleuderte ihn zu Boden, wo er mit einem lauten Knall aufschlug.

Als alle gleichzeitig scharf einatmeten, war es, als würde die gesamte Luft aus dem Raum gesogen, der Applaus ebbte ab und wurde durch den bitteren Geschmack ersetzt, den Ellies Verhalten hinterließ. Sayuri und Haru standen abrupt auf, aber selbst sie waren einen Moment lang unschlüssig, hatten sie solch einen schockierenden Ausbruch in ihrer Schule doch noch nie erlebt.

»Ich kann nicht!« Ellies Stimme klang wie die eines wimmernden Kindes, ihr verschwitztes Gesicht war vor Verzweiflung verzerrt, das schwarze Haar klebte an der Haut. Ihre riesigen dunklen Augen huschten ruhelos durch den Raum, dann wurden sie glasig, und ihr Atem ging rasselnd, schwer und schleppend. Zitternd machte sie ein paar Schritte rückwärts. Ellie stieß einen weiteren hilflosen Schrei aus und legte ihre restliche Rüstung ab, während Jamie stocksteif dastand.

Auch Lottie war wie gelähmt von dem Anblick, und in

ihrem Kopf hallten Sayuris Worte wider: *Du und deine Prinzessin, ihr habt euren Partisten noch, und einen sehr guten noch dazu …*

Lottie konnte nicht zulassen, dass ihre Verbindung für immer zerstört wurde. Sie musste etwas unternehmen.

Saskia kam herbeigeeilt und wollte Ellie mit tröstenden Worten besänftigen, aber das ging nach hinten los. »Ellie, beruhige dich. Es ist doch nur …«

Ellie knurrte. »Lass mich in Ruhe!«

Sie versuchte, Saskia wegzuschieben, aber Saskia lenkte Ellies Bewegung mit ihrem Unterarm mühelos ab, so dass Ellie gegen die Wand taumelte und mit der Schulter dagegenstieß. Der Aufprall schien zu bewirken, dass das Karussell ihrer Gedanken stehenblieb, und ihr Blick wurde wieder klar. Auf einmal wurde ihr bewusst, was sie tat und wie viele Leute ihr dabei zusahen.

»Verdammt, Ellie, ich wollte nicht …«

Ellie schnitt Saskia mit einem weiteren Knurren das Wort ab, aber diesmal klang es viel schwächer. Sie drehte sich zu ihren Zuschauern um.

Sie rieb sich die Schulter und versetzte dem Kopfschutz am Boden einen leichten Tritt. Lottie wollte zu ihr, aber da war es schon zu spät. Ellie war aus dem *Dōjō* gestürmt und hatte ihre Schuhe zurückgelassen, aber nicht nur das. Sie hatte sie alle zurückgelassen.

»Ellie!« Lotties lächerlicher, verzweifelter Ruf hallte durch die zerstörte Atmosphäre im Raum.

Als die Tür hinter ihrer Prinzessin ins Schloss fiel, hatte Lottie tief in ihrem Innern das Gefühl, sie irgendwie im

Stich gelassen zu haben, als läge das Seil, das sie miteinander verbunden hatte, zerrissen am Boden. Aber sie wollte nicht aufgeben. Sie blickte Jamie an und fühlte eine fiebrige Entschlossenheit in sich aufsteigen. Und plötzlich wusste sie ganz genau, was zu tun war.

28

Sie brauchten ihn beide, nach wie vor.

Jamie blickte auf Lottie, die in der Mitte des Raumes stand. Ihr Haar war zerzaust und hing ihr in Strähnen auf den Rücken von der aufgestauten Hitze, und ihre linke Hand griff nach ihrer Kehle.

»Sie ist weggerannt«, flüsterte Lottie.

Seit er gesehen hatte, wie seine Prinzessin und ihre Porterin sich in der Schokoladenfabrik geküsst hatten, hatte er eine große Einsamkeit verspürt, die ihn seither nicht mehr losgelassen hatte. Was auch immer die beiden miteinander verband, er fühlte sich ausgeschlossen, als hätte er nun kein Anrecht mehr auf Lotties hell leuchtenden Zauber. Sie hatten einander; sie brauchten ihn nicht.

»Ich muss zu ihr«, sagte Lottie und blickte dabei Sayuri an, nicht Haru.

»Ja, natürlich«, erwiderte Sayuri und wies zur Tür.

Außerhalb des *Dōjō* war es kühler, die Hitze des Tages hatte noch keine Zeit gehabt, sich auszubreiten, und der Morgen verlieh der Landschaft einen dunstigen, hellgoldenen Schimmer. Fußspuren auf dem Sandweg und ein umgestoßener Stapel Kartons ließen erkennen, dass Ellie die Stufen zum Wäldchen hinaufgerannt war.

Lotties Blick war starr auf den Horizont gerichtet. »Das ist gar nicht gut, Jamie.«

»Sie kann nicht weit sein.«

»Woher willst du das wissen?«

»Wir finden sie. Wir müssen nur den Spuren folgen, aber es wäre das Beste, wenn ich mitkomme. Es kann gut sein, dass sie in den Wald gelaufen ist und …«

Lottie schüttelte den Kopf und wurde rot. »Ich komme nicht mit. Du musst sie finden.«

Jamie zögerte. »Ich bezweifle sehr, dass ich eine große Hilfe wäre. Du bist doch diejenige, die gut darin ist …«

Ein merkwürdiger Laut ertönte, der ihn gerade ausreichend erschreckte, um ihn zum Schweigen zu bringen, und Jamie brauchte einen Moment, bis er begriff, dass es Lottie gewesen war. Ein Laut irgendwo zwischen Knurren und entnervtem Seufzen, der ihn völlig unvorbereitet traf.

»Das ist eine Sache zwischen euch beiden! Wie sollen wir jemals mit Leviathan fertig werden, wenn ihr einander nicht mal ins Gesicht sehen könnt?« Sie ballte die Fäuste. »Ihr redet ja kaum noch miteinander. Begreifst du es denn nicht? Sie gibt sich an allem die Schuld. Ihr beide tut das, und ihr seid beide so … so … so DUMM!« Sie schaffte es nur mit Mühe, ihm in die Augen sehen, und hätte er nicht bemerkt, wie sehr sie zitterte, hätte er laut aufgelacht. »Du hast das Band zerschnitten, und jetzt ist es deine Aufgabe, es wieder zusammenzufügen. Wir dürfen nicht zulassen, dass die Vampirkatze sie kriegt!« Jamie hatte keine Ahnung, was sie da redete. »Wenn ich die Einzige bin, die uns zusammenhält, dann funktioniert es nicht!«

Tränen standen ihr in den Augen, und er fühlte seine Arme schlapp an den Seiten herunterhängen, unschlüssig, was er tun sollte.

»Du bist unser Partist«, sagte sie, und ihre Stimme wurde wieder fester. »Wir brauchen dich.«

Sie konnte die Tränen nicht länger zurückhalten, und Jamie hielt den Atem an.

Unser Partist, uns, wir.

Dann floss der ganze Atem, der sich in seiner Brust aufgestaut hatte, in einem langen Seufzer voll schwindeliger Erleichterung aus ihm heraus.

»Einverstanden.«

»Wirklich?« Lotties Gesicht hellte sich auf und nahm einen so strahlenden und hoffnungsfrohen Ausdruck an, dass er das Gefühl hatte, direkt in die Sonne zu blicken. Er musste den Blick abwenden.

»Ja, aber ich kann nicht versprechen, dass ich etwas ausrichten kann.« Er war sich nicht ganz sicher, warum er einwilligte, vielleicht, weil er gerne nützlich sein wollte oder weil er sich verantwortlich fühlte. Vielleicht auch, weil er wusste, dass Lottie recht hatte.

Ellie zu finden, war nicht schwer.

Das einzige Problem war, dass Jamie keine Ahnung hatte, was er tun sollte, wenn er sie eingeholt hatte. Er verweilte einen Moment am Waldrand, wohin das Morgenlicht noch nicht gelangt war, und beschwor Bilder von dem Tag herauf, als er Lottie in den Rosenwald gefolgt war. Es war mitten im Winter gewesen und bitterkalt, und er hatte sie zusammengerollt unter einer riesigen Eiche gefunden. Damals war es so einfach gewesen, geradezu beängstigend einfach. Er hatte genau gewusst, was sie brauchte, und sie hatte es ebenfalls verstanden, so dass er kein einziges Wort sprechen musste.

Der Gedanke, dass das jemals geschehen war, kam ihm jetzt vollkommen unwahrscheinlich vor, wenn man bedachte, wo sie inzwischen standen, aber schließlich war Lottie doch auch zu ihm gekommen, während des Unwetters.

Es liegt nur an dir. Du bist der Grund für alle Probleme. Du und deine Prinzessin, ihr werdet alles Gute aus dem kleinen Kürbis saugen.

Jamie blendete die Stimme aus und begab sich in den schattigen Wald.

Sobald er den moosigen Untergrund betrat, war er von einer sanft wogenden Stille umgeben, wie tiefer Schlaf. Alle Geräusche und Gerüche der Schule verschwanden und ließen ihn in dem wilden Hain aus Moos und Bambus allein zurück. Unbekannte, seltsame Vögel zwitscherten in den Bäumen, begleitet vom Summen der Insekten.

Da riss ihn ein lauter Schrei aus seinen Gedanken. Ellie!

All seine Partisteninstinkte setzten ein, und er rannte mit Lichtgeschwindigkeit tiefer in den Wald. Seine Füße schwebten über Wurzeln und Moos hinweg und wichen mühelos allen Hindernissen aus, während er durch die Bäume schoss. »Ellie! Ich komme!«

Da erblickte er im gesprenkelten Licht einer Lichtung eine Bewegung. In der Mitte stand Ellie, barfuß und verdreckt und … lachte.

War sein Fieber zurückgekehrt?

Vor ihm erhob sich ein riesiger Bambusbaum, so dick, dass es schien, als würde ein Gott seinen Arm aus der Erde recken. Das war aber nicht das Seltsamste. Am Stamm lehnte seine Prinzessin ... und sie war umgeben von ... Katzen.

»Jamie!« Sie blickte auf, und alle Katzen wandten sich zu ihm um, schockiert, ihn hier zu sehen. Sie hatten alle unterschiedliche Formen und Größen: eine fette, orangefarbene Katze mit grimmigem Gesicht, ein winziges, schneeweißes Kätzchen, ein paar dürrer, grau gescheckter Exemplare und eine ganze Reihe getigerte. Sie alle rieben ihre Köpfe an Ellie und stupsten sie an oder kratzten sie spielerisch mit ihren Pfoten. Etwas abseits von den anderen saß die größte schwarze Katze, die Jamie je gesehen hatte, und leckte sich die Pfote. Ihr Fell war so dunkel, als bestünde es aus Nachthimmel, und ihre Augenfarbe war das helle Gelb der Sterne.

»Silberwein«, sagte Jamie und konnte sich ein überraschtes Lachen nicht verkneifen, als er um sich blickte. »Die ganze Lichtung ist mit Silberwein oder auch Matatabi bewachsen. Katzen sind verrückt danach.«

Die riesige, schwarze Katze schlenderte zu ihm hinüber, strich um seine Beine und schob ihn sachte näher an Ellie und den Baum heran, was er widerwillig geschehen ließ. Seine Prinzessin blickte ihm weiter entgegen, Ärger und Reue im Gesicht.

»Was machst du hier?« Ihre Stimme klang so zornig, dass eine der getigerten Katzen fauchte. »Solltest du nicht deinen glorreichen Auftritt feiern?«

»Ich bin dein Partist, Ellie.« Langsam ging er auf die andere Seite des Bambusbaums, und die Katze folgte ihm. Dann ließen sie sich beide auf dem mit Blumen übersäten Gras nieder. »Darum wird es niemals ein fairer Kampf sein.«

»Saskia hat Ani auch ein paar Treffer landen lassen«, gab Ellie zurück. Sie lehnten beide mit dem Rücken am Bambusbaum, der jedoch dick genug war, dass sie einander nicht berührten, und blickten in entgegengesetzter Richtung in den Wald.

Es war so lange her, seit sie wirklich miteinander geredet hatten.

»Hättest du denn gewollt, dass ich das tue?«

Sie erwiderte nichts, aber beide wussten, dass die Antwort Nein lautete. Sie saßen eine Weile da und lauschten den Geräuschen der Blätter und der Katzen in ihrer Nähe, und allmählich griff die unheimliche, inhaltsreiche Stille auf sie über. Die Katzen machten es sich bequem, bis sie wie freundliche, schnurrende Marshmallows aussahen, die nur darauf warteten, dass jemand sich mit ihnen beschäftigte.

»Du magst mich doch nicht mal, Jamie«, sagte Ellie mit so leiser Stimme, dass der Wald die Worte fast verschluckte. »Warum willst du mich überhaupt beschützen? Ich bin es doch gar nicht wert.«

Jamie, der gerade dabei war, die schwarze Katze zu streicheln, hielt abrupt inne. Er schämte sich. Lottie hatte recht. Er hatte so verbissen dagegen angekämpft, ja nicht überflüssig zu werden, dass er sie unbemerkt verletzt hatte.

»Doch, Ellie, ich mag dich. Mein Verhalten hat –«

»Du hasst mich, Jamie. Du hasst mich so sehr, dass du kaum mit mir redest, und trotzdem begibst du dich meinetwegen immer wieder in Gefahr. Diese Verantwortung ist zu viel für mich – ich hasse sie!« Ihre Worte hallten durch den Wald und scheuchten einen Schwarm Vögel auf. »Ich bin die dumme, verwöhnte Prinzessin, rücksichtslos, unfähig und schlecht in allem. Immer ist alles meine Schuld.«

Jamie konnte nicht glauben, was sie da sagte. Warum begriff sie denn nicht, dass er sich nur deshalb von ihr zurückgezogen hatte, weil sie in letzter Zeit so große Fortschritte gemacht hatte – weil immer deutlicher wurde, dass sie ihn und Lottie eines Tages nicht mehr brauchen würde?

»Wie kannst du das sagen? Du hast so viel erreicht, seit du nach Rosewood gegangen bist.«

»Nein, du verstehst das nicht, ich … ich habe die ganze Zeit Angst. Nichts gelingt mir, und ganz egal …« Sie verstummte einen Moment, bevor sie mit resignierter Stimme fortfuhr: »Ganz egal, was ich tue, Jamie, du wirst immer besser sein als ich, und das Problem bin und bleibe ich.« Er hörte sie tief Luft holen, bevor sie ihren letzten Satz sagte: »Ich bin für euch alle ein Klotz am Bein.«

Jamie war unfähig, etwas zu erwidern, das Gefühl der Scham breitete sich von seiner Brust über seinen ganzen Körper aus. Er war immer so stolz darauf gewesen, dass Ellie für ihn stets an erster Stelle stand und er sich weder von Lottie noch von irgendjemandem sonst ablenken ließ, aber als Ellie dann aufzublühen begann, hatte er ihr das Gefühl gegeben, eine Versagerin zu sein.

Du bist der schlechteste Partist aller Zeiten. Er konnte die wütende Stimme in seinem Kopf nicht zum Schweigen bringen, so sehr überwältigte ihn, wie unangemessen er sich verhalten hatte.

»Es ist bescheuert«, fuhr Ellie fort, bevor er etwas sagen konnte. »*Du* solltest König sein. Du und Lottie, ihr solltet heiraten und Maradova gemeinsam regieren. Das wäre für alle das Beste.«

Er wusste zwar, dass das ein Scherz sein sollte, aber trotzdem trafen ihre Worte ihn tief. Sein gesamtes Training, all seine Mühen waren darauf ausgerichtet gewesen, sicherzustellen, dass Ellie eines Tages ihren rechtmäßigen Platz auf dem Thron einnehmen würde. Niemals in seinem ganzen Leben hatte er darüber nachgedacht, dass er würdig sein könnte, diese Rolle einzunehmen, aber als er es sich nun vorstellte, lief ihm das Wasser im Mund zusammen, doch ob vor Verheißung oder vor Übelkeit, konnte er nicht sagen. Ihm wurde schlecht bei dem Gedanken, nicht weil er die Vorstellung verabscheute, sondern weil ein Teil von ihm – ein schrecklicher, abstoßender Teil – sich eingestand, dass ihm die Vorstellung gefiel.

König von Maradova, mit Lottie als der wahren Königin.

Als er an sie dachte, stieg in seinem Inneren ihr Bild auf, nicht das der falschen Königin, sondern das der echten Lottie, die ihn getragen hatte, als er krank gewesen war, die Ellie geholfen hatte, ein besserer Mensch zu werden, die ihn mit wütender Entschlossenheit angestarrt und verlangt hatte, dass er und Ellie sich versöhnten. Wie konnte ihm nur die ganze Zeit entgangen sein, dass Ellie genauso fühlte wie er?

»Ja, es ist wahr – du bist ein ziemlich anstrengender Mensch.« Er lehnte sich stärker an den Baum an und fühlte, wie Ellie hinter ihm sich anspannte. »Du bist dreist und hast ein loses Mundwerk, ganz zu schweigen davon, dass du dich ständig in Schwierigkeiten bringst.«

Ellie antwortete nicht, und die Katzen beäugten sie neugierig.

»Und ich wünschte, ich wäre so tapfer wie du.« Jamie sank in sich zusammen und fühlte, wie seine Worte die Stimmung veränderten, und seine Stimme wurde sanft. »Aber das darf ich dir niemals sagen, weil du dir dann sofort was drauf einbildest.«

»Jamie, ich bin nicht …«

Mit einem langen, geräuschvollen Seufzen schnitt er ihr das Wort ab, kraulte die große Katze unterm Kinn und ließ zu, dass sie ihren Kopf an seinem Arm rieb.

»Lottie hatte recht«, sagte er. »Du musst aufhören, dir an allem die Schuld zu geben. Du musst es versuchen, ihr zuliebe, selbst, wenn du noch nicht recht daran glaubst.«

»Und was ist mit dir?«

»Ich weiß noch nicht«, räumte er ein.

Er griff nach ihren Händen, die so klein waren, verglichen mit seinen. Er wusste, dass sie weinte. »Da ist noch etwas, das ich dir sagen muss.« Er drückte ihre Hände, die warm und weich waren, und fühlte sich in die Zeit zurückversetzt, als sie Kinder gewesen waren.

»Ich habe euch gesehen, Lottie und dich, in der Fabrik.« Ellie spannte sich an, und auch wenn sie kein Wort sagte, wusste er, dass sie beide wieder dort waren, in jener Puderzuckerwelt, die so süß war, dass er Zahnweh davon bekam. Sie dachten beide an den Kuss.

»Ich glaube, wir sollten alle anfangen, ehrlicher miteinander zu sein.« Kaum hatte er das gesagt, erhoben sich die Katzen, als hätten sie aus der Ferne einen Ruf vernommen. Sie verschwanden im Wald und ließen den Partisten und seine Prinzessin allein zurück.

Er brauchte nichts mehr hinzuzufügen. Er wusste, dass Ellie längst begriffen hatte, was er immer noch nicht aussprechen konnte, was er sich erst vor kurzem selbst eingestanden hatte, nachdem Lottie ihn im Gewitter gefunden hatte: Lottie bedeutete ihm etwas, und zwar nicht nur, weil sie Ellies Porterin war und weil er ihr Partist war. Wie die Sonne selbst war sie eine unaufhaltsame Kraft, die alles, was sie berührte, mit ihrem Licht anstrahlte. Er wollte in diesem Licht sein – aber war er dessen würdig? War es irgendjemand.

»Lottie wartet auf dich«, flüsterte er.

»Nein«, entgegnete Ellie. »Sie wartet auf uns.«

29

Erfüllt von einer nervösen, aufgekratzten Energie lugte Lottie durch die schweren Samtvorhänge. Es fühlte sich an, als wäre sie wieder beim Sommerball in Maradova, kurz bevor sie der Öffentlichkeit als Prinzessin vorgestellt worden war. Dumpfes Gemurmel ging vom Publikum aus, das Licht war gedimmt. Doch es war nicht allein das Theaterstück, das Lottie so in Aufregung versetzte. Durch ihr Guckloch konnte sie auch Ellie und Jamie sehen, die nebeneinandersaßen.

Also hatte sie es geschafft; sie hatte bewirkt, dass sie wieder ein Team waren, und deshalb konnte sie ihre Gedanken jetzt anderen Dingen zuwenden. Eigentlich sollte Lottie sich auf das Stück konzentrieren und dafür sorgen, dass es gut lief, damit sie genügend Punkte sammelte, um wieder in Rosewood zugelassen zu werden, aber es stand etwas viel Wichtigeres auf dem Spiel. Sie hatte das Rätsel um Takeshins geheimen Schatz noch immer nicht einmal ansatzweise gelöst.

Ihr lief die Zeit davon.

Sie musste etwas finden – einen Hinweis, irgendetwas, das ihr helfen konnte, den verborgenen Schatz zu finden. Es war der einzige Weg, um Sayuri auf ihre Seite zu ziehen und an die Informationen zu gelangen, die die Banshees besaßen. Sie war nach wie vor davon überzeugt, dass sich in dem Tagebuch irgendwo ein Hinweis versteckte, der auf eine Beziehung zwischen Rosewood und Takeshin hindeutete, ja, dass sie irgendwie miteinander verbunden waren.

»Kabocha-chan …«

Lottie drehte sich um und erblickte eine wunderschöne, furchteinflößende Katze auf den Hinterbeinen. Es war Rio in Katzengestalt, ein so perfekter Auftritt, dass ihr bei dem Anblick immer noch der Atem stockte. Sie nahm ihr und Mikos Werk in Augenschein: das schwarze, seidige Fell, hinter dem sich ein spektakuläres Geheimnis verbarg. Kein Detail war bei dem Kostüm vergessen worden, und das Ergebnis war ein atemberaubendes Ungetüm, bei dessen Auftauchen den Zuschauern das Blut in den Adern gefrieren würde.

»Bist du nervös?«, fragte Rio mit überheblichem Grinsen.

»Ich bin nicht nervös«, wisperte sie kopfschüttelnd. »Ich konzentriere mich nur.«

Das Licht im Zuschauerraum erlosch, und stattdessen warf ein einzelner Scheinwerfer sein Licht auf die Bühne, auf den Punkt, wo nun Sayuri zwischen den Vorhängen hervortrat. Ihre Porzellanhaut leuchtete noch heller als sonst, und Lottie fand, dass sie aussah wie ein unbeugsamer Geist.

Sie sagte die Stücke auf Japanisch an – Sätze, die Lottie bei den Proben schon unzählige Male gehört hatte, so dass sie wusste, was sie bedeuteten.

»Willkommen, liebe Sommerschüler von Takeshin Gakuin. Heute Abend werden uns die Theaterkurse ihr Können präsentieren. Angefangen beim Schauspiel, über die Kostüme und die Maske, bis hin zu Beleuchtung, Musik und Bühnenbild hoffen wir, euch in wundersame und erschreckende Geschichten eintauchen zu lassen. Die drei kurzen Stücke heute Abend sind inspiriert von Kou Fujiwaras drei meistgeliebten Volksmärchen: *Tanabata*, *Kaguya-hime* und schließlich Fujiwara-Senseis Lieblingsgeschichte, *Nabeshima Bakeneko*. Wir hoffen, dass ihr wohlwollend an die Gründerin unserer Schule denkt, wenn ihr nun der phantastischen Aufführung beiwohnt.«

Dann huschte Sayuri in die Dunkelheit hinter den Vorhängen, und das Publikum machte sich mit einem kollektiven tiefen Luftholen bereit.

Im hinteren Teil des Theaters tauchte Sayuri neben ihrem Partisten wieder auf. Haru beugte sich zu ihr und flüsterte ihr etwas ins Ohr, woraufhin Sayuri sich versteifte.

Bevor Lottie darüber nachgrübeln konnte, setzte die Musik ein, und das Publikum verschwand im Dunkeln.

Das erste Stück war *Tanabata* und erzählte von zwei unglücklich Liebenden, die der Vater des Mädchens, ein Gott, zusammenbrachte, aber auch wieder auseinanderriss. Da weinte seine Tochter so sehr, dass die Tränen, die ihr in Form von Schwungbändern aus den Augen quollen, auf der Bühne einen textilen Fluss des Kummers anschwellen ließen, der ihren Vater schließlich so sehr erweichte, dass er ihnen erlaubte, sich alljährlich am siebten Tag des siebten Monats zu treffen. Aber damit nicht genug, konnte sie ihren Geliebten nur treffen, wenn ein Schwarm aus Elstern ihr zu Hilfe kam und für sie eine Brücke über den Fluss bildete, der die Liebenden voneinander trennte. Gelang es den Elstern nicht, dann konnten sie einander nicht treffen und mussten ein weiteres Jahr warten.

Elstern aus schwarzem und weißem Seidenpapier flatterten, angestrahlt von regenbogenfarbenem Licht in leuchtenden Schwärmen über das Publikum hinweg, bewegt von versteckten Ventilatoren auf der Bühne.

Vor Lotties innerem Auge tauchte das Bild der Elstern in Lilianas Tagebuch auf, wo ganze Schwärme davon die Seiten bedeckten. Es war unglaublich, dass etwas, das so viel Ähnlichkeit mit den Zeichnungen in Lilis Tagebuch hatte, auch in einem von Kous Lieblingstheaterstücken auftauchte.

Kurz darauf begann schon das zweite Stück, und die samtenen Vorhänge enthüllten einen Bambuswald aus Papiermaché im Hintergrund, gehüllt in einen Nebel aus Trockeneis, sowie einen einzelnen dicken, glitzernden Stamm in der Mitte der Bühne.

Lottie, die gerade das Publikum nach Sayuri absuchen wollte, hielt inne, weil das Szenenbild vor ihr sie so in ihren Bann zog. Es war eine Szenerie, die ihr so wohlbekannt vorkam, dass sie die moosige Erde förmlich zwischen den Zehen spüren konnte. Die Bühne hatte sich in Takeshins Wald verwandelt, den Kiri Shinrin, mit seinen ewigen Nebeln und dem einzelnen, unwirklich großen Bambus, der versteckt darinstand. Und wieder war alles da, die Bilder im Tagebuch von dem glitzernden Baum. Auch wenn es sich darin nicht um einen Bambusbaum handelte, hatte sie doch das Gefühl, dass dazwischen eine Verbindung bestand, dass es ein Zeichen war.

Ihnen blieb nur noch so wenig Zeit, bis sie aufbrechen würden, um nach England zurückzukehren, so wenig Zeit, um all das zusammenzubringen, und irgendwo tief in ihrem

Verstand, genauso ausgefranst wie die ausgerissene Seite aus dem Tagebuch, waren jene rätselhaften Wörter, verbunden mit der völlig verrückten Ahnung, dass sie womöglich eine tiefere Bedeutung beinhalteten.

Die Katz'
Geheimer Ort
Ein Schwert

»*Kabocha-chan?*«

Eine Stimme riss sie auf ihren Gedanken. Es war Miko, blau wie eh und je, im Halbdunkel hinter der Bühne aber eher dunkelblau.

»Gleich sind wir dran.«

Lottie nickte, aber so ganz gelang es ihr nicht, ihre Gedanken von dem Geheimnis in Lilianas Tagebuch loszureißen. Es war, als wäre sie zweigeteilt; ihr Körper befand sich hier im Theater, nervös und aufgeregt, ihre Seele aber war von den Darbietungen und Geschichten woandershin gezaubert worden und schwebte in einer neugierigen Wolke über dem Schulgelände.

»Wo bist du nur mit deinen Gedanken?«, wollte Miko wissen und kniff misstrauisch die Augen zusammen. »Du bist nicht bei der Sache.«

Lottie blickte Miko direkt an und ließ einen Moment alles auf sich einwirken, das Tagebuch, die Bäume, die Märchen, die Buchseite mit der rätselhaften Liste, Sayuri, sich selbst.

»Ich glaube, dass diese Stücke ein Geheimnis beinhalten«, flüsterte sie in die Dunkelheit und griff genau in dem Augenblick nach Mikos Arm, als der Vorhang sich senkte und donnernder Applaus den Raum füllte.

Miko schob Lotties Hand behutsam weg. »Dann solltest du dich jetzt besser beeilen, unseres auf die Bühne zu bringen, damit wir mehr erfahren.«

Noch immer etwas benommen, schlich Lottie mit Miko und den anderen Bühnenhelfern auf Zehenspitzen nach draußen, wo sie das Holzbett aufstellten, das Aoi Tōyō zum Verhängnis werden sollte. Auf der linken Seite der Bühne breiteten sie ein geisterhaftes Laken aus durchsichtiger Gaze aus, auf dem schon bald die wachsenden Schatten der Monsterkatze zu sehen sein würden, bevor es schließlich den Blick auf ihre Kreation freigeben würde, und davor befestigten sie hängende Pflanzen, um einen Garten anzudeuten, der verschwinden würde, wenn der Prinz fortging.

Lottie war so darauf konzentriert, irgendein verstecktes Detail in dem Stück zu entdecken, dass das Letzte, woran sie dachte, die Möglichkeit war, dass etwas schiefgehen konnte.

Anstelle von Flötenklängen wurde ein abscheulicher Würgelaut vernehmbar, aber das Geräusch war noch nicht einmal das Schlimmste. Denn da huschte auch schon ihre Aoi Tōyō an ihr vorüber, die Hand auf den Mund gepresst; offenbar war der schönen Lieblingsfrau des Prinzen übel geworden.

»Sumimasen!«, murmelte das arme Ding entschuldigend und hastete aus dem Theater.

Zurück blieben Rio, Miko, Lottie und die anderen Schüler vom Vampirkatzenstück und starrten verstört auf den leeren Platz, wo soeben noch ihre Aoi Tōyō gewesen war.

»Haben wir gerade unsere weibliche Hauptrolle verloren?«,

fragte Rio, dessen verständnisloser Gesichtsausdruck einen merkwürdigen Kontrast zu seinem eleganten Make-up bildete.

Alles, woran Lottie denken konnte, war, dass sie auf ein Zeichen gewartet hatte, irgendeinen Hinweis, um zu der unnahbaren Königin von Takeshin durchzudringen, und wenn sie verstehen wollte, was diese Stücke ihr mitteilen wollten, musste sie versuchen, so nah wie möglich heranzukommen. Unbeteiligt aus dem Abseits zuzuschauen, das war nicht das, was sie brauchte, sie musste ein Teil davon werden. Auf einmal hatte sie keine Zweifel mehr. Sie musste bei dem Stück mitmachen.

»Ich mach's«, sagte sie. »Ich spiele Aoi Tōyō.«

Miko und Rio starrten sie mit offenen Mündern an, ein Anblick, den sie sehr genoss, und sie staunten gleich darauf noch mehr, als sie verkündete: »Aber ich werde dabei meine Krone tragen.«

Allmählich richtete sich der Scheinwerfer auf Aoi Tōyō, die friedlich unter den herabhängenden Papierranken stand, die den Garten symbolisierten. Nebel waberte um Lotties Füße, wo ihr weißes Kleid bis auf die Bühne herabhing. Sie hatten ihr Bestes gegeben, ihr Haar so glatt wie möglich zu kämmen.

Von all den furchteinflößenden, lebensbedrohlichen Dingen, die sie bisher erlebt hatte, war dies in gewisser Hinsicht das unheimlichste.

Dort, wo die Krone auf ihrem Kopf auflag, spürte sie ein Kribbeln, und sie war froh, sie bei sich zu haben, damit sie

sie daran erinnerte, tapfer zu sein, auch wenn das nicht der Grund war, weshalb sie verlangt hatte, sie in die Aufführung einzufügen.

Sie wartete auf ein Zeichen, einen Beweis dafür, dass es zwischen Rosewood und Takeshin eine Verbindung gab, einen Schlüssel, um dieses Geheimnis für Sayuri aufzudecken, und wenn das hier eines von Kous Lieblingsstücken war, dann wollte sie auch ein bisschen Liliana mit hineinbringen.

Du erzählst eine Geschichte, rief sie sich in Erinnerung. *Nur dass du sie diesmal nicht mit Worten, sondern mit deinem Körper erzählst.*

Jede Vor-*stellung ist* Ver-*stellung …*

Sie ließ die Worte, die Rio einmal zu ihr gesagt hatte, tief auf sich einwirken und wartete, bis die Schminke und ihr Kostüm in ihrem Innern etwas entfachten. Auf einmal spürte sie eine neue Kraft in sich. Sie fühlte, wie sie sich veränderte, und zugleich merkte es auch das Publikum, vor deren Augen ihr Körper sich in den der schönen, unbekümmerten jungen Frau verwandelte. Es war magisch, und es duftete nach Rosen und Moos, als in ihr zwei Welten zueinanderfanden. Lottie Pumpkin gab es nicht mehr; es gab nur noch Aoi Tōyō.

Der Tanz begann. Es fühlte sich so an, als wären sie die Choreographie mit ihrer schönen Maid tausendmal durchgegangen, sie und Miko fest entschlossen, die passenden Bewegungen zu finden. Aber jetzt, hier auf der Bühne und vor den Augen der ganzen Schule, hatte sie mehr Spaß daran, als sie es sich jemals hätte ausmalen können. Sie wirbelte herum und hüpfte und fühlte sich anmutig und frei, und ihre Kleider flatterten um sie herum wie Flügel.

Es war ein wunderbares Gefühl, Aoi Tōyō zu sein, jung, voller Leben und wunderschön. Sie vergaß das Publikum und wollte nichts weiter, als für immer weitertanzen, aber so rasch, wie es begonnen hatte, erschien auch schon der Prinz, und es war vorüber.

Aoi Tōyō starrte den Prinzen an, und ihre Bewegungen passten sich einander an, bis ihr Tanz eher an ein steifes Marschieren erinnerte, bei dem der eine sich wie das Spiegelbild des anderen bewegte. Sie war seine Lieblingsfrau, und ihn zu heiraten war ihre Pflicht. Bei dem Gedanken fühlte sie, wie ihr Herz schwer wurde.

Jegliche Leichtigkeit ihrer vorherigen Darbietung verschwand und wurde durch etwas Hartes, Unnachgiebiges ersetzt. Der Prinz und seine Lieblingsfrau schritten im gleichen Rhythmus voran; sie hatte keine andere Wahl, als dem Muster seines Körpers zu folgen.

So oft sie die Geschichte von der Vampirkatze gelesen hatte, hatte Lottie stets Mitleid mit Aoi Tōyō gehabt, weil der glückliche Ausgang der Geschichte sie nicht mit einschloss, jetzt aber fühlte sie eine andere Form der Traurigkeit. Aoi Tōyō war eine Gefangene, in Ketten gelegt von der Last aus Erwartungen und Pflichtgefühl.

Die Lichter erloschen, aber der Schmerz in Lotties Brust blieb, Aoi Tōyōs Herz krampfte sich vor Verzweiflung zusammen. Sie stieg in ihr Bett, und die Ranken und Gartenblumen über ihr verschwanden, um der unheimlichen Stille des Schlafzimmer-Bühnenbildes Platz zu machen.

Aoi Tōyō lag zwischen den Laken aus fließender Seide, umgeben vom Licht des blauen Scheinwerfers, vollkommen ahnungslos, welch schreckliche Kreatur sich ihr näherte.

Hinter ihren Lidern blitzte, als wäre es in ihre Gedanken eintätowiert, das Bild der Katzen in Lilianas Tagebuch auf: die steinernen Katzen im Schrein und die Katzen, die überall auf dem Schulgelände umherstreunten, und all das vermischte sich miteinander.

Ein Ventilator wehte den beruhigenden Duft von Kiefern und Lavendel durch den dunklen Raum und wiegte das Publikum in ein schläfriges Gefühl von Sicherheit.

Finsternis legte sich über sie, dann schien es, als würde die Nacht sich hinter dem Gazevorhang zu einer konkreten Form zusammenziehen. Rio wand und krümmte sich in einem verworrenen Tanz, bis der Vorhang zu Boden glitt und den Blick auf die monströse Vampirkatze freigab. Sie sprang auf die Jungfrau, und meterweise rotes Garn schoss aus Aoi Tōyōs Hals hervor, als das Biest sich an ihrem Blut gütlich tat.

Es ist besser so, flüsterte eine leise Stimme in ihrem Kopf.

Dann tat sich eine Luke im Bett auf, in der sie verschwand, und als ein Raunen durchs Publikum ging, wusste Lottie, dass der Kniff funktioniert hatte, dass es so ausgesehen hatte, als hätte ihr Körper sich in Nichts aufgelöst.

Sie befand sich nun unter der Bühne, von wo aus sie durch Ritzen in den Bodenbrettern die Zuschauer sehen konnte, während die Aufführung über ihr weiter ihren Lauf nahm. Geigen quietschten, als Rio sich dem Publikum zuwandte und seinen glänzenden schwarzen Mantel ablegte, der scheinbar einfach verschwand, da er sich durch ein kompliziertes

System aus unzähligen Bändern, das Miko und Lottie erdacht hatten, auftrennen und zusammenfalten ließ, und den Blick freigab auf eine Unmenge glänzenden Stoff und Haare über einem weiß-roten Kleid, das über den Boden flatterte und sich vor einer ihm innewohnenden, simmernden Kraft kräuselte. Unter dem monströsen Körper stand die trügerisch schöne Fälschung, die Vampirkatze in Aoi Tōyōs Haut, ein engelsgleicher Dämon. Rio bog sich und wirbelte umher in einem betörenden Tanz, im Licht eines einzelnen roten Scheinwerfers, trügerisch und tödlich.

Lottie sah zu und amüsierte sich über die verblüfften Gesichter ihrer Freunde, die von Rios Talent bisher nichts gewusst hatten. Die Zwillinge starrten mit offenen Mündern und glänzenden Augen. Selbst Saskia und Anastasia konnten ihre Faszination nicht verbergen: Alle Zuschauer waren hingerissen von der tödlichen Darbietung weiblicher Schönheit.

Und im Zentrum ihres Blickfelds waren Jamie und Ellie. Sie saßen wie selbstverständlich nebeneinander, und ihnen war anzusehen, dass die gereizte Stimmung, die zwischen ihnen geherrscht hatte, der Vergangenheit angehörte. Aber da war noch etwas zwischen ihnen, eine Empfindung, die sie miteinander teilten, während sie zu der Stelle auf der Bühne emporblickten, an der eben noch Lottie gelegen hatte.

Lottie hatte es noch nie zuvor wahrgenommen, es war ihr eigenes, unsichtbares Seil, mit dem sie nicht verbunden war. Aber sie verstand es jetzt, zum ersten Mal. Und plötzlich fragte sie sich, weshalb sie es nicht früher schon gesehen hatte: Das Gewicht aus Pflichten, Ängsten und Obligationen hatte Aoi Tōyō für die Vampirkatze zu einem leichten Opfer gemacht. Es war leicht, ihr nachzugeben, sich von ihr überwältigen zu lassen. Kou und Liliana mussten es auch gefühlt haben, und deshalb war diese Erzählung ihnen so wichtig gewesen.

Schwarz wie Teer, dick und zähflüssig wie Öl breitete es sich aus und kroch langsam auf seine Opfer zu. *Die Geschichte handelt nicht nur von einem Monster; es geht um das, was dich verzehrt. Die dumpfe Furcht, die in deiner Brust wohnt, schwer und lastend, bis sie dich irgendwann auffrisst. Und jeder reagiert auf unterschiedliche Weise darauf: Wut, Rückzug, Misstrauen.*

Lottie hatte es an Ellie erlebt; und sie hatte es an Jamie erlebt. Die Kreatur bestand aus Pflichten, Ängsten und Druck, die einsamste aller denkbaren Kombinationen, und ihre Prinzessin und ihr Partist waren nicht die Einzigen, die von ihr gebissen worden waren.

30

Als der Vorhang fiel, erfüllte donnernder Applaus den Zuschauerraum und holte Lottie aus Aoi Tōyōs Bann in die Wirklichkeit zurück.

Die Vampirkatze aus der Geschichte war tot, und die Dorfbewohner hatten gesiegt, die echte aber lauerte immer noch, und jetzt wusste sie endlich, wie sie sie überwältigen konnte. Immer noch von ihrem Versteck unter der Bühne aus betrachtete Lottie das Publikum. Ganz hinten im Theaterraum stand eine Gestalt reglos wie eine Statue, und ohne zu klatschen. Sayuri Chiba.

Sayuris nachtschwarze Augen schienen sie durch den schmalen Spalt zu fixieren, und ihr Blick war so unerbittlich, dass Lottie unwillkürlich einen Schritt zurück machte und über einen Karton voller Masken stolperte, wobei ihre Krone seitlich verrutschte.

Lottie versuchte, sich wieder herzurichten. Es war Zeit, zu handeln. Der einzige Weg, dieses Geheimnis zu ergründen, bestand darin, zusammenzuarbeiten, aber um Sayuri auf ihre Seite zu ziehen, gab es etwas sehr Wichtiges, das sie tun musste.

Es war die erste Regel ihres Mantras, die simpelste von allen. *Sei freundlich.*

Es war nicht Sayuris Einstellung, die verändert werden musste. Sie war kein Spiel, das Lottie gewinnen musste. Sayuri war nur ein Mädchen, genauso verängstigt und vereinsamt durch ihre Verpflichtungen und Sorgen wie sie alle, und das Einzige, was Lottie tun musste, war, sich zu entschuldigen. Sie wusste auch schon genau, wie sie es anstellen würde.

Lottie wickelte ihr Kleid fest um sich und lief die Stufen zum Bereich hinter der Bühne hinauf, um ihre Tasche zu holen. Hastig wühlte sie darin herum und hatte rasch Lilis Tagebuch gefunden, das sie behutsam im Stoff ihres Aoi-Tōyō-Kostüms verschwinden ließ.

Sie setzte ein höfliches Lächeln auf und huschte zur Tür, die den Bereich hinter der Bühne abtrennte. Lottie war so fest entschlossen, so vertieft in ihre Mission, dass sie Sayuri beinahe umgerannt hätte.

Sie konnte ihr aber gerade noch ausweichen, als Lottie aus dem hinteren Bereich des Theaters in die milde Nachtluft stolperte, wo sie auf den Stufen wartete.

»Sayuri! Es tut mir leid.« Lottie verbeugte sich so tief, dass ihr Haar den Boden berührte, und das Aoi-Tōyō-Kostüm bauschte sich um ihren Körper. Es war laut hier draußen, eine Symphonie aus sirrenden Insekten und raschelndem Bambus, der über ihren Köpfen hin und her schwang. »Es tut mir leid, dass Ellie und ich unseren Partisten als selbstverständlich angesehen haben«, begann sie zuversichtlich. »Es tut mir leid, dass wir möglicherweise Leviathan zu euch gebracht haben, und es tut mir leid, wie sehr du deswegen unter Druck stehst. Es gibt Millionen Dinge, um die du dir Sorgen machen musst, und ich möchte nicht dazugehören. Deshalb, wenn du willst, dann habe ich das hier für dich. Es ist Lilianas Tagebuch.« Sie schwieg einen Moment, um das Buch aus ihrem Kleid hervorzuholen, und streckte ihr die Seiten entgegen, hatte dabei aber eher das Gefühl, als würde sie ihr ihr eigenes, pochendes Herz hinhalten. »Ich glaube, dass es Hinweise enthält, die helfen, Takeshins Geheimnis zu lüften. Wenn du nicht willst, dass wir zusammenarbeiten, dann respektiere ich das, aber du sollst es trotzdem haben.«

Sie hielt ihren Kopf gesenkt und sah zu, wie der Schmutz die Enden ihrer zerzausten Locken hinaufkroch und das mondbeschienene Gold in ein schmutziges Braun verwandelte. Es fühlte sich an, als würde eine Feder von ihrer Hand fortfliegen, als Sayuri behutsam nach dem Tagebuch griff.

»Komm hoch.« Ihre Stimme war sanft und passte nicht recht zu ihrem nüchternen Gesicht. Lottie tat, was sie ihr sagte, und spürte widerwillig, wie sich über der Theaterschminke in ihrem Gesicht der Schweiß sammelte. »Es war ein böses Erwachen, herauszufinden, dass du eine Porterin bist. Es ist niemals angenehm, mit der Tatsache konfrontiert zu werden, dass man vielleicht weniger weiß, als man zu wissen glaubt.«

Lottie schluckte schwer. »Ich kann mich nicht dafür entschuldigen, dass ich meine Rolle als Porterin nicht preisgegeben habe«, sagte sie mit fester Stimme. »Aber ich hoffe, dass dieses Tagebuch für all die Probleme, die Leviathan dir bereitet hat, ein Ausgleich sein kann. Es hat meiner Vorfahrin gehört, und ich glaube, dass es zusammen mit deinem Wissen der Schlüssel zum Geheimnis sein kann.«

Es tat weh, mehr, als sie sich jemals hätte vorstellen können, das Tagebuch wegzugeben – aber Leviathan musste gestoppt werden, und wenn dies der Preis dafür war, Sayuri dazu zu bringen, ihnen zu verraten, was die Banshees wussten, dann würde sie es tun.

»Willst du mir wirklich etwas anvertrauen, das dir so wichtig ist?« Sayuri beäugte sie misstrauisch.

»Das will ich.«

In dem Augenblick huschte etwas über Sayuri hinweg, wie der Geist eines Gedankens. »Ich kann es nicht annehmen.« Lottie fühlte, wie sie schwach wurde. »Aber da du offenbar so überzeugt davon bist, dass es einen Hinweis enthält, erlaube ich dir, es mir zu zeigen.« Hiermit legte Sayuri das Tagebuch wieder in Lotties Hände zurück und schloss sanft ihre Finger um Lotties, damit sie es auch wirklich festhielt. »Aber falls es darin keinen Hinweis gibt und du dich nur lächerlich machst, kann ich nicht dafür verantwortlich gemacht werden.«

Ihre Haut fühlte sich so warm und glatt an wie Sommerblumen, und Lottie merkte, wie sie ruhiger wurde. Plötzlich wurde ihr bewusst, dass es das erste Mal war, dass sie sich berührten. Tränen traten ihr in die Augen, als ihr klar wurde, wie weh es getan hatte, das Tagebuch fortzugeben, und wie großzügig von Sayuri es gewesen war, es nicht anzunehmen.

Lottie verkniff sich eine Bemerkung, aber als sie sah, wie Sayuri den Blick abwandte, begriff sie, dass sie beide es fühlten. Dass es, wenn es um ihre Schulen ging, so etwas wie Zufall nicht gab.

Sie rückten ein wenig tiefer in den Schatten des Gebäudes und entfernten sich vom Gelächter und Geplauder hinter der

Bühne. Lottie schlug das Tagebuch auf und fand mühelos den Abschnitt über Kou wieder.

»Nichts beweist, dass es sich dabei um meine Kou handelt«, sagte Sayuri unumwunden.

»Ich weiß«, räumte Lottie ein, »aber sieh mal.« Sie blätterte vor bis zu den Skizzen: der leuchtende Baum, gehörnte Katzen, Schwärme von Elstern, Sonnen und Monde.

Sayuris Augen weiteten sich. »Diese Zeichnungen …«

»Es ist mir erst aufgefallen, als ich mir heute Abend die Stücke angesehen habe. Es sind alles Anspielungen auf Kous Lieblingsgeschichten.«

Mit zitternden Fingern griff Sayuri nach dem Tagebuch und zog es zu sich heran. Ihr Blick leuchtete förmlich auf, als sie die Bilder genauer betrachtete.

»Sieh dir auch die nächste Seite an«, wies Lottie sie an, woraufhin Sayuri langsam und behutsam zu der rätselhaften Liste auf der einzelnen Seite weiterblätterte.

Die Katz'
Geheimer Ort
Ein Schwert

»Was ist das?«

»Ich bin mir nicht sicher, aber sieh mal hier …«

Bevor Lottie weitersprechen konnte, erblickte Sayuri die Überreste der herausgetrennten Seite und sprang auf, so dass ihr Gewand um sie herumflog wie ein Blütenwirbel.

»Komm mit«, flüsterte sie und duckte sich, als würde sie sich rasch vergewissern wollen, dass ihnen niemand folgte.

Ohne ein Wort der Erklärung ließ sie das Tagebuch zuschnappen und griff nach Lotties Handgelenk, und dann glitten sie wie zwei Geister über das Schulgelände, beide in weißen Kleidern und so leichtfüßig, dass es schien, als würden ihre Füße kaum den Boden berühren. Lottie folgte ihr, ohne Fragen zu stellen, und ließ sich von Sayuri mit solcher Geschwindigkeit leiten, dass es sich anfühlte, als flögen sie.

Sie erreichten die große Glastür zu Kou Fujiwaras Museum, dessen Inneres im Dunkeln lag, so dass sie von ihren Spiegelbildern angestarrt wurden. Außerhalb des Theatersaals sah Lottie in ihrem Aoi-Tōyō-Kostüm unheimlich aus, ein Geist im Spiegel mit dem Bambusdschungel hinter sich, dessen Stämme wie Spinnenbeine in die Umgebung ragten. Lilianas Krone auf ihrem Kopf war das Einzige, das unter der ganzen Verkleidung auf ihr wahres Ich verwies.

Sayuri blickte um sich und öffnete gleichzeitig die Tür in ihrem Rücken, dann bedeutete sie Lottie, rasch einzutreten.

»Wenn das wirklich der Schlüssel ist …«, begann sie und machte Lottie Zeichen, sich auf den Boden zu setzen und sich so unauffällig wie möglich zu verhalten, »dann müssen wir sicher sein, dass uns niemand beobachtet.«

Lottie nickte, ihr Herz pochte laut. Sayuri öffnete eine der mit Katzen verzierten Truhen und holte behutsam die kleinere Kiste hervor, die sie in der Nacht durchsucht hatte, als Lottie ihr gefolgt war.

»Sie ist voll mit Kous unvollendeten Werken.« Sie setzte sich neben Lottie und stellte die Kiste vor sie hin.

Der besondere Geruch des Museums breitete sich um Lottie aus und überwältigte sie, und sie tauchten in Kous

Welt ein. Jetzt, da dafür gesorgt war, dass alle Geräusche der Schule draußen blieben, war es totenstill, anstatt des Summens der Insekten und der heißen, flirrenden Luft herrschte hier friedvolle Ruhe.

Das letzte Mal, als Lottie an diesem Ort gewesen war, war sie sich wie ein Eindringling vorgekommen, ein Gespenst, das durch eine geheime, wie aus der Zeit gefallene Welt geisterte. Diesmal war sie eins mit der Umgebung, eine Zeitreisende. Sogar Aoi Tōyōs Kleider fühlten sich richtig an.

»Eigentlich ergibt es keinen Sinn, finde ich«, gestand Sayuri und starrte auf das Tagebuch, das sie neben die Kiste gelegt hatte. »Es kommt mir so unglaublich weit hergeholt vor, dass deine Vorfahrin und meine sich wirklich gekannt haben sollen. Aber wenn meine Theorie stimmt, und wenn du recht hast, dann habe ich den Schlüssel gefunden.«

»Es ist wie Zauberei«, platzte es aus Lottie heraus, und ihr war egal, ob sie sich kindisch anhörte.

Ein Lächeln erschien auf Sayuris Gesicht, als sie zögernd den Widerstand aufgab und anfing, sich auf die Geschichte einzulassen. »Ja, wie Zauberei, das trifft es wohl.«

Plopp! Die Kiste sprang auf. Lottie saß still und reglos wie ein braves Schulkind da und sah zu, wie Sayuri nach und nach mit großer Sorgfalt jedes der verwitterten Papiere herausnahm, vor sich ablegte und mit den Augen absuchte, bis sie schließlich ein einzelnes Stück Pergament in die Höhe hielt. Es schimmerte silbrig, wie verzaubert, und Lottie konnte lediglich drei horizontale Linien japanischer Schriftzeichen ausmachen, die die ganze Seite bedeckten.

»Schlag im Tagebuch die Seite mit der Liste auf.«

Lottie blätterte zurück zu der Seite mit dem ausgefransten Rand.

Das Papier flatterte, als Sayuri es zwischen Mittel- und Zeigefinger nahm und ins Mondlicht hob, bevor sie es mit der ganzen konzentrierten Energie, die ein Zauber erfordert, in das Herz des Tagebuchs hineinlegte.

祭り
大竹
眠る

Die Bedeutung der Schriftzeichen war Lottie unbekannt, als sie aber mit dem Tagebuch vereint waren, schienen es ihr die wichtigsten Worte der Welt zu sein.

Sie fühlte es genauso wie Sayuri: Etwas tief in ihrem Innern fand wieder zueinander, eine unsichtbare Kraft, die sich nahtlos ineinanderfügte, nachdem sie so lange unterbrochen gewesen war. Das Papier passte perfekt, der gezackte Rand fand in dem Tagebuch sein Gegenstück.

Eine unbestimmte Zeitlang verharrten sie reglos und ließen die Erkenntnisse auf sich einwirken, während der Kieferndufft des Museums sich mit dem staubigen Geruch des Tagebuchs vermischte. Es fühlte sich an, als wären sie von Geistern besessen, als wären Liliana und Kou in ihnen und lächelten.

»Was steht da?«, fragte Lottie mit kaum hörbarer Stimme.

»*Matsuri* bedeutet *Festival*. Die nächste Zeile ist *ōtake*, das bedeutet *der große Bambus*. Und dann *nemuru*, *Schlaf*. Für sich genommen, ergibt es keinen Sinn, aber wenn man die Worte zusammenfügt …«

»… ergeben sie zusammen ein Haiku«, sagte Lottie und zählte die Silben an ihren Fingern ab.

Die Seiten fügten sich zusammen und ergaben ein zweisprachiges Gedicht, das sie gemeinsam lasen, und ihre Stimmen verwandelten sich in einen Gesang, der sich in die Luft erhob wie ein Zauberspruch.

Die Katz' – matsuri
Geheimer Ort – ōtake
Ein Schwert – nemuru

Beim Klang dieser Worte fühlte es sich an, als wäre die Erinnerung einer anderen Person in Lotties Kopf. Das glühwürmchenartige Leuchten des Bambusbaums, die Katze, die sie dorthin geführt hatte, und Kous Schwert, das sie beobachtete, als sie das Museum betrat. Derselbe Bambusbaum, in dessen Stamm auf wundersame Weise das Mayfutt-Symbol eingeritzt war.

»Sayuri«, sagte sie fast atemlos und blickte dem anderen Mädchen in die Augen. »Ich weiß … Ich weiß, wo der Schatz ist …«

»LOTTIE!«

Die Mädchen zuckten zusammen.

»Lottie, wir wissen, dass du da drin bist. Wir können dich sehen!«

Es waren Jamie und Ellie – die beiden hatte sie vollkommen vergessen.

31

»Was ist hier los?«, fragte Jamie mit glühendem Blick.

Als ihre Prinzessin und Jamie die Glastür öffneten, fühlte Lottie, wie der Zauber zerbrach. Sayuris Geheimnis war seit Jahren für sie das erste Erlebnis, das sich privat anfühlte; sie war sich nicht sicher, ob sie es mit Ellie teilen konnte oder sollte …

»Ihr zwei.« Sayuri zeigte auf Ellie und Jamie. »Ihr werdet uns helfen, Leviathan zu stoppen.«

Selbst Lottie fiel es schwer, zu glauben, dass diese Worte wirklich aus Sayuris Mund gekommen waren. Jamie machte große Augen. Sayuri und Lottie standen schweigend vor ihnen … bis die elegante Königin der Schule anfing, Befehle zu erteilen. »Ihr kommt mit uns in den Wald.« Sie drehte sich um, ging nach draußen und erwartete offenbar, dass sie ihr folgten. »Und zwar jetzt gleich!«

Es war seltsam zu erleben, wie sie gegenüber Jamie und Ellie die Anführerrolle der Pinken Dämonin einnahm, aber ihr Befehlston bedeutete, dass sie sie nunmehr wie Mitglieder ihrer Gang behandelte.

»Kommt! Wir erklären euch alles unterwegs!« rief Lottie ihnen zu.

Es war an der Zeit herauszufinden, wonach Leviathan

gesucht hatte, und obwohl Lottie Feuer und Flamme war, wusste sie, dass das hier nur der Anfang war, höchstens die erste Stufe auf dem Weg zu ihrer wahren Mission: herauszufinden, wer der Meister von Leviathan war.

Vor dem Geräteschuppen neben der Turnhalle legten sie einen Zwischenstopp ein, und Sayuri holte Taschenlampen, zwei Schaufeln und einen kleinen Spaten heraus, die eigentlich für den Gärtnereikurs bestimmt waren, während Lottie erzählte, wie sie Binah gebeten hatte, Lilis Tagebuch für sie zu besorgen und ihr zu schicken.

»Eure Prinzessin und ich glauben, dass in dieser Schule etwas versteckt ist, das Leviathan haben will« erklärte Sayuri Jamie und Ellie. »Wir glauben, dass sie gehofft haben, dass ich es für sie finden würde, so wie sie damals gehofft haben, dass ihr die Hameln-Formel für sie findet.« Lottie fiel auf, wie sie das Problem, dass Haru ebenfalls danach suchte, geschickt umschiffte. »Wir haben alles, was wir über die Gründer unserer Schulen wissen, zusammengefügt«, schloss Sayuri und blickte um sich, als sie den Kiri Shinrin erreichten. »Und dies hier müsste aller Logik nach die Stelle sein, an der der Schatz verborgen ist.«

»Tatsächlich?« Jamies Blick wanderte zu Lottie. »Was hat Lottie dir denn über den Gründer von Rosewood erzählt?« Die Warnung in seinem Blick war so deutlich, dass Lottie fast ins Stottern gekommen wäre.

Sayuri erwiderte prompt: »Dass sie als Frau geboren wurde, sich aber als Mann ausgegeben hat, damit sie eine Schule gründen konnte, zu einer Zeit, als Frauen oft nicht ernst genommen wurden. Sehr inspirierend.«

»Mit diesem Tagebuch und einer Notiz aus dem Museum waren wir in der Lage, das Puzzle zusammenzusetzen, und sind auf ein Haiku gestoßen. Wir glauben, dass es von dem großen Bambusbaum im Kiri Shinrin handelt – der, den die Katzen so gern mögen«, fügte Lottie hinzu und lächelte Jamie unschuldig an, in der Hoffnung, dass er keine weiteren Fragen stellen würde.

Nebel waberte vom Waldrand zu ihnen herüber, und Lottie wusste, dass sie alle die unheimliche Anziehung des Bambuswaldes spürten. Aber diesmal war da noch mehr. Diesmal hörte sie nicht nur das Rascheln der Blätter und Tiere, sondern spürte darüber hinaus ein kaum vernehmbares Murmeln des Wiedererkennens, als hätte der Wald auf sie gewartet.

Es war nur eine leichte Bewegung, aber Lottie fiel auf, dass Sayuri entschlossen die Fäuste ballte, bevor sie den ersten großen Schritt zwischen die Bäume setzte.

Als Nächstes kam Ellie, dicht gefolgt von Jamie. Dann drehten sich beide gleichzeitig um und streckten Lottie ihre Hände entgegen.

»Oh.« Sie wusste nicht, was sie sonst hätte sagen sollen oder wessen Hand sie zuerst ergreifen sollte, daher nahm sie beide. »Danke«, sagte sie schnell und beschloss, ihre verlegenen Gesichter zu ignorieren und stattdessen weiterzuspringen, um Sayuri einzuholen.

Seltsam, dachte sie und fragte sich, ob Jamie möglicherweise Ellie zuliebe freundlicher war. Sie konnte sich keine andere Erklärung denken.

Weiches Moos dämpfte ihre Schritte, und die Nacht

summte von den vielen Geschöpfen, die umherflatterten. Obwohl es schon mehrere Wochen her war, seit sie der schwarzen Katze in den Wald hineingefolgt war, trug sie immer noch verblasste Spuren von den schlimmsten Insektenstichen auf der Haut. Diesmal wurde sie von Stichen verschont und Sayuri ebenso, aber es sah nicht so aus, als würde Ellie und Jamie die gleiche Höflichkeit zuteil.

»Es liegt an deinem königlichen Blut«, flüsterte Lottie Ellie kichernd zu, als sie versuchte, eine Stechmücke zu verscheuchen.

»Und was ist dann Jamies Problem?«

Mit einem mürrischen Knurren setzte Jamie sich an die Spitze ihrer kleinen Truppe und wedelte dabei ärgerlich vor seinem Gesicht herum.

Lottie ließ sich einen Augenblick zurückfallen und begnügte sich damit, ihnen zuzusehen, wie sie in den Bambus hineinstapften, und erst da wurde es ihr so richtig bewusst – dass sie endlich wieder etwas zusammen machten, dass sie endlich wieder ein Rudel waren.

Je tiefer sie in den Wald eindrangen, umso stärker übertrug sich die dort herrschende Ruhe auf sie. Sie waren sehr leise, alle Aufgeregtheit und Reizbarkeit löste sich auf, bis nichts weiter zu hören war als die Geräusche des Kiri Shinrin und ihr eigener regelmäßiger Atem.

Es gab etwas in diesem Wald, das auf sie wartete; Lottie konnte es fühlen wie einen unterirdischen Herzschlag. Und es ging nicht nur um den verborgenen Schatz, da war noch mehr – Wahrheit. Und sie wusste, was immer sie hier finden würden, es würde alles verändern.

»Hier.« Jamie sprach so leise, dass die Geräusche des Waldes ihn fast übertönten.

Sie traten auf die Lichtung, einer nach dem anderen, bläuliches Mondlicht schien durch die Bäume auf den großen Bambus, der in einer leuchtenden Wolke von Glühwürmchen dastand.

»Dieser Baum hier.« Ehrfurcht schwang in Sayuris Stimme mit, als sie mit ihren Händen über den großen Bambus strich.

Ellie und Jamie warfen sich einen wissenden Blick zu.

Lottie nahm an, dass dies die Stelle war, wo sich die beiden nach der Kendo-Vorführung wiedergetroffen hatten, aber sie hatte die beiden nicht bedrängt, davon zu erzählen.

»Es muss unter diesem Baum sein. Unter dem Mayfutt-Symbol.« Lottie holte Sayuri ein, und mit jedem Schritt, der sie näher an das Herz des Waldes heranbrachte, wurde das untergründige Pochen stärker. Sie drehte sich zu Ellie und Jamie um, die beide am Rand der Lichtung stehen geblieben waren und denen Erschrecken und Ehrfurcht in die Gesichter geschrieben standen, als sie ein heimatliches Symbol dort prangen sahen, so weit entfernt am anderen Ende der Welt.

»Warum ist mir das nicht vorher schon aufgefallen?«, wunderte Jamie sich und fuhr mit den Fingern interessiert über die Vertiefung in der Rinde.

»Ich glaube, wir waren mit unseren Gedanken woanders«, erwiderte Ellie, und dann tauschten die beiden einen Blick, bei dem Lottie sich nicht zum ersten Mal fragte, worüber genau die beiden sich wohl unterhalten hatten.

»Was ist?«, fragte Sayuri und riss sie aus ihrer Erstarrung. »Wollt ihr nicht graben helfen?«

Ellie krempelte sogleich grinsend die Ärmel ihrer Uniform hoch, während Jamie nickte und einen Schritt vortrat, um die Erde mit seiner Schaufel zu bearbeiten.

Als sie anfingen zu graben, spürte Lottie einen warmen Puls an ihrer Haut, als eine weiche Hand nach ihrer griff. Es war Sayuris Hand, aber sie war nicht nervös oder furchtsam vor der Entdeckung, die sie gleich erwarten mochte. Die Hand zitterte nicht – es war Solidarität. Das Schlagen ihrer Herzen passte sich dem Rhythmus des Kiri Shinrin an.

Kou und Liliana hatten hier an dieser Stelle etwas für ihre Nachfahren versteckt, und heute war der Zeitpunkt gekommen, es nach Hunderten von Jahren wieder ans Licht zu holen.

Schließlich traf das Ende des Spatens klirrend auf etwas Hartes, und Spannung zuckte durch Lotties Körper. Sie hatten es gefunden. Es existierte wirklich.

Was zum Vorschein kam, war eine erdverkrustete Truhe, die allerdings weitaus größer war, als Lottie erwartet hatte. In die Oberfläche des Holzes waren Kreise und Sicheln in unterschiedlichen Größen geritzt, die an die Zyklen des Mondes erinnerten.

Das Licht der Taschenlampen strahlte die geheimnisvolle Kiste an, ein Klicken ertönte, und schon war die Kiste offen. Vorsichtig hoben sie den Deckel an, um das jahrhundertealte Geheimnis zu lüften. Es war ein Gegenstand, der so hell strahlte, dass sie beinahe geblendet wurden.

»Wow, was …« Ellie erstarrte.

Nicht in einer Million Jahren hätte Lottie sich ausgemalt, dass sie auf etwas so … Tödliches stoßen würden.

Sayuri hob das kostbare Geschenk behutsam aus seinem Versteck, wo es bläulich im Licht der Sterne schimmerte. Nun war es nicht länger ein verlorener Teil der Geschichte, sondern wahrhaftig und lebendig.

Es war Kous Schwert, ganz wie die Legende es verheißen hatte. Die Klinge schien unglaublich scharf zu sein – so scharf, dass die Luft darum erzitterte. Es war eine gefährliche, todbringende Waffe, mit einem edlen, aufwendig verzierten Griff, in den auf beiden Seiten Sonnen und Monde in dramatisch geschwungenen Linien eingraviert waren. Unwillkürlich tastete Lottie nach ihrer Krone.

Perfekt, stark und unaufhaltsam schien es von innen her mit derselben unwirklichen Magie zu leuchten wie ihre Krone. Dies war das Schwert, das Kous Statue in den Händen hielt, das Schwert von den Zeichnungen, zu neuem Leben erweckt.

Aber warum sollte Leviathan danach suchen? Das fühlte sich nicht stimmig an. Es fühlte sich nicht an wie die Wahrheit, nach der sie gesucht hatten.

»Vorsicht«, warnte Jamie. »Es braucht nur ganz wenig Druck, um sich daran zu schneiden.«

Statt auf ihn zu hören, streckte Ellie die Hand aus und strich vorsichtig über die Schneide. »Au!«

»Ellie«, tadelte Lottie und griff nach ihrem Arm, um sich die Wunde anzusehen.

Eine dünne rote Linie erschien auf Ellies blasser Haut, nicht allzu tief, aber trotzdem quoll Blut daraus hervor. Der Anblick war auf seltsame Weise schön, von tödlicher Anmut.

Sie waren so überwältigt, dass keiner sich rührte, bis Jamie plötzlich sein Shirt auszog.

»Jamie!«, stammelte Lottie. »Was machst du da?«

Ohne ihren verwirrten Gesichtern Beachtung zu schenken, nahm er Sayuri die Klinge vorsichtig aus den Händen und wickelte sein Shirt darum. »Das Ding ist unglaublich scharf. Ich wickele es ein, damit wir es gefahrlos mit zurücknehmen können«, erklärte er pragmatisch.

Ellie verdrehte die Augen, und die magische Klinge verschwand in Jamies Shirt, aber Lottie und Sayuri konnten den Blick nicht abwenden.

Ihnen bot sich ein seltsames Bild. Jamie war sehr groß, und wie er da stand, mit nacktem Oberkörper und leuchtenden, goldenen Augen im mondbeschienenen Wald, wirkte es, als wäre er einem Märchen entsprungen, ein besonders stattlicher, kräftig gebauter Zentaur. Oder vielleicht auch ein Dämon.

»Da ist noch mehr drin«, rief Ellie und riss die beiden Mädchen damit aus ihrer Hypnose. »Eine ganze Menge sogar.«

Lottie und Sayuri beugten sich vor, und die Lichtkegel ihrer Taschenlampen tanzten über die in sorgfältigen Stapeln angeordneten Relikte aus früherer Zeit.

»Was ist das?«, fragte Lottie und streckte die Hand aus, um eine zusammengerollte Schlange aus mattem Gold aus dem Nest zu nehmen, in dem sie geruht hatte, während Sayuri sich einen Stapel Papier und ein Buch schnappte, um sie in dem fahlen Licht näher zu betrachten.

Lottie blickte einen Moment auf die Locke in ihrer Hand,

bevor sie sie vorsichtig an ihre eigenen zerzausten Locken hielt, und gleichzeitig dämmerte ihr, um was es sich handelte.

Es waren Lilianas Haare. Die Strähne hing herab wie ein langes Pendel, schwang in der nebligen Luft hin und her und ließ in ihrem Kopf eine Erzählung entstehen. Genauso klar und warm, wie die Locke in ihrer Hand lag, sah sie vor sich, wie bedeutsam Kous und Lilianas Freundschaft gewesen war. Denn sie hatte ihnen erlaubt, ihre Haut abzustreifen und ganz sie selbst zu sein. Während die goldene Locke vor ihr hin und her schaukelte, erblickte sie dahinter Ellie und Sayuri, und in dem Augenblick spürte sie, dass sie sich zum ersten Mal voll und ganz in ihre Vorfahrin einfühlen konnte. Als sie die Locke rasch zurück in die Truhe legte, fing sie Jamies Blick auf, gerade rechtzeitig, um zu erkennen, dass er alles mitbekommen hatte. Dass auch er begriffen hatte, worum es sich handelte.

»Das ist eine Zeitkapsel …« Sayuri verstummte und blickte auf das Papier. »Sie enthält die Geschichten und Geheimnisse meiner Familie aus Jahrhunderten. Jedes Familienmitglied, das je darauf gestoßen ist, hat etwas darin hinterlassen.«

Trotz der Dunkelheit konnte Lottie sehen, wie die eisige Härte aus Sayuris Blick verschwand. Lottie wusste ganz genau, wie es sich anfühlte, wenn man sich seiner eigenen Familie so fern fühlte – und wenn dann auf einmal alles vor einem lag wie in einem offenen Buch.

Lottie ging zu ihr, um einen Blick auf die Briefe zu werfen und ihr mitfühlend die Hand auf die Schulter zu legen. »Was ist das?«, fragte sie und deutete auf die schräge Schrift.

»Ich bin mir nicht sicher.« Sayuri blickte weiter auf die Seiten. »Ich glaube, das sind Briefe, die jemand meiner Tante geschrieben hat. Liebesbriefe aus der Zeit, bevor sie starb.«

Ellie kam herbei, um ebenfalls einen Blick darauf zu werfen. »Von wem?«

»Das steht hier nicht, aber dieser Brief hier … der ist schrecklich.« Sayuris Stimme zitterte, was Lottie bei ihr noch nie zuvor erlebt hatte, und sie konnte nicht anders, als ihr über die Schulter zu schauen und selbst zu lesen.

An meine geliebte Kana,
es tut mir so leid, Dir diese Neuigkeiten in einem Brief zu überbringen, aber ich fürchte, dass es für uns beide gefährlich werden könnte, wenn ich es persönlich täte.
Egal, welche Entscheidung Du nach diesem Brief in Bezug auf das Kind triffst, bitte sieh davon ab, mich zu kontaktieren. Weder Du noch ich können irgendetwas tun, um die Situation zu ändern.
Du weißt besser als irgendjemand sonst, wie wichtig meine Familie für mich ist, und kennst all die Pflichten, die ich ihr gegenüber habe, und ich bitte Dich, daran zu denken, wenn ich Dir nun meine düsteren Neuigkeiten mitteile.
Meine Mutter hat für mich eine Braut aus einer anderen königlichen Familie ausgewählt, die ich in fünf Jahren heiraten werde. Nun muss ich geloben, mich einzig und allein ihr zu widmen und diese Zeit zu nutzen, um eine starke und fruchtbare Beziehung zu dieser Frau aufzubauen.
Es wird mir nicht leichtfallen, und ich werde oft an Dich denken – und an das Leben, das wir miteinander hatten –,

aber ich habe meinem Land gegenüber eine Verpflichtung, der ich mich nicht entziehen kann.
Ich erwarte nicht, dass Du mir verzeihst, und ich werde diese Bürde bis zu meinem Tod tragen.
Es tut mir leid, und ich liebe Dich.

Lotties Augen brannten, weil ihr die Tränen kamen vor lauter Mitleid mit jener Frau, der sie nie begegnet war, und ihrem schrecklichen Geliebten, und sie musste daran denken, was sie von Miko erfahren hatte, auf welche Weise die Schwester von Sayuris Mutter ums Leben gekommen war, nämlich dass die Traurigkeit sie überwältigt habe.

»Das verstehe ich nicht«, brummte Jamie. »Was will Leviathan damit?«

Da sah Lottie es. Das Zeichen am Ende des Briefs an der Stelle, wo normalerweise die Unterschrift hätte stehen müssen – ein Zeichen, das sie ganz sicher schon einmal irgendwo gesehen hatte.

Ihr wurde schlecht; was sie da sah, durfte nicht wahr sein, das, woran sie dachte, durfte sich nicht bewahrheiten.

»Wir müssen zurück nach Rosewood«, sagte sie mit schwacher Stimme und nahm Sayuri den Brief aus der Hand. »Ich glaube, ich habe dieses Symbol schon einmal gesehen, und wenn ich recht habe, dann befindet sich der Beweis dafür in der Schule.« Sie fühlte, dass ihre Finger zitterten, fuhr aber dennoch fort, weil sie wusste, dass sie sich der Sache stellen musste. »Vermutlich liege ich falsch, aber ich will das überprüfen.«

»Wovon redest du?«, Ellie runzelte sorgenvoll die Stirn.

»Können wir bitte einfach …« Lottie blickte Ellie an, und ihr Herz schmerzte. »Lass uns bitte erst wieder darüber sprechen, wenn ich mir sicher bin, okay?«

Alle starrten sie an, keiner wusste, was er sagen sollte; sie wusste ja selbst kaum, was sie da redete, vor lauter Angst, was diese Entdeckung für sie alle bedeuten konnte.

Jamies Frage ging ihr nicht aus dem Kopf: Was wollte Leviathan damit?

»Kann ich mir das ausleihen, Sayuri?«

Sayuri nickte langsam. »Pass gut darauf auf.«

»Wir müssen zurück.« Obwohl Jamie keine Miene verzog, konnte Lottie dennoch sehen, wie ihre Besorgnis auf ihn abfärbte, als wäre Lotties Unbehagen sein eigenes. »Wir wollen nicht, dass irgendwer diesen Ort entdeckt, und es sieht so aus, als wäre das, wonach Leviathan hier gesucht hat, nicht mehr da.«

Schweigend machten sie sich daran, die Truhe wieder zu vergraben und alle geschichtlichen Zeugnisse zurück in die Erde zu versenken – alle bis auf das Schwert und den Brief. Lottie erlaubte sich einen letzten Blick auf die Haarsträhne, jenen leuchtenden Teil von Liliana, die goldene Liane, die sie abgeschnitten und mit den Geheimnissen ihrer Freundin zusammen vergraben hatte, und sie fragte sich, was es mit der Geschichte der beiden sonst noch auf sich hatte.

Erneut legte sich Erde über die Vergangenheit, aber das Pochen in Lotties Kopf blieb. Etwas bahnte sich stockend einen Weg, eine schreckliche Bürde wand sich in ihr Bewusstsein. Es war an der Zeit, nach Rosewood zurückzukehren und herauszufinden, wer der Meister von Leviathan war.

Tief in ihrem Innern spürte sie, dass die Wahrheit zum Greifen nahe war. Nur warum hatte sie plötzlich so große Angst davor, es herauszufinden?

DRITTER TEIL

しょうがない

Shōganai

Japanisches Sprichwort:
Es ist nicht zu ändern.

32

Die Autos bildeten in der Einfahrt von Takeshin eine vorbildlich geordnete Warteschlange, eine farbenfrohe Brigade, bereit, die Schüler der internationalen Sommerkurse zum Flughafen zu bringen.

Es hätte ein Moment der Erleichterung sein sollen. Lottie wusste, dass sie genug Punkte gesammelt hatte, um ihre Note zu verbessern – Sayuri hatte es ihr bestätigt –, aber sie konnte sich nicht entspannen, weil sie wusste, dass in Rosewood die Wahrheit auf sie wartete, ob sie es wollte oder nicht.

»Ich werde diesen Ort tatsächlich vermissen«, verkündete Ellie lachend und legte Lottie den Arm um die Schulter, um einen letzten Blick auf die Schule zu werfen, vollkommen ahnungslos, welche Furcht sich ihrer Freundin mehr und mehr bemächtigte.

Wie es da am Ende der Einfahrt lag, sah Takeshin Gakuin beinahe aus wie ein Schloss, eine alte Festung voller Geheimnisse. Der Kiri Shinrin und der Rosenwald waren auf irgendeine Weise miteinander verwandt, und so sehr Takeshin Lottie auch ans Herz gewachsen war, es war Zeit, zurückzukehren. Und sich dem letzten Geheimnis zu stellen.

Während sie zusah, wie ihre Mitschüler aus Rosewood ihre letzten Augenblicke auf dem Gelände von Takeshin genossen, konnte Lottie nicht anders, als sie zu beneiden. Bald würde nichts mehr so sein, wie es war; ein steter Trommelschlag der Wahrheit war ihr aus dem Bambuswald gefolgt und kündigte an, ihre Leben für immer zu verändern.

»Ich werde es auch vermissen.« Lola sah aus, als würde sie gleich in Tränen ausbrechen, und drückte Mickys Arm, als wäre er ein Teddybär. »Wir sollten jedes Jahr hierherkommen.« Es war offensichtlich, dass Lola und Micky diejenigen waren, die am meisten von ihrem Aufenthalt in Takeshin profitiert hatten, denn sie hatten von der ganzen Aufregung um Leviathan nicht das Geringste mitbekommen und sich die ganze Zeit über an den Süßigkeiten und der Aufmerksamkeit der anderen Schüler gelabt, die sie alle einfach nur süß fanden.

»Macht euch keine Sorgen, ihr zwei.« Lottie tätschelte lächelnd Lolas Schulter. »Wir nehmen ein kleines Stückchen davon mit nach Hause, davon bin ich überzeugt.«

Da tauchte plötzlich, wie aus dem Nichts, Miko vor ihnen auf, die Hände in die Hüften gestemmt, überragt von Rio und Wei, die hinter ihr standen. Sie hatte sich ein kleines blaues Herz neben das Auge gemalt, das Lottie hinter einer losen Haarsträhne zuzwinkerte.

»Kabocha-chan.« Miko nickte ihr zu.

Lottie erwiderte das Nicken und ahmte ihre Pose nach.

»Die Chefin will euch sehen.« Rio konnte sich nicht zurückhalten, Lottie einmal durchs Haar zu wuscheln, als sie an ihr vorbeigingen, um sich von den Zwillingen und Ellie zu verabschieden.

»Viel Glück«, fügte Wei hinzu, ohne eine Miene zu verziehen.

Bevor Miko ihren Weg zu den Zwillingen fortsetzte, hielt sie noch einmal inne und tat etwas für Lottie völlig Unerwartetes, als sie nach deren Rocksaum griff. »Lottie-san, danke«, sagte sie mit leiser Stimme, blickte zu Boden und wurde rot. »Was auch immer du für Sayuri getan hast, ich wollte dir dafür danken. Sie sieht fröhlich aus. Danke, Lottie.«

»Oh. Das ist das erste Mal, dass du mich Lottie nennst.«

»Ja«, erwiderte Miko schlicht, ließ ihren Rock wieder los und lief Rio hinterher.

Sayuri, die am Ende der Autoschlange wartete, trug ein langes weißes Sommerkleid mit passendem Mantel, der sich um sie herum bauschte wie Schmetterlingsflügel, und hielt zwei kleine Umschläge in der Hand. Auch wenn sie so zerbrechlich, so schimmernd und ätherisch aussah wie eh und je, sah Lottie die Widerstandskraft in ihren dunklen Augen.

»Prinzessin.« Ihre Lippen kräuselten sich wissend, und Lottie konnte nicht anders, als mit den Augen zu rollen, während sie ihr Lächeln erwiderte.

»Pinke Dämonin«, gab sie zurück.

Sayuri hielt Lottie einen Umschlag hin. »Hier, wie versprochen.«

Sie fühlte, wie die Aufregung in ihr hochstieg, denn sie wusste ja, was sich in dem Umschlag befand. Etwas, das die Macht besaß, alles zu verändern, und mit unerwartetem Widerwillen warf sie einen Blick hinein.

»Was soll das sein?« Sie starrte auf den Inhalt des Umschlags. Sie hatte mit Informationen über Leviathan gerechnet, aber alles, was der Umschlag enthielt, waren mehrere einzelne Metallfragmente.

»Das habe ich aus Harus Papierkorb in seinem Zimmer gefischt. Das war einer der ersten Aufträge, die Leviathan ihm erteilt hat – er sollte das hier zu den Kunsträumen bringen und dort zerstören.«

»Was ist das?«

»Es ist uns nicht gelungen, das herauszufinden, wir wissen aber, dass es ihrem Anführer wichtig war und dass er wollte, dass es verschwindet.«

Beweismaterial. Lottie schüttelte das Päckchen und sah zu, wie die kleinen Metallteilchen umherwirbelten, verstümmeltes Silber, etwas, das vielleicht einmal hübsch anzusehen gewesen war, aber jetzt allen Glanz verloren hatte. Da fiel ihr Blick auf etwas Schimmerndes. Zwischen den Teilchen lag ein einzelner, glitzernder Stein, irgendein Edelstein anscheinend, und leuchtete zu ihr herauf. Es traf sie so unerwartet, dass sie den Umschlag hastig zumachte, um sich vor diesem Schmuckstein in Sicherheit zu bringen, der sie wie ein wachendes Auge anzustarren schien.

»Hast du den Brief?« Sayuris Stimme wurde todernst.

Lottie nickte. »Ja. Du kannst mir vertrauen.«

»Ich weiß. Deshalb möchte ich dir auch noch das hier geben.« Bevor Lottie etwas erwidern konnte, öffnete Sayuri den anderen Umschlag und zog eine glänzende, schwarze Schlange hervor, die mit einem roten Band zusammengebunden war. Eine perfekte Strähne ihrer seidigen Haare. »Ich habe die Haarsträhne in der Truhe gesehen, und ich möchte, dass du das hier in Rosewood vergräbst.«

Lottie verschluckte sich beinahe. »Du hast deine Haare abgeschnitten?«

»Nur am Hinterkopf ein kleines Stück. Schau.« Sie neigte den Kopf nach vorne, um ihr ein stumpfes Büschel ganz knapp unterm Ohr zu zeigen. »Ich habe dafür das Schwert genommen. Es war, wie durch Butter zu schneiden.«

Lottie starrte sie voller Unglauben und Bewunderung an und griff mit der Hand nach ihren eigenen Locken, die ihr viel zu lang vorkamen.

»Ich glaube an diese Dinge, Lottie.« Der Anflug eines Lächelns erschien auf ihrem Gesicht, als sie Lotties Finger um die seidige Haarsträhne legte. »Ich habe großes Vertrauen, dass das, was du herausgefunden zu haben meinst, stimmt. Und wenn deine Annahme sich bestätigt, dann möchte ich, dass du es annimmst, was immer es auch ist und wie schwer es auch sein mag.« Sie lächelte ihr zu, ein aufrichtiges Lächeln voller Vertrauen und Wärme. »Wir sind jetzt ein Team, Lottie.«

Lottie holte tief Luft, stimmte ihr damit wortlos zu und streckte die Arme aus, um ihre neue Freundin zu umarmen, unfähig, ihre wachsenden Befürchtungen in Worte zu fassen, aber sie wusste auch so, dass Sayuri sie verstand.

Du schaffst das, dachte sie.

In Wahrheit jedoch, und das war beiden klar, hatte sie gar keine andere Wahl.

Ellie beobachtete, wie Saskia, Jamie und Haru erschienen und begannen, die Koffer zu den wartenden Autos zu schleppen. Es war ihr immer noch unbegreiflich, wie leicht es Saskia offenbar fiel, so zu tun, als wäre zwischen Haru und ihr alles in bester Ordnung.

Es liegt mal wieder an diesem Partistentraining, gestand sie sich widerwillig ein.

Sie bedachte Jamie, der gerade auf dem Weg zu einem der Fahrzeuge war, mit einem schiefen Lächeln und fühlte eine Welle der Erleichterung, als er es erwiderte. Es fühlte sich endlich wieder normal an, in seiner Nähe zu sein.

Nachdem er sie im Wald gefunden hatte, war beiden klar gewesen, dass es danach anders sein würde. Irgendwie hatte sie immer gewusst, dass eines Tages etwas zwischen sie geraten würde – sie wäre bloß niemals darauf gekommen, dass es etwas sein würde, das sie gemeinsam hatten.

»Wo starrst du denn hin?«, wollte Anastasia wissen, die plötzlich neben Ellie aufgetaucht war. Sie hatte die Haare hochgesteckt, was sie sonst eigentlich nur tat, wenn sie trainierte, aber es stand ihr gut und machte sichtbar, wie viel kräftiger ihr zierlicher Körper geworden war. Sie alle veränderten sich so rasant, entwickelten sich ständig weiter.

»Weiß ich auch nicht so genau«, antwortete Ellie, als ihr Blick auf Lottie fiel. Auch sie hatte sich verändert: Sie waren jetzt beinahe gleich groß. Lotties Haare waren, seit sie sich kennengelernt hatten, unglaublich lang geworden, und ihr ganzes früheres Leben aus der Zeit, als Ellie sie noch nicht gekannt hatte, schien darin eingewebt zu sein. Aber am meisten stach ihr ins Auge, wie ähnlich sie Liliana sah. Jene starke, unbeugsame Prinzessin, die Ellie als Kind so sehr bewundert hatte, stand direkt vor ihr.

Wonach auch immer Leviathan in Takeshin gesucht hatte, es war nicht dort – oder zumindest redeten sie sich das ein. Seit sie den Kiri Shinrin verlassen hatten, wich Lottie Ellies

Blick aus, und ihr Lächeln war nachdenklich geworden. Aus irgendeinem Grund traute Ellie sich nicht, sie zu fragen, was los war. Es schien, als wüsste sie, als wüssten sie alle, dass sie in Rosewood etwas erwartete.

Auf einmal trat Haru in ihr Blickfeld, er eilte Jamie zu Hilfe und trug wie gewohnt ein fröhliches, kleines Lächeln im Gesicht. Es war unheimlich. In den letzten Wochen hatte er sich still wie eine Maus verhalten, beinahe unsichtbar, aber stets in ihrer Nähe, während er im Hintergrund herumgeschnüffelt hatte wie ein böser Geist. Wenn er tatsächlich wie angenommen nach dem verborgenen Schatz gesucht hatte, warum blieb er dann so gelassen? Von seiner Anwesenheit allein bekam sie einen schlechten Geschmack im Mund.

Was hast du vor?, fragte sie sich. *Was willst du von mir und meinem Partisten?* Sie freute sich schon darauf, ihn bald nicht mehr sehen zu müssen.

Jamie merkte, dass Ellies Blick auf ihnen beiden ruhte; sie gab sich wenig Mühe, es zu verbergen. Aber er beschloss, es zu ignorieren. Bald wären sie wieder in Rosewood, und dann konnte er den ganzen Wahnsinn dieses Sommers hinter sich lassen. Das hoffte er zumindest. Das einzige Problem war, dass er das Gefühl hatte, irgendetwas wäre ihnen aus dem Wald gefolgt, als würde die Zukunft ihm direkt ins Gesicht starren. Lotties nervöses Lächeln sprach Bände.

»Komm, ich helfe dir«, erreichte ihn Harus beruhigende Stimme, und er sah, wie der Partist sich vorbeugte, um einen von Ellies Koffern hochzuheben.

»Nein, ist schon gut, ich …«

Aber Haru hörte nicht auf ihn und lud sich den Koffer mühelos auf.

Merkwürdig. Das war nach wie vor das einzige Wort, das Jamie in den Sinn kam, wenn er versuchte, sich einen Reim auf Haru zu machen. Ganz gleich, wie lange er über den so seltsam sanften Partisten nachdachte, er konnte ihn nicht einordnen. Obwohl sie einen ganzen Sommer miteinander verbracht hatten, blieb es ihm ein Rätsel, wie jemand so warm und so distanziert zugleich sein konnte – wie der Sonnenschein.

Dann bückte Jamie sich, um nach Lotties Gepäck zu greifen, einem überdimensionierten pinkfarbenen Koffer, den sie sich als Teil ihrer Porterinnen-Ausrüstung gekauft hatte und der einen starken Kontrast zu Ellies mit Aufklebern übersätem, ramponiertem schwarzen Koffer bildete.

Dabei stieß er Haru versehentlich seinen Ellenbogen in die Seite, der das Gesicht verzog und sich den Bauch hielt, als hätte er Schmerzen.

Da fuhr eine verschwommene, regengetränkte Erinnerung wie ein Blitz in Jamies Gedanken, der Geruch eines beginnenden Unwetters verfing sich in seiner Nase, und das Bild eines maskierten Jungen leuchtete auf, getroffen von Ingrids Messer, das Jamie geworfen hatte.

Sie starrten einander an, und die Sonne brannte auf sie herab.

Jamie fühlte ein Prickeln auf der Haut, und seine Instinkte erwachten, ängstlich und grimmig zugleich. Aber es war doch Haru. Es ergab keinen Sinn. Haru konnte nicht der maskierte Junge auf dem Dach sein; das war unmöglich, lächerlich. Er schob den Gedanken hastig beiseite, noch bevor er richtig Gestalt annehmen konnte.

»Wirst du mich vermissen?«

Jamie war überrumpelt. »Ich … Was?« Die Alarmbereitschaft ließ nach, das Pochen in seinem Kopf wurde leiser, und zurück blieben nur Verwirrung und Harus sanftes Lächeln. »Ich weiß nicht. Ich nehme an, dass ich erst mal eine Zeitlang von dir weg sein muss, um das herauszufinden«, gab er zurück, ohne nachzudenken.

Etwas in Harus braunen Augen glitzerte. »Vielleicht sehen wir uns bald wieder? Vielleicht schon eher, als du denkst.«

Bevor Jamie sich fragen konnte, was das zu bedeuten hatte, stieß etwas kräftig gegen sein Knie.

Eine Katze. Eine große, schwarze Katze mit gelben Augen, die er sofort als den Kater aus dem Wald wiedererkannte.

Mit eiserner Entschlossenheit fuhr das zu groß geratene Tier fort, sich gegen seine Beine zu werfen und sich an ihm zu reiben, so wie es das auch an dem großen Bambus gemacht hatte.

»Vampy!« Lotties schrilles Kreischen erregte die Aufmerksamkeit des Katzentiers. Sie eilte herbei, drückte Jamie einen weißen Karton in die Arme und beugte sich hinab, um den Riesenbrummer von Kater hochzuheben. Er machte ein sonderbares Geräusch irgendwo zwischen Schnurren und Murren und streckte in widerwilliger Akzeptanz seines knuddeligen Schicksals alle Viere von sich.

O Gott, dachte Jamie, als ihm plötzlich klar wurde, warum er sich dem Tier verbunden fühlte. *Er ist wie ich.* »Kennst du diesen Kaventsmann?«, fragte er.

»Ob ich ihn kenne? Vampy hat dir das Leben gerettet!« Lottie schmiegte ihre Wange an das Tier. »Als es gewitterte, ist er zu mir gekommen und hat mich zu dir geführt.«

Die leuchtenden gelben Augen des Katers nahmen Jamies Blick gefangen, und er konnte praktisch hören, wie sein spöttisches Brummen ihm mitteilte: *Gern geschehen.*

Als sie den Kater wieder auf den Boden setzte, fing er an zu wimmern, so dass alle Blicke sich auf sie richteten.

»Er will mit euch mit«, erklärte Miko. Sie blickte Jamie scharf an, als hätte er irgendetwas verbrochen.

»Tja, Pech für ihn«, entgegnete Jamie und drehte sich wieder zu dem Auto um, in dessen Kofferraum er Lotties Karton verstaute. Aber alles, was er dafür erntete, war Fauchen und weiteres Anrennen gegen seine Beine.

»Die Katzen haben immer recht«, verkündete Miko kategorisch und zog die Brauen zusammen.

Sayuri kam herbeigerauscht, hob die schnurrende Katze hoch und drückte sie Jamie in die Arme. »Es ist beschlossene Sache«, sagte sie. »Kous Geist hat gesprochen. Ihr müsst die Katze mit nach Rosewood nehmen.«

Jamie blickte ihnen allen nacheinander in die Gesichter, überzeugt, dass dies ein Scherz war, aber in keinem fand er auch nur eine Spur Belustigung – außer in den Gesichtern seiner Freunde aus Rosewood, die allesamt in Lachen ausbrachen. Der Kater ließ ein klitzekleines zufriedenes Maunzen vernehmen, aber Jamie war sich sicher, dass er hören konnte, was das Tier in Wirklichkeit sagte:

Gewonnen!

33

Sie trafen zwei Tage vor Beginn des neuen Schuljahres in Rosewood Hall ein. Als sie durch das goldene Tor fuhren, fiel schon das Abendlicht über das Gelände.

Jetzt, in den frühen Abendstunden, waren keine Reporter zu sehen, und als sie aus dem Auto stiegen, legte sich eine unheimliche Stille über sie. Lottie hoffte, die Journalisten hätten mittlerweile das Interesse an der Geschichte verloren, auch wenn ihr schwante, dass es mit dem Medienrummel mehr auf sich hatte, als sie sich eingestehen wollten.

Es waren nur wenige Schüler und Angestellte, die vor dem offiziellen Einführungstag eintrafen. Anastasia, Saskia und die Zwillinge waren nach Hause gefahren und würden morgen zu ihnen stoßen, so dass Lottie, Ellie und Jamie fast die einzigen Menschen in Rosewood waren.

Es war Zeit, die Wahrheit herauszufinden.

Auf dem Weg zur Anmeldung hatten sie das Gefühl, als stünde ihnen eine Gerichtsverhandlung bevor.

Als sie eintraten, hallten Echos durch die fast leere Halle, und feiner Staub, der alles bedeckte, stieg ihnen in die Nase. Es war, als würden sie eine Gruft betreten.

Eine einsame Sekretärin saß an ihrem Schreibtisch, bereit, die frühen Ankömmlinge einzuschreiben.

Erschöpft vom Jetlag und nervös, nannten Ellie und Jamie ihre Namen und wurden eingelassen. Dann war Lottie an der Reihe.

»Dein Name, bitte.« Die Sommervertretung war eine Frau mit müden Augen und ergrauenden, rötlichen Haaren, die gähnte, während ihre langen Finger über die Tastatur auf dem riesigen Eichentisch hüpften.

Obwohl ihre Freunde bereits wussten, dass Lottie in Takeshin genug Extrapunkte gesammelt hatte, um ihren Notendurchschnitt auszugleichen, konnten sie es erst glauben, als sie es hörten. Sie mussten mit eigenen Ohren hören, wie die Schule sie wieder willkommen hieß.

»Lottie Pumpkin.« Ihre Stimme hatte kaum gezittert, sie war bereit, es mit allem aufzunehmen, was auf sie zukam.

Flinke Finger klapperten über die Tastatur und brachten sie der Antwort näher, auf die sie gewartet hatten. Als die Sekretärin schließlich zu ihnen aufblickte, verriet ihr Gesicht keine Regung, und Lottie kniff die Augen zu.

»Vielen Dank, Charlotte. Hier sind deine Unterlagen für das neue Schuljahr. Du kannst morgen Mittag noch einmal vorbeikommen und dir deinen Stundenplan abholen.« Ellie und Jamie hatten Mühe, ihre Starre abzuschütteln, es fiel ihnen allen schwer zu glauben, dass es wirklich wahr sein sollte, dass alles, was sie getan hatten, es wirklich wert gewesen war. »Oh, und willkommen zurück.«

»Danke«, erwiderte Lottie. Sie sehnte sich so sehr nach dem Gefühl der Erleichterung, das sie sich verdient hatte, aber es stellte sich nicht ein, zu gering war dieser Sieg, verglichen mit dem, was sie als Nächstes tun musste.

Sie traten gemeinsam auf das Schulgelände und in die Abendluft hinaus. Der lavendelblaue Himmel war bereits mit blinkenden Sternen übersät, und der Mond lugte hinter einer graublauen Wolke hervor. In seinem Licht wirkten die Blumen schläfrig, und der intensive Rosen- und Lavendelduft schlummerte bereits selig.

»Gut gemacht«, brummte Jamie und tätschelte ihr verlegen die Schulter.

»Jawohl, gute Arbeit, Lottie. Jetzt können wir uns ausruhen«, sagte Ellie, doch Lotties Herz wurde bei diesen Worten nur noch schwerer.

Während sie schweigend den Weg zum Wohnheim von Ivy entlanggingen, veränderte sich etwas. Die Bäume begannen zu rascheln, während Vampy in Lotties Armen lag und tief und fest schlummerte, so dass sie seinen Herzschlag gegen ihre Brust hämmern fühlte.

Lottie hatte das Gefühl, von einer Melodie umgeben zu sein, die sich aus drei verschiedenen Geräuschen zusammensetzte: dem endlosen Takt des Kiri Shinrin, der sie noch immer verfolgte, dem lauten Knistern des Liebesbriefs in ihrer Tasche und dem kaum vernehmbaren Klingen der Metallteilchen, die Sayuri ihr gegeben hatte.

Als sie das Wohnheim erreichten, war die Nacht an ihrem stillsten Punkt angelangt, und Ryley, der sie neben dem Teich begrüßte, war von nebelblauen Schatten überzogen.

Jamie wollte bereits den Weg zum Schlaftrakt der Jungen einschlagen, als Ellie ihn zurückhielt.

»Ähm …«, hüstelte sie und hob vorwurfsvoll eine Augenbraue. »Jamie, ich glaube, du hast noch etwas vergessen.«

Auf ihr Stichwort hin hielt Lottie ihm Vampy entgegen und lächelte entschuldigend, als sie seinen erbosten Gesichtsausdruck sah.

»Ich bin immer noch der Meinung, dass es streng verboten ist, ein Haustier aufs Schulgelände zu schmuggeln. Wenn der Kater erwischt wird, verpfeife ich euch beide.« Sein Gesicht blieb bierernst, während der Kater es sich auf seinem Arm gemütlich machte.

Ellie musste schmunzeln. »Ach komm, ich bin mir sicher, das ist nicht das Schlimmste, was jemals in diese Schule geschmuggelt worden ist.«

Ein trockenes Lächeln huschte über Jamies Gesicht, ein Ausdruck, den Lottie so lange nicht mehr an ihm gesehen hatte, dass sie schon geglaubt hatte, er sei für immer verschwunden.

»Was willst du damit sagen?«, fragte er, griff mühelos nach seiner Reisetasche und warf sie sich über die Schulter. »Ich schmuggele ständig Waffen in die Schule.«

Er warf Lottie einen Blick zu, die ihn jedoch nur leer anstarrte, nach Lächeln war ihr nicht zumute.

Ellie und Jamie beäugten sie misstrauisch und bauten sich vor ihr auf wie ein Rudel Wölfe. »Alles in Ordnung mit dir?«, fragten sie einstimmig.

»Ja«, gab sie ausweichend zurück. »Ich bin nur müde, und es gibt noch so viel zu tun.« Das Pochen in ihrem Kopf hörte einfach nicht auf, sondern wurde immer lauter und störender.

»Lottie hat recht. Wir müssen uns noch in unserem Zimmer einrichten, und ich bin auch ganz schön müde nach dem

Flug.« Ellie gähnte und streckte sich. »Gute Nacht, Jamie«, rief sie und war schon ein ganzes Stück weitergegangen.

»Gute Nacht, Ellie.« Aber während er sprach, ließ er Lottie nicht aus den Augen, und sein Blick jagte ihr Schauer über den Rücken.

Sie wusste, dass es keinen Sinn hatte, ihn mit einem Lächeln abzuspeisen, so zu tun, als wäre alles okay. Er wusste ebenso gut wie sie, dass sie der Wahrheit nicht mehr lange aus dem Weg gehen konnten.

Morgen stand Lottie der schwerste Moment ihres Lebens bevor, wenn sie ein für alle Mal den Beweis erhalten würde, ob Ellie und ihre Familie tatsächlich im Zentrum von Leviathans Plänen standen. Und wenn sich herausstellen sollte, dass sie richtiglag, würde sie die maradovische Königsfamilie nie wieder mit denselben Augen sehen können.

34

Zum ersten Mal seit langer Zeit war Jamie nicht schon wach, bevor sein Radiowecker losdudelte. Judy Garlands fröhliches Trällern, die *Good Morning* für ihn sang, zerrte erstaunlich an seinen Nerven, und das Gefühl verstärkte sich noch, als ein breites Fellgesicht vor ihm auftauchte.

Mrriau, grummelte der Kater.

»Was willst du?«

Der Kater starrte ihn an und schnurrte, so dass seine Brust vibrierte. Jamie unterdrückte ein Gähnen, hob das riesenhafte, Aufmerksamkeit heischende Vieh auf und setzte es neben dem Bett wieder ab, damit er seinen Wecker ausstellen konnte.

7.00 Uhr.

Es war sehr ungewohnt für ihn, sein Handy bei sich im Zimmer zu haben; es kam ihm so vor, als wäre das ein schlimmeres Vergehen, als den Kater zu verstecken, und ein bisschen freute er sich schon darauf, es später wieder abgeben zu müssen.

Zurück zur Normalität.

Abgesehen davon, dass es keine Normalität mehr gab, denn er bekam Haru nicht mehr aus dem Kopf. Er hatte sich bis in seine Träume geschlichen, mit seinem Sommerbrisenlächeln, das sich plötzlich veränderte und in eine grinsende Vogelmaske verwandelte.

Haru gehört nicht zu Leviathan, sagte er sich. Denn wenn es so war, dann ergab nichts mehr einen Sinn.

Jamie rieb sich übers Gesicht und versuchte krampfhaft, an etwas anderes zu denken und sich selbst davon zu überzeugen, dass es einfach nur ein komisches Gefühl war, ohne Percy in diesem Zimmer zu sein. Aber er wusste, dass das nicht stimmte. Er fühlte sich fehl am Platz. Als er beschlossen hatte, Ellie von seinen Gefühlen zu erzählen, war dies, soweit er sich erinnern konnte, das erste Mal gewesen, dass er sich je dafür entschieden hatte, Kontrolle abzugeben, und jedes Mal, wenn er daran dachte, zog sich alles in ihm zusammen. Seitdem kam ihm alles so verquer vor, weshalb er beschloss, dass es fürs Erste das Beste wäre, aus diesem käfigartigen Zimmer herauszukommen und Dampf abzulassen.

Als er sich ein schwarzes Shirt über den nackten Oberkörper streifte, fiel sein Blick auf sein eigenes Spiegelbild, und er hatte das Gefühl, einen Fremden vor sich zu sehen. Eine Locke fiel ihm in die Stirn, und Vampy stellte sich neben ihn.

Dunkle Schatten unter seinen Augen verrieten, dass er in letzter Zeit zu wenig geschlafen hatte. Ihm fiel wieder ein, wie Ingrid zu ihm aufgeblickt hatte, als er sich schwer auf ihre Handgelenke gestützt hatte, und er schauderte.

Wer bist du?, fragte er sein Spiegelbild, aber was er eigentlich meinte war: *Was bist du?*

Sein Blick verschwamm, und das Bild, das er vor sich hatte,

verwandelte sich in eine schreckliche, schwarz gewandete Gestalt, der gewundene Widderhörner aus dem Kopf wuchsen, und daneben stand Haru und lächelte.

Er blinzelte, und das Bild verschwand. Dann schüttelte er den Kopf, strich seine Haare zurück und griff nach einem Paar Jogginghosen.

Das würde ihm nicht noch einmal passieren. Er würde jetzt nicht paranoid werden. Und er würde nicht zulassen, dass die kränkliche Finsternis, die der Ziegenmann hinterlassen hatte, sich seiner bemächtigte.

Sie waren jetzt so kurz davor, hinter seine Identität zu kommen; er merkte es daran, wie Lottie immer wieder abschweifte, ihre Gedanken gefangen in einem Rätsel, das sie schon bald lösen würde. Es war offensichtlich, dass sie Angst davor hatte, aber das Seltsamste war, dass es ihn ebenfalls nervös machte.

»Kommst du?«, fragte er Vampy, aber der Kater rührte sich nicht vom Fleck, sondern zog es vor, um die einzige Tasche zu kreisen, die Jamie noch nicht ausgepackt hatte.

Jamie musste nicht hinsehen, um zu wissen, was darin war. Der große schwarze Kater blickte ihn neugierig an und rieb sich an der Tasche.

»Vampy!«, schimpfte Jamie, aber der Kater fuhr unbeirrt fort, ihn anzustarren.

Widerwillig hob er die Tasche hoch und fluchte innerlich, während er den Reißverschluss des vorderen Fachs aufzog. Der Inhalt roch noch nach seinem Zimmer in Maradova, nach Zimt und Gewürzen, was bewies, dass er ihn die ganze Zeit, in der sie weg gewesen waren, nicht angerührt hatte.

Er holte eine mit königsblauem Samt bezogene Schachtel hervor, so schlicht und bescheiden, doch das, was sie barg, lag ihm seit Monaten wispernd in den Ohren.

Er blickte auf seine Hände, die den Deckel abnahmen, und die ganze Zeit streifte weiches Fell seine nackten Beine, weil Vampy kleine Achten zwischen seinen Schienbeinen zog und dabei zufrieden schnurrte.

»Na gut, Nervensäge«, raunzte er und öffnete widerwillig und wütend die Schachtel.

Ein silberner Wolf starrte ihm entgegen, funkelnde Edelsteine, die aus einem langen Schlummer erweckt wurden.

Es war lange her, dass er seinen Wolfsanhänger so eingehend betrachtet hatte, und als er es nun tat, fühlte es sich an, wie einem verlorengegangenen Teil seines Selbst wiederzubegegnen.

Der Wolf – das Einzige, was sie alle gemeinsam hatten. Jeder, der einen besaß, gehörte der maradovischen Königsfamilie an, war ein Teil des Rudels.

Er erinnerte sich, wie angespannt er gewesen war, als sie Lottie ihren überreicht hatten, da er um die Verantwortung wusste, die damit einherging, nur um dann festzustellen, dass er selbst es war, der sich ihrer nicht würdig erachtete.

Er schüttelte den Kopf, stellte die Schachtel ab und wollte zur Tür gehen.

Der Kater beschwerte sich schon wieder und ließ nicht von seinen Füßen ab.

»Tut mir leid, Vampy.« Er schlüpfte in seine Laufschuhe. »Ich bin noch nicht so weit.«

Lottie wurde wach, weil sie einen unermüdlich wummernden Herzschlag an ihrer Brust fühlte. In ihrem schläfrigen, noch verwirrten Zustand dachte sie, Mr Trüffel wäre in ihren Armen zum Leben erwacht, und schob ihn rasch von sich.

Erst als ihr Plüschschwein auf dem Boden lag und voller Entrüstung über die ungerechte Behandlung umkippte, wurde Lottie klar, dass das Wummern aus ihrem Innern kam.

»Tut mir leid, Mr Trüffel«, sagte sie, setzte ihn zurück aufs Bett und gab ihm einen Kuss auf die Stirn.

Ihr kürzlich repariertes Handydisplay zeigte 7:15, ihr Wecker klingelte erst in fünfzehn Minuten. Es konnte gut sein, dass im Laufe des Tages weitere internationale Schüler in der Schule eintreffen würden, daher musste sie jetzt zur Tat schreiten, solange sie sicher sein konnte, dabei allein zu sein.

»Hey.«

Lottie, die gerade dabei gewesen war, das pinkfarbene Oberteil ihres Jogginganzugs überzuziehen, schreckte zusammen.

»Du bist schon wach? Es ist Viertel nach sieben. Wer bist du, und was hast du mit meiner Prinzessin gemacht?« Ellie streckte sich in ihrem schwarz bezogenen Bett zwischen Kopf- und flauschigen Zierkissen aus.

Obwohl sie beide sehr müde gewesen waren, hatte Lottie verlangt, dass sie sich die Zeit nahmen und ihr Zimmer wieder einrichteten, und sie hatte auch nicht zugelassen, dass Ellie in einem unbezogenen Bett schlief, wofür sie ihr jetzt offensichtlich dankbar war. Abgesehen davon benötigte Ellie auch eine gesunde Portion Schlaf, wenn man bedachte, was ihnen bevorstand.

Der Holzfußboden unter ihren Fußsohlen war warm, und bernsteinfarbene Sonnenstrahlen schienen durch die Chiffonvorhänge und verliehen dem Boden ein goldenes Leuchten. Ihr Zimmer fühlte sich schon wieder wie ihr Zuhause an, mit all der selbstgemachten Deko und einer bunten Mischung aus Büchern und Postern. Es war schon seltsam, wie die ehemals strenge Trennlinie zwischen Ellies und ihren Sachen angefangen hatte, sich aufzulösen, und beide Seiten des Raumes begonnen hatten, ineinanderzufließen wie ein Rorschachtest aus pinkem Plunder und Teenagerrebellion.

»Gehst du laufen?« Die Augen fielen ihr schon wieder zu.

»Ja, ich hab so viel im Kopf. Laufen hilft vielleicht.« Lottie schielte zu ihrer Prinzessin hinüber, deren Atmung bereits wieder gleichmäßiger wurde.

»Ich bin so froh, dass wir wieder zu Hause sind«, murmelte Ellie und lächelte, bevor sie erneut wegdämmerte.

»Wir sehen uns in einer halben Stunde«, gab Lottie zurück. Sie fühlte sich ein ganz kleines bisschen schuldig, Ellie allein zu lassen, aber sie wusste, dass es besser war, wenn sie nicht dabei war. Das hier musste sie alleine durchziehen.

»Tut mir leid, Ellie«, flüsterte sie, legte die Kette mit ihrem Wolfsanhänger um und drückte ihn so fest, dass das polierte Silber sich in ihre Handflächen bohrte und dort einen kleinen roten Abdruck hinterließ. Dann ließ sie ihn unter ihrer Jacke verschwinden und griff nach den beiden Umschlägen, die Sayuri ihr gegeben hatte: den mit der Haarsträhne und den mit den rätselhaften Metallfragmenten.

Sie schloss einen Moment die Augen und dachte an das, was sie gleich tun würde, rief sich die exakte Stelle in Lilis

Atelier vor Augen, wo der Beweis versteckt war, und stellte sich vor, wie sie danach greifen und dann damit in den Rosenwald laufen würde, um vollkommen allein zu sein, wenn sie die Wahrheit ans Licht brachte. Dann erst würde sie Sayuris Haar unter der großen Eiche vergraben. Es schien nicht allzu schwer.

Als sie sich bückte, um ihren Rucksack aufzuheben, machte der Wolfsanhänger sich frei und baumelte über ihre Brust herab, und die kleinen Juwelenaugen reflektierten die rosa und goldfarbene Schachtel, in der ihre Krone lag.

»Tut mir leid, aber diesmal musst du aussetzen, fürchte ich«, teilte sie ihr mit und wandte sich zum Gehen.

Als sie aus der Tür trat, meinte sie zu hören, wie die Bruchteile in dem Umschlag bedrohlich klirrten. Auch wenn sie wusste, dass sie sich das nur einbildete, beschlich sie trotzdem ein ungutes Gefühl.

35

Leise schlich Lottie sich nach unten in Lilis Atelier. Jeder Schritt brachte sie näher an das Herz der Schule heran. In ihrer Umhängetasche lag Sayuris Haarsträhne, ihre einzige Verbündete in der Dunkelheit, und sie stellte sie sich vor wie ein Geist, der sie begleitete, sie antrieb und sie daran erinnerte, dass sie das jetzt tun musste, ganz egal, was dabei zum Vorschein kommen würde.

Es war unheimlich, allein in Lilianas Atelier zu sein, ohne jemanden an ihrer Seite, dessen Anwesenheit das Gefühl milderte, dass es hier womöglich spukte, wenn die Schatten immer bedrohlicher anwuchsen und ein kalter Lufthauch wie Geisteratem über ihre Haut strich. Das Licht der Taschenlampe malte große, gelbe Kreise auf den Fußboden.

Wie leicht es wäre, einfach kehrtzumachen. Die Wahrheit zu ignorieren. Stattdessen ballte Lottie die Fäuste, marschierte zum Schreibtisch und öffnete die linke Schublade. Genau an der Stelle, wo sie ihn zurückgelassen hatte, lag, in warmes Dämmerlicht getaucht, der Brief, den sie zu Beginn des Sommers vom König erhalten hatte. Und darunter prangte sein Symbol.

Es war exakt das gleiche Zeichen, das sich auch unter dem Liebesbrief an Sayuris Tante befand.

Dämlich.

Ingrid konnte kaum glauben, wie dämlich Rosewood Hall angelegt war. Es war vollständig von der Außenwelt abgeschlossen und gleichzeitig für jeden zugänglich. Wenn jeder einfach so durch den Wald marschieren konnte, was sollte dann überhaupt der Quatsch mit den Eingangstoren?

Ihr Partistentraining machte sich wieder einmal bemerkbar, der instinktive Drang, sich die Umgebung in Kartenform vorzustellen und jeden Schwachpunkt offenzulegen. Wäre es ihre Aufgabe gewesen, jemanden zu beschützen, so hätte sie im Wald Späher aufgestellt, Wachen, also musste sie davon ausgehen, dass sie das ebenfalls getan hatten. Eine Schule voll reicher Kinder von bedeutenden Persönlichkeiten musste einfach vor Sicherheitsleuten strotzen.

Sie hatte sogar darüber nachgedacht, einfach dreist durch das Eingangstor zu marschieren und sich als Schülerin auszugeben, aber das Risiko konnte sie nicht eingehen. Sie konnte sich nur zu gut Harus selbstgefälligen Ausdruck vorstellen, wenn sie sich bei ihrer selbst auferlegten Mission fangen ließe.

Sein Name genügte, um heftige Wut in ihrem Körper aufwallen zu lassen, und sie ballte ärgerlich die Fäuste, bis Schmerzen in ihre Arme schossen. Süße, fürchterliche Schmerzen. Warum mochten sie ihn alle so gern? Warum nicht sie, niemals? Es stand ihr zu, sich zu rächen. Sie hatte jedes Recht, diesem widerlichen Marshmallow von einer Prinzessin etwas wegzunehmen und nebenbei ihren eigenen Wert unter Beweis zu stellen.

Jemand musste diesen Brief an sich bringen, den sie die

Prinzessin hatten finden lassen, und Ingrid würde dafür sorgen, dass sie diejenige war – das Wichtigste aber war, dafür zu sorgen, dass niemand ihn jemals zu Gesicht bekam. Kein Brief, kein Plan, und dann konnten sie mit der Hameln-Formel weitermachen.

Sie grinste, als sie sich Jamies gequälten, gepeinigten Ausdruck vorstellte, wenn er das kleine Geschenk sah, dass sie im Gesicht der Prinzessin für ihn hinterlassen wollte. Aber dann fing das Bild in ihrem Kopf an, sich zu verändern und wurde allmählich zu jenem irren, dämonischen Blick, als sie wieder jene leeren, goldenen Augen vor sich sah, ein bodenloses Nichts, das von ihr Besitz ergriff, als das schreckliche Monster sich über sie hermachte, um sie zu brechen, bis tief hinein in ihre Knochen.

Sie blinzelte, um das Bild loszuwerden, schnappte nach Luft und merkte, dass sie sich hin und her wiegte, die bandagierten Arme um ihren Körper geschlungen. Es war ein furchtbares Bild, und sie schüttelte ihre Arme frei, durch die sogleich frischer Schmerz zuckte.

Dämlich.

Das Symbol auf dem Brief des Königs brannte sich in Lotties Hirn. Das von drei Kreisen umgebene Dreieck in roter Tinte – es war nicht abzustreiten. Sie hatte es gesehen, als es im Licht der Taschenlampe aufleuchtete, wie um sie zu verhöhnen, und jetzt konnte sie sich nicht länger davor verstecken. Es war dasselbe Symbol wie auf den Liebesbriefen in Takeshin.

Lottie musste sich an einen Ort begeben, an dem sie

wieder Kraft sammeln konnte – einen Ort, wo sie darüber nachdenken konnte, was das alles bedeutete. Die Briefe lagen schwer in ihrer Tasche, als sie am Rand des Rosenwaldes stand, und ihre Gedanken waren genauso verworren wie die Wurzeln zu ihren Füßen.

In ihrer Erinnerung war der Rosenwald ein verzweigtes Labyrinth aus Dornengestrüpp und Wurzeln, in dem man nie wusste, woher man gerade gekommen war oder wohin man ging. Doch das war nicht das Wäldchen, mit dem sie es heute zu tun hatte.

Es gab keine Wege im Rosenwald, in den sich so gut wie nie ein Mensch verirrte, aber der Weg zur großen Eiche lag so leicht und eindeutig vor ihr, als würde jemand sie dorthin führen.

Nachdenklich machte Lottie einen Schritt nach dem anderen.

Wie seltsam der König reagiert hatte, als sie darum gebeten hatten, nach Takeshin reisen zu dürfen.

Sein Symbol auf dem schrecklichen Brief.

Es war die Art von schriftlichem Beweis, der einen riesigen Skandal hervorrufen konnte, indem die Glaubwürdigkeit der maradovischen Königsfamilie in Frage gestellt wurde.

Was wollte Leviathan bloß damit?

Lottie kam einfach nicht dahinter, aber dafür lag das, was sie Ellie in ihrer Vorstellung bereits so viele Male erklärt hatte, nun glasklar vor ihr. Nämlich dass alles, was Leviathan tat, irgendwie mit ihr und ihrer Familie zusammenhing.

Lottie war ungewöhnlich nervös, als sie weiter auf die Lichtung zustolperte, die in warmes Licht getaucht war. Es war wie ein Leuchtfeuer, das sie zu sich rief, und sie nahm sich vor, sie erst wieder zu verlassen, wenn sie verstanden hatte, was los war.

Der Plan war simpel. Ingrid würde sich durch den Rosenwald schlagen und an der Ostseite der Schule, in der Nähe des Wohnheims von Ivy, wieder herauskommen, wo sie sich auf die Lauer legen wollte, bis sich ihr die Gelegenheit bot, die Prinzessin allein zu überraschen. Es war so einfach, dass es schon fast zum Lachen war, ja, es kam praktisch einer Einladung gleich. Das Einzige, was sie nicht vorhergesehen hatte, war die Einzigartigkeit dieses merkwürdigen Waldgebiets. Als sie sich näherte, wogte der Wald leicht, es gab eindeutig eine Schwelle zwischen dem dichten Wald und dem Rest der Welt, dort, wo die Bäume dunkler zusammenstanden und der Boden darunter kalt war. Ingrid stand am Rande dieses Schattenreichs, wo uralte Eichen über ihr aufragten und Sonnenlicht und Schatten sich abwechselten und einander überlagernde Muster auf ihre Beine warfen. Sie spuckte auf den Boden wie eine Katze, die ein Knäuel Fell hervorwürgt. Ohne zu wissen, warum, lächelte sie, bevor sie ihren Weg fortsetzte, hinein in den Wald.

Das Erste, was sie spürte, als sie unter die Bäume tauchte, war eine unangenehme Kälte. Sekunden vorher war ihr unter ihrem schwarzen Catsuit und dem Rucksack noch heiß gewesen, jetzt aber fror sie – nein, sie fror nicht, sie schlotterte. Es schien, als würde der Rosenwald in einer komplett anderen Klimazone existieren. Als sie tiefer hineingeriet, gab es immer wieder Flecken, an denen das Sonnenlicht päckchenweise Wärme gewährte, aber sie reichten nicht aus, um ihre Gänsehaut zu vertreiben. Sie schnaubte ärgerlich, während sie weiter voranschritt und ihr Fuß sich in einem dornigen Gestrüpp verfing, das ihr das Bein zerkratzte.

Die Hände des Rosenwaldes schlossen sich immer fester um sie und hielten sie zurück. Mit einem wütenden Fauchen griff sie nach ihrem Messer, holte weit aus und ließ es in einem Hieb, der einem Stromschlag gleich heftige Schmerzen ihren Arm hinaufschießen ließ, in das Gestrüpp hineinsausen, um sich loszuschneiden.

»Verfluchtes Gesträuch«, knurrte sie, schwang ihr Messer erneut und grinste, als sie dem Wald eine weitere Narbe zufügte. Mit jedem Hieb ihrer Klinge blühte, ausgehend von ihrem Handgelenk, frischer Schmerz auf, ihre glorreiche Verletzung, die sie achtete – und der Beweis, dass das, was sie sich holen wollte, ihr zustand.

Schon nach fünfzehn Minuten atmete sie schwer, entzückt über den Schaden, den sie anrichtete. Erst als sie eine große Lichtung erreichte, blieb sie stehen und blickte an sich herab. Dornen hatten ihren Bodysuit zerrissen, Striemen und rote, blutige Linien zeigten sich überall auf ihrer Haut. Bei jedem ihrer Schritte hatte der Wald sie gebissen und gekratzt. Ingrid stellte sich vor, wie sie jetzt wohl aussah, mit den sich auflösenden Verbänden und dem verfilzten Haar voller Zweige, Insekten und Dreck.

Monster, kreischte es in ihrem Kopf, und sie vernahm ganz deutlich die Stimme eines Mädchens, eine Stimme, die ihr bekannt vorkam.

Ingrid zog den Kopf zwischen die Schultern, lief eine Weile

suchend hin und her und fand schließlich einen kräftigen Baum, den sie in tödlichem Schweigen hinaufkletterte, bis sie in der Ferne eine Lichtung erblickte, die in goldenem Licht glomm und in deren Mitte der größte Baum stand, den sie jemals gesehen hatte. Seine Äste breiteten sich über den Wald und überzogen alles, was darunter war, mit gesprenkeltem Licht. Doch es war nicht der Baum, der Ingrid so sehr in Entzücken versetzte. Sie hatte angenommen, der Wald würde sie hassen, nun aber zeigte sich, dass er ein Geschenk für sie hatte.

Unter dem Baum lag zusammengerollt niemand anderes als die Prinzessin.

Ingrids Mundwinkel zuckten, als sie sah, dass die Prinzessin keinen einzigen Kratzer davongetragen hatte. Der Rosenwald hatte sie komplett unbehelligt gelassen, nicht einmal ein Schmutzfleck, nirgendwo. Ihre Haare waren länger, als sie sie in Erinnerung hatte, strohblonde Locken ergossen sich wie ein Wasserfall über ihren Rücken. Ingrid umklammerte voller Vorfreude das Messer in ihrer Hand, ihr Herz raste.

Ingrid wappnete sich mit all der Selbstkontrolle, die sie aufbringen konnte. Das hier musste perfekt ablaufen.

Der sonnenwarme Fleck tief im Herzen des Rosenwaldes leuchtete, die Luft angestrahlt von dem sanften Licht, das butterweich durch die Blätter fiel. Die einzigen Laute waren das Rauschen des sanften Windes in den Blättern, ferne Bachläufe und süßer Vogelgesang.

Die Eiche erschien Lottie noch größer als beim letzten Mal, eine runzelige Masse alten Holzes, die weit über die Lichtung hinausragte. Summend und knackend pumpten die Wurzeln unter ihren Füßen Leben in den Wald.

»Hallo, alter Freund!«, rief sie.

Rund um die Eiche war alles ruhig und unberührt, ein willkommener Kokon der Stille, ein geheimer Ort, der einen anzog, wann immer man mit seinen Gedanken allein sein wollte.

Lottie selbst hatte sich an dem Tag hierhergeflüchtet, als der Todestag ihrer Mutter sich jährte, und jetzt war sie wieder hier und versuchte, das Geheimnis von Leviathan zu ergründen.

Sie machte eine perfekte Stelle für Sayuris Haar direkt unter der riesigen Eiche aus und fing an zu graben. Es hatte etwas seltsam Therapeutisches und half ihr, einen klaren Kopf zu bekommen.

Was will Leviathan mit diesen Briefen?

Schaufel.

Wer ist der Meister von Leviathan?

Schaufel.

Was wollen sie von der Prinzessin und ihrem Partisten?

Während sie grub, vernahm Lottie ein Klingeln in ihrem Kopf, das ferne Läuten einer Glocke, das lauter und klarer wurde, je mehr Erde sie aushob. Nach einer Weile hatte sie fast vollständig vergessen, warum sie eigentlich grub, ihre Gedanken schweiften ab, so dass sie heftig zusammenschreckte, als ihre Schaufel auf etwas Hartes traf.

Blinzelnd richtete Lottie ihren Blick auf den Boden und sah eine hölzerne Kiste, die der in Takeshin sehr ähnlich sah.

Sie schob die Erde zur Seite, um die Größe abzuschätzen.

Es war fast die gleiche Truhe wie die, die sie in Takeshin gefunden hatten, nur dass anstelle von Monden Kugeln mit wellenförmiger Umrandung eingraviert waren. Eine Sonnenkiste.

Obwohl Lottie ihrer Ahnung nicht trauen wollte, hatte sie das sichere Gefühl zu wissen, was die Kiste enthielt.

Der Deckel ließ sich mit einem Knirschen öffnen, und was darin lag, nahm ihr den Atem.

Es war ein ebenso legendäres Schwert wie das von Kou, eine gebogene Klinge mit leuchtendem Griff, wie die Sichel des Mondes, der auf dem Weg war, um sich mit der Sonne zu treffen, so scharf, dass ein Sirren davon ausging.

Als sie die Hand danach ausstreckte, fiel ihr Blick auf etwas anderes: ein kleines Päckchen aus Stoff.

Unter den Stoffbahnen verborgen, lag eine glänzende schwarze Schlange, die gänzlich aus Seide zu bestehen schien. Sie glitt ihr fließend durch die Finger, glatt und geschmeidig, ein schimmerndes, ebenholzfarbenes Seil. Lottie hob es ins Licht, holte Sayuris Haarsträhne hervor, hielt sie daneben und stellte fest, dass sie beinahe identisch waren.

Es waren Kous Haare.

Lottie schüttelte sich, um den Zauber abzustreifen, und legte beide Haarsträhnen nebeneinander in die Kiste. Sie konnte kaum glauben, worauf sie da so unvermittelt gestoßen war und dass es die ganze Zeit über genau vor ihr gelegen hatte.

Nun war es schmerzlich offensichtlich, dass der Bambusbaum das Spiegelbild von Rosewoods Eiche war, und dazu all die leuchtenden Truhen in Lilis Tagebuch – wie hatte sie nur so blind sein können? Die Hinweise waren da gewesen, um ihr mitzuteilen, dass auch auf sie ein Geschenk wartete, ein Geschenk von ihrer Ahnin Liliana. Und nicht irgendein Geschenk: ein Schwert.

Als Lottie über den Griff strich, fühlte sie die sorgfältig ausgeführten Gravuren. Es hatte hier seit Hunderten von Jahren auf sie gewartet, tief in der Erde schlummernd, bereit, wieder auferweckt zu werden.

Ein Gedanke formte sich wie ein Refrain in ihrem Kopf. *Vor deiner Nase.*

Wieder und wieder vernahm sie in Gedanken dieselben Worte, und der aufgehenden Sonne gleich dämmerte ihr, was sie zu bedeuten hatten. Dann verschwamm ihr Blickfeld. Der Wald, das Schwert, selbst ihr Körper, alles schmolz dahin, und ihre Gedanken verschwanden in einem Labyrinth mit einer klaren Antwort im Zentrum.

Was will Leviathan mit einem Brief, den Ellies Vater geschrieben hat?

Aber da war noch eine Frage, die sie sich bisher gar nicht gestellt hatte und die viel wichtiger war: Woher wussten sie überhaupt, dass der Brief sich dort befand?

In den vergangenen Wochen hatten sie versucht, über Umwege auf die Identität des Meisters von Leviathan zu kommen – mit Hilfe von abstrakten Fakten wie seiner Größe, seinem Akzent, der Zeichnung, die sie angefertigt hatte –, und gleichzeitig hatte sie sich die ganze Zeit über gegen den Gedanken gewehrt, dass Ellie im Zentrum des Ganzen stand, dabei hatten die Teile des Puzzles direkt vor ihr gelegen, in Form von realen Gegenständen und unleugbaren Hinweisen.

Der Meister von Leviathan.

Der Gedanke machte sie schwindelig, während in ihrem Inneren hitzige Panik und kristallene Klarheit miteinander im Widerstreit lagen, als sie sich fahrig an ihrem Rucksack zu schaffen machte, um den Umschlag zum Vorschein zu bringen und die Fragmente schließlich in ihre Handfläche zu schütten.

Der Ziegenmann.

Ihre Hand zitterte unter den zerstörten, grau angelaufenen Splittern aus Silber, der einzelne Stein rollte in die Mitte ihrer Handfläche und starrte wieder zu ihr herauf, genau wie beim ersten Mal, als sie darauf geblickt hatte.

Helle Haut.

Die andere Hand tastete unsicher nach ihrem Anhänger.

Lange, dunkelbraune Haare.

Der Anhänger war einzigartig, so dass es möglich war, ein anderes Mitglied des Rudels mit einem Blick zu erkennen. Er war eine gestrenge Mahnung, dass man Teil von etwas Größerem war, dass man der maradovischen Königsfamilie angehörte.

Grüne Augen.

Sie glitzerten voller Wahrheit, die Augen des Wolfs, die sie mit einer furchtbaren, unausweichlichen Wirklichkeit konfrontierten.

Vertraut.

Lotties Herzschlag verlangsamte sich so sehr, dass sie fürchtete, ihr Herz würde gleich ganz aussetzen, alles wurde träge, die Luft schwer. Denn die Einzelteile auf ihrer Handfläche fügten sich wieder zusammen, der einzelne Schmuckstein starrte fest auf seinen Bruder an ihrem Hals, während sein Gesicht zerstört worden war, auf die gleiche Weise wie die Verbindung seines Besitzers zu dessen Familie zerstört worden war.

Dies war ein Wolfsanhänger, exakt der gleiche, nur in viele Splitter zerlegt.

Claude Wolfson.

Der Name schlug ihr so heftig entgegen, dass ihr einen Moment die Luft wegblieb.

Sie hatte sich gewundert, weshalb ihre Zeichnung des Meisters von Leviathan König Alexander so ähnlich gesehen hatte, und sie hatte sich so sehr gewünscht, dass es nichts mit Ellie und ihrer Familie zu tun hatte. Dabei war alles da, starrte ihr mit den Augen des Wolfs entgegen und zwang sie, alles neu zu denken.

Ellies Onkel Claude war der Meister von Leviathan.

Sie hatte sich so sehr vor der Wahrheit gefürchtet, aber jetzt hatte sie Gewissheit, und nichts würde jemals wieder so sein wie zuvor.

Das war der Grund, weshalb Leviathan den Liebesbrief an sich bringen wollte, den König Alexander abgeschickt hatte, weil es den Ruf der maradovischen Königsfamilie zerstören konnte, wenn irgendjemand erfuhr, dass er eine andere Frau geschwängert hatte. Es war ein schrecklicher Gedanke, dass die Traurigkeit in Sayuris Familie etwas mit Ellies Vater zu tun hatte. Dass alles mit den Wolfsons zusammenhing.

Lottie steckte den zerstörten Wolf wieder ein und starrte die Rinde des Baumes an; sie musste es allen sagen, aber sie wusste auch, dass das der schwerste Part von allem sein würde.

Doch schon im nächsten Augenblick hatte sie ein neues Problem. Bevor sie Gelegenheit hatte, die soeben entdeckte Wahrheit auch nur für einen kurzen Moment sacken zu lassen, kroch etwas Böses auf sie zu: ein Monster im Wald, das seine Beute einkreiste.

Zunächst sah sie nur, wie der Schatten um sie herum in vollkommener Stille anwuchs. Aber bis sie begriffen hatte, was los war, war es schon zu spät – ihr blieb nicht einmal mehr Zeit zu schreien. Die zerkratzte Hand tauchte auf wie die Kralle einer Katze, hielt ihr den Mund zu, während die andere hart auf ihrem Hinterkopf aufschlug, sich in ihre Haare hineinwühlte und sie daran schmerzhaft nach oben zog.

Lottie wusste, wer es war, noch bevor sie das verzerrte Gesicht sah.

»Hallo, Prinzessin«, schnurrte Ingrid und ließ sie hin und her baumeln wie eine Maus. »Ich habe überall nach dir gesucht.«

36

Es gibt eine bestimmte Form von Angst, die sich anfühlt wie Resignation. Eine prickelnde Ruhe, in der unser Verstand uns von der Wirklichkeit abschirmt. Er sagt uns *Das hier passiert nicht wirklich* oder *Gleich ist es vorbei*. Sie lullt uns ein, lässt uns ruhig bleiben, wiegt uns in der falschen Vorstellung, dass alles gut wird, solange wir uns nur sehr ruhig und sehr still verhalten.

Das war nicht die Art von Angst, die Lottie spürte.

»Hörst du wohl auf, dich zu wehren?«, fauchte Ingrid und riss erneut ruckartig an ihren Haaren. Selbst nachdem sie Lottie geknebelt hatte und sich offenbar alles gegen sie richtete, gab sie nicht auf und hörte nicht auf zu kämpfen, sich zu winden und um sich zu treten. Sie würde nicht hilflos sein. Nicht noch einmal.

Ingrid packte sie bei den Schultern und drehte sie so, dass sie einander ansahen. Sie war ein fürchterlicher Anblick, voller Kratzer und Striemen, ihr ehemals glattes Haar ein einziges verknotetes Gewirr, in dem Schlamm und Blätter klebten. Das Schlimmste aber waren ihre Augen.

Als Lottie klein gewesen war, hatte ihre Freundin Kate eine Katze namens Coco aus dem Tierheim bei sich aufgenommen. Sie hatte sich erbarmungslos gegen alles gerichtet, was kleiner war; dann weiteten sich ihre Augen, schwarze, tiefe Seen, angefüllt mit Wahnsinn, starr und unberechenbar. Wenn man diese Augen sah, wusste man, dass es zu spät war – Coco würde sich auf einen stürzen. Ingrid jedoch war ein Mensch, und an ihr den gleichen Wahn zu sehen, war, wie dem Wahnsinn selbst in die Fratze zu blicken.

»Wenn du nicht aufhörst, dich zu wehren, ramme ich dieses Messer hier in deine Hand.«

Lottie glaubte ihr.

Zufrieden schleifte Ingrid sie über den Boden, bis ihre Kleider voller Dreck waren, und stieß sie mit solcher Wucht gegen den Stamm der Eiche, dass sie dachte, nie wieder atmen zu können. Offensichtlich verfolgte Ingrid einen Plan, den sie schon seit einer Weile hegte, und Lottie fürchtete sich davor, zu erfahren, worin ihr Vorhaben bestand.

Sie sah so groß aus, ein hochgewachsenes Monster, das die Sonne verdeckte und mit bösen Absichten auf sie herunterstarrte. Eigentlich war es ein unpassender Gedanke, Ingrid als groß zu bezeichnen, denn sie war bedeutend kleiner als die anderen Mitglieder von Leviathan, denen Lottie begegnet war, doch irgendetwas in ihr war gewachsen, ein giftiger Trotz, der ihre Gestalt veränderte, so dass sie größer erschien.

»Jetzt hör mir gut zu, Prinzessin.« Ihr Atem ging unregelmäßig, wenn sie sprach. »Ich nehme dir jetzt den Knebel heraus, und dann spielen wir ein Spiel. Aber wenn du schreist oder rufst, reiße ich dir die Fingernägel raus, so. Verstanden?« Um ihrer Rede Nachdruck zu verleihen, griff Ingrid nach der Spitze ihres Messers und schob sie langsam unter den Nagel von Lotties kleinem Finger, gerade tief genug, um ihr einen

Eindruck von dem Schmerz zu verschaffen, der sie erwartete. Sie japste nach Luft, als das rosafarbene Nagelbett durch den Druck lila anlief, und beeilte sich zu nicken, damit Ingrid aufhörte.

Ingrid beugte sich vor und fummelte an den Knoten an Lotties Hinterkopf herum, so dass ihre zerkratzte Haut ihrem Gesicht sehr nahe kam. Ihr Geruch drang Lottie in die Nase, ein Geruch nach Eisen und Schweiß.

Aber da waren noch zwei andere Dinge, die Lottie bemerkte, als ihr Mund frei war.

Das erste war, dass Ingrid das Schwert nicht entdeckt hatte. Und das zweite war, dass Ingrid schwankte.

Du musst rennen; das kannst du doch so gut.

Es war nicht ihre Stimme, die sie hörte, es war Jamies.

Du musst so schnell rennen, wie du kannst.

Das einzige Problem war, dass sie sich dazu erst mal befreien musste.

Ingrid war eine Partistin. Sie kannte die Tricks der Partisten. Wenn Lottie heil hier herauskommen wollte, dann musste sie es auf ihre Weise tun. Während sie nachdachte, konnte sie das Schwert beinahe klingen hören, und es erinnerte sie an Sayuri in Japan, die darauf vertraute, dass sie dieses Rätsel löste und ihr die Wahrheit mitteilte.

Sie musste entkommen und sie vor Claude warnen. Sie durfte auf keinen Fall versagen.

»Was für ein Spiel spielen wir?«, erkundigte Lottie sich so ruhig wie möglich, und es schien zu funktionieren, denn ein Funke der Verwunderung flackerte über Ingrids Gesicht hinweg. Obwohl ihre Chancen mickrig waren, hatte Lottie längst gemerkt, dass sie irgendwie anders war als sonst: der Irrsinn in ihrem Blick, ihr unregelmäßiger Atem. Sie agierte nicht mit der üblichen Sorgfalt einer Partistin.

»Das Spiel, Prinzessin …« – ein verschlagenes Lächeln erschien auf ihren Lippen, an ihrem Kinn klebte verkrustetes Blut –, »… ist *Wahrheit oder Pflicht*.«

Jetzt war es an Lottie, überrascht zu sein.

»Wenn du die Antwort schuldig bleibst oder die Pflicht verweigerst, ritze ich eine Linie in deine Haut. Kapiert?« Ingrid starrte sie an, als erwartete sie tatsächlich eine Antwort von ihr.

»Und was passiert, wenn du verlierst?«, fragte Lottie, in deren Kopf eine Idee aufkeimte.

Der Ausdruck in Ingrids Gesicht wurde boshaft, und ihre Augen wurden schmal. Offenbar war Lottie die Einzige, die spielen sollte.

»Wahrheit oder Pflicht?«, fragte Ingrid und ließ sich im Schneidersitz auf den Boden plumpsen. Es war ein grotesker Anblick. Als sähe man einem Monster beim Meditieren zu.

»Wahrheit«, sagte Lottie und schluckte ihre Angst hinunter.

Wieder erschien das raubtierhafte, schmallippige Lächeln auf Ingrids Gesicht. »Warum ist Jamie dein Partist?«

Die Frage legte sich wie eine Decke aus Eis über Lottie und ließ sie gefrieren.

Die Fakten waren ihr bekannt. Dass Jamies Mutter im Palast Unterschlupf gesucht hatte, dass sie bei der Geburt gestorben war, und dass die Königsfamilie Jamie bei sich behalten und zu Ellies Partist hatte ausbilden lassen. Aber die

Frage schien so aufgeladen zu sein, dass ihr das Wissen, das sie über die maradovische Königsfamilie besaß, auf einmal gar nicht mehr so unumstößlich vorkam.

Jamie, warum bist du Ellies Partist?, dachte Lottie, unfähig, irgendeine Antwort auf die Frage zu formulieren. Sie blickte in Ingrids unstet umherhuschende Augen und fragte sich, welche Antwort sie wohl hören wollte.

»Schuld.« Das Wort hatte Lotties Mund bereits verlassen, bevor sie recht darüber nachgedacht hatte, und sie waren beide schockiert. »Er glaubt, meiner Familie etwas schuldig zu sein, und hat Angst davor, sich als nicht würdig zu erweisen.«

Sie konnte kaum glauben, dass sie etwas so Fürchterliches laut gesagt hatte.

Ingrid brauchte eine Sekunde, um über ihre Antwort nachzudenken, aber ihre Verwunderung hielt nicht lange an, sondern wurde durch einen drohenden Ausdruck abgelöst. »Falsch.«

Es ging so schnell, dass Lottie gar nicht wusste, wie ihr geschah. In einem Augenblick gehörte ihre Hand noch ihr, im nächsten wurde Lottie nach vorn gezogen, als Ingrid sie packte, ihren Arm hochriss und die Hand so sauber und rapide aufschlitzte, dass der Schmerz erst mit Verzögerung eintrat.

Kein Laut entwich Lotties Lippen. Sie presste nur stumm ihren Arm an sich und sah zu, wie eine dunkelrote Linie aus ihrem Handrücken zu fließen begann.

»Weißt du, was lustig ist?«, sagte Lottie und musste jedes Fitzelchen Tapferkeit zusammenkratzen, das sie besaß, damit ihre Stimme nicht zitterte. Sie vermied es, Ingrid anzusehen, weil sie zu viel Angst vor ihrem Grinsen hatte, aber sie wusste, dass sie sie mit ihrer Ruhe aus dem Konzept brachte. »Als ich dir zum ersten Mal begegnet bin, dachte ich, deine Messer wären mit Gift getränkt.«

Worte konnten machtvoll sein, und Lottie wählte ihre mit Bedacht.

Ingrid stotterte irgendetwas Unverständliches, und Lottie wusste, dass sie Erfolg gehabt hatte. Sie wagte einen Blick und las Empörung im Gesicht ihrer Gegnerin.

Ingrid hielt ihr Messer in die Sonne und betrachtete die Blutstropfen, die wie Sirup daran herabliefen. »Das würde ich nie tun«, sagte sie. »Es wäre langweilig, wenn der Kampf so schnell zu Ende wäre.« Ihr Blick war beinahe zärtlich. Sie blickte zu ihrer Waffe auf und rieb mit dem Daumen über die kalte, metallene Spinne, die sich um den Griff wand.

Dann sprangen ihre Augen zurück zu Lottie mit einem Ausdruck, der so tödlich war, dass sie das Gefühl hatte, davon verschlungen zu werden.

»Wahrheit oder Pflicht?«, fragte sie langsam und legte ihr Messer zurück auf den Boden. Aber Lottie hatte gesehen, dass es möglich war, Ingrid abzulenken. Dass Worte eine Wirkung auf sie hatten.

»Pflicht«, entgegnete Lottie und kam sich tapferer vor, als angemessen gewesen wäre. Das war mit ziemlicher Sicherheit das Schlechteste, was sie sagen konnte.

Ingrid grinste. »Dann gebe ich dir hiermit den Auftrag, den Brief zu zerstören, den du gestohlen hast.«

»Was?«, platzte es aus Lottie heraus. »Das ist nicht … Ich

weiß nicht, wovon du redest!« Ingrids Auftrag verhinderte, dass sie klar denken konnte, denn die Art, wie sie das gefordert hatte, vermittelte, dass Leviathan alles wusste.

Etwas in Ingrids Ausdruck veränderte sich, ihr Lächeln verschwand. »Du bist verwirrt.« Sie kam mit ihrem Gesicht ganz nah an Lotties heran. »Aber das ist nicht schlimm. Lass mich es dir erklären. Ich will, dass dieser Brief verschwindet, damit wir auf den besseren Plan umschwenken können.« Ihr Atem kitzelte Lotties Wange. »Der Plan, in dem wir deine verlogenen Eltern aus dem Weg schaffen.«

»Wovon redest du? Was habt ihr getan?«

Ingrid entfuhr ein gackerndes Lachen, und Lottie dachte an Claude, den schwarzen Wolf der Familie, und an die schreckliche Hameln-Formel, die er an sich gebracht hatte und die die Macht besaß, jeden tun zu lassen, was er wollte.

Konnte es sein, dass das sein Plan war? Es kam Lottie allzu grausam vor, zu schauerlich, um wahr zu sein.

Ingrids Blick verschwamm, als würde sich vor ihren Augen eine ferne Zukunft auftun.

»Und wenn wir sie dann los sind«, begann Ingrid in dem träumerischen Tonfall einer Wahrsagerin, die Lottie ihre Zukunft vorhersagte, »dann wird er mit offenen Armen empfangen werden und mit dem Respekt, den er verdient. Genau wie Alexis.«

Alexis.

Der Name verfing sich in Lotties Gedanken wie ein zerschlissenes Stück Stoff und zerrte an einer vagen Erinnerung, die sie nicht einordnen konnte.

»Los, komm schon«, verlangte Ingrid, bevor sie weiterdenken konnte. »Sag mir endlich, wo dieser Brief ist. Wir wissen, dass du ihn irgendwo hast.«

Ihr Gesicht war eine lachende Fratze, aber das hier war keine Frau, die auf ein Gruppenziel hinarbeitete. Dies war ein durchgeknalltes Mädchen, das sich in den Kopf gesetzt hatte, so viel Schaden wie möglich anzurichten.

Aber weshalb hegte sie solchen Hass auf die maradovische Königsfamilie? Warum war sie so geworden?

»Ich … ich verstehe das nicht. Was haben wir getan? Ich weiß nicht, was wir getan haben«, stammelte Lottie.

Ingrid sah wütend aus. »Du weißt nicht, was ihr getan habt?«, knurrte sie, und jeglicher Anflug von Belustigung schwand aus ihrer Stimme. »Ihr habt euch Jamie genommen.«

Es war alles Unsinn, wirres, boshaftes Zeug, das Lottie nicht verstehen konnte, auf das sie nicht vorbereitet war, und sie sah mit Schrecken, wie Ingrid wieder nach ihrem Messer griff. »Und das ist widerlich. Du und deine Familie, ihr seid schreckliches, verlogenes, abstoßendes Rattenpack. Ihr verdient die Gnade, die der Meister für euch geplant hat, nicht. Ich lasse euch nicht so leicht davonkommen.«

Lottie versuchte, aus ihrer Reichweite zu gelangen, indem sie sich zur Seite duckte, aber Ingrid packte sie an den Haaren und zog sie ruckartig nach hinten.

»Du hast verloren«, fauchte sie ihr ins Ohr, griff nach dem Messer und zog es an ihrer Wange entlang. Heißes Blut tropfte über ihr Gesicht, aber Lottie konnte nur daran denken, was da schlafend vor ihr in der Erde lag, unentdeckt.

»Du bist schwach und erbärmlich.« Ingrid zog Lottie erneut an den Haaren und brachte sie unwissentlich noch näher an es heran. Lilianas Schwert lag nur wenige Zentimeter entfernt, und Ingrid war zu aufgekratzt, um es zu bemerken.

Jedes Mal, wenn Ingrid an ihr zog und rüttelte, glitzerte das Schwert, es rief nach ihr, und mit jedem willkürlichen Schubs kam es näher.

»Verdorben, wertlos …« Die Worte prallten an Lottie ab. Es waren sengende Glutteilchen, die zornig aus Ingrids blutigem Mund sprühten, aber sobald sie Lotties Ohren erreichten, verglühten sie. Denn Lottie wusste, dass sie nicht wahr waren.

So langsam fing sie an, Leviathan zu durchschauen und die Erzählung, die sie zu verbreiten versuchten. Es war hemmungslose Wut auf die maradovische Königsfamilie, genauso kaputt und chaotisch wie die Überreste des Wolfsanhängers.

Das hatte alles nichts mit ihr zu tun; es hatte mit Ellies Familie zu tun – und Lottie musste hier weg. Sie musste fliehen und herausfinden, warum Claude das tat. Sie musste die Wahrheit über die Wolfsons herausfinden. Und dafür musste sie sich befreien.

Lottie beugte sich vor, noch immer waren Ingrids Hände in ihre Haare verwickelt, und sie zog und zerrte an ihr und kreischte. Lottie reckte sich nach dem Schwert, um es aufzuwecken. Mit einer geschmeidigen Bewegung schwang sie es in die Höhe, verfehlte nur knapp Ingrids Fingerspitzen und zog es durch ihr eigenes Haar.

Frei.

Ingrid taumelte nach hinten, verlor den Halt, strohblonde Haarbüschel in den Fingern haltend. Lotties goldene Locken waren überall, angefüllt mit lauter Erinnerungen und Erfahrungen, als alles, was sie zu wissen geglaubt hatte, zu Boden flatterte. Und sie rannte.

Sie rannte, und der Wald flog an ihr vorbei. Sie rannte, und die Welt verschwand aus ihrem Blick. Sie rannte und schaute nicht zurück, keine Sekunde lang, auf gar keinen Fall. So schnell war sie noch nie in ihrem Leben gewesen, und bei jedem Schritt konnte sie das knurrende, kreischende Monster hinter sich hören. Freiliegende Wurzeln und glitschiges Moos drohten sie zu Fall zu bringen, aber ihre Füße fanden einen Weg, Äste und Sträucher wichen vor ihr zurück, so dass sich vor ihr ein Pfad auftat.

Irgendwann begann ihre Brust zu schmerzen, ihr Handgelenk und ihre Wange pochten, aber sie donnerte unaufhaltsam weiter durch die Bäume.

Sie war schneller als Ingrid! Als sie vor sich Licht sah, explodierte der Gedanke, wirklich entkommen zu sein, in ihrem Kopf und schickte eine Welle der Erleichterung über sie hinweg, die so mächtig war, dass ihr die Tränen übers Gesicht liefen. Aber sie war noch nicht in Sicherheit; Ingrid war ihr immer noch auf den Fersen, irres Rasen und Fluchen verfolgte sie.

Nur noch ein kleines Stück.

Das Licht, das durch die Zweige schien, war nun schon so nah, aber etwas kam ihr entgegen: eine Person, die sie so gut kannte. Ein Engel kam zu ihrer Rettung.

Nur noch ein kleines Stück.

Zweige brachen, und der Boden knirschte, als sie eine allerletzte Anstrengung unternahm.

Vertrauter Zimtgeruch stieg ihr in die Nase, und schon raste sie in die dunkelgekleidete Gestalt hinein, und sanfte Arme schlossen sich um sie.

Keuchend blickte sie auf in ein goldbraunes Augenpaar, wie Sterne am Gipfel eines großen Berges. Jamies Augen. Wunderbarer, unbeschreiblicher Jamie.

»Los, hinter mich«, sagte er mit tiefer Stimme.

37

Was hatte ihn dazu bewogen, seine Laufrunde in den Rosenwald zu verlegen? Jamie konnte es nicht benennen.

Er hatte einfach das starke Gefühl gehabt, dass er es in der Schule nicht länger aushielt, dass er irgendwohin musste, wo es nicht geordnet war, sondern so chaotisch, wie es in ihm drin aussah.

Er hatte es gehört, bevor er es sah: ein wildes Kreischen, ein schreckliches Biest, das seine Beute jagte, und er kannte dieses Geräusch; er hatte es schon einmal gehört.

Lottie!

Das war sein einziger Gedanke, und zugleich setzten alle Partisteninstinkte ein und befahlen ihm, loszurasen wie ein Stier, der zum Angriff übergeht. Dabei brauchte sie gar nicht gerettet zu werden, sie kam direkt auf ihn zu. Sie hatte sich schon selbst gerettet.

Lottie kam schneller durch den Wald geschossen, als er sie je hatte rennen sehen, so dass sie direkt in ihn hineinraste, und in ihrer Hand glänzte ein Schwert, das dem von Kou ebenbürtig war, aber das war nicht einmal das Merkwürdigste von allem.

Ihre langen Haare waren fort. Das goldene Wirrwarr ihrer Locken war verschwunden. Jetzt hatte sie einen Kurzhaarschnitt, der knapp oberhalb des Kinns endete, ein struppiger Heiligenschein, und die Haarspitzen rollten sich ein wie Geschenkband, praktisch, aber eigenwillig und ganz offensichtlich mit einer Klinge abgeschnitten. Jamies Blut fing an zu brodeln, und als Lottie hinter ihm Deckung suchte, spürte er, wie seine Muskeln zuckten; und die gleiche Todeswut kroch in ihm herauf, die er auf dem Dach in Tokio gefühlt hatte.

»Hinter mich«, brummte er, seine Stimme war kaum wiederzuerkennen.

Etwas kam durch den Rosenwald auf sie zu, bebend und keuchend, ein schreckliches Monster.

Ingrid sah um einiges schlimmer aus als Lottie. Ihre Haut war von dunkelroten Striemen und blauen Flecken übersät, verkrustetes Blut klebte in ihrem Gesicht, und von ihren Handgelenken hingen aufgelöste Verbände herab. Ihre Augen waren kalt und irr und verrieten, zu welch schrecklichen Dingen sie fähig war.

Ihm war sofort klar, dass es ein einfacher Kampf werden würde. Ingrid war erschöpft und verstört, und eigentlich hätte er sie einfach überwältigen sollen, aber wenn er sich Lottie so ansah, merkte Jamie, dass ihm der Sinn nicht im Geringsten nach Gnade stand.

Dann aber tat Lottie etwas, womit er nicht gerechnet hätte, als sie den ersten Schritt machte, vortrat und sich mit dem Schwert neben ihm aufbaute. Sie hielt es komplett falsch, aber er hütete sich, sie darauf hinzuweisen.

»Zusammen«, flüsterte sie, schwer atmend, aber umso entschlossener. »Ingrid«, sagte sie. »Diesen Kampf kannst du nicht gewinnen. Geh zurück.«

Lottie machte einen weiteren Schritt nach vorn und hielt Ingrid mit ihrem glühenden Blick in Schach.

»Ekelhaft!« Der Laut, der aus Ingrids Kehle kam, war so rau, dass er eher an Schotter denken ließ als an eine menschliche Stimme. »Wenn ihr auch nur irgendwas begriffen hättet, würdet ihr beide mit mir kommen.«

»Bist du allein?«, wollte Jamie wissen und machte einen erneuten Versuch, sich vor Lottie zu stellen.

»Das will ich doch stark hoffen«, gackerte Ingrid.

Sie langte in ihre Jacke, um ein Messer hervorzuholen, eine langsame, träge Bewegung, und ihre Brust hob und senkte sich sichtbar vor Anstrengung. Jamie beschloss, es sei an der Zeit, dem Ganzen ein Ende zu bereiten, er fühlte seine Wut wie Lava in sich aufsteigen.

»Sie ist nicht unser Feind, Jamie«, sagte Lottie flehentlich und mit Tränen in den Augen. »Sie ist nicht diejenige, die wir besiegen müssen.«

Ihre Hand griff nach dem Wolfsanhänger, und selbst jetzt, in ihren verdreckten Kleidern, mit den Wunden, die Ingrid ihr zugefügt hatte, und nach dem Verlust ihrer Haare, stand Lottie aufrecht, standhaft und voller Sorge. Nicht um ihrer selbst willen, sondern um Jamies und vielleicht sogar um Ingrids, trotz allem, was sie ihr angetan hatte. Sie hatte recht. Und aus genau diesem Grund würde es ihm keine Genugtuung verschaffen, Ingrid zu besiegen. Aus diesem Grund gab es nichts, was er tun konnte, um sich besser zu fühlen. Denn sie war nur eine Marionette, und er musste es mit dem Anführer aufnehmen.

Als er sich Ingrid erneut zuwandte, schien es ihm, als

würde er sie zum ersten Mal wirklich sehen, so wie Lottie sie sah – ein verängstigtes, lächerliches Kind.

»Du hältst den Mund!« Schreiend hielt Ingrid ihr Messer hoch und machte Anstalten, Lottie anzugreifen.

Das hier war kein Kampf; es war nicht mal eine Übung. Es war nur dasselbe jammernde Mädchen vom Dach in Tokio, und er musste nichts beweisen.

»Ingrid«, sagte er und machte einen letzten Schritt auf sie zu. »Lottie hat recht. Hör auf.«

Es gab keine Möglichkeit, die Wurfbahn ihres Messers zu stoppen, und die Klinge schlitzte seinen Arm auf. Jamie steckte den Aufprall ein, ohne zusammenzuzucken, kaum dass sein Gesichtsausdruck etwas mürrisch wurde.

»Ingrid«, wiederholte er langsam. »Hör auf. Geh zurück.«

Die Stille, die folgte, schien nicht von dieser Welt zu sein. Sie blickte zu ihm auf, und ihre zitternden Hände ließen das Messer los, das zu Boden fiel. Elektrisch aufgeladenes, schwarzes Haar stand ihr vom Kopf ab wie das Fell einer verängstigten Katze; sie schlotterte und starrte ihre Hände an, als hätten sie ihr den Dienst versagt. Ein Laut entwich ihren Lippen, ein fauchendes, kreischendes Geräusch, und er musste an Vampy denken und daran, wie viel Ähnlichkeit dieses verwahrloste, wilde Mädchen mit ihm hatte.

Jamie sah, wie Lottie neben ihm mit aufgerissenen Augen die Szene verfolgte.

»Ingrid, du wirst nicht gewinnen«, sagte er mit ruhiger Stimme und griff nach ihren Schultern. »Du musst jetzt gehen, bevor jemand kommt. Ingrid.« Ihre Augen rasten zwischen ihm und Lottie hin und her. »Du gehst jetzt, und du sagst deinem Meister, dass wir auf ihn warten, und wenn er aufhört, sich hinter Masken und Kindern zu verstecken, dann sind wir hier – und warten auf die Wahrheit.«

Sie blickte immer noch zu ihm auf. Es fühlte sich an, als würde er ein kleines Tier in der Hand halten, das ihn soeben vor Angst in den Arm gebissen hatte, und er musste diesem Geschöpf erklären, dass es fliehen konnte, ohne irgendwem oder sich selbst Schaden zuzufügen.

»Ach ja«, fügte er hinzu. »Nimm das hier mit. Ich glaube, es gehört dir.« Er griff unter seine Jacke, in deren Innenseite ihr anderes Messer verstaut war, ohne dem Blut, das mittlerweile langsam an seinem Arm hinunterlief, Beachtung zu schenken, und holte das Messer hervor, so dass die schwarze Spinne ihn im Licht anfunkelte.

Blitzartig schossen vor seinem inneren Auge unzählige Möglichkeiten vorüber, er sah jeden denkbaren Ausgang des Geschehens vor sich. Es konnte sein, dass Ingrid nach ihrem Messer griff und erneut auf ihn einstach. Oder dass sie sich auf Lottie stürzte. Vielleicht würde sie auch so tun, als wandte sie sich zum Gehen, es sich dann aber anders überlegen, oder aber sie tat, was er gesagt hatte, und ging zurück zu dem Ziegenmann, um ihm seine Botschaft zu überbringen.

Vom Schulgelände her waren die ersten Geräusche der eintreffenden Schüler zu hören. Es brauchte nicht mehr, als dass irgendwer zu nah am Rosenwald entlangschlenderte und Hilfe holte.

»Du«, sagte Ingrid schließlich einlenkend und wandte sich noch einmal an Lottie. »Du erzählst niemandem, dass ich den Brief zerstören wollte.«

»Werde ich nicht«, versprach Lottie mit leiser, aber fester Stimme und nickte, und Ingrid wirkte zum ersten Mal, seit er sie kannte, ruhig. Wirklich ruhig, nicht die unechte, katzenhafte Ruhe eines Raubtiers, sondern die eines Mädchens, das sich zum ersten Mal selbst erkennt. Sie drehte sich noch einmal um und blickte Jamie an. »Ich mache das nur, weil du es bist, aber wir werden uns rächen.« Ihr letzter Blick galt Lottie, und es war ein Blick, der Glas zum Zerspringen bringen konnte.

Die Stimmen kamen näher, einzelne Schüler lachten. Rosewood Hall erwachte zu neuem Leben, und Ingrid hatte hier nichts verloren.

Sie blickte angewidert auf ihre Hände, bevor sie sich ihre Messer schnappte und davonrannte, zurück in den Wald, hastig wie ein aufgeschrecktes Tier.

Und schon war sie verschwunden, einfach so, ohne dass sie hatten kämpfen müssen.

Das konnten sie erreichen – dazu waren er und Lottie fähig, sie mussten nur zusammenarbeiten.

Langsam sickerten Ingrids Worte in seine Gedanken. *Weil du es bist.* Was hatte das zu bedeuten?

Er merkte, wie seine Wut wieder aufflammte, aber er wusste, dass es nicht Ingrids Schuld war, sondern dass der Meister von Leviathan dahintersteckte, der sie aus irgendeinem schrecklichen Grund verfolgte.

»Jamie, wir müssen zu Ellie.« Lotties Stimme riss ihn aus seinen Gedanken. »Alles, was wir befürchtet haben, ist wahr …«

Dann gaben ihre Beine unter ihr nach, sie konnte nicht

mehr, und er sprang herbei, um sie aufzufangen. Lottie wusste irgendwas, etwas, das ihm helfen konnte, herauszufinden, gegen wen er wirklich kämpfen musste.

»Bring mich zurück zur Schule, wir müssen alle zusammenrufen, ich habe ihnen etwas mitzuteilen.«

»Nein, Lottie, ich bringe dich zur Krankenschwester. Du kannst mir auf dem Weg alles sagen.«

»Nein, hör mir zu«, forderte sie und wollte sich wieder aufrichten, als ihre Kräfte sie ganz verließen.

Bevor sie jedoch gänzlich das Bewusstsein verlor, konnte sie gerade noch ein paar letzte Worte hervorbringen, und was er hörte, machte ihm den Mund wässrig.

»Ich weiß, wer der Meister von Leviathan ist.«

38

Als Lottie später an diesem Tag wieder zu Bewusstsein kam, fand sie sich in einem blütenweißen Bett im Krankenzimmer der Schule wieder.

Alles in der Krankenstation war weiß: reihenweise Einzelbetten mit weißem Gestell und hübschen, mit Spitze verzierten Bezügen, sogar die Fensterbänke waren weiß gestrichen.

Das Einzige, das anders war als beim letzten Mal, waren die vielen Gesichter, die sich über sie beugten, als sie die Augen öffnete.

»Träume ich?«, fragte sie.

Alle waren gekommen: Saskia, Anastasia, die Zwillinge, Percy, Raphael, Binah, und direkt neben ihrem Bett standen wie zwei Wachhunde ihr Partist und ihre Prinzessin, Jamie und Ellie.

Als sie die beiden sah, fiel ihr sofort wieder ein, was sie zu tun hatte, was sie allen sagen musste, und ihre Gesichter verrieten, dass sie schon darauf warteten.

Lola war die Erste, die sich rührte und die Arme um sie legte. »Geht's dir gut? Brauchst du irgendwas?«

Lottie zuckte zusammen, als Lola mit ihrem Gesicht ihre Wange streifte. Allmählich begannen Hand und Wange wieder zu schmerzen; die Verletzungen fühlten sich an wie Wespenstiche, unangenehm zwar, aber noch erträglich.

»Lola«, wies Anastasia sie zurecht und zog sie zurück. »Du darfst sie nicht so fest drücken, meine Güte!«

Lottie fragte sich, was sie wohl der Schulschwester erzählt hatten. Und wo war das Schwert?

»Wir haben alle hierher beordert, während du geschlafen hast«, sagte Jamie. »Ellie und ich haben ihnen erzählt, was passiert ist. Der Schulschwester haben wir gesagt, du wärst beim Joggen im Rosenwald unglücklich hingefallen. Sie werden zusätzliche Sicherheitsmaßnahmen ergreifen, damit der Rosenwald nicht mehr von Schülern betreten werden kann, und hoffentlich hält das dann umgekehrt auch andere Personen davon ab, den Wald in entgegengesetzter Richtung zu durchqueren.« Jamie konnte ihre Gedanken auf eine Weise lesen, die ihr nicht einmal mehr unheimlich vorkam. Womit sie nicht gerechnet hatte, war ein unbekannter Tonfall, der in seiner Stimme mitschwang; sie hörte Ungeduld heraus, wie bei einem Raubtier, das um seine Beute kreist.

»Und wir haben das Schwert versteckt, über das du mir hoffentlich alles erzählen wirst, sobald es dir bessergeht, ja, Lottie?«, fügte Binah hinzu und schob ihre Brille mit einem so strahlenden Lächeln den Nasenrücken hinauf, als wäre nichts Lebensbedrohliches passiert.

»Wie spät ist es?«, wollte Lottie wissen, schob die Decke zurück und warf ihre Beine zur Seite, nur um festzustellen, dass sie sich nach dem anstrengenden Lauf anfühlten wie aus Gummi.

»Zwölf«, sagten Micky und Lola wie aus einem Munde.

»Du solltest noch ein paar Tage lang vorsichtig sein mit dem Laufen«, fügte Jamie hinzu und streckte ihr die Hand hin, um ihr aufzuhelfen.

Als sie danach griff, flutete das Licht der Mittagssonne in den Raum und ließ ihn förmlich leuchten, aber irgendwas stimmte nicht; er sah aus wie ein gefallener Engel, der untätig herumsaß und auf etwas wartete.

Im Fenster hinter ihm konnte Lottie ihr eigenes Spiegelbild sehen. Über der Wunde auf ihrer linken Wange klebte ein großes Mullpflaster. Es würde eine Narbe zurückbleiben, ähnlich der, die Ingrid Ellie letztes Jahr verpasst hatte. Zu wissen, dass sie etwas so Schreckliches gemeinsam hatten, war seltsam und zugleich unerwartet erfreulich.

Ihre lockigen Haare endeten auf Kinnhöhe, mit ein paar verfehlten Strähnen, die unten herausschauten, und ihr erster Gedanke war, wie ähnlich sie William Tufty damit sah. Es fühlte sich richtig an, so als hätte sie jahrelang auf die Finde-den-Fehler-Version ihres Ichs gestarrt und würde jetzt endlich das richtige Bild zu Gesicht bekommen.

»Lottie, anscheinend gibt es etwas, das du uns allen sagen musst«, kam Saskia direkt zur Sache. »Etwas, das mit der Identität des Meisters von Leviathan zu tun hat?«

Lottie brauchte einen Moment, um zu begreifen, dass es wirklich Saskia war, die mit ihr sprach, und dass sie sich wirklich wieder in der Schule befand.

Die Erinnerungen kamen so schnell zurück, dass sie sich nur mit Mühe aufrecht halten konnte, und Jamie und Ellie waren gleich zur Stelle, um sie zu stützen.

Der Anhänger, der Liebesbrief, das schwarz gerahmte Gemälde, Claude Wolfson, all die verrückten Dinge, die Ingrid über die maradovische Familie gesagt hatte, über Ellies Familie.

Als Lottie um sich blickte, wurde ihr klar, dass es ein großes Problem gab. Sie musste ihre Worte sehr sorgfältig wählen, denn einerseits durfte sie die Banshees noch nicht preisgeben, und andererseits war sie es Sayuri schuldig, Harus Geheimnis für sich zu behalten.

»Ihr müsst mir versprechen, dass das, was ich euch zu sagen habe, nichts ändern wird, dass wir weiterhin ein Team bleiben und dass wir niemandem die Schuld an allem geben dürfen.« Sie legte besonderen Nachdruck auf die letzten Worte.

Micky übersetzte für Percy das Gesagte in Gebärdensprache, und ihre Freunde gaben nickend ihr Einverständnis.

»Ich hatte selbst noch keine Zeit, um das alles zu verdauen, aber wir sind ein Team, und ich weiß, dass wir es schaffen können, wenn wir zusammenhalten.« Lottie blickte Ellie und Jamie in die Augen. Sie wusste, dass das, was sie ihnen sagen musste, ihre Welt auf den Kopf stellen würde. Aber nicht mal auf Ellies Gefühle konnte sie jetzt Rücksicht nehmen, das war ihr klargeworden. »Ich habe herausgefunden, dass ein Brief, auf den Leviathan es abgesehen hat … von meinem Vater stammt. Ich nehme an, sie wollten ihn benutzen, um sein Anrecht auf den Thron in Frage zu stellen.«

Als sie hörte, wie jemand scharf die Luft einsog, schloss sie daraus, dass ihre Worte bei Ellie angekommen waren. Wie verstörend musste es sein, zu erfahren, dass der eigene Vater etwas so Schreckliches getan hatte?

Lottie gönnte sich keine Pause. »Das war mein erster Hinweis. Als Nächstes habe ich etwas gefunden, das einem Mitglied von Leviathan übergeben wurde, damit er es aus dem Weg räumt und vernichtet. Zuerst sah es so aus, als wäre es nur eine Handvoll Metallfragmente und irgendein Edelstein – aber der Stein kam mir irgendwie bekannt vor, und da habe ich begriffen, dass es das hier war.«

Lottie holte ihren Wolfsanhänger hervor, dessen Augen wissend glitzerten.

»Moment mal, Lottie. Was willst du damit sagen?« Ellies Stimme bebte, als die ersten Funken der Erkenntnis in ihrem Innern einen Sturm entfesselten.

»Diese Anhänger werden ausschließlich Mitgliedern der maradovischen Königsfamilie ausgehändigt«, erläuterte sie und sah, wie Binahs Ausdruck sich aufhellte, die zweite Person, die verstanden hatte. »Der Gedanke, dass Leviathans Bemühungen in irgendeiner Weise alle mit mir zu tun haben sollten, kam mir so abwegig vor; ich wollte es einfach nicht glauben.« Lottie hustete und bekam es plötzlich mit der Angst zu tun. Dennoch fuhr sie fort: »Aber als ich den zerstörten Wolf gesehen habe, konnte ich es nicht länger verleugnen.«

»Sag's einfach, Lottie«, flüsterte Ellie.

Lottie schloss die Augen, holte tief Luft und spürte geradezu körperlich, welche Macht diese neue Information besaß. »Ich bin mir zu hundert Prozent sicher, dass der Meister von Leviathan mein Onkel ist, Claude Wolfson, der den maradovischen Thron ausgeschlagen hat und daraufhin von der Familie in die Verbannung geschickt wurde.«

Es herrschte beklommene Stille im Raum. Nur Jamie und Ellie standen reglos neben ihr, für sie waren diese Neuigkeiten ein grausamer Anker, der sie nach unten zog, wo sie sich in einer Unterwelt aus verworrenen Empfindungen verloren, in die selbst Lottie keine Ordnung zu bringen vermochte.

»Heiliger Schokoladenkeks!«, kreischte Lola beinahe und beendete damit das beredte Schweigen. »Das ändert alles.«

Dem Ernst der Situation zum Trotz war es unmöglich, angesichts von Lolas Wortwahl nicht zu lächeln, obwohl Lotties Wange sie dafür strafte.

»Moment mal«, schaltete Raphael sich ein und rieb sich den Hinterkopf. »Wie bist du denn an die Überreste des Anhängers geraten?«

Alle blickten wieder Lottie an, die deutlich spürte, wie Jamie sich neben ihr gespannt aufrichtete; sie wusste, wenn sie ihnen jetzt die Wahrheit über die Banshees und Haru verriet, würde er ihnen niemals verzeihen.

»Die hat sie von mir.« Saskia log, ohne mit der Wimper zu zucken. »Ich habe sie gebeten, keinem etwas davon zu sagen, weil ich selbstsüchtig einen Hinweis zurückgehalten hatte, den ich sofort hätte übergeben müssen. Es tut mir leid – ich hätte euch das schon früher zeigen müssen.«

Die Zwillinge, Percy und Raphael schienen sich mit der Erklärung zufriedenzugeben, Jamie aber blieb angespannt, und Binah beäugte sie mit Falkenaugen, so dass Lottie schon fürchtete, dem Druck ihrer Schuldgefühle nicht standhalten zu können.

»Aber warum will dein Onkel so viel Böses anrichten?«, fragte Micky.

»Ich fürchte, das weiß ich nicht.«

Während sie das sagte, wanderte ihr Blick unwillkürlich zu Ellie. Der Anblick versetzte ihr einen Stich in die Brust. Ellie sah aus, als hätte sie einen Geist gesehen.

»Ich glaube, wir sollten Lottie sich jetzt ausruhen lassen, damit sie später mit uns das Feuerwerk ansehen kann«, sagte Jamie, und es war eindeutig, dass sein Vorschlag eigentlich ein Befehl war. »Und wir können wohl alle auch ein bisschen Zeit gebrauchen, um die Neuigkeiten zu verarbeiten.«

Jeder murmelte irgendwas, das nach widerwilliger Zustimmung klang, und mehrmals hörte Lottie »Bis später« und »Gute Besserung«, aber alle wirkten jetzt irgendwie ziellos, weil keiner so recht wusste, was diese neuen Entwicklungen zu bedeuten hatten.

»Ach, und Lottie« – Lola blieb noch einmal stehen und lugte durch den Türrahmen zurück –, »deine Haare sehen toll aus!«

Lottie nickte schwach, als die Tür ins Schloss fiel, und wandte sich dann wieder ihrer Prinzessin und ihrem Partisten zu. »Leute, hört mir mal zu …«

Sie wollte ihnen noch von den schrecklichen Dingen berichten, die Ingrid gefaselt hatte, dass der König und die Königin aus dem Weg geräumt werden sollten, von ihrer Vermutung, zu welchem Zweck sie die Hameln-Formel einsetzen wollten, und von Ingrids wirrem Gerede über Alexis, aber bevor Lottie noch ein Wort sagen konnte, fühlte sie, wie zwei Arme sich um sie schlangen. Doch es war nicht das übliche warme, sichere Gefühl, das Ellie ihr sonst vermittelte. Sie drückte sich verzweifelt an sie und drohte sie mit ihrer Angst und ihrem Schmerz zu erdrücken. Ellie weinte.

»Ellie«, flüsterte sie. »Das ändert nichts. Es ist alles in Ordnung.«

»Nein, Lottie, es ist überhaupt nicht in Ordnung.« Sie schluchzte auf, und aus dem Augenwinkel sah Lottie Jamie in der Zimmerecke aus dem Fenster starren. »Das alles …« Ihre Stimme klang tränenerstickt, und Lottie blieb nichts anderes übrig, als ihre Umarmung zu erwidern und ihr übers Haar zu streichen. »Alles, was Jamie und dir passiert ist, und allen anderen, das liegt alles an meiner bescheuerten Familie. Es ist alles meine Schuld, und jetzt haben wir den Beweis.«

Lotties Hand erstarrte in der Bewegung, und ihr Blick fing Jamies Blick auf, denn beide hatten gewusst, dass dies passieren würde, aber keiner von ihnen wusste, was sie als Nächstes tun sollten.

»Ich lasse euch jetzt allein, damit ihr euch aussprechen könnt«, verkündete Jamie. »Ich rufe Ellies Eltern an; wahrscheinlich wollen sie, dass wir so schnell wie möglich zurückkommen.« Er war schon auf dem Weg zur Tür, als er sich noch einmal umdrehte und einen Blick über die Schulter warf, und als Lottie den Ausdruck in seinem Gesicht sah, stockte ihr der Atem. Damit hatte sie nicht gerechnet.

Er schien furchtbar wütend zu sein, und es kam ihr so vor, als wäre sie der Grund, als wäre er sauer auf sie, aber sie verstand nicht, warum. Bevor sie jedoch weiter darüber nachdenken konnte, war er schon verschwunden, und das Einzige, was zu hören war, war Ellies Schluchzen.

Ellie hatte noch nie so geweint, kein einziges Mal, und Lottie vermochte nicht zu sagen, ob das etwas Gutes war, ein Schritt in die richtige Richtung, oder aber ein sehr schlechtes Zeichen. Sie wusste nur, dass es etwas Neues war, eine Veränderung, und dass es in nächster Zeit noch mehr Veränderungen geben würde.

Sie musste Ellie ihre Gefühle mitteilen. Ellie musste erfahren, wie sie die Dinge sah.

»Ellie«, setzte sie an, und aus ihrem Mund klang der Name besänftigend wie ein Schlaflied, »ich werde dir jetzt sagen, wie ich mich fühle, und ich verlasse mich darauf, dass du mir ganz genau zuhörst und dass du mir glaubst.« Sie wartete einen Moment, in dem Ellie sich weiterhin an sie klammerte und ihr Gesicht verbarg. »Niemand ist daran schuld. Keiner gibt dir die Schuld daran, und jeder Einzelne von uns würde auch mit diesem Wissen mit dir befreundet sein wollen; wir würden uns immer wieder für dich entscheiden. Das verspreche ich dir.«

Sie spürte, wie Ellie sich leicht bewegte, und die Atemzüge an ihrem Hals wurden tiefer, etwas weniger gehetzt, und sie fuhr fort: »Wir sind ein Rudel, Ellie.« Lotties Stimme klang tröstlich, und sie strich ihrer Prinzessin dabei übers Haar. »Du bist nicht Claude, und du bist nicht deine Familie; du bist Ellie, und wir sind unser eigenes Rudel.«

Mit einem lauten Schniefen kam Ellies Gesicht endlich wieder zum Vorschein, mit riesigen Pandaaugen und schwarzen Striemen auf den Wangen, wo die Tränen entlanggelaufen waren.

Ihre Körper waren einander so nah, dass Lottie ihren Herzschlag fühlen konnte, aber sie dachte nicht an den Kuss oder an Leviathan oder an Claude, nur an Ellie – den Menschen auf der Welt, mit dem sie sich am meisten wie sie selbst fühlte. Der Mensch, von dem sie niemals wieder getrennt sein wollte.

»Lottie«, sagte Ellie schließlich mit heiserer Stimme und abgehacktem Atem, »ich will dich nicht anlügen. Ich kann dir nicht sagen, dass das für mich okay ist.«

Lottie ließ die Worte einen Moment auf sich wirken und spürte, wie sie sich in ihr einen festen Platz suchten, wie ein blauer Fleck, der niemals wieder weggehen würde. Als sie in die tiefschwarzen Brunnen von Ellies Augen blickte, sah Lottie, wie sie sich mehr und mehr entfernte und dass sie zu ertrinken drohte, wenn sie nicht jetzt gleich etwas unternahm.

»Schneid mir die Haare«, verkündete Lottie, selbst überrascht. »Ich brauche dringend einen richtigen Haarschnitt, und dann schneid ich dir deine. Wie damals, weißt du noch, als wir Freundinnen geworden sind? Als ich dir bei deinen Haaren geholfen habe?«

Ellie murmelte etwas und blickte zur Seite.

»Ich mein's ernst. Es bringt nichts, jetzt darüber nachzugrübeln; außerdem haben wir es uns verdient, unsere Rückkehr nach Rosewood zu genießen.« Ellies abweisende Reaktion verriet Lottie, dass diese im Moment nicht daran glaubte, irgendetwas Gutes zu verdienen, aber sie ließ nicht locker. »Bitte, Ellie.«

Vielleicht war es das richtige Maß an Verzweiflung in ihrer Stimme, denn Ellie willigte ein, wenn auch widerwillig.

Aber der Schatten, der über ihrer Prinzessin hing, blieb, eine dunkle Wolke, die Lottie dort platziert hatte, und es meldeten sich bereits leise Zweifel bei ihr, ob sie womöglich, trotz ihres festen Glaubens an die Wahrheit, einen schrecklichen Fehler begangen hatte.

39

Ellie trat einen Schritt zurück und betrachtete ihr Werk mit schief gelegtem Kopf, so dass nasse, tintenschwarze Haarbüschel zur Seite schwangen.

Überall im Zimmer brannte Licht, nach der langen Sommerpause erwachte der Raum endlich wieder zu neuem Leben, angefüllt bis oben hin mit Büchern und Klamotten. Die Füße, die in Socken über den dunklen Holzboden tapsten, verursachten das vertraute Knarren, während die üblichen Schulgeräusche begleitet von einer Brise Blumenduft in ihre kunterbunte Höhle drangen. Trotzdem fühlte es sich so an, als würden sie all das durch ein altes Fernsehgerät hindurch betrachten. Die Heiterkeit war nicht echt, sie taten nur so, als ob, wie bei einem Spiel, das alle tapfer mitspielten, um einander einen Gefallen zu tun.

»Fertig.« Ellie ließ die Schere ein letztes Mal schnippen, kaute auf ihrer Unterlippe und blickte auf Lottie herab, während sie abwesend mit einer Strähne an ihrem Kinn spielte, in Gedanken schon wieder woanders.

Schon meldete sich die Stimme in Lotties Kopf und fragte fauchend, ob die Wahrheit nicht doch zu viel gewesen war, ob sie es völlig falsch angegangen war.

Sie hatten sich, so gut es ging, um Ellies Pandaaugen gekümmert, ein schwacher, schwarzer Schatten aber war geblieben, wie eine Tätowierung unter der Haut. Sie tat zwar so, als wäre nichts passiert, aber der sichtbare Beweis war da, dass die Neuigkeiten sehr wohl eine Wirkung auf sie alle gehabt hatten. Dass sie trotzdem versuchte, so zu tun, als wäre alles bestens, ließ Lottie sich erst recht schlecht fühlen.

»Fertig. Willst du es sehen?«, fragte Ellie.

Lottie nickte entschlossen, bereit, ihr neues Ich anzunehmen.

Lilianas Schwert war sicher unter ihrem Bett versteckt, und wenn sie daran dachte, verspürte sie einen Hauch Erleichterung, denn es erinnerte sie an ihre Verbündeten in Übersee. Als Lottie wieder in ihrem Zimmer war, hatte sie zuerst eine Nachricht an Sayuri geschickt. Allerdings war es in Japan schon spät, daher rechnete sie so bald nicht mit einer Antwort, auf die sie aber dennoch ungeduldig wartete, weil ihr klar war, dass Sayuri ihr besser als jeder andere dabei behilflich sein konnte, die Dinge einzuordnen.

Sie hatte immer noch niemandem erzählt, was Ingrid im Rosenwald über Leviathans finale Pläne gesagt hatte. Ihr war schon klar, dass sie es nicht ewig für sich behalten konnte, aber erstens hatte sie selbst noch gar keine Zeit gehabt, alles zu verarbeiten, und zweitens hatte die Reaktion der anderen ihr gezeigt, dass sie dafür noch nicht bereit waren.

»Ich bin so weit«, sagte Lottie und blickte in den Spiegel.

Es war perfekt; alle Strähnen, die das Schwert nicht erwischte hatte, waren nun präzise und gerade abgeschnitten, so dass ihre neue Frisur einen hübschen Rahmen um ihr Gesicht bildete und sie älter und schmaler aussehen ließ.

Frisch, unvoreingenommen, offen. So fühlte es sich an, und das war genau das, was sie sein musste, *wer* sie sein musste.

»Ich find's toll.« Lottie wandte sich wieder ihrer Prinzessin zu und bemühte sich, die Schatten in der Zimmerecke zu ignorieren. »Danke, Ellie.« Sie strahlte sie noch einmal an und hoffte, dass es ihr gelang, ihre wahren Gedanken zu verbergen, als sie aber sah, auf welche Weise Ellie ihr Lächeln erwiderte, war klar, dass sie beide das Gleiche taten.

»Okay. Jetzt bist du dran«, sagte Lottie und nahm Ellie die Schere ab.

Die beiden Mädchen tauschten die Plätze, Ellie setzte sich hin und wickelte das Handtuch um ihre Schultern wie einen königlichen Mantel.

Lottie hielt die Schere in der Hand und spürte die Kraft, die davon ausging, und die Bedeutung des Augenblicks.

Die Wahrheit hatte sie verändert, und es war an ihr, dafür zu sorgen, dass es zum Guten war. Wenn sie sich Claude entgegenstellen wollten, mussten sie zunächst alles vergessen, was sie zu wissen glaubten, alles, was mit der maradovischen Königsfamilie zu tun hatte. Mit Ellies Familie.

Während Lottie behutsam schnippelte und immer wieder sorgfältig die Haarlängen abglich, fühlte Ellie, wie sie immer ruhiger wurde – und schon nach kurzer Zeit dämmerte sie ein, so dass ihr Kopf schlaff zur Seite fiel wie bei einer Puppe. Jeder schläfrige Atemzug war wie ein besänftigendes Lied in Lotties Ohren, beruhigend und tröstlich, und sie hoffte inständig, dass Ellie in ihren Träumen Frieden fand. Zufrieden hielt sie eine pechschwarze, abgeschnittene Locke in ihrer Handfläche und pustete sie fort.

Sie räumte die Schere weg, legte Ellie die Hände auf die Schultern und lehnte sich vor, bis ihre Gesichter so dicht voreinander waren, dass ihr Atem sich mit dem der schlafenden Ellie vermischte.

Als sie aufstand, schwang der Wolfsanhänger glitzernd über Ellies Hals hinweg und erinnerte Lottie an den Rosenwald und an alles, was passiert war.

Warum ist Jamie dein Partist?

Ingrids Frage schwoll in ihrem Kopf an wie fernes Donnergrollen, eine graue Wolke, die sich über ihr zusammenbraute und die sie nicht ignorieren konnte.

Wofür wollte Claude sich rächen?

Würde er wirklich so weit gehen, einen Mord zu begehen?

Was konnte einen Menschen dazu bringen, so etwas zu tun?

Und wieder vernahm sie die eine Frage, von der sie wusste, dass sie etwas bedeutete, eine knurrende, wissende Stimme, die ihr heimtückisch ins Ohr flüsterte und sich über ihr Unwissen lustig machte: *Warum ist Jamie dein Partist?*

Wieder und wieder hörte sie die Worte in ihrem Kopf, aber diesmal waren es nicht Ingrids Worte; es war Lotties eigene Stimme. Es fühlte sich an wie ein Hinweis, das erste Puzzlestück zu einem größeren Rätsel, ein Zauberspruch, der eine verborgene Tür öffnete, und sie lehnte sich so weit vor, dass ihre Wimpern sich fast berührten. »Warum ist Jamie dein Partist?«, flüsterte sie.

Ein leises Klopfen an der Tür ließ Lottie zusammenschrecken, und sie eilte sofort hin, um zu öffnen.

»Hey«, sagte sie leise und öffnete die Tür langsam, um Ellie nicht zu wecken.

Sie war sich nicht sicher, wen sie erwartet hatte, und vielleicht hätte sie überraschter sein sollen, dass es Jamie war, der sich damit über die Regeln hinwegsetzte, indem er sich im Mädchentrakt aufhielt, aber alles, was sie fühlte, war Erleichterung.

»Hey«, gab er zurück, seine Stimme kaum mehr als ein Flüstern. Sie hätte beinahe aufgelacht, als sie die große, schwarze Katze auf seinem Arm erblickte, die sich eng an ihn schmiegte. Vorsichtig schlüpfte Lottie durch den Türspalt und streichelte Vampy. »Ellie ist eingeschlafen, wir sollten leise sein. Wollen wir raus zum Teich gehen?«

Jamie nickte, lugte über Lotties Schulter und machte ein seltsames Gesicht, als er Ellie in dem Stuhl sah.

»Scheint so, als bräuchte sie nach den Neuigkeiten erst mal eine Pause«, sagte Lottie, und sie gingen nach draußen.

Mittlerweile war unbestreitbar wieder Leben in die Schule gekommen, neue und wiederkehrende Schüler füllten die Flure, sonnengebräunte Haut und Designerklamotten, Golfmobile mit riesigen, zum Bersten gefüllten Koffern. Unwahrscheinlich, dass irgendeiner von ihnen sich vorstellen konnte, was sie den Sommer über durchgemacht hatten.

»Weißt du was?«, sagte Jamie, als sie auf der Bank vor dem Springbrunnen saßen. »Manchmal bin ich froh, dass ich keine Familie habe.«

Lottie hätte sich beinahe verschluckt, sie konnte kaum glauben, dass Jamie so etwas sagte, dann verdunkelte sich ihre Miene, und sie stimmte zu: »Wenn ich recht drüber nachdenke, ich auch.«

Ryley der Hirsch beobachtete sie neugierig, auf dem Bronzekörper des Maskottchens von Ivy spiegelte sich das Kräuseln des Wassers, und zu seinen Füßen schwammen Rosenblätter von den umstehenden Büschen.

Sie war nicht mehr verwirrt, wenigstens das konnte sie behaupten. Sie tappten nicht mehr im Dunkeln, was Leviathan und die Ziele der Organisation betraf; so langsam wurde alles klarer, und gemeinsam näherten sie sich der Wahrheit. Aber als sie daran dachte, kam ihre Angst um Ellie zurück.

Vampy ließ ein grimmiges *Miau* vernehmen und wand sich, bis Jamie ihn absetzte.

»Wird er in der Schule zurechtkommen?«, fragte Lottie und blickte ihm nach, wie er davonhuschte, um sich etwas zu fressen zu suchen.

»Ich glaube, er kann ganz gut auf sich selbst aufpassen«, erwiderte Jamie und bedachte Vampy mit einem mürrischen Blick, dabei sah sie ihm an, dass er ihn genauso gern hatte wie sie. »Wir fliegen am Wochenende nach Maradova zurück«, sagte Jamie. »Ich habe nur mit Nicolai gesprochen, daher kann ich leider nicht sagen, wie die königliche Reaktion auf die Neuigkeiten ausgefallen ist. Wir müssen abwarten, bis wir es selbst sehen.«

»Und du?«, fragte sie. »Wie geht es dir mit all dem?«

Jamie antwortete nicht gleich, sondern starrte eine Weile aufs Wasser.

»Du hast gesagt, dass Ingrid nicht mein Feind ist, und damit hattest du recht«, erwiderte er geheimnisvoll.

»Es ist gut, dass wir jetzt wissen, dass es Claude ist, auch wenn es schwer zu akzeptieren ist.«

Jamie nickte zwar, aber sie sah, dass sich schon wieder Zorn in ihm zusammenbraute wie Donnergrollen, und es machte sie nervös.

»Ich werde dafür sorgen, dass sie bezahlen, wer auch immer hierfür verantwortlich ist.«

Bevor Lottie recht begriff, was passierte, hielt Jamie eine Strähne ihres frisch geschnittenen Haares in der Hand und starrte so gebannt auf den Schnitt an ihrer Wange, dass ihr ganz schwindelig davon wurde.

Der Schullärm um sie herum verebbte, und der Geruch nach Rosen und Zimt war so stark, dass sie das Gefühl hatte, keine Luft mehr zu bekommen.

»Jamie, ich …«

Lottie war sich nicht ganz sicher, was sie sagen wollte; sie wusste nur, wie verängstigt sie war. Sie hatte Angst um Ellie und Jamie, Angst, dass sie einen furchtbaren Fehler gemacht hatte, als sie die Wahrheit ans Licht gebracht hatte, und hinzu kam ihre Befürchtung, dass sie zwar das Geheimnis entdeckt hatte, aber trotzdem eigentlich überhaupt nichts wusste. Doch bevor sie den Mund aufmachen konnte, rief jemand nach ihr.

»Ah, Lottie, ich bin froh, dass ich Sie vor der Eröffnungsrede treffe«, verkündete Professorin Devine, und ihr heller Sopran klang wie Vogelgezwitscher. Rasch ließ Jamie ihre Locke los, beide drehten sich um, und der kurze Augenblick war genauso schnell, wie er entstanden war, schon wieder vorüber. »Ich habe gehört, Sie sind im Rosenwald gestolpert und hingefallen. Diesmal werde ich darüber hinwegsehen, dass Sie sich außerhalb des Schulgeländes bewegt haben. Ich denke, Ihre Verletzungen sind Strafe genug, hm?« Die Lehrerin blickte ihr direkt ins Gesicht, und kurz sprang ihr scharfer Blick zwischen Jamie und ihr hin und her. »Wie geht es Ihnen denn?«

Die Frage fühlte sich bedeutungsschwer an und schien eine Million mögliche Antworten nach sich zu ziehen. Die Wahrheit war eine gute Sache, und nachdem sie tief Luft geholt hatte, sagte sie zum ersten Mal seit langer Zeit zu sich selbst: *Sei freundlich, sei mutig und gib niemals auf.*

»Wenn ich es mir recht überlege, geht es mir bestens, Professorin. Ich hoffe, Sie hatten einen wunderbaren Sommer.«

»Ja, ja, den hatte ich, und das freut mich sehr.« Die Lehrerin wedelte abwesend mit der Hand durch die Luft. »Nun, ich wollte fragen, ob Sie beide mir bei etwas behilflich sein könnten. Wir haben einen Neuankömmling, und ich habe die Vermutung, dass Sie einander bereits kennen. Es wäre wunderbar, wenn Sie beide ihm das Schulgelände zeigen könnten. Er wartet in meinem Büro – kommen Sie doch bitte mit, damit ich Sie miteinander bekannt mache.«

Lottie fühlte eine kitzelige Spinne über ihre Haut kriechen, eine nervöse Ahnung, die sich nicht abschütteln ließ, und dazu das Zirpen der Zikaden, eine sengend heiße Sonne und der schläfrige, entwaffnende Duft der Lilien.

»Selbstverständlich«, sagte Lottie, und sie und Jamie standen auf, um Professor Devine zu folgen. Lottie hörte die Lehrerin reden, aber es klang wie von weit her. Sie roch den Zimtduft von Jamies Aftershave, der aber sogleich von Erinnerungen an Takeshin überlagert wurde.

Als die Lehrerin die Tür zu ihrem Büro öffnete und Lottie

einen Blick hineinwarf, wurde alles um sie herum schwarz. Was sie da auf der anderen Seite des Raumes erblickte, war eine Sorge, von der sie geglaubt hatte, sie hätten sie weit hinter sich gelassen. Ein warmes Sommerlächeln, das ihr Blut gefrieren ließ.

»Das hier ist Haruki Hinamori. Vielleicht sind Sie sich im Laufe des Sommers bereits begegnet«, verkündete die Lehrerin. »Er wird mich dieses Schuljahr als Assistent unterstützen. Es wäre schön, wenn Sie sich um ihn kümmern würden.«

Haru strahlte Jamie an. »Wie schön, dich wiederzusehen«, sagte er. »Ich bin mir sicher, dass wir ein interessantes Jahr miteinander verbringen werden.«

Ende Buch drei

Japanisches Glossar

arigatō gozaimasu — *»danke«*

chigau yō — *»das sehen wir anders«*

dashi — *eine schmackhafte Brühe, die in der japanischen Küche häufig zum Einsatz kommt*

geta — *traditionelle japanische Holzsandalen*

hai — *»ja«*

hayaku kudasai — *»bitte beeil dich«*

kabocha — *Kürbis*

kami — *japanische Geister oder Gottheiten*

kendōgu — *Schutzanzug beim Kendo*

kote — *Kendo-Handschuhe*

matsuri — *traditionelles japanisches Volksfest*

men — *Gesichtsmaske, die beim Kendo getragen wird*

noren — *traditionelle japanische Vorhänge, die in Türrahmen gehängt werden*

oni — *ein Dämon*

onigiri — *ein aus Reis geformter Ball, der in getrocknete Algenblätter eingewickelt ist*

onnagata — *ein männlicher Schauspieler, der im japanischen Theater Frauenrollen spielt*

onsen — *ein Badebecken, das aus einer natürlichen heißen Quelle gespeist wird* oyasuminasai — *»gute Nacht«*

seiza — *Fersensitz*

shakujō — *ein hölzerner Stab, an dessen Ende mehrere Ringe aus Metall befestigt sind, die Geräusche verursachen, wenn der Stab bewegt wird*

shi — *vier*

shinai — *Kendo-Schwerter*

sumimasen — *»Entschuldigung«*

taiyaki — *japanisches Gebäck in Form eines Fisches mit einer süßen Füllung*

tatami — *Reisstrohmatten, ein traditioneller japanischer Fußbodenbelag*

tengu — *eine mythische Figur aus dem japanischen Volksglauben*

urusai — *wörtlich übersetzt »laut«, kann es auch bedeuten »Ruhe bitte« oder »sei still«*

yamete kudasai — *»bitte hör auf«*

yappari — *»ich hatte also recht«*

yōkai — *übernatürliche Kreaturen aus der japanischen Mythologie*

yukata — *ein Kimono aus leichtem Baumwollstoff*

Eine kurze Anmerkung zu japanischen Namen und Formen der höflichen Anrede

Japanische Namen sind in der Regel aus einem Familiennamen und einem Vornamen gebildet, wobei der Familienname zuerst genannt wird. In diesem Roman richten sich die Figuren jedoch nach den westlichen Konventionen, wenn sie sich vorstellen, und nennen ihren Vornamen zuerst. Wenn die Schüler sich gegenseitig ansprechen, hängen sie die respektvolle Endung *-san* an den Vornamen an, um Höflichkeit auszudrücken, die Lehrer werden mit Sensei angeredet.

Die Silbe *-kun* wird üblicherweise an einen Namen angehängt, wenn eine ältere oder höhergestellte Person eine jüngere oder niedriger gestellte Person anspricht. Diese Anredeform wird auch häufig von Personen verwendet, die damit eine männliche Person ansprechen, mit der sie eng vertraut sind. (Daher ist es ziemlich dreist von Haru, Jamie mit *Jamie-kun* anzusprechen!)

San ist die häufigste Anredeform. So sprechen sich üblicherweise Menschen an, die in einer öffentlichen Umgebung miteinander zu tun haben wie etwa in der Schule oder im Büro. Sie entspricht in etwa der Anrede Frau oder Herr.

Die angehängte Silbe *-chan* ist ein Zusatz, der auf eine zärtliche Beziehung verweist. Sie wird allgemein für Babys, kleine Kinder, Großeltern oder unter engen Freunden und innerhalb der Familie benutzt. Meistens wird sie für Frauen und Mädchen verwendet, aber unter bestimmten Umständen kann sie auch verwendet werden, um Jungen anzusprechen, zum Beispiel den Partner in einer Liebesbeziehung oder einen engen Verwandten. Es ist ein Element der Verniedlichung und wird manchmal benutzt, um Kosenamen oder Spitznamen zu bilden, wie zum Beispiel *Kabocha-chan*.

Danksagung

Ein großes Dankeschön an meine Lektorinnen Sharan und Karen und ein Extra-Dankeschön an Wendy, der es auf raffinierte Weise gelungen ist, die Namen ihrer Geschwister in die Welt von Rosewood einzustreuen. Diese Bücher werden durch ihr magisches Zutun so viel besser. Danke auch an alle, die mich während der Arbeit an diesem Buch auf ihrem Sofa übernachten ließen und mir etwas zu essen oder eine Tasse Tee gemacht haben. Ich danke auch meinem Agenten Richard und meinem Manager Mark, die all das hier mit ihrer nicht endenden Unterstützung möglich machen. Und ich danke allen Fans der ›Prinzessin undercover‹ für eure ganze Fan-Art, die Fan-Fiction und natürlich nicht zuletzt für die tollen Meme!

Alle Bücher von Connie Glynn

Habe ich *Wünsche ich mir*

	›Prinzessin undercover – Geheimnisse‹ (Band 1)	
	›Prinzessin undercover – Enthüllungen‹ (Band 2)	
	›Prinzessin undercover – Entscheidungen‹ (Band 3)	

Deine Wunschliste bitte hier ausschneiden.

Das gesamte Programm gibt es unter
www.fischerverlage.de

AZ_Wunschzettel_Glynn / 1